ネヴィル・シュート

第三次世界大戦が勃発し，世界各地で4700個以上の核爆弾が炸裂した。戦争は短期間に終結したが，北半球は濃密な放射能に覆われ，汚染された諸国は次々と死滅していった。かろうじて生き残った合衆国の原潜〈スコーピオン〉は汚染帯を避けてメルボルンに退避してくる。オーストラリアはまだ無事だった。だが放射性物質は徐々に南下し，人類最後の日は刻々と近づいていた。そんななか，一縷《いちる》の希望がもたらされた。合衆国のシアトルから途切れ途切れのモールス信号が届くのだ。生存者がいるのだろうか？最後の望みを託され，〈スコーピオン〉は出航する……。読者に感動をもって迫る永遠の名作を，待望の完全新訳で贈る。

登場人物

ドワイト・L・タワーズ大佐……米国原潜〈スコーピオン〉艦長
モイラ・デイヴィッドスン……牧場主の娘
ピーター・ホームズ少佐……〈スコーピオン〉連絡士官
メアリ・ホームズ……その妻
ジョン・S・オズボーン……〈スコーピオン〉科学士官。モイラの従兄《いとこ》
サンダーストロム大尉……〈スコーピオン〉無線通信士官
ラルフ・スウェイン一等水兵……〈スコーピオン〉レーダー操作係
デイヴィッド・ハートマン大将……オーストラリア海軍第一司令官

渚にて

人類最後の日

ネヴィル・シュート
佐藤龍雄訳

創元SF文庫

ON THE BEACH

by

Nevil Shute

1957

われらこの終《つい》なる集《つど》いの地にて
ものも言わず手探り彷徨《さまよ》い
この岸辺にたどりつきけり
この広き流れの渚《なぎさ》に……

この流れこそ世の涯《は》てへと
この流れこそ世の涯てへと
この流れこそ世の涯てへと
瀑音轟《とどろ》かずただ霧しぶくのみ

T・S・エリオット

渚にて

人類最後の日

第一章

オーストラリア海軍少佐ピーター・ホームズは、夜が明けてほどなく目覚めた。横で眠る妻メアリの心地よいぬくもりに包まれて、なおうとうとしたまま横たわっていた。目は、部屋に掛かるクレトン地のカーテンを透《す》かすオーストラリアの曙光《しょこう》をとらえている。光線の加減からすると朝の五時ごろだ。幼児ベッドに寝ている娘のジェニファーも、まわりの明るさに、じき目を覚ますはずだ。そうしたら妻ともども起きて、朝の身支度にかかる。それまでは急ぐことはない。もう少し横になっていられる。

とても気分よく目覚めた。この気分のよさがどこからくるのか、ようやくはっきり理解できた。クリスマスが理由ではない、もう終わったあとなのだから。たしかにクリスマスには庭の小さな樅《もみ》の木に飾り付けをやった。暖炉わきのコンセントからの長い導線を絡《から》ませ、豆電球をたくさんつけてイルミネーションにした。一マイルほど先にあるフォールマスの市庁舎の前に立つ大きなクリスマス・ツリーを模して。そしてイヴの夜には知り合いを呼び、庭でバーベキューをやった。だがそんなクリスマスも終わって——と、ホームズはゆっくりと頭をめぐらす

――今日はもう二十七日の木曜になる。こうしてベッドで寝ていると、昨日の昼に浜辺で日に焼いた背中が少し痛む。海ではヨット競走もやった。今日はシャツを汚さないように気をつけないといけない。そこで不意に思いだした――当然だ、今日は約束があるのだからシャツは汚せない。十一時にメルボルンの海軍省で第二司令官と会わねばならない。それは新たな任務を意味する。五ヶ月ぶりの軍務だ。幸運なら海上での仕事もありうる。できれば是非ともまた船に乗りたい。

とにかく仕事ができるのだ。そう思うだけで、昨夜寝るときにも気分よく寝られた。眠っているあいだも、ずっとそれがつづいていた。八月に少佐に昇進したものの、これまでずっと任務の話がなく、このままではもうふたたび軍務につける望みはないのではないかとすら思えた。だがその月日のあいだも海軍はずっと給料を満額払ってくれていて、ホームズはもう感謝するしかなかった。

娘のジェニファーが身動きしたと思うと、かすかなうなり声や泣き声を洩らしはじめた。ホームズはベッドわきに置いてあるベビーフードのトレーに手をのばし、その上の電気湯沸かし器のスイッチを入れた。横で妻のメアリが寝返りを打った。時間を訊《き》くので、教えてやった。そしてキスし、こうつけ加えた。「今日もいい朝みたいだよ」

妻は体を起こし、髪を後ろへ撫《な》であげた。「昨日ちょっと焼きすぎちゃったわ。ジェニファーには昨夜軟膏《なんこう》塗ってあげたけど、今日も浜へつれてくのはどうかしらね」それから彼女も思いだしたように、「そうだわピーター、今日はあなたメルボルンへいく日だったわよね?」

彼はうなずいた。「朝は家にいるよ。日にあたらないほうがいいからな」

「そうね、わたしもそうする」

ホームズはベッドからおり、浴室に入った。部屋に戻るとメアリもベッドをおりていた。彼女はジェニファーをおまるに坐《すわ》らせてから、自分は鏡の前で髪を梳《と》かしはじめた。水平に射しこむ朝の光のなかでホームズはベッドの端に腰かけ、お茶を淹《い》れた。

妻がいった。「今日、メルボルンはきっと暑くなるわよ。わたし、四時ごろになったらジェニファーをつれてクラブにいこうと思うの。あなたもあとで泳ぎにこられるでしょ。水着は持っていってあげるから。トレーラーで荷物を持ってくついでにね」

車なら車庫に小型車が一台入っているのだが、一年前の短期の戦役《せんえき》のとき以降、一度も使っていない。だがピーター・ホームズは手先が器用で工具の扱いも巧みなため、車の代わりになるものを自分で造りだしていた。夫婦一台ずつ小型バイクを持っていたので、同様のバイクの前輪をふたつ使って小型の二輪トレーラーを自作し、自分たちのバイクのどちらででも牽引《けんいん》できるようにしたのだ。以来乳母車《うばぐるま》や荷物運搬用として重宝している。もっともフォールマスからの長い登り坂を登るときには少々難渋《なんじゅう》するが。

ホームズはうなずいた。「それはいいね。じゃおれは自分のバイクで出かけて、駅に駐《と》めていくことにしよう」

「何時の列車に乗るの？」

「九時五分のだ」お茶を口に運び、腕時計を見やる。「それまでに牛乳を買いにいってくるよ、これを飲み終えてからね」

短パンを穿《は》き半袖シャツを着て、外に出た。ホームズの住みかは、アパートメントが並ぶ市街地からへだたった丘の上に建つ古い家の一階部分で、ほかに地所も所有し、そこにかなり広い畑を作ったり車庫を建てたりしていた。バイクとトレーラーは家のベランダに置いてある。本当なら車庫にしまいこみ、車は外に出して林のなかにでも駐めておくのがいいのだろうが、そうする気にはなれなかった。所有車モーリス・マイナーは初めて手に入れた自家用車で、メアリに求愛したのもその車のなかでだった。一九六一年、戦争がはじまる半年前に二人は結婚した。開戦すると、ホームズはオーストラリア海軍のフリゲート〈アンザック〉に乗艦し、いつ終わるとも知れない別離がはじまった。戦争は恐るべきもので、北半球のすべてを炎で包んだのち、三十七日めの最後の大爆発とともに短く終わったが、いまだ歴史書に記されず、これから先も永遠に記されることがないであろう出来事となった。開戦から丸三ヶ月が経《た》ったころ、ホームズの乗る〈アンザック〉は、残り少ない燃料にすがって、どうにかウィリアムズタウンに帰還した。そのころ南半球各国の指導者たちはニュージーランドのウェリントンに集まって会議を持ち、それぞれの情報を比較検討して、新たな世界の環境条件を査定していた。ホームズはフォールマスに帰ってきた、妻メアリと愛車モーリスのもとに。車の燃料タンクにはガソリンが三ガロン残っていたが、うかつにもそれをたちまち使い切ってしまった。そこでスタンドにいって五ガロンを給油した。それからまもなく、オーストラリア国民はようやく思いだした、この国で使われる石油はすべて北半球から仕入れているのだということを。

ホームズはベランダから自分のバイクとトレーラーを芝庭におろし、両者を連結した。そしてバイクを駆って出かけた。四マイルの距離を越えて牛乳とクリームを買いにいく。移動できる距離に制約があるため、地区のどの農場へでもいって自在に乳製品を入手するというわけにはいかなくなった。そこでミックスマスター・ミキサーを使い、バターだけでも自家製のを作ることにしたのだ。朝の光のなか、トレーラーに積んだブリキ缶がガチャガチャ鳴るのを聞きながら進む。そのあいだも、まもなく軍務につけることを思って心がはずんでいた。

道路の交通量はきわめて少ない。擦《す》れちがった車両といえば、まずは自動車とおぼしき乗り物が一台あった——エンジンを除去されフロントガラスをはずされた姿で、アバディーン・アンガス種の畜牛に牽引されていた。ほかに人を乗せた馬が二頭いて、アスファルト道路の端の砂利《じゃり》敷きの路面を、そろそろと用心深く進んでいた。ホームズ自身は馬を欲しいとは思わない。希少なうえにデリケートな動物で、買うには千ポンド以上かかる。ただし牛ならばメアリに買ってやりたいと思うこともある。だがそれとて、愛車モーリスを手放しても足りないほどの値段だろう。そうするには、あの車にはいささか愛着がありすぎる。

三十分ほどして、めあての農場に着いた。まっすぐに搾乳舎《さくにゅうしゃ》へ向かう。昵懇《じっこん》にしている農場の主人は長身の痩《や》せた男で、のろのろした話し方をする。第二次大戦に従軍して片方の足を悪くしていた。主人は牛乳分離機が据え置かれている部屋にいた。分離機を作動させる電気モーターの低いうなりが響くその部屋では、牛乳が攪乳器《かくにゅう》のひとつに流しこまれ、それがクリームに変わって別の攪乳器に注がれていた。「おはよう、ポール」とホームズは声をかけた。「ど

「まあまあだよ、ホームズさん」と農場主は応《こた》えると、さっそくブリキ缶を受けとり、乳槽《にゅうそう》のなかの牛乳を汲《く》み入れた。「あんたのほうはどうだね?」

「こっちも元気でやってるよ。これからメルボルンにいかなきゃならなくてね。海軍省だ。どうやらようやく仕事をもらえるらしいんだ」

「そいつはよかった」と主人がいう。「いつ仕事がくるかと待ってるのも気疲れだろうからな」

ホームズはうなずく。「でも船旅しなきゃならないとなると、家のほうがやっかいになりそうでね。牛乳は家内が買いにくることになると思う。もちろん、代金を持ってこさせるから」

農場主は応えて、「支払いなんて、あんたが戻ってくるまで心配しなくていいさ。牛乳は豚どもにも飲ませちゃいるが、それでも余る一方でね、もともとなくてもいいしろものなんだ。ゆうべも二十ガロンばかり川に捨てたよ、ほかにやり場がなくてね。豚をもっとたくさん飼えば多少は減るだろうが、間尺《まじゃく》に合わないしな。それで困ってるところさ……」いっとき黙して立ちつくしていたが、すぐまた口を開いた。「奥さんがわざわざここまで出かけてくるってのもたいへんなんじゃないかね? 赤ん坊の世話もあるだろうし」

「娘もつれてこさせるさ、トレーラーに乗せて」

「それもご苦労なことだがね」主人は搾乳舎の通路まで歩みでて、暖かい日差しの下に立ち、ホームズのバイクとトレーラーを眺めやった。「なかなかいい荷車じゃないか。小さいが立派なもんだ。あんたが自分で造ったんだろ?」

「じつはそうなんだ」

「車輪はどこから手に入れたんだい？」

「もとはバイクの車輪でね、メルボルンのエリザベス通りのモーター・ショップから調達してきた」

「こういう車輪を、おれにも手に入れてくれるわけにゃいかないかい？」

「やってみるさ」とホームズは答えた。「たしか、まだあったはずだ。小さい車輪よりはこのくらいのほうがいいよ、牽引が楽だからね」農夫がうなずく。「もっとも数は多くない。みんなバイクをだいじにして、手放さないようになったからな」

「小型のトレーラーがあればいいなと、女房と話してたところでね」と農夫はいった。「荷台に座席を造りつければ、女房を乗せて自転車で牽《ひ》いて、フォールマスの街まで買い物にでもつれていけるしな。今日び、こんな村で女が独《ひと》り留守居《るすい》をしてるってのは、寂しくてしょうがないらしいんでね。戦争前とは事情が変わっちまったからな。あのころは女房も自分で車を運転して、二十分とはかからずに街へ出かけられたんだが。今じゃ牛牽き車で、行きに三時間半帰りに三時間半、都合七時間もかけて独りで旅しなきゃならないありさまだ。バイクの運転を習おうとしてもみたが、巧《うま》くはいかなかったようだしな。もう若い娘とはわけがちがうし、それに二番めの子供を身ごもってる最中だからな。バイクになんか乗ってほしくはないよ。だから、もしあんたのみたいな小さめのトレーラーでもあれば、週に二度はフォールマスにつれてってやれるというものだ。ついでにあんたの奥さんのところに牛乳とクリームを運んでもやれるしね」そこでやや間を置いてから、「とにかく、女房にはそのぐらいのことはしてやりたいのさ。ラジオのニュースを聞いてると、もういつ世の中が終わりになってもおかしくないようなご時世だからな」

ホームズはうなずいた。「さっそく今日メルボルンの街をまわって、よさそうな車輪を探してみるよ。ただし、値段はどのくらい吹っかけられるかわからないぜ」

主人はかぶりを振った。「いい車輪なら、金のことはとやかくいわないさ。なにより肝心なのは、タイヤの状態がどれだけいいかだな。長持ちしそうなのがいちばんだ、あんたのみたいにね」

ホームズはまたうなずく。「わかった、心がけておくよ」

「忙しいのに時間をとらせて悪いね」

「メルボルンじゃ市内電車でまわれるから、どうってことはないさ。それも褐炭《かったん》があるおかげだがね」

主人はなお動きつづけている分離機へ顔を向け、「まったくだ。もし発電までできなくなっちまったらたいへんだからな」脱脂《だっし》された牛乳が流れ落ちるところに空《から》の攪乳器を巧みにあてがい、満杯になった攪乳器をわきにどかした。「しかし発電用の褐炭を掘りだすのに、相変わらずどでかい機械を使ってるってのは本当かい？　ブルドーザーとかさ」ホームズがうなずいてやると、「そんな機械を動かす燃料の油は、いったいどこから持ってきてるんだ？」

「そのことなら、おれも一度、人に尋ねたことがあるがね」とホームズ。「なんと、現場で掘りだした褐炭そのものから油を抽出してるんだそうだ。一ガロンの油を採《と》るのに二ポンドの費用がかかるらしい」

「とんでもない話だな！」主人はあきれ顔になった。「もし褐炭から油が採れるんだったら、おれたち国民にも分けてもらいたいなんて思ったこともあったが、そんなに経費がかかるんじゃ、どだい実用的とはいえないな……」

ホームズは牛乳とクリームを詰めた缶を受けとってトレーラーに積み、家へ引き返した。帰宅したのは六時半ごろだった。シャワーを浴びたあと、昇進して以来めったに着たことのない軍の制服に着替えた。急いで朝食をすませると、バイクを駆って再度出かけた。八時十五分の電車に間に合わせるべく、急いで坂をくだっていく。メルボルンに着いたら、海軍省にいく前にモーター・ショップをまわって車輪を探さねばならないから。

バイクはフォールマス駅近くの自動車修理店に預けた。以前には彼の小型乗用車を整備してもらっていた店だ。今は車を修理してもらいにくる客はなく、代わりに馬が何頭もつながれている。乗馬ズボンを穿き合成樹脂の靴を履《は》いた郊外のサラリーマンたちがそれぞれの自宅から乗ってきて、通勤電車に乗り換えるためにこの工場に馬を置いていくのだ。馬には鞍《くら》までちゃんとついていて、帰りにはそこに仕事用鞄《かばん》を結《ゆ》わえつけ、ふたたび乗馬して帰宅する。人々の仕事の能率がどんどん悪くなっていくこの時代に、馬はせめてもの助けになっている。夕刻の列車も五時三分の快速便がなくなり、四時十七分発が代わりとされているありさまなのだから。

列車でメルボルンへ向かうあいだも、ホームズは新しい任務のことばかりあれこれと想像しつづけていた。紙不足のために新聞がまったく発行されなくなったため、ニュースといえばラジオに頼るしかない状況だ。たしかなのは、現在のオーストラリア海軍はきわめて貧弱な軍隊となってしまったということだ。石油燃料艦だった七隻の小型艦は、極度に燃費が悪く労力もかかる石炭艦に改造された。空母〈メルボルン〉も石炭仕様に造り変えられるはずだったが、そうすると速度が落ちすぎるため、よほどの強風時でないかぎり自軍機の安全な着陸が困難になることがわかり、改造計画は中止となった。しかも航空機用の燃料まできびしく切り詰められているため、訓練さえほとんどできなくなっている。したがって海軍航空隊は、もはや運営しつづけること自体不可能に近い状態にある。軍役に残っている七隻の掃海艇《そうかい》およびフリゲートに乗り組む士官たちになにかしら変動があったというような噂《うわさ》は聞いていなかった。ひょっとするとだれかが病欠したため、その代役にホームズが抜擢《ばってき》されたといった事情かもしれない。それとも、現役と予備役との任務交代を促進して、士官総員の経験値を引きあげたいとでもいうことなのか。だがもっとありそうなのは、港湾での雑役とか、兵舎での内勤とか、どこか辺鄙《へんぴ》な場所にある倉庫かなにかでの仕事にまわされることだ——たとえばフリンダーズの海軍兵站《へいたん》部とか。もし海上での任務でないとしたら、それほどがっかりさせられることはない。もっとも、自分のためにはいいのかもしれないが。陸上での仕事なら、これまでどおり妻と子供の世話をしてやることもできるというものだ。とくに先行きの不安なこんな時代では、むしろそのほうがいいだろう。

一時間ほどかかってホームズはメルボルンに着いた。駅を出ると、すぐ市内電車に乗りこんだ。車が少なくじゃまするもののない通りを電車はガタゴトと進み、またたく間にモーター・ショップ街に着いた。廃業した店や、残っている同業者に買いとられた店舗などが目立つ。そうした店はウインドーにまで不要物が積まれたままだ。しばらくあちらこちらをまわり、軽めで状態がよくて、しかもぴったり合う対《つい》ができそうな車輪がないかと探し歩いた。そしてようやく、二台分のバイク部品のなかから同じサイズの車輪ふたつを見つけて買いとった。車軸にとりつける作業が少しやっかいだろうが、いきつけのあの修理店に一人だけ残っている整備工に頼めば、なんとかしてくれるだろう。

ふたつの車輪を縄《なわ》で縛《しば》って持ち、また市内電車に乗って海軍省にたどりついた。オーストラリア海軍の第二司令官であるグリムウェイド大将の執務室へ向かい、秘書に取次ぎを頼んだ。秘書はホームズの顔見知りで、主計《しゆけい》大尉の位《くらい》にある男だった。

「おはようございます、少佐」と秘書はいった。「任務の件で、司令官が席でお待ちです。二人きりでお会いしたいそうで。少佐がお着きになられたこと、今すぐお取次ぎしますので」

ホームズは思わず両の眉を吊りあげていた。司令官と二人きりのところで辞令を交付されるというのは異例のことだ。だが規模縮小を余儀《よぎ》なくされたこの海軍にあっては、あらゆることが変わってきているのかもしれない。携《たずさ》えていたバイクの車輪を秘書席のわきに置き、自分が着ている制服のあちらこちらに細心に視線を落とした。襟に糸屑《いとくず》が一本くっついているのを見つけ、つまみとった。かぶっていた制帽を小脇にかかえた。

「すぐお会いになるそうですので、どうぞ」

グリムウェイド第二司令官の執務室に入り、その場に足を止めた。部屋の主は自席に座したまま、頭をかしげて挨拶した。「おはよう、少佐。楽にしてくれたまえ。そこにかけたらいい」

ホームズは机の斜め前に置かれた椅子にかけた。すると司令官は身を乗りだし、シガレット・ケースから紙巻き煙草《たばこ》を一本とりだして勧めた。ライターで火を点《つ》けてくれた。「きみは予備役がかなり長かったね」

「はい、閣下」

司令官は自分の煙草にも火を点けた。「そこで、このさい海上での任務についてもらいたいと思ってね。ただし、残念ながらわたし自身の指令にもとづく任務ではない。というより、じつのところわれわれの艦隊内での任務ですらないのだよ。アメリカ合衆国海軍潜水艦〈スコーピオン〉の連絡士官に、きみを任命したい」そういってホームズの顔を見た。「タワーズ大佐については、知っているね？」

「はい、存じあげております」

現在原子力潜水艦〈スコーピオン〉の艦長となっているその人物とは、ホームズはここ何ヶ月かのあいだにも二、三度顔を合わせる機会があった。三十五歳ぐらいの物静かな感じの男で、ソフトな口調の話しぶりには、アメリカ北東部ニューイングランド地方らしい訛りがかすかに感じられた。また、指揮する潜水艦〈スコーピオン〉の軍務に関してこの人物が書いた報告書を読んだこともあった。タワーズは開戦時に別の潜水艦の艦長としてキスカ島とミッドウェー島のあいだの海上を哨戒《しょうかい》していたが、ハワイ真珠湾の基地からの暗号無電を受信したことにより、ただちに自艦を潜水させて、暗号により封印された指令を解読した。そしてその指示にもとづき、フィリピンのマニラをめざし全速航行を開始した。開戦から四日めに硫黄島《いおうじま》北方のどこかの地点で潜望鏡深度まで浮上し、通常哨戒時によくやる海上視察を敢行《かんこう》した。すると、大気がなにかの塵埃《じんあい》によっていちじるしく曇り、視界が極度に悪くなっていることがわかった。それとともに、潜望鏡に装着したガイガー・カウンターが高濃度の放射能を検知した。タワーズはその旨《むね》を真珠湾に知らせるべくただちに打電したが、なぜか応答がなかった。彼の潜水艦はなお航行しつづけ、フィリピンに近づいた。放射能は濃度を増した。五日めの夜、北太平洋アリューシャン列島ダッチ・ハーバーの基地に連絡をとり、真珠湾の司令官へ暗号無電を送達してくれるよう依頼した。だがすべての通信が不調に陥《おちい》っているとの返答で、結局指令を受けることはできなかった。つぎの夜ダッチ・ハーバーへの入港は無理と判断し、やむなく当初の指令にもとづく航行をつづけた。フィリピンのルソン島北岸をまわる針路をとり、バリンタン海峡に入ると、そこには塵埃がさらに濃く立ちこめ、放射能が人間の致死レベルをはるかに超える濃度に達していた。風は西から風力四ないし五のレベルで吹いていた。開戦七日めにはマニラ湾に入り、潜望鏡でマニラ市街を偵察した——もちろん、なおも新たな指令を受けられないままに。

大気中の放射能は多少は薄まっていたが、なお危険レベルにあった。浮上はままならず、艦《かん》橋《きょう》にあがることすらためらわれた。ただ視界だけはかなり展《ひら》けていたので、潜望鏡で眺め見ると、マニラの街の上に煙が帳《とばり》のようにかかっているのが認められた。過去数日以内に核兵器が爆発したのにちがいないと推察された。湾内の八キロ沖から見たかぎり、海岸には人間の生存が認められなかった。さらに陸へと近づいていくうちに、予想外にも艦底が海底に触れてしまった——潜望鏡を海上に出せる深度であるにもかかわらず。そこは湾内の中央部で、海図によれば十二尋《ひろ》の深さがあるはずだった。これにより、核爆発があったらしいとの推察はより確信に近くなった。ただちにバラスト水を排出し、艦は海底からすばやく離れた。そして急いで旋回し、外洋へと逃げ戻った。

その夜、タワーズの潜水艦はアメリカ軍基地のあるフィリピンの港湾各地に入港を試みたが、ことごとく失敗した。真珠湾への通信を依頼できる僚艦を見つけることもできなかった。またバラスト水を排出するために艦内の圧縮空気をかなりの量使ってしまっていたが、放射能に汚染された外気を採り入れるわけにもいかなかった。そのときは、潜水をはじめてからすでに八日めになっていた。乗組員たちは、肉体上の健康はどうにか保てていたものの、精神面ではすでにさまざまな弊害が出はじめていた。それぞれの自宅がどんな状況にあるだろうかという不安にさいなまれていた。ようやくニューギニアのポート・モーズビーのオーストラリア軍基地に連絡がとれたが、しかしアメリカ軍への無線電信を依頼することはやはり不可能だった。

タワーズは南へ針路をとるのが最善の策だと決断した。ルソン島北岸を戻り、ヤップ島をめざしていった。そこにアメリカ軍管下の通信基地があるからだ。三日後ヤップ島に着いた。そこでの放射能濃度は、ほとんど通常レベルといえるほど低かった。潜水艦は静かな海面に浮上し、澄んだ大気のなかに顔を出した。浮かぶと同時にバラスト・タンクに海水が注ぎこまれた。乗組員たちは一斉《いっせい》に艦橋にあがった。港に入るとアメリカ海軍の巡洋艦が一隻見えたので、タワーズはようやく安堵した。その艦が潜水艦を船渠《せんきょ》に案内し、人員移送用ボートを一艘《そう》出してくれた。〈スコーピオン〉は繋留《けいりゅう》され、乗組員は全員甲板《かんぱん》に出てボートに乗り移った。まもなくヤップ島に上陸し、巡洋艦の艦長であるショウ大佐の保護下に身を置いた。そこでタワーズはソ連と中国のあいだで核戦争が勃発《ぼっぱつ》したことを初めて知らされた。もとはといえばイスラエル対アラブ諸国の戦いにアルバニアが介入したことからNATO対ソ連の戦いへと発展し、さらに中国対ソ連へと飛び火したのだった。中ソ両国ともコバルト爆弾を使用したことがわかった。その情報はケニアを経由し、さらにオーストラリアを経《へ》るという迂遠《うえん》な道のりでもたらされたという。そこでショウの巡洋艦はアメリカ軍籍のタンカーと合流するためにヤップ島で待機していたのだった。それからすでに一週間が経過していたが、その二日めから母国アメリカとの通信がまったく不可能となっていた。そうした状況下で、ショウは残り少ない燃料を使ってオーストラリア東端のブリスベンへ向かおうとしていたところだった。

タワーズらはヤップ島に六日間とどまったが、そのあいだにも、もたらされる情報の内容はますます悪化の一途《いっと》をたどっていた。アメリカ本国およびヨーロッパのいかなる基地とも連絡がとれなかったが、ただ二日めごろからメキシコシティーのラジオ放送によるニュースが捕捉できるようになった。そこで知らされた情報はこれまでに輪をかけてよくないものだった。そのラジオ放送もまもなく受信不能となり、代わりに捕捉できるものといえば、パナマ、ボゴタ、ヴァルパライソなどの放送局の電波だけだった。それらがもたらす情報からは、北米大陸がどんな状態になっているのかという疑問に関してはほとんどなにも知ることができなかった。南太平洋に配されているアメリカ海軍の艦船十数隻にはなんとか通信することができた。それらはいずれも、ショウの巡洋艦同様に燃料が足りなくなっていることがわかった。ヤップ島にとどまっているショウ大佐はそれらの艦船すべての艦長の上官だったので、彼は全艦をオーストラリアの領海にまで進め入れるべく指示することを決断した。そうやってオーストラリア軍の指揮下に入ろうと考えた。ただちに全艦に向けブリスベンにおいて合流せよとの指令無電を発した。十一隻のアメリカ海軍艦船がやっとブリスベンに集結したのはそれから二週間も経ってからだった。いずれも燃料が欠乏し、調達できる見込みも持っていなかった。それが今から一年前のことだが、それらの船は現在も依然としてブリスベンにとどまったままだった。

それらの艦船のなかの一隻だった〈スコーピオン〉は、ブリスベンに着いた当初はオーストラリアで核燃料を補給することが困難だったが、その後なんとか調達できることとなった。多少とも移動できる艦はこの〈スコーピオン〉だけだったため、メルボルン海軍基地の船渠のあるウィリアムズタウンに向かう任務を与えられた。そこがオーストラリア海軍本部に最も近い軍港だった。オーストラリアで最重要の軍艦となった〈スコーピオン〉は、そこで時間をかけて核燃料を補給し、ふたたび航行可能な状態となったのが今から約半年前のことだった。その後、余分な核燃料を積んで、ブラジルのリオデジャネイロをめざして出発した。かの地に退避していた別のアメリカ原子力潜水艦に燃料供給してやるためだった。メルボルンに帰還したのちは、ウィリアムズタウンの船渠で徹底的な補修整備をほどこされた。

その〈スコーピオン〉の艦長となったのがくだんのタワーズ大佐であり、ピーター・ホームズの知るその人物の来歴といえば、およそそんなところだった。そうしたことの記憶が、第二司令官の机の前で椅子にかけているホームズの脳裏に一瞬のうちに去来した。彼が今司令官から授けられた任務は、まったくの新規の役職ということになる。南米へと航行したころの〈スコーピオン〉には、オーストラリア軍の連絡士官を搭乗させるということはなかったはずだから。妻と幼い娘のことを考えて不安に駆られたホームズは、グリムウェイド大将についこう問い質《ただ》した。

「それで、任務の期間はどのくらいになるでしょうか？」

司令官はかすかに肩をすくめ、「一年前後というところだろう。きみにとっては、これが現役の軍務につける最後のチャンスになるかもしれないと思うがね」

ホームズはそれに応えて、「承知しております。このような機会をお与えいただいたことにたいへん感謝しております」ためらいつつも、また尋ねた。「自分の任務のあいだ、艦はほとんど実地に就航していることになるでしょうか？　と申しますのは、現在結婚し幼い子供のいる身のうえでありますため、以前ほどには個人的自由が利《き》かない状況となっていまして。つまり、家庭生活でいろいろと困難な時期にありますので。もちろん、現在の世界情勢が明日をも知れない危機に直面していることはよく承知していますが」

司令官はうなずいた。「その意味で、われわれはだれもが同じ船に乗っているのだともいえるな。きみをこの任務につけるにあたって直接会いたいと思ったのも、まさにそのためだよ。もし辞退したいというのならば、どうしてもというつもりはない。ただしその場合、今後ふたたび現役となれる見込みを保証することはできなくなるだろうね。就航予定については、一月四日に実施する整備の結果如何《いかん》によるが――」とカレンダーを見やり、「――つまり今から一週間と少しだね。その整備がすみ次第就航し、ケアンズ、ポート・モーズビー、ポート・ダーウィンとまわって、それらの各所の状況を視察して報告し、そののちウィリアムズタウンに帰還する予定だ。タワーズ大佐の見積もりによれば、十一日間の航海になるとのことだ。そのあとはもう少し長い就航期間になるはずだ。二ヶ月程度というところじゃないかな」

「その長い任務までのあいだは、休任期間となるのでしょうか?」

「〈スコーピオン〉は船渠に安置しておくことになるだろうね。おそらく二週間程度だ」

「さらにそのあともご予定が?」

「いや、今のところはまだない」

ホームズは椅子に座したまま、つかのま考えた。急速に頭をめぐらせた、買い物にまわらねばならないときのこと、赤ん坊が病気になった場合のこと、牛乳を仕入れにいかねばならないことなどについて。オーストラリアは今が夏だから、暖炉用の薪《まき》を割る必要はないが。仮につぎの就航がはじまるのが二月半ばだとしたら、それが終わって家に帰れるのは四月半ばということになる。それでも暖炉が要《い》るほど寒くなるにはまだ充分間がある。仮に任務がそれ以上に長引くようなら、薪の世話はあの農場主にでも頼んでおけばいい。あの主人のためにこうしてトレーラー用の車輪を見つけてやったりしたのだから。それ以外になにか問題がないかぎり、任務を引き受けてもさしつかえないかもしれない。いや待てよ、もし電力供給が止まったらどうする？　あるいは頭のいい者たちが予想する以上の速さで放射能が広がったら？……そんな思い悩みを、ようやく心からしりぞけた。

この仕事をもし断ったら、メアリはむしろ怒るだろう。自分のキャリアを犠牲にするようなことをしたなら。彼女自身海軍士官の娘で、イギリス南部のサウスシーで生まれ育ったのだから。彼女と初めて出会ったのは、ホームズがイングランドでイギリス海軍とともに軍務についていたころ、巡洋艦〈インディファティガブル〉で催《もよお》されたダンス・パーティーでのことだった。そうだ、妻はきっとこの任務を引き受けることを望むはずだ……

顔をあげて、いった。「それら二度の任務につきましては、喜んでお引き受けいたします。さらにそのあとのことは、あらためてご予定をうかがったうえで考えさせていただいてもよろしいでしょうか？　それらの任務を拝命しながら、さらに先の事情まで考慮するというのは――つまり、家庭の事情ですが――少々困難が伴いますので」

司令官はいっとき考えこむ表情になった。結婚して間もない、しかも幼い子供のいる部下の申し出なのだから、事情を考えてくれて当然のところだ。今では珍しくなった連絡士官という立場を新たに設けての抜擢とはいえ、そんな事情を持つ者が、祖国の領海を離れたところでの仕事をたやすく引き受けるとは想定されていないはずだ。あんのじょう司令官はうなずきを返した。「わかった、あとのことは調整しよう。とりあえず、今回の任務は都合五ヶ月間ということでどうかな？　つまり来年五月末日までだ。後半の就航から戻ったとき、わたしに知らせてくれたまえ」

「承知しました」

「では火曜日から、つまり新年元日から〈スコーピオン〉に出勤してくれたまえ。今控室《ひかえしつ》で十五分ほど待っていてくれれば、艦長宛の書面を書いてやろう。停泊地はウィリアムズタウンで、母艦である〈シドニー〉のすぐわきに繋留されている」

「了解しました」

司令官は席から立ちあがった。「引き受けてくれてありがとう、ホームズ少佐」そういって握手を求めた。「着任中の武運を祈る」

ホームズは握手に応じた。「自分こそ、ご厚情に感謝いたします」執務室を去りぎわに、足を止めた。「タワーズ大佐は今日は艦上にて就務中でしょうか？　もしおられるなら、できれば連絡をとりたいのですが。それと、艦もこの目で見ておきたく思います。拝任前の心がまえのために」

「船には乗っているはずだが」と司令官は答えた。「ただし今日は〈シドニー〉だ。わたしの秘書にいって、連絡をとらせたらいい」腕時計を見やり、「〈シドニー〉は十一時半に出港予定になってる。今ならまだ甲板にあがれるはずだ」

二十分後、船渠のあるウィリアムズタウンまでの人員移送用電気トラックの助手席にホームズは乗っていた。人けのない通りを、黙りこんだまま抜けていった。トラックはかつてはメルボルンのある大型商業施設の物資輸送車だったものだが、戦火に焼け残ったあとに改装され、オーストラリア海軍の色である灰色に塗りなおされた。路上では擦れちがう車もなく、時速三十キロのスピードを崩すことなく走行しつづけた。ようやく船渠に着いたのは正午ごろで、ホームズはオーストラリア海軍航空母艦〈シドニー〉が停泊しているところまで徒歩で向かった。その甲板にまで乗りこみ、上級士官室へと足を進めた。

そこは広い船室だったが、詰めていた士官は十人程度だった。うち六人までが、アメリカ海軍の作業服であるカーキ色のギャバジン地の制服を着ていた。そのなかに潜水艦〈スコーピオン〉の艦長タワーズ大佐もいた。その人物は笑みをたたえながらホームズに近づいてきた。

「これはホームズ少佐、わざわざきてくれて光栄だよ」

ホームズはそれに応えて、「おじゃまでなければよいのですが。着任は火曜日からといわれておりますが、こうしてせっかく基地まで参りましたので、できれば〈スコーピオン〉を拝見し、ついでに昼食もこちらでとらせていただきたいと思いまして」

「もちろん、かまわないとも」とタワーズは答えた。「じつのところ、きみがわれわれの艦で任務に加わることになったとグリムウェイド大将から聞かされて、とてもうれしく思ったのだよ。わたしの指揮下にある士官たちの何人かを紹介しておこう」といって部下のほうへ顔を向け、「こちらは副長のファレル、こちらは機関長のラングレンだ」そしてにっこりした。「わが艦の機関室にはきわめて優秀なスタッフが揃っているよ——ベンスンとドハティーとハーシュだ」若い士官たちがホームズにお辞儀した。タワーズも彼へと顔を戻した。「昼食の前に気つけの一杯はどうかね、少佐？」

ホームズはそれに応え、「ありがとうございます。では、ピンク・ジンを一杯所望《しょもう》します」

艦長が隔壁の上の呼び鈴《りん》を押すのを見やりながら、「〈スコーピオン〉には何名の士官が乗り組んでいるのでしょうか？」

「全員で十一人だ。〈スコーピオン〉はもちろん原子力潜水艦なので、機関室だけで四人の士官が詰めているのさ」

「士官室はさぞ広いのでしょうね」

「全員が部屋に入って席に坐ると、少々混みあっている印象がするね。しかし潜水艦ではそうなる場合はあまりない。もちろん、きみの分の寝台も用意してあるよ」

ホームズは笑みを返し、「それは、自分一人用でしょうか、それとも交代用でしょうか？」

この反応には、艦長はさすがに驚いたようだった。「もちろん一人用だよ。〈スコーピオン〉ではすべての士官が——乗組員全員が——個人用寝台を持てるようになってる」

呼び鈴を受けた船室係が姿を現わすと、タワーズは命じた。「ピンク・ジンをひとつと、オレンジ・エードを六人分持ってきてくれないか」

ホームズは自分の無遠慮さに気づいて気まずさを覚え、船室係を止めた。「艦長、艦内ではアルコールは飲まれないのですね？」

タワーズはにっこり笑い、「われわれアメリカ人はあまりやらないね。もちろん、ここではさしつかえはないよ。〈シドニー〉はオーストラリア海軍の船だからね」

「よろしければ、自分も慣わしに従いたいと思いますが」とホームズは返した。「オレンジ・エードを七人分お願いします」

「じゃ、そうしてくれ」タワーズが軽い調子でいうと、船室係は引きさがった。「たしかに慣わしにはいろいろちがいがあるからね。だがそれに従う従わないで結果に大きな差が出るわけでもない」

全員が〈シドニー〉艦内で昼食の席についた。総勢十二人が、飾りのない長いテーブルの一方の側に並んで坐った。食事後に、すぐわきに繋留されている〈スコーピオン〉へと総員が乗り移った。それはホームズがかつて見た潜水艦のなかで最大のものだった。排水量約六千トン、原子力タービンの出力は一万馬力を優に超える。乗組員としては十一人の上級士官のほかに約七十人の下級士官および水兵を擁する。それらの人員はあらゆる潜水艦の例に洩れず、艦内を迷路のように這《は》いうねる導線や導管の隙間《すきま》で食事をとり就寝する。反面、熱帯地方での就航にそなえてすぐれた空調設備と巨大な冷凍倉庫とを有してもいる。ホームズは従前に潜水艦に乗り組んだ経験がないため技術的な面からの評価ができないが、しかしタワーズ艦長の言《げん》を信じるならば、〈スコーピオン〉はその長大さにもかかわらず操縦も制御もきわめて容易だという。

改装のあいだ艤装《ぎそう》および武装のほとんどが除去され、魚雷発射管も二基のみを残してすべてとりはずされている。おかげで普通の潜水艦よりも食堂室や休憩室のなかに空間の余裕ができているし、また導管の一部や魚雷格納庫がなくなっているため、機関室での作業が非常にやりやすくなっていた。ホームズはそのあたりの事情について、機関長のラングレン少佐から一時間ほどにおよんで説明を受けた。これまで原子力潜水艦での乗務経験がなく、またこうした艦の装備に関しては機密が守られているため、彼にとっては大半が目新しいことばかりだった。原子炉を冷却するための液化ナトリウムの回路や、さまざまな熱交換器や、二基ある高速タービンを冷却する密閉式ヘリウム回路などの配置の概要を、時間をかけて頭に入れた。潜水艦はタービンに巨大な減速歯車を作用させることによって推進されるが、その大きさと繊細さは、原子力発電における他様式の減速歯車よりはるかにまさる。

ホームズは艦長室に供《きょう》されている狭い船室にようやく戻ってきた。タワーズ艦長は呼び鈴を鳴らして黒人の船室係を呼び、コーヒーを二人分持ってくるようにいいつけた。そしてホームズのために折りたたみ式の椅子を広げてくれた。「どうだ、機関部についてはよく観察できたかね？」

ホームズはうなずき、「自分はエンジニアではありませんもので、理解するのに困難が伴うものが多かったのですが、しかし非常に興味深く拝見させていただきました。この艦には推進機関のトラブルなどはあるものでしょうか？」

艦長はかぶりを振った。「これまでのところは一度もないね。だがもし海に出てから故障でもしようものなら、もうどうすることもできない。ただ指組みの祈りをして、タービンがうまくまわりつづけてくれるよう願うしかなくなるだろうね」

コーヒーが運ばれてきたので、二人はいっとき黙りこんでそれを飲んだ。

「自分の着任は火曜日からとのことですが」とホームズが口を開いた。「何時までに乗艦すればよろしいでしょうか？」

「艦の試験走行はたしかに火曜日の予定だが」とタワーズは答えた。「下手をすると水曜日にずれこむこともありうるかもしれない。もちろんそうならないようにするつもりでいるがね。だから月曜にはもう物資を搬入《はんにゅう》させるので、いっそそのとき乗組員も乗艦させるようにしたいと思っているんだ」

「では、自分も月曜日に参りたいと思います」とホームズ。「午後の早いうちぐらいでよろしいでしょうか？」

「そうしてもらえるとありがたい」とタワーズ。「火曜の正午には出発したいね。グリムウェイド大将にはすでにいってあるが、試験走行ではバース海峡を少し進んでみるつもりだ。帰港して就航状態を報告するのは金曜日になると思う。とにかく、きみには月曜の午後の早いうちに乗りこんでもらえればいい」

「それまでのあいだ、なにか自分にできることはないでしょうか？」とホームズ。「土曜日にまた参ってもよろしいですが――もしなにかお手伝いができるようでしたら」

「そういってくれるのはありがたいが」とタワーズ。「仕事はまだなにもないよ。乗組員の半数はオフでここにいないしね。残りの半分にも、明日の昼すぎには週末の休暇をやるつもりだ。土曜と日曜にはだれもいなくなるよ――当直の士官一名と水兵六名を別にしてね」そこでホームズの顔に見入り、「それとも、われわれにはほかになにかやるべきことがあるはずだとでもいうのかね？」

ホームズは驚いた。「そうすると、なにも指令は出されていないとおっしゃいますので？」

タワーズは笑った。「指令もなにも、出ていれば艦長であるわたしが聞いていないはずはないだろう」

「グリムウェイド大将が自分を任命したのは、その指令があるからこそだと思うのですが」ホームズはいい返した。「大将は自分に、ケアンズからポート・モーズビーを経てダーウィンへといたる航路を走行する手筈《てはず》だとおっしゃいました。それには十一日間かかると」

「その航路に関してなら」とタワーズがいう。「きみたちオーストラリア海軍作戦本部のニクソン大佐から、どれくらいの期間でそのルートを通過できるかと尋ねられたよ。だがわたしはそれを指令とは理解していないがね」

「それに、今朝大将から聞かされたところでは、そのあとさらに長期の就航予定があるとか。二ヶ月ほどもかかるとのことでした」

タワーズ艦長は言葉を失ったかのように、身動きひとつしなくなった。コーヒーカップを宙に持ったままだ。「そんなことは今初めて聞いたよ。その長期就航とやらは、どこにいくつもりだというんだ？」

ホームズは首を横に振る。「ただ二ヶ月ほどだといわれただけでした」

つかのま沈黙があったあと、タワーズは気をとりなおそうとするように笑みを浮かべた。

「それだと、今夜は真夜中まで海図とにらめっこしながら、予定針路を線引きしなきゃならないかもしれんな」と落ちついた調子でいった。「明日の夜も明後日《あさって》の夜もだ」

ホームズは軽めの話題へと切り替えたほうがよさそうだと考えた。「週末は遠出をなさるご計画だったのですか？」

艦長はかぶりを振った。「いや、メルボルンにとどまるつもりではあったがね。繁華街に出かけて映画でも観《み》る程度かな」

母国を遠く離れた地ですごす週末としては、いささか寂しい予定ではないか。ホームズは衝動に抗しきれず、こう誘いをかけた。「もしよろしければ、フォールマスに何日か滞在されるというのはいかがでしょう？　わが家に客用寝室がひとつありますので。このところいい天候がつづいていますので、自分は日中はもっぱらヨット・クラブに通っていまして、泳ぎとヨットを楽しんでいます。艦長が加わってくだされば、家内もきっと喜びますので」

「それはとてもありがたいことだね」とタワーズはいって、考え顔になった。コーヒーを口に運びながら、この誘いについて本気で考えはじめたようだった。

日ごろ北半球で暮らしている者が南半球に住む人々と深く交わるというのは、めったにないことだ。両者のあいだには大きな差があり、その経験の異なりはきわめて大きい。そんな両者のあいだで過度の同情などをされると、逆にそれが壁になってしまうことがある。誘いをかけたホームズ自身そのことはよくわかっていた。それでも今回の任務につくにあたって、自分のことをこの艦長によく知ってほしいと思った。オーストラリア海軍の司令部とこのタワーズとの相互コミュニケーションの仲立ちをするのが連絡士官の役目なのだから、その任にある者については知悉《ちしつ》しておかねばならないのが艦長たるものだろう。この艦長を自分の家に滞在させることの意味はまさにそこにある。それに艦長個人にとっても、ここ数ヶ月の不活性で退屈な日常からいくらかでも解放されるための気晴らしにもなるはずだ。他人の家だから多少の居心地の悪さは我慢してもらわなければならないとしても、それでもあんながらんとしてだだっ広いだけの航空母艦のなかで、独り物思いに耽《ふけ》ったり思い出にひたったりしてすごすよりはずっとましだろう。

艦長自身そう思ったものか、コーヒーカップを置くと、にっこりと薄い笑みを見せた。部下の家に泊まる気まずさを度外視してでも、人の親切な誘いを断ったりしないほうがよいと判断したようだった。「奥さんに負担がかかりすぎはしないかね？　まだ小さいお子さんがいるんだろう？」

ホームズはかぶりを振った。「それどころか、彼女も喜ぶはずです。変化ができてかえっていいでしょう。いつものままだと新しい知り合いもできませんしね。もちろん子供にかかりきりになってもいますもので」

「せっかくだから、ひと晩だけお世話になるとしようか」とタワーズはいった。「明日はここにいなければならないが、土曜日は泳ぎでもやってすごせたら、いうことはないね。休みに泳ぐなんてことは、ずいぶんひさしぶりだよ。どうだろう、土曜の朝に列車に乗ってフォールマスにおじゃまするというのは？　そして日曜日にはもうこちらに帰ってくるようにしたいがね」

「では、土曜にフォールマスの駅にお迎えにあがります」ホームズはそういったあと、タワーズがどの時間の列車に乗るかを話しあって決めた。それからこう尋ねた。「駅からは自転車でいかがでしょうか?」相手がうなずくと、「艦長の分も一台持っていきます。駅からわが家まで二マイルほどありますので」

「それはありがたい」

タワーズ大佐はそうはいったが、おそらくアメリカの自宅の車庫には自家用車があるはずだ。兵役のための旅に出るに際して、しばらくのあいだは考えまいと自分にいい聞かせてきた、気に入りの高級車が、置いてきたときのままの姿で眠っているはずだ。人は別の世界に移り住めばそこで最善を尽くして生きねばならず、古い世界のことは忘れるしかない。だからここオーストラリアでは、駅で列車をおりたあとは自転車で三キロを漕《こ》ぎ進むこともいとわないようにと努めているのにちがいない。

ホームズは〈スコーピオン〉をあとにして、人員搬送トラックに乗り、メルボルンの司令本部に戻った。そこに置いておいた辞令と農場主のためのバイク車輪をとり、市内電車に乗ってメルボルン駅へ。そこから列車でフォールマスに戻ってきたときには午後六時ごろになっていた。駐めておいた自転車のハンドルに車輪を引っかけると、上着を脱ぎ、自宅までの勾配《こうばい》道を戻るために、重いペダルを漕ぎはじめた。一時間半ほどかかってようやく帰宅したときには、夕刻の暑さもあって汗びっしょりになっていた。妻のメアリは涼しそうな夏用の仕事着姿で、芝庭のスプリンクラーにさわやかな水音を立てさせているところだった。

彼女は夫を迎えるために近づいてきた。「お帰りなさい。汗だくじゃないの！　そんな車輪持ってたら、そりゃ疲れるでしょう」

ホームズはうなずき、「ごめんよ、結局クラブにはいけなくて」

「きっと足止めされてるんだろうと思ってたわ。わたしとジェニファーは五時半ごろ家に帰ってきたの。司令本部でなにか時間がかかることがあったんでしょ？」

「話せば長くなる」とホームズはいって、自転車とバイク車輪をベランダに置いた。「まずシャワーを浴びたいな。話はそれからにしよう」

「いい話？　それともよくない話？」

「いい話さ」とホームズ。「海での任務は五月までだ。そのあとの予定はない」

「よかったわね！」とメアリ。「理想的じゃないの。さあ早くシャワーを浴びてきて。詳しい話は体が涼んでからでいいわ。そのあいだにデッキ・チェアを出しておくから。冷蔵庫にはビールも冷えてるしね」

十五分後にはホームズは襟刳《ぐ》りの大きいシャツを着て軽めの運動ズボンを穿き、日陰に置いたデッキ・チェアで冷たいビールを手にくつろいでいた。そしてメルボルンでの出来事をすべて妻に話した。ひと通り話し終えたところで、こう問いかけた。「きみ、タワーズ大佐に会ったことはあるかい？」

メアリは首を振った。「友だちのジェーン・フリーマンが会ったといってたわ。彼女は〈シドニー〉のパーティーに参加したから、そこで大勢の軍人さんに会ったのよ。タワーズ大佐はなかなかよさそうな人だったといってたわね。上官ということになった場合は、どんな感じの人なの？」

「なかなかいい上官だと思うよ」とホームズは答えた。「とても有能な人だね。もちろんアメリカ軍の潜水艦に乗るんだから、最初は違和感があるかもしれないが、しかし今日乗ってみたかぎりでは大丈夫そうだった」といって笑った。「ピンク・ジンをオーダーしたとき、ちょっと気まずくなりはしたがね」

メアリはうなずいて、「ジェーンも同じことといってたわ。アメリカの軍人さんは陸《おか》にあがればアルコールを飲むけど、船では飲まないって。そもそも制服を着ているときはお酒を飲まないってことじゃないかしら。パーティーでもフルーツ・カクテルかなにかをちびちびやってただけなんですって。一般人の招待客は、われ先にとお酒に跳びついてるのに」

「じつは、週末にうちに誘ったんだ」とホームズはうちあけた。「それで、土曜の午前に訪ねてくることになった」

メアリは驚いて目を見開いた。「タワーズ大佐が、ってこと？」

ホームズはうなずく。「招待したほうがよさそうななりゆきになったんでね。いい人だから大丈夫だよ」

「でもピーター……やっぱりだめよ。軍人さんを家に呼ぶなんて。相手もきっと負担に感じると思うわ、一般家庭に泊まるというのは」

ホームズは説得に努めた。「でもあの人は別だ。年齢的にも落ちついてるしね。心配するようなことはないよ」

「イギリス空軍の中隊長を泊めたときも、あなたそんなことといったわよね」とメアリがいい返す。「なんて人だったか、名前も忘れちゃったけど。いきなり泣きだした人よ」

その夜のことはホームズも思いだしたくなかった。「軍の人間にとっちゃたしかにむずかしいことだってのはわかるよ、とくに赤ん坊がいたりする一般家庭に滞在するとなればね。でもあのタワーズという人にかぎっては、ああいうことにはならないと思う」

すると妻は、仕方のないことと諦《あきら》めたようだった。「それで、幾晩泊まっていくの？」

「一夜だけだ」とホームズは答えた。「日曜には潜水艦に戻らなくちゃならないそうでね」

「ひと晩だけなら、そんなにむずかしいことじゃないかも……」妻は坐りこんだまま、少し眉《み》間《けん》に皺を寄せて考えこんだ。「問題は、なんとかして退屈させないようにしなければいけないってことよね。いつもなにか楽しみを与えておけばいいのよ。なにもすることがないなんていわれないように。あの中隊長のときはそれで失敗したんだもの。そのタワーズさん、好きなことっていうとなんなのかしら？」

「水泳だそうだ」ホームズはいった。「今回も泳ぎたいといってた」

「じゃヨットなんかどう？　ちょうど土曜にヨット・レースがあるけど」

「そのことは訊いてみなかった。うっかりしてたよ。ヨットならやりそうな感じはするな」

メアリはビールを飲みながらまた考えた。「映画を観につれてってもいいかもね」

「今はなにを上映《や》ってる？」

「知らないけど。どんな映画でもいいんじゃない？　とにかく時間をつぶせればいいんだから」

「アメリカ映画だと、ちょっとまずいかもしれないな」とホームズは気づいた。「偶然大佐の家の近くでロケをやった映画だったりするかもしれないし」

メアリはまた驚きの目を瞠《みは》った。「そんなことってある？　家がどこだか知ってるの？　アメリカのどのあたり？」

「全然知らないけどね。尋ねてもみなかったから」

「とにかく、土曜の夜にはなにかをやってもてなさなきゃならないってことよ。イギリス映画とかならいいんじゃない？　やってるかどうかわからないけど」

「どうだろう、うちでパーティーを開くってのは？」ホームズは提案した。

「イギリス映画もだめなら、そうでもするしかないわね。むしろそのほうがいいかも」妻はまた少し考えてから、訊き返した。「大佐は結婚してるの？」

「わからん。していて当然の年齢ではあるがね」

「パーティーにモイラを呼んだらどうかしら。なにかと手伝ってもらえるし」と妻は考えながらいう。「もちろん彼女に予定がなければの話だけど」

「手伝いといっても、彼女はアルコールが入るとむずかしいだろう」

「モイラだっていつも酒に飲まれてばかりというわけじゃないわよ」とメアリがいい返す。「彼女なら、いてくれるだけで場が華《はな》やぐでしょ」

その案にホームズも考えをめぐらせた。「まあ、悪くないアイデアかもしれんな。パーティーのあいだどんなふうにふるまってくれればいいか、モイラにいい聞かせなきゃならんが。客を退屈させないようにとね」考えながら、つけ加えた。「ベッドのなかでも外でも」

「そんな女じゃないわよ。そう見えるのは外見だけ」

ホームズはにやりと笑った。「あとのことはきみにまかせるよ」


その日の夕刻、ホームズ夫妻はモイラ・デイヴィッドスン宅に電話を入れ、パーティーに協力してくれるよう求めた。

「ピーターがね、その人をどうしても招待したいっていうのよ」とメアリがモイラに説明した。「自分の新しい上官だからって。でも軍人がどういう人たちか、他人の家に泊まったりするのが平気な人たちかどうかといったことは、あなたにもわかるでしょ。ましてうちには小さい子供がいて、おむつの臭いがしたり、お湯を沸かした小鍋で哺乳瓶《びん》を温めたりしているんですからね。だから、まずはそういうものを全部かたづけてうちのなかをきれいにして、お客さまに楽しい思いをさせるようにしなくちゃならないのよ――それもひと晩じゅうずっとね。でもわたしはジェニファーの世話もしないといけないから、お客さまにかかりきりにはなれないのよね。それでモイラ、手伝いにひと晩うちにきてくれないかしら？　申し訳ないことには、夜中は居間かベランダでキャンプ用ベッドに寝てもらうことになるかもしれないけど。とにかく土曜から日曜にかけての二日間だけなの。そのあいだずっとなにかで楽しませておかなきゃならない——とわたしたちは思ってるわけなの。退屈させないように努めなきゃってね。それで、土曜の夜にパーティーをしたいの。知り合いを何人か呼んでね」

「なんだか気まずくなりそうな感じがするわね」モイラ・デイヴィッドスンがいった。「その人、おかしな癖があるとかいうことはないでしょうね？　いきなりわたしに抱きついて泣きだして、死んだ女房に似てるとかいいだすような人だったりしない？　軍人にはよくそんな男がいるみたいだから」

「そのへんはなんともいえないわね」とメアリは答えた。「わたしもまだ会ったことない人だから。ちょっと待ってて、ピーターに訊いてみるから」夫に尋ねたあとまた受話器に口をあてた。「モイラ、彼がいうには、酒が入ったらあなたにいい寄るぐらいのことはしそうな人らしいわよ」

「そういう男だったらまだましだわ」とモイラは返した。「わかった、いいわよ。土曜の朝おじゃまするわね。いっとくけど、わたし近ごろジンはやめたの」

「ジンは飲まないってこと？」

「あれは内臓によくないんですって。胃腸に潰瘍《かいよう》を作って穴をあけちゃうのよ。これまでは毎朝飲んでたんだけど、それを聞いてきっぱりやめたの。代わりに今はブランデーよ。週末になると六本ぐらい空けるわね。ブランデーはどれだけ飲んでも大丈夫なんだって」

土曜日の朝、ピーター・ホームズは自転車を漕いでフォールマス駅にやってきた。そこでモイラ・デイヴィッドスンを出迎えた。モイラは白い肌にストレートのブロンドの髪を持ったすらりと痩せた女で、父親はバーウィックの近くのハーカウェイというところに小さな地所を持つ牧畜業者だ。なかなかよく造られた四輪馬車に乗って、モイラは駅前に現われた。馬車自体は一年ぐらい前に廃材置き場からでも拾ってきたようなガラクタだが、それをかなりの金をかけて改造したものらしい。車軸に挟《はさ》まれた真ん中の位置で、見た目がよくて活《い》きもいい葦毛《あしげ》の牝馬《ひんば》が牽いている。モイラは明るい赤色のシャツを着てスラックスも同じ色で、口紅と手足のマニキュアまでその色に合わせていた。彼女が手を振ると、ホームズは馬の鼻先まで寄っていった。彼女は御者席《ぎょしゃ》からおり、かつてはバスを待つ人々が行列をなしていた停車場の柵に手綱《たづな》をゆるく結わえた。

「おはよう、ピーター」とモイラがいった。「わたしのボーイフレンドはまだきてないの？」

「これから着く列車でくることになってる」とホームズは答えた。「きみは何時に家を出たんだ？」モイラの自宅からこのフォールマス駅までは二十マイルほどもある。

「八時よ。早すぎよね」

「朝食はすませたのかい？」

モイラはうなずき、「ブランデーだけね。これからまたこの馬車に乗ったら、もう一杯飲んでひと眠りしたいわね——お宅に着くまでのあいだに」

それでは身が案じられる。「つまり、まだなにも食べてないってことだな？」

「食べる？　ベーコン・エッグやなんかを？　そんなのだったらたくさんよ。昨夜《ゆうべ》シームさんのところでパーティーがあってね、また飲みすぎちゃったから」

二人はともに列車を出迎えに向かった。「で、昨夜は何時ごろ寝たんだ？」

「二時半ごろだったかしら」

「それでよくぴんぴんしていられるね。ぼくなら無理だな」

「平気よそんなこと。いざとなれば、いつでもしっかりしていられるものよ。それに先のわからない世の中でしょ。ゆっくり寝て時間を無駄にはしてられないわ」少しかん高い声で笑った。

「もったいないもの」

ホームズはいい返さない。一面モイラのいうとおりだから。ただ彼自身の考え方とはちがうが。二人は立ちつくして、列車が着くのを待った。やがて駅のホームにタワーズ大佐がおり立った。ライトグレーの上着にカーキ色のズボンという私服姿だ。そのいでたちはやはりどことなくアメリカ人風で、駅に立つ人々のなかでもやや目立っている。

ホームズはモイラと大佐を引きあわせた。三人揃ってホームからおりしなに、タワーズが口を開いた。「じつは自転車には一年ばかりも乗っていなくてね。倒れてしまうかもしれないよ」

「その心配にはおよびません」とホームズが返した。「モイラが愛車を用意してくれましたので」

タワーズは眉根を寄せた。「ほう、愛車を？」

「スポーツカーよ」とモイラが口を出した。「ジャガーXK一四〇なの。アメリカの人にはフォード・サンダーバードだといったほうがいいかもね。ニューモデルよ。馬力はたった一馬力。それでも少なくとも時速十三キロで走れるの。ああ、もう早くお酒が欲しいわね！」

ふたつの車軸に挟まれた中央に葦毛馬が立つ馬車のところに、三人はやってきた。結わえておいた手綱をモイラが解いた。タワーズはじっと立って馬車を眺めやった。日差しを受けて立つ大佐の姿はすらりとしてみごとだ。

「たしかにね」とタワーズがいった。「これはいい中古車《バギー》だ」

モイラはのけぞって笑った。「荷車《バギー》ですって？　たしかにそうよね、荷車がぴったりだわ。そうでしょピーター？　きれいにはしてるつもりだけど、でもしょせんそんなところよ。うちの車庫にはフォード・カスタムラインがちゃんと入ってるんだけど、今日は持ってこなかったの。代わりにこの荷車よ。さあタワーズ大佐、どうぞお乗りになって。これがどれだけ走れるか、これからお見せするから」

「大佐、ぼくは自転車できましたので」とホームズがいった。「それに乗っていきますから。それじゃ、わが家でまたお会いしましょう」

ドワイト・タワーズは馬車の座席に乗った。モイラ・デイヴィッドスンがそのわきの御者席に坐って、鞭《むち》を打ち、葦毛馬の向きを変えさせた。馬車はピーター・ホームズが乗る自転車のあとについて道を進みはじめた。

「街を離れる前に、ひとつしておきたいことがあるの」とモイラ・デイヴィッドスンがいいだした。「ちょっとお酒を飲んでいきたいのよ。ピーターもメアリもいい人たちではあるんだけど、アルコールをちょっとしかやらないのが玉に瑕《きず》でね。メアリがいうには、母親がお酒の匂いをぷんぷんさせてると赤ん坊が泣きやまないんですって。その点あなたもわかってやってあげてね。客もコーラかなにかを飲んで、あの夫婦に合わせてやるっていう手もあるでしょ」

そのずけずけとした物言いにタワーズは少しめんくらったが、半面新鮮でもあった。こんなタイプの若い女性を身近にしたのは、ずいぶんひさしぶりのことだった。

「わたしはきみに合わせるよ」と彼はいった。「コーラは去年たくさん飲みすぎたんだ――潜水艦をもぐらせて潜望鏡で覗けるくらいたっぷりとね。だから酒でいく」

「じゃ、わたしたち二人は酒派でね」とモイラがいった。

彼女の巧みな手綱捌《さば》きにより、馬車は目抜き通りに入った。道ばたではところどころに自動車が斜めに駐められていたりする。どれも一年以上はほったらかしにされているふうだ。走っている車がほとんどないので往来の妨《さまた》げにはならず、おまけに牽引車を出せるだけのガソリンもないといった事情だろう。モイラはピア・ホテルの前で馬車を停《と》めており、捨てられている車のバンパーに手綱を結んだ。そしてタワーズをつれ、ホテルのバー〈淑女亭〉に入った。

タワーズが尋ねた。「きみはなにを飲むね？」

「ブランデーをダブルでもらうわ」

「水は？」

「水は少しにして、氷をたくさん入れるの」

　タワーズはモイラが見守る前でバーテンダーに注文を入れ、そのあと少し考えた。アメリカ流のライ・ウイスキーはもともと置いてないようだし、といってスコッチ・ウイスキーももう何ヶ月も入ってこないとのことだった。オーストラリア原産のウイスキーはといえば、なぜか試すのは気が進まなかった。

「ブランデーをそんなふうにして飲んだことはないな。どんな味わいかね？」

「味わいなんて大したことないのよ」とモイラは答えた。「ただ、めぐりが速いの。それが体にいいのよ。だからこうやって飲むの」

「わたしはやはりウイスキーだな」とタワーズはいって自分の分を注文し、また彼女へ顔を向けた。笑顔になり、「それにしても、相当いける口のようだね」

「みんなそういうわ」モイラは彼が手わたしたグラスを受けとり、ハンドバッグから煙草の箱をとりだした。オーストラリア産と南アフリカ産のブレンドものだった。「こういうの喫《す》ったことおあり？　そりゃひどいものよ。でもこんなのしか手に入らないの」

　タワーズは自分の煙草を一本さしだしてやった――同様にひどいものではあるが。火を点けてやると、モイラは鼻から細長い煙を吐きだした。「たまには変わってていいかなという程度の味ね。ところであなた、ファースト・ネームはなんて？」

「ドワイトだ。ドワイト・ライオネル」

「ドワイト・ライオネル・タワーズね。わたしはモイラ・デイヴィッドスン。実家は三十キロほどいったところで牧場をやってるの。あなたは潜水艦の艦長さんなんですってね？」

「そうだ」

「お仕事は楽しい？」と皮肉めいた調子で訊く。

「わたしたちは任務を与えられることが名誉だからね」とタワーズは答えた。「その思いはずっと変わらないよ」

モイラは目をうつむけた。「ごめんなさい、へんなこと訊いちゃって。しらふでいるときって意地悪になりがちなの、わたし」そういってグラスを呷《あお》った。「もう一杯いただいていい？」

タワーズはもう一杯ブランデーを注文してやった。彼自身は依然としてウイスキーだ。

「陸《おか》にあがったときはなにをしてるの？」とモイラが訊いてきた。「ゴルフ？　ヨット？　魚釣り？」

「釣りが多いな」とタワーズは答えた。妻のシャロンとカナダ東部のガスペ半島で釣りをしてすごした遠い日の思い出が彼の心に浮かんだが、すぐに振り払った。人は過去を忘れ、今に専心して生きねばならないものだ。「ゴルフをやるには、オーストラリアの夏は暑すぎるしね。ホームズ少佐は泳ぎをよくやるといっていたな」

「海で遊ぶのがいちばん簡単だもの」とモイラがいった。「そういえば今日の午後、ビーチ・クラブでヨット・レースがあるわね。あなたもヨットはやるんでしょ？」

「ああ、よく乗るよ」というタワーズの声はついはずんだ。「ホームズはどんなヨットを持っているんだ？」

「グエン12というやつよ。防水の箱に帆を立てたといった感じなの。でもピーターは自分で乗るつもりなのかどうかわからないわね。もし彼が乗らないのなら、あなたが乗ったらどう？そしたらわたし手伝ってもいいわよ」

「もしその気なら、きみもわたしも酒はやめたほうがいいな」とタワーズはきっぱりいった。

「ほんとにヨットに乗る気ならばだ」

「ヨットまでアメリカ海軍式にするんなら、手伝わないから」とモイラがいい返した。「オーストラリアの船乗りは禁酒じゃないのよ、あなたのお国とちがってね」

「じゃヨットを操るのはきみにまかせよう」タワーズは平然といってやった。「わたしのほうが手伝いでいいよ」

モイラはにらみ返した。「だれかに酒瓶で頭を殴られたことはない？」

タワーズはにやりと笑った。「何度も殴られてるさ」

モイラはまたグラスを呷った。「あなたももう一杯空けなさいよ」

「いや、もうやめとこう。これ以上飲んだら、あの二人なにをしてるんだろうとホームズ夫妻に怪しまれるからね」

「仕方ないでしょ、どうせわかることだもの」

「そろそろいこう。あの馬車からの景色を早く眺めたいんだ」彼女を引っぱって店の戸口へと向かっていく。

モイラは抵抗することなくついてきた。「あんなポンコツ馬車」

「そんなことはない。オーストラリアじゃあれが普通なんだろ。ちゃんとした馬車じゃないか」

「だから、それがあなたのまちがいなのよ。あれはほんとに荷車《バギー》なの。アボット・バギーといってね、七十年も昔に造られたものなの。しかもアメリカ製ですって——父から聞いたんだけど」

タワーズは急に新たな関心を覚え、馬車をまじまじと見た。「たしかにね！」と声をあげた。「どうもどこかで見たことがあるような気がしていたんだ。メイン州に住んでた祖父が、これとそっくりなのを使ってたよ。わたしが子供のころだ」

するとモイラは、彼にそういう昔のことを思いださせまいとするかのように、「ちょっとわきに立って待ってて。今バックさせるから。この馬、後ろへさがるのがあまり得意じゃないのよね」そういって御者席に乗り、馬の鼻づらをぐいと後ろへ振り向かせた。おかげでタワーズは馬が引きさがるのを手伝うはめになった。馬は後ろ肢《あし》で立ちあがり、前肢の蹄《ひづめ》をタワーズへ向けようとする。彼は馬を押さえつけ、なんとか通りのほうへ向くように仕向けてやった。それからやっと御者のわきの席に乗り、馬車はゆっくりと通りへ出ていった。「この子まだ慣れていないから、坂道でちょっと足止めされちゃうかもしれないわよ。まったく、アスファルト舗装ってのはろくでもないから……」タワーズが座席にしっかりとつかまっているうちに、馬車は街のなかへと繰りだしていく。馬はなめらかな路面をすべるようにしてゆっくりと進んでいく。女性がこれほど巧みに手綱を捌くというのは驚きだった。

やがてホームズ家に着いたときには、馬はたっぷりと泡汗《あわあせ》をかいていた。ホームズ少佐とその妻が出迎えてくれた。

「遅くなってごめんなさい、メアリ」とモイラが落ちつき払った声でいう。「バーの前を素通りしちゃうのは、タワーズさんに悪いような気がしたものだからね」

「飲みそこねた分を、すっかりとり返してきたようだね」とピーター・ホームズがいった。

「かなりの長旅だったからね」とタワーズが割って入った。馬車をおりると、ホームズが妻のメアリを紹介した。「どうかねモイラ、馬を涼ませるように、わたしがちょっと散歩につれて出ようか？」

「それはありがたいわ」とモイラが返した。「帰ったら鞍をはずして、厩舎《きゅうしゃ》に入れてやってくれないかしら――ピーターが案内してくれると思うから。わたしはメアリがお昼を作るのを手伝うわ。そうだわピーター、タワーズさんね、午後からあなたのヨットに乗ってみたいんですって」

「そんなことはいっていないよ」とタワーズは否定した。

「あら、乗ればいいじゃない」とモイラはいい、馬の体を見やった。「そうだわ、この子の汗を拭いてやってくれない？　厩舎の奥の飼葉《かいば》桶《おけ》の下に雑巾《ぞうきん》があるはずだから。水はあとでわたしがやっとくわ――その前にまずわたしたちがなにか水分を摂らなきゃね」

その日の午後、メアリ・ホームズが独り家に残って子供の世話をしながら夕刻からのパーティーの準備をしているあいだに、タワーズはピーター・ホームズとモイラ・デイヴィッドスンに伴われて、でこぼこ道を自転車でヨット・クラブへと向かっていた。三人ともタオルを首に巻いて、めいめいの水着をポケットに捻《ね》じこんでいた。クラブに着くと、さっそく水着に着替えた――潮風《しおかぜ》を浴びての帆走に期待を高まらせて。ヨットは小さなキャビンのそなわる合板造《ごうはん》りで、充分に大きな帆を持つものだった。五分の猶予時間のうちに準備をすませ、レースのスタート・ラインにヨットをつけた。結局タワーズがモイラとともに乗ることになり、ホームズは浜で見物にまわった。

二人とも水着で乗り組んでいる。タワーズのそれはカーキ色のトランクス・タイプで、モイラのは白地のセパレートだ。日焼けの用心のため両人ともシャツを持ってきていた。スタート・ラインの後方にいるあいだ、暑い日差しを浴びながらつかのまヨットをあたりにただよわせた。十数艘におよぶいろんなクラスのヨットのあいだを縫《ぬ》い進んでみる。タワーズにとってヨットを操るのは数年ぶりのことで、しかも今日乗っているこのタイプのものはかつて経験したことがなかった。だが割と操作しやすい舟で、しかもかなりのスピードが出せることもわかってきた。号砲が撃ち鳴らされたときには、もうこのヨットの操縦に自信を持てていた。一回のレースにつき三角形のコースを三周することになっていて、スタート直後のタワーズの舟は先頭から五番めにつけていた。

このポート・フィリップ湾ではよくあることのようだが、風がかなりの速さで吹いていた。

一周したころには相当激しい風になり、波がヨットの舷縁《げんえん》を越えるほど高まった。疾走させながら直立姿勢を保たせるために、タワーズは帆脚綱《ほあしづな》と舵柄《かじづか》を必死で操った、ほかのことには関心が向かないほどに専心して。二周めをまわりはじめ、まぶしい光のなかでさらなるターニング・ポイントをめざしていくうちにも、波しぶきがダイヤモンドの霧のように輝き舞った。自分の作業に夢中になるあまり、タワーズはモイラの行動すら目に入っていなかった。モイラは縦帆の綱《つな》をひそかに爪先で蹴って綱留《ど》めに引っかけ、さらにその上に横帆の綱もかけていた。まもなくコース上に浮くブイにヨットが近づくと、タワーズは舵柄を巧みに操ってそれをかわし、と同時に縦帆を操ろうとその綱をのばした。だが綱は二フィートほどのびたところで、綱留めのせいで止まってしまった。折しも風が吹きつけたので、モイラがあわてたふりをして横帆の綱を引くと、縦帆はなおさらバランスを失い、ついには海面へと倒れこんだ。あっという間に二人は水のなかに投げだされていた。

モイラの責める声があがった。「縦帆の綱をのばさなきゃだめじゃないの！　いやだ、わたしブラがはずれそうだわ！」

じつのところ、水に落ちた瞬間、ブラの胸もとの結び目を彼女は自分でゆるめたようだった。体のわきにブラの紐《ひも》の端が浮いてしまっている。彼女はそれを片手で引っつかむと、また声をあげた。「舟の反対側へ泳いでいって、竜骨《りゅうこつ》の上にあがりましょ。大丈夫、すぐまた立てなおせるわよ」

タワーズは彼女について泳いでいった。安全のためパトロール中の白いモーターボートが彼方を疾駆しているのが見えた。それがこちらへ舳《へさき》を向け、近づいてくる。

「救命ボートがきちゃうわ。こんなとこ見られるのはごめんよ。そうならないうちに、ドワイト、この紐を早く結んで」今は水に浸《つ》かって顔を伏せているのだから、ブラの紐など自分でいくらでも結べるはずなのだが。「そうよ、しっかり結わえて——でもそんなにきつすぎるのはだめよ、日本人のキモノじゃないんだから。そう、それでいいわ。さあ、早く舟を起こして、レースをつづけましょ」

海面にわずかに出ている竜骨の上にモイラは掻《か》きあがり、舷縁を押さえながらそこに立ちあがった。タワーズはそのすぐ下でなお海面にとどまったまま、彼女のしなやかな体の線を臆面もなくまじまじと見あげていた。それでもすぐに二人揃って舟に体重をかけ、ひっくり返して直立に戻した。パトロール・ボートがたどりつく前に、濡れそぼった帆がふたたび海上に突き立った。

「もうこんなへまはごめんよ」とモイラがきつくいった。「わたしのこの水着、ほんとは日光浴用なんだから。泳ぎのためのじゃないのよ」

「すまない、こんなつもりじゃなかったんだが」とタワーズは詫びた。「直前までちゃんとやれてたように思えたのにね」

その後は事故もなくコースを進んだものの、最後から二番めの順位でゴールした。ヨットを岸辺に近づけていくと、ピーター・ホームズが腰丈《たけ》ほどの浅瀬までやってきた。そしてヨットに手をかけ、帆に風があたるよう向きを変えた。

「調子はいかがでした？」ホームズが訊いた。「転覆していたようですが」

「セーリングはわりとよかったんだけどね」とモイラが答えた。「でもタワーズさんのせいで転覆したのよ。おかげでわたしのブラがはずれかけたわ。なんにせよスリル満点だったのはたしかね。退屈なんかぜんぜんしなかった。あなたの舟もよく走ったわよ、ピーター」

タワーズとモイラも水のなかに出て、ヨットを浜へと引きあげた。帆をおろし、トロリーに載せて、さらに内陸へと牽いていく。ヨットを浜に置いたあと、三人は桟橋《さんばし》の奥で真水で体を洗い、そのあとその場に坐りこんでくつろいだ。夕日の暖かさのなかで煙草を喫う。後方の崖《がけ》が、沖からの風を防いでくれている。

青い海面を、赤い崖の絶壁を、繋留されて波に揺れるモーターボートの列を、タワーズは眺めやった。

「こういうところによくこんなヨット・クラブが作られたものだね」と感心もあらわにいった。

「小ぢんまりとした規模で、じつにちょうどいい」

「みんなそれほど大まじめにヨットにとりくんでいるわけじゃないんです」とホームズが返した。「だからこそ巧《うま》くいっているんでしょうね」

モイラが口を出した。「そう、だからこそなんでも巧くいくのよ。ところでピーター、お酒はいついただけるの？」

「みんなが集まりだすのは八時ごろの予定だ」とホームズは答え、それからタワーズへ顔を向けて、「今夜うちに知り合いを招いて、ちょっとしたパーティーを計画しています。それで、わたしたちはその前にまずホテルにいって食事をとろうと思いまして。家では家内がパーティーの準備に忙しいころですので」

「なるほど、それはいい」とタワーズは返した。

モイラがまた口を挟んだ。「ホテルで食事って、まさかピア・ホテルじゃないでしょうね?」

「ピア・ホテルにするつもりだけど、どうして?」とホームズ。

モイラはむっとして、「わたしたち今日二度めよ、ちょっとどうかしらね」

タワーズが笑ってたしなめた。「おいおい、きみといるとわたしの評判が落ちそうじゃないか」

「あら、あなたこそさっきはわたしの評判を落とすようなことしたじゃない」とモイラがやり返す。「でもわたし、そんなこと全然責めるつもりなかったのよ——あなたにブラがはずれるようなことされたなんて、おくびにも出さずにいるつもりだったのに」

タワーズはつかのまモイラの顔をじっと見ていたが、やがて笑った。彼がここ一年ほど絶えて発したことのない笑いだった。自分の身のうえに起こったことからわずかでも解放された気分だった。

「それはいいだろう」とようやくいった。「それは秘密にしてくれ、わたしときみのあいだだけのね」

「どうするかはわたしの自由よ」とモイラはすまし顔でいう。「それより、あなたこそ今夜お酒がまわったら自分からみんなに話しちゃうんじゃないかしらね」

ホームズが割って入った。「さて、そろそろ着替えをしたほうがよさそうだ。六時までに帰ると家内にいっておいたのでね」

三人は桟橋の上を戻り、更衣室に入って着替えをすませると、自転車に乗ってホームズ宅への帰途《きと》についた。


ホームズ邸に着くと、メアリが芝庭に水を撒《ま》いているところだった。そこでみんなでホテルにどうやっていくかを話しあい、また例の葦毛馬に馬車を牽かせていくことにした。

「タワーズ大佐のためにも、馬車でいくほうがいいわね」とモイラがいった。「ピア・ホテルでまたお酒飲んじゃったら、帰りの坂道はとても歩けなくなるかもよ」

モイラはホームズと一緒に厩舎に赴《おもむ》き、そこで馬に馬具《ばぐ》をつける作業を手伝った。轡《くつわ》を歯に嚙《か》ませ、羈《おもがい》のあいだから耳を引っぱりだしながら、彼女は口を開いた。「どう、わたしの出来は？」

ホームズはにやりとして、「さすがに巧いものだ。いっときも退屈してないようすじゃないか」

「そういうふうにしてってメアリにいわれたからね。少なくとも今のところ泣きだす気配はないわね」

「このままきみが巧くやりすぎたら、涙より先に鼻血でも流しそうじゃないか」

「どこまでやれるかはわからないわよ。これまではわたしの得意分野でやれてるだけだから」
そういいながらモイラは馬の背に鞍を載せた。
「大丈夫、きみのことだ、夜が更《ふ》けていくうちにまたなにかアイデアが湧くさ」

夜が更けていった。三人はホテルで夕食をすませたあと、馬車でまた坂道を引き返した――先刻の二人だけでの帰途のときよりはずっと静かな雰囲気で。

家に戻ると馬具をはずして馬を厩舎に戻し、八時に集まるパーティー客を迎え入れる支度をした。客は年若い医師とその妻、タワーズとは別のもう一人の海軍士官、養鶏《ようけい》業を営《いとな》んでいる陽気な若い農夫――その男の暮らしぶりはタワーズには謎だったが――それとあとは小規模な自動車整備業を営むこれまた若い男がもう一人、という顔ぶれだった。三時間ほどものあいだ一同酒を酌《く》み交わしたりダンスに興《きょう》じたりしてすごし、そのあいだ深刻な話題は避けるように意を砕いた。暖かい夜気《やき》のせいもあって室内の気温はどんどん上昇し、上着やネクタイは早い段階でどんどん脱ぎ捨てられていった。蓄音機がたくさんのレコードをつぎつぎに鳴らしつづけていった。レコードの半分はホームズが今夜のために人から借りたものだった。蠅除《はえよ》け網を張った窓が大きくあけ放たれているにもかかわらず、室内はたちまち紫煙《しえん》でいっぱいになっていた。すぐに溜《た》まる灰皿の吸殻をホームズがしょっちゅうゴミ箱に捨てねばならなかった。メアリは空《から》になったグラスをしょっちゅう集めてまわり、台所に運んで洗ってはまたすぐ居間に戻した。午後十一時半をすぎたころになると、ようやくメアリがお茶をトレーに載せて運んでいった。茶菓《さか》はバターをつけたスコーンとケーキだ。オーストラリアではそれが出てくると、パーティーが終わりに近づいたという知らせになる。ほどなく客たちは三々五々と去りはじめ、外に駐めてあるめいめいの自転車へと千鳥足《ちどりあし》で戻っていく。医師夫妻が帰るときには、タワーズとモイラは一緒に車寄せまで送りだし、無事に地所を離れるときまで見送っていた。

「いいパーティーだったね」家へと戻りしなにタワーズがいった。「みんなとてもいい人たちだった」

暑苦しく混みあう家のなかですごしたあとだけに、庭の涼しさがことさら心地いい。とても静かな夜だ。木立のあいだからポート・フィリップ湾の海が望める。明るい星空の下、フォールマスからネルソンへとつづく海岸線がのびている。

「ほんとに暑い部屋だったわね」とモイラがいった。寝る前にもう少しここに出て涼んでいたいわ」

「じゃ、なにか体に掛けるものでも持ってこようか？」とタワーズが訊いた。

「それより喉を潤《うるお》すもののほうがいいわね、ドワイト」

「ノンアルコールでいいかい？」

モイラはかぶりを振る。「ブランデーを一インチ半お願い。それと氷をたっぷりね——残ってるだけでいいけど」

タワーズはその場を離れ、飲み物をとりにいった。両手にグラスをひとつずつ持って戻ってきたときには、モイラは暗いベランダの端に腰かけていた。グラスを受けとった彼女から軽く礼を返されると、タワーズもすぐ隣に腰をおろした。パーティーのにぎわいとかまびすしさがすぎ去ったあとだけに、夜の庭の静けさにいっそう安堵を覚えた。

「こうしてじっと静かにすごすのもいいものだね」と口を開いた。

「そのうち蚊《か》に刺されるようになるわよ」とモイラがいった。かすかに暖かい風が二人のまわりに吹いていている。「でもこの風があれば、そんなには飛んでこないかも。どっちにしろ、今夜は興奮しすぎちゃって、ベッドに入っても眠れそうにはないわ。ただ横になって、ひと晩じゅう寝返り打ってるだけかも」

「昨夜も晩《おそ》かったんじゃないか？」とタワーズ。

モイラはうなずく。「その前の晩もね」

「たまには早めに床《とこ》についたほうがいいんじゃないかな」

「早く寝たからどうなるっていうの？」モイラがいい返した。「今さらなにをどうしても同じことでしょ？」タワーズがそれには答えないようにしていると、彼女は問いを変えてきた。

「ピーターはどうしてあなたの〈スコーピオン〉とやらに乗り組むことになったの？」

「彼はわたしの艦の連絡士官に任ぜられたんだ」

「そういう役目の士官が前からいたわけ？」

タワーズは首を横に振り、「今までいたことはなかった」

「それがどうして、こんどはいるようになったの？」

「さあ、わたしにはよくはわからないが、おそらくこれからオーストラリアの領海内で就航するからなんだろう。まだそう指令があったわけじゃないが、噂に聞くところではね。どうやらこの国の海軍では、肝心の艦長が指令を教えてもらえるのはいちばん最後になる慣例らしいね」

「領海内って、どのあたりにいくことになりそうなの？」

タワーズは答えるのにためらいを覚えた。が、すぐ思いだした、機密保護などという考え方は今や過去の遺物にすぎないという事実を。世界のどこにも〈敵国〉というものが存在しなくなった以上、機密事項などただの慣習の残滓《ざんし》でしかない。

「噂では、ポート・モーズビーまでの短期の就航らしい」とようやくうちあけた。「ほんとに噂の域を出ないがね。わたしが知っているのはその程度だ」

「でもポート・モーズビーといえば、危ない地域なんじゃない？」

「わたしもそう思う。このところずっと無線での連絡も入ってこないらしいからね」

「もし危険だったら、上陸なんかできないでしょうに」

「いつかはだれかがいってたしかめなきゃならないさ。もっとも、放射能濃度が安全なレベルに低下するまでは船外に出られないだろうがね。当面は濃度が高すぎて、海面への浮上すらできないだろう。だが、いずれはだれかが実地に見てみねばならない」タワーズが言葉を区切ると、星の降る庭を静寂が支配した。「実地に見なければならない場所はたくさんある」とまた口を開いた。「たとえば、アメリカのシアトル周辺のどこかからいまだに無線電波が発せられているんだ。理にかなわないことなのに、ときどき捕捉される。一連のモールス信号による通信だが、言葉としては意味不明だ。それが二週間ほどの間《ま》を置いては、ふたたび傍受される。まるでその地域にだれか生存者が残っているかのようだ――無線機の操作法をよく知らないだれかがね。北半球にはそうした奇妙な現象が依然として多々あるので、早晩その地を訪れて自分の目でたしかめる必要があるということさ」

「そんなところで生きつづけてる人がいるってことなの？」

「信じがたいことではあるね。現実的には不可能としか思えない。完璧な密室状態の空間で、完璧に濾過《ろか》された空気を呼吸し、食料や水もなんらかの方法でずっと身近に保存していなければ、とても生きてはいられないはずだ。そんなことが本当に可能だとは到底《とうてい》思えない」

モイラはうなずき、問いを重ねた。「ケアンズももう危険区域だと聞いたけど、本当なの？」

「そう思うね。ケアンズもダーウィンもだ。それらの町も、わたしたちが視察しなければならないだろう。そしてピーター・ホームズがわが〈スコーピオン〉の連絡士官に任命されたのは、まさにそのためであるはずだ。なにしろそのあたりの海域についてよく知っている男だからね」

「うちの父が人から聞いた話だと、タウンズヴィルの街には放射能のせいで病気が広まってるそうだけど、本当かしら？」

「なんともいえないな。タウンズヴィルについては情報が入っていないが――ありえないことじゃない。ケアンズのすぐ南に位置する町だからな」

「じゃ、放射能はどんどん南へのびてくるわけ？　いずれはわたしたちのところまでくるってこと?」

「そうなるだろうといわれているがね」

「でも南半球には核爆弾は落とされていないのよね?」モイラが憤懣《ふんまん》をあらわにした。「なのに放射能がこんなところまでくるの? くい止める手立てはないの?」

タワーズはかぶりを振った。「それはむずかしいな。放射性降下物は風に運ばれてくるんだ。それを防ぐというのはきわめて困難だ。まず無理といっていい。いざ身に降りかかってから最善を尽くすしかないだろう」

「わたしには理解できないわね」とモイラはなおいいはる。「以前には風は赤道を越えては吹かないといわれたのよ。だからこっちは安全なんだって。なのに今はここまで危険がおよぶようなことをみんながいいだして……」

「これまでも安全だったことなどないさ」タワーズは落ちつき払っていった。「仮に放射性降下物の重い微粒子は風に乗らないという説が本当だとしても――そもそもその説自体、本当じゃないんだが――軽い微粒子が大気のなかで拡散するのはどうしようもない。それらはこうしている今でもかすかにわたしたちに降りかかっているんだ。現在のこのあたりの大気中の放射能濃度は、戦前の七、八倍にはなっているはずだ」

「そのくらいならまだ体にはそんなに害はないでしょ」とモイラが返す。「ただ問題はその降下物とやらね。それは必ず風に乗ってくるといいたいわけでしょ?」

「そうだ」とタワーズ。「だが北半球から南半球へ直接風が吹きこむということはない。もしそうなっていたら、われわれは今ごろだれも生きちゃいないだろうよ」

「いっそそうなってほしいぐらいだわ」とモイラが苦々《にがにが》しくいう。「まるで絞首刑になるのを待ってるみたいだもの」

「その気持ちもわかる。だが今こそ神のご加護のときだという見方もできるんだ」

タワーズがそういったあと、つかのま沈黙が支配した。

「だったら、どうしてこんなにいつまでもじらすの？」モイラがまた沈黙を破った。「風が吹くのならさっさと吹いて、早く終わりにしちゃえばいいじゃない」

「そうたやすくはいかないさ。北と南それぞれの半球で、風は巨大な渦を描きながら吹きまわっている。赤道と北極および南極とのそれぞれの中間でまわっているそれらの渦は、どちらも直径が数千マイルもあるものだ。風は南北それぞれである巡回システムがさだまっているが、両者を分けへだてているものは、じつは地球儀で見られるような赤道ではないんだ。それは気圧赤道と呼ばれるもので、そこを境《さかい》にして、それぞれ季節の異なる北と南に分かれる。一月にはボルネオとインドネシアの全域までが北の気圧域に含まれるが、月が進むにつれ境目となる赤道が北上して、それよりも南方の地域はすべて、つまりインドやタイの全域までも南の気圧域に入ってしまう。だから、一月に北からの風が放射性降下物をマレーシアあたりまで降らせていたとすると、七月にはその地は南の気圧域となって、そこで起こった風が降下物を巻きこみ、わたしたちのいるこのオーストラリアまで運んでくることになる。ここにいてもゆっくりと放射能に汚染されていくというのは、そういう理由があるからなんだ」

「それに対して、どんな手立てもとれないというの？」

「そうだ。人類が対抗するには、規模があまりにも巨大すぎる。ただじっと受けとめるしかない」

「わたしはいやよ」モイラは強い調子でいった。「そんなのおかしいじゃない。南半球じゃだれも核兵器なんか使ってないんでしょ。水素爆弾だろうがコバルト爆弾だろうがそのほかのどんな爆弾だろうが、オーストラリアはぜんぜん発射なんかしていないじゃないのよ。なのに、一万キロも二万キロも離れた国がやりはじめた戦争のせいで、どうしてわたしたちが死ななきゃならないの？　ほんとにバカげた話よね」

「きみのいうことはもっともだ」とタワーズ。「だがどうしようもない」

いっとき間があってから、モイラがまたけわしい声でいった。「べつに死ぬのが怖いといってるわけじゃないのよ。人はいつか必ず死ぬものだからね。わたしはただ、やり残したことがたくさんあるのが悔《くや》しくて……」星明かりの下でタワーズの顔を覗きこむ。「わたしオーストラリアの外へ一度も出ないで一生を終えてしまうのよ。死ぬまでにパリのリュ・ド・リヴォリだけは絶対に見たいと思ってたのに。とてもすてきな名前の通りでしょ。もちろんくだらない夢だってわかってるわよ、ほかの通りと大して変わらないはずだものね。でもそれがわたしの夢だったの。そしてそれも実現できずに終わるのよ。なぜなら、この世界にはもうパリもロンドンもニューヨークもないんだからね」

タワーズはやさしい笑みを投げかけてやった。「リュ・ド・リヴォリはまだあるかもしれないさ。ショー・ウインドーにいろんな商品を飾り立てたままの姿でね。きみが見たいと思ってるとおりに、明るい日の光に照らされながらすべてがそのままに残っているかもしれない。そういう場所を頭のなかに描くときは、わたしはいつもそんなふうに想像するんだ。ただし――そこには生きた人間はもう一人もいないだろうがね」

モイラは、いらだたしげなようすで立ちあがった。「わたしはそんな街が見たいんじゃないわ。死人しかいない街なんて……ドワイト、お酒をもう一杯ちょうだい」

タワーズは立ちあがりもせず、またもただ笑みを投げるにとどめた。「体のためにはもうやめておいたほうがいいな。そろそろ寝《やす》む時間だ」

「じゃ自分で持ってくるわよ」モイラは憤然と家のなかへ入っていった。グラスがカチカチと鳴る音が聞こえたと思うと、たちまちのうちにベランダに戻ってきた。手にしているのは、酒が半分以上も注《つ》がれたタンブラーで、氷の塊《かたまり》がひとつ浮かせてある。

「三月にはイギリスにいくつもりでいたのよ」とまた声をあげる。「ロンドンへね。何年も前から考えていたの。半年ほどもかけてイギリスとヨーロッパをまわってこようって。そのあとアメリカへわたってから帰ってこようって。そしてニューヨークのマディソン・アヴェニューも見てくるはずだったのよ。それがこんなバカげたことになるなんて」そういって酒をぐいと呷ったと思うと、不快感をあらわにしてグラスを口から引き離した。「なんなの、この泥水みたいな味のお酒は？」

タワーズはグラスを引ったくり、匂いを嗅《か》いでみた。「これはウイスキーだな」

モイラはすぐ奪い返し、自分の鼻に近づけた。「そのようね」とぼんやりいう。「ブランデーのあとにこんなの飲んだら、死んじゃうかも」そういいながらもグラスを持ちあげると、ウイスキー・ロックの残りを飲み干し、あとの氷は庭の草のなかへ投げ捨てた。

そしてタワーズへ顔を向けた。星の光で見る彼女の表情は不安定に揺らいでいる。「わたしはメアリみたいな家庭を持つこともないまま死んじゃうのよ」とつぶやく。「そんなひどいことってある？　メアリはね、ドワイト、あなたのこと心配してたのよ。自分の赤ん坊や物干しにさがってるおむつやなんかをあなたが見て、泣きだしたりしないかってね。前にイギリス空軍の飛行中隊長を自分の家に招待したとき、そんなふうに泣かれちゃったんですって」声がしだいにうつろになってきた。「だからあなたをせいぜい楽しませろといわれたの」体が揺れだし、ベランダの柱につかまった。「わたしメアリにそう頼まれたのよ。いっときでも退屈させないようにって。赤ん坊に目がいかないようにって。もし赤ちゃんばかり見ていたら……あなたはきっと泣きだすだろうからってね」涙がモイラの頰をつたいはじめた。「彼女は考えもしなかったのよ――泣きだすのはあなたじゃなくて、わたしかもしれないなんてことはね」

そこまでいうと、ベランダの床にくずおれてしまった。顔をうつむけ、涙があふれるにまかせている。タワーズは一瞬ためらったのち、モイラの肩に手を置き、すぐまた離した。どうしてやればいいのかわからなかった。結局は背を向け、家のなかへと戻っていった。台所に入ると、メアリ・ホームズがパーティーのあとのかたづけにいそしんでいるところだった。

「奥さん」と、少し気後れがちに声をかけた。「すみませんが、ベランダにデイヴィッドスンさんがいるので、ようすを見てやってくれませんかね。ブランデーのあとにウイスキーのロックを飲み干してしまったもので、ベッドまでつれていってあげたほうがいいように見えますので」

第二章

　赤ん坊は日曜の朝だろうが真夜中までパーティーをやった翌朝だろうが考慮してはくれない。ホームズ家の夫妻は六時にはもう起きて仕事にかかっていた。ピーターは自転車に乗ってトレーラーを牽引《けんいん》し、牛乳とクリームを買い出しに出かけた。途中で例の農場に立ち寄り、新たに造ることになるトレーラーについて主人としばらく話しあった。車軸や牽引棒をどうするかを相談し、修理店に製作を依頼するためにスケッチを何枚か画《か》いた。

「明日は軍の仕事にいかなくちゃならないんだ」とピーターはいった。「だから、ぼくがここに牛乳を買い出しにくるのは今日が最後になる」

「心配要《い》らないよ」と農場主のポールがいってくれた。「おれにまかせときな。牛乳は毎週火曜と土曜に奥さんのところに持っていってやるから」

　そのあとピーターは八時ごろには帰宅し、髭《ひげ》を剃《そ》りシャワーを浴び着替えをすませた。そして妻のメアリが朝食を作っているのを手伝ってやった。九時十五分前ごろになるとタワーズ大佐がやっと姿を現わした。表情はすでにすっきりし、こざっぱりとしたなりをしていた。

「昨夜は、ほんとに楽しいパーティーだったよ」と大佐はいった。「あんなに愉快だったことは今までにないくらいだ」

「このあたりには、とても楽しい人たちがいますのでね」とピーターはいい、上官の顔を覗きこんで、にやりとした。「モイラのことでは、ご迷惑をおかけしてすみませんでした。いつもあんなふうに酔いつぶれてしまうわけじゃないんですが」

「ウイスキーを飲みすぎたのが応《こた》えたんだろう。彼女はまだ起きてこないのかい？」

「まだちょっと起きられないかもしれませんね。昨夜二時ごろに、だれかが気分が悪くなったらしい物音が聞こえていましたから。あれはまさか艦長ではないと存じますが？」

大佐は笑った。「ちがうよ、わたしじゃない」

朝食がテーブルに並べられ、ピーター夫婦もタワーズ大佐も席についた。

「今日も泳ぎにいかれてはどうでしょう？」とピーターが水を向けた。「また暑い日になりそうですから」

大佐はためらうように、「それより、日曜の朝だから教会にいきたいね。家ではそうしていたものでね。このあたりに英国国教会の教会はないだろうか？」

メアリが答えた。「それなら坂をくだったところにありますわ。ここから一キロちょっと先ですけど。礼拝は十一時のはずです」

「では、ちょっとそこへ出かけてくることにしよう。きみたちの都合に合わないということはないだろうか？」

「もちろん、まったくかまいませんよ」とピーターが答えた。「残念ながらぼくはご一緒できませんが。〈スコーピオン〉に搭乗するのにそなえて、いろいろと支度をしなければなりませんので」

大佐はうなずき返し、「いいとも。わたしもすぐ帰ってきて、こちらでお昼をごちそうになろう。それから艦《ふね》に戻るよ。午後三時ごろの列車に乗るのがいいだろうな」

暖かな日差しのなかを、タワーズは教会へと向かっていった。早めに出かけてきたせいで、礼拝の時間より十五分ほども前に着いた。かまわずなかに入ると、教会の世話役の男が祈禱書《きとうしょ》と讃美歌の本を手わたした。会衆席《かいしゅう》では奥のほうの席を選んだ。国教会の礼拝にはまったく慣れていないので、奥からならばほかの参加者をよく眺めることができ、いつひざまずいていつ立ちあがればいいのかといったことが一目瞭然にわかるからだ。子供のころ習った決まりごとの祈りの文句を口にしてから、席に腰をおろした。そっとまわりを見る。小さい教会で、アメリカの自分の故郷コネチカット州のミスティックの町にあった教会によく似ていた。臭いすら同じに思える。

それにしてもあのモイラ・デイヴィッドスンという女、ずいぶんと混乱していたようだ。もちろん酒を飲みすぎたせいもあるだろうが、彼女もまた現実をたやすく受け入れることができない人々の一人でもあるのかもしれない。だが、なかなかいい女性であるのもたしかだ。妻のシャロンも、あのモイラならきっと気に入るのではないか。

教会の静けさのなかで、彼は自分の家族のことに思いを馳《は》せた。その姿を思い描きさえした。

結局自分もまた単純な一人の男にすぎないのだと感じながら。九月になれば旅を終えて家に帰れるだろう。家族と離れてすごした歳月は九ヶ月に少し欠ける程度で、疎遠を感じさせずにすむだろう。彼自身にとってもいろんなだいじなことを忘れずにすむ。しかしそんな短いあいだにも、息子は相当大きくなっているにちがいない。あの年ごろの子供は成長が速いから。アライグマの毛皮の帽子はもちろん、子供服はもう着られないようになっているのではないか――肉体的にも精神的にも。それから、もう釣り竿《ざお》を手にしてもおかしくない時期になってもいる。グラスファイバー製のリール竿を持ち、その使い方を習い憶えているかもしれない。自分の息子に釣りを教えるのはさぞ楽しいことだろう。誕生日は七月十日だが、プレゼントに釣り竿を送ってやることはできそうもない。送るのはおろか、持ち帰ることすらむずかしいだろう――やってみる価値はあるかもしれないが。あるいは、帰国してから母国で買っていってもいい。

娘のヘレンはといえば、四月十七日の誕生日で六歳になる。娘の誕生日に間に合わせるのはなおさら無理だ、〈スコーピオン〉になにかあって途中帰国という事態にでもならないかぎりは。遅れてごめんねと娘に謝るのを忘れないようにしなければならない。帰国できる九月までには、贈り物はなにがいいか考えておかねばならない。誕生日にはきっと妻が娘にわけを話してくれるだろう、パパはまだ海の上にいるから帰れないのよと。でも冬がくる前にはきっと帰ってきて、プレゼントも持ってきてくれるにちがいないわ、と。とにかく娘については妻が巧《うま》くやってくれるだろう。

礼拝のあいだじゅうタワーズは、ずっとそうやって家族のことばかり考えていた、ほかの人々がひざまずいたときにはひざまずき、立ちあがったときには立ちあがりしながら。ときおり讃美歌の自分のパートを思いだしては、シンプルで唄いやすい詞を口ずさむこともあるが、そうでないときは、ほとんど白日夢に囚《とら》われたように家族と故郷のことに思いを馳せつづけていた。

礼拝が終わると、すっかりリフレッシュした気分になって教会を出た。一緒に出てきた人々のなかにはもちろん知り合いなど一人もいない。教会のポーチで牧師がわけもなく笑みを投げかけてくれたので、タワーズも微笑《ほほえ》み返した。それから暖かい日差しの下で、ホームズ家までの登り坂をゆっくりと帰っていった。道中こんどは〈スコーピオン〉のことで頭がいっぱいになっていた。積まねばならない物資のこと、しておかねばならない確認作業のこと、そのほか進水前に果たすべきあらゆる雑事について頭をめぐらせた。


ホームズ邸に戻ると、ベランダでモイラ・デイヴィッドスンがメアリ・ホームズと一緒にデッキ・チェアに腰をおろしているのが目に入った。そばに赤ん坊を乗せた乳母車《うばぐるま》を置いている。タワーズが近づいていくと、メアリが椅子から立った。

「さぞ暑かったでしょう」とホームズ夫人はいった。「どうぞ、上着を脱いで日陰に腰をおろしてくださいな。教会には無事にたどりつけました?」

「ええ、おかげさまでね」とタワーズは答えた。上着を脱ぎ、ベランダの端に腰をおろした。

「すばらしい礼拝だった。空《あ》いている席がないほどでね」

「いつもというわけじゃありませんよ」メアリが沈着にいった。「いま飲み物をお持ちしますね」

「アルコールじゃなくてけっこう」とタワーズは声をかけ、二人の女性のグラスへ目をやった。「あなた方はなにを?」

モイラが答えた。「ライム・ジュースを水で薄めたのよ。でもまねしなくていいわ」

タワーズは笑って、「いや、わたしもそれがいいな」メアリが飲み物をとりにその場を離れていくと、彼はモイラへ顔を向けた。「朝はなにか食べたのかい?」

「バナナを半分と、ブランデーを少しね」モイラは落ちついた声でいった。「体調があまりよくないものだから」

「ウイスキーをやったせいだな。あれがまちがいだったよ」

「それもあるでしょうね」とモイラ。「パーティーのあと芝庭に出ておしゃべりしたでしょ。それから先のことを、なにも憶えていないのよ。ベッドにつれてってくれたのはあなたなの?」

タワーズはかぶりを振り、「いや、ホームズの奥さんに頼んだ。そのほうがいいと思ってね」

モイラはかすかに、にやりと笑った。「じゃ、あなたはチャンスを逃したってことね。わたし、忘れずにメアリにお礼いわなくちゃね」

「お礼ならわたしもいえばよかったな。ほんとにいい女性だよ、あの奥さんは」

「そういえば、彼女から今聞いたけど、あなた今日の午後にはウィリアムズタウンに戻っちゃうんですってね。せめてもう一日ここにいるわけにはいかないの？　また泳ぎにいきたいのに」

タワーズは首を横に振った。「明日になる前に、艦《ふね》でしておかなきゃならないことがたくさんあるんでね。今週は外海に出る予定だからな。机の上にはいろんな書類が山積みされてるだろうし」

「いつも忙しそうに仕事をせずにはいられないタイプの人よね。たとえさほど忙しくないときでも」

タワーズはまた笑った。「仕事はもちろん一生懸命やるさ」あらためてモイラを見やり、「きみは働いちゃいないのかい？」

「そりゃ働いてるわよ。わたしだって忙しいんだから」

「ほう、どういう仕事かね？」

モイラはグラスをさしあげ、「これよ。昨日あなたと初めて会ってからこうやってることが、わたしの仕事なの」

タワーズは苦笑し、「きみはどちらかといえば、ありきたりの仕事じゃ退屈になるほうだろうな」

「〈人生は退屈なもの〉よ」とモイラはフォーク・ソングから引用してみせた。「〈どちらかといえば〉どころか、いつだって退屈ばかりだもの」

タワーズはうなずき、「わたしは幸運かもしれんな、やることがたくさんあって」

モイラは彼の目を見ていった。「来週になったら港にいっていい？　あなたの潜水艦が見たいの」

タワーズはまたも笑ったが、頭のなかには艦での多くの仕事のことが渦巻いていた。「無理だな。われわれは来週も海に出ているからね」そういったあと、あまりに無愛想かと思いなおして、「潜水艦に興味がある？」

「そういうわけでもないけど」とモイラはどうでもよさそうに、「ちょっと覗いてみたいと思っただけ。だめならべつにいいのよ」

「できれば見てもらいたいところなんだがね。ただ来週はちょっとな。いずれ忙しいときがすぎたら、是非ウィリアムズタウンにきてもらって、昼食でも一緒にしたいね。そのときまで、さほど急ぐ必要もないだろう。暇になったらなんでも見せてやれるからね。そしてそのあとは街へ出て、どこかで夕食も一緒にしようじゃないか」

「それはすてきね」とモイラ。「そうできるのはいつごろになりそう？　およそわかっていれば、楽しみにしていられるからね」

タワーズは一瞬考えた。「まだなんともいえないな。今週末ごろに作戦の準備の出来ぐあいを本部に報告したら、その一日二日後ぐらいに一度めの旅への出発命令が出るはずだ。その旅が終わって帰ってきたら、艦はつぎの旅まで港でしばらく休むことになる」

「その最初の旅というのが、ポート・モーズビーまでいくことなのね？」

「そうだ。できればそれまでのあいだで都合がつけられるか、なんとかやってみよう。ただし保証はできない。きみの電話番号を教えてくれれば、金曜日ごろに連絡するがね」

「番号はバーウィック八六四一よ」とモイラは答え、タワーズはそれをメモした。「電話は夜の十時ごろまでにもらうのがいいわね。それをすぎると、ほどんどいつも街へ繰りだしてるから」

タワーズはうなずき、「わかった。金曜日といったが、そのときはまだ海の上にいる可能性もある。だから土曜日までには電話するということにしよう。とにかく連絡はきっとするよ、ミス・デイヴィッドスン」

モイラはにっこりして、「モイラと呼んでくれていいのよ、ドワイト」

タワーズも笑った。「そうしよう」

ホームズ家での昼食がすんだあと、モイラ・デイヴィッドスンはバーウィックの自宅へ帰るついでに、タワーズ大佐を馬車に乗せて駅まで送り届けた。駅前で大佐が馬車をおりると、彼女はいった。「それじゃね、ドワイト。仕事しすぎて体をいじめないようにね」それからつけ加えて、「昨夜はごめんなさい、バカなところ見せちゃって」

大佐はにやりとして、「ちゃんぽんで飲んだ報いだな。これに懲《こ》りたらいいさ」

モイラはかん高く笑った。「懲りるもんですか。明日の夜もまたやらかしてやるわ。明後日《あさって》もね」

「きみこそ体を大切にしなきゃ」大佐は冷然という。

「それはわかってるわよ」とモイラは返す。「ほかのだれのでもない、自分の体だってことぐらいはね。もしほかのだれかがかかわってたなら、少しはちがってたかもしれないけど。でももうそんなだれかを見つける時間もないわ。困ったことにね」

大佐はうなずき、「とにかく、また会うときを楽しみにしよう」

「それ、信じていいのね？」

「もちろんさ。いっただろ、きっと電話するよ」


電車に乗ってウィリアムズタウンへと帰っていくタワーズ大佐を見送ったあと、モイラは馬車で自宅までの三十キロの帰途《きと》についた。家にたどりついたのは午後六時ごろだった。馬具《ばぐ》をはずして馬を厩舎《きゅうしゃ》に入れようとしていると、彼女の父が手伝いにきてくれた。二人で馬車を押して車庫に入れ、もう乗ることのないフォード・カスタムラインの隣に置いた。馬にバケツで水を飲ませたりオート麦の飼料をやったりしたあと、家のなかに入った。母は網戸をめぐらせたベランダで縫《ぬ》い物をしているところだった。

「お帰り」と母は迎えた。「楽しかった？」

「ええ、まあね」とモイラは答えた。「ピーター夫婦は昨夜ホーム・パーティーをやったのよ。とてもにぎやかだったわ。わたしはちょっと飲みすぎちゃったけどね」

母はかすかにため息をついた。だが小言をいっても無駄だとすでに承知しているようだ。

「今夜は早く寝なさい」といっただけだった。「このところ毎日晩《おそ》いんだから」

「ええ、そうするわ」

「アメリカからきた人はどんな感じだったの？」

「いい人よ。海軍の軍人なんだけど、とてもおだやかなの」

「結婚はしているの？」

「訊《き》かなかったわ。でも奥さんがいて当然という感じ」

「その人とどんなことをしてきたの？」

質問責めにモイラはいらだってきたが、こらえた。母はもともとそういう人だし、それにそんなことでいい争いしていられるほどたくさんの時間が残されてはいない。

「午後のヨット・レースに参加したのよ」結局この週末に起こったことのほとんどを母に話すはめになった——ブラがはずれそうになったことと、パーティーでのいきさつの肝心な部分だけは別にして。


一方ウィリアムズタウンに戻ったドワイト・タワーズ大佐は、船渠《せんきょ》へと進み入り航空母艦〈シドニー〉へと向かっていった。彼は隣接しあう船室ふたつを自分の部屋としていた。あいだの隔壁にドアがひとつあり、片方の部屋を執務室にしていた。〈シドニー〉のハーシュ大尉を連絡係として、潜水艦〈スコーピオン〉の当直士官のもとへ赴《おもむ》かせた。しばらくして大尉は暗号無電文の束《たば》を持って戻ってきた。タワーズはそれを受けとり、ひとつずつ読んでいった。大半は燃料補給や食料搬送《はんそう》などに関する日常的な報告書だったが、ひとつだけ予期せざるものがあった。それはオーストラリア海軍第三司令官からの指令書で、それによると、イギリス連邦科学産業研究機構から派遣された非軍籍の科学士官が一名、科学関連の任務のため〈スコーピオン〉に搭乗することになったというのだった。J・S・オズボーンという名前のその科学士官は、〈スコーピオン〉においてはオーストラリア海軍連絡士官ピーター・ホームズ少佐の管理下に置かれることになる。

タワーズはその指令書を手にしたまま、ハーシュ大尉を見やった。「きみ、このオズボーンという人物を知っているかね？」

「艦長、じつはオズボーン士官はすでに〈スコーピオン〉の艦内におります。今朝到着しましたもので、とりあえず同艦の士官室に案内しました。事務士官に知らせ、今夜宿泊させる船室を用意するよう指示したところです」

タワーズは思わず眉を吊りあげていた。「なに、そうなのか？　どんな男だ？」

「背が高く痩《や》せ型で、灰色がかった髪をして、眼鏡《めがね》をかけています」

「年齢はどのくらいだ？」

「自分よりやや年長のようです。三十歳にはなっていないと思いますが」

タワーズは少し考えてから、「士官室に泊めさせては混みすぎることになるからな。ホームズ少佐と同室にするのがいいかもしれん。現在〈スコーピオン〉艦内にいる乗組員は三人か？」

「はい、アイザックとホールマンとデ・ヴリーズがおりますが、モーティマー先任伍長も乗りこみました」

「ではモーティマーにいって、F隔壁の艦首側に新たに仮寝台をひとつ設置させろ。横方向にして、頭が右舷に向くようにな。仮寝台は艦首魚雷格納庫にあるものをひとつ持ってくればいい」

「承知しました」

タワーズはハーシュ大尉にも手伝わせてほかの報告書を検分し終えてから、オズボーンなる人物を〈シドニー〉のほうに呼ぶよう大尉に命じた。

まもなくその男が姿を現わすと、椅子にかけるよううながし、煙草《たばこ》を一本勧めた。そしてハーシュ大尉を退出させたあと、声をかけた。

「オズボーンくんだね？ 急なことで驚いたよ。きみを乗り組ませるという指令書をさっき読んだばかりだ。だがとにかく、よくきてくれた」

「本当に突然のことで、ご迷惑をおかけします」オズボーンがいった。「わたし自身、一昨日《おととい》命じられたばかりでして」

「まあ、軍務ではよくあることだ。やるべきことはやるしかないからね」とタワーズはいった。

「ところで、フルネームはなんという？」

「ジョン・シーモア・オズボーンです」

「既婚か？」

「いいえ、まだです」

「そうか。わたしのことはタワーズ艦長と呼ぶがいい。〈スコーピオン〉に搭乗したときはもちろん、ほかのどの艦に乗ったときでもね。といっても日常的には〈艦長〉でかまわん。あと任務を離れて陸《おか》にあがったら、ファースト・ネームのドワイトで呼んでくれていい――ただしそれはきみの場合だけで、ほかの士官たちにはそう呼ばせてはいないがね」

オズボーンはにっこり微笑んだ。「わかりました」

「今まで潜水艦で海に出た経験は？」

「いえ、今回が初めてです」

「潜水艦の内部は、慣れるまで窮屈に感じるかもしれん。寝るところは士官区域の一画《いっかく》に用意する。食事は士官室でほかの者たちと一緒にとればいい」タワーズは、オズボーンが着ている小ぎれいな灰色地のスーツに目をやった。「服も着替えたほうがよさそうだな。明日の朝くることになっているホームズ少佐にいっておくから、倉庫室から制服を出してもらって着なさい。そのままで潜水艦に乗っては、いいスーツを汚してしまうからな」

「ご配慮ありがとうございます」

タワーズは椅子の背に身をもたせて、若い科学者の容姿をじっと見た。細おもての顔は理知的そうだが、痩せた体はお世辞にも立派とはいいがたい。

「で、〈スコーピオン〉に乗りこんでどういう調査をするのかね？」

「大気中および海中の放射能濃度を調べて記録します。とくに海面のすぐ下あたりの濃度、それから潜水艦の内部への放射能の浸透度について、よく調査するつもりです。たしか〈スコーピオン〉は北への針路をとる予定とお聞きしましたが？」

「みんなそう聞いているらしいが、わたしだけがまだ知らんのだ。まあ、まもなく正式に指令があるんだろうがね」といってタワーズはかすかに眉根を寄せた。「艦内の放射能濃度というのは、徐々に高くなっていくと予想するかね？」

「いいえ、そう思っているわけではありませんが。というより、そうはならないという期待をこめています。潜水していっても、よほど極端な悪条件下にならないかぎり、まず大丈夫でしょう。しかしつねに注意を怠《おこた》らないことが肝要《かんよう》です。もし濃度に急激な上昇が見られた場合には、すぐ艦長にお知らせするようにします」

「そうしてくれたまえ」

二人はさらにさまざまな専門的なことについて質疑を重ねた。オズボーンはいくつもの調査機器をたずさえてきていたが、それらの大半は携帯式の機械類で、潜水艦内に設置したりする必要のないものだった。

夕刻になると、タワーズはオズボーンに作業用のツナギ服を貸して着替えさせ、薄明かりのなかを〈スコーピオン〉艦内へと導いていった。潜水艦の内部に入ると、オズボーンはまず艦尾潜望鏡の上にとりつけられている放射能検知器を点検した。そして潜水艦が湾内で進水開始する際にもちいる標準的検知用の測定プログラムを検知器に設定した。それから機関室に設置されている検知器も同様に点検した。また二基残っている魚雷発射管の片方から検査用の海水を採取しなければならなかったが、それには多少の事前工事が必要だった。それらの作業を終えてふたたび〈シドニー〉に戻ってきたときにはすっかり暗くなっていて、二人はすでにだれもいないうつろな士官室で夕食をとった。

翌日の〈スコーピオン〉は、ある種の活況を呈した。午後すぐにピーター・ホームズ少佐が初めて搭乗した。ホームズは最初の仕事として、オーストラリア海軍作戦本部に電話をかけた。そしてかねて知る本部の士官の一人を電話口に呼びだし、〈スコーピオン〉の艦長であるタワーズにオーストラリア軍人のあいだの共通理解事項を知らせるように指示した。それが新たな他国人艦長の指揮下に入る者の礼儀であるといって。と同時に、本部からの作戦指令に関しては艦長に論評を求めるべきだとも進言した。するとその日の夕刻には、早くもそれらの指示に応じた無電が、本部よりタワーズのもとに送られてきた。一方ジョン・オズボーンはといえば、潜水艦内での作業に適した服装で乗り組み、海水採取のための艦尾魚雷発射管の扉の工事を完了させた。彼ら二人の新たなオーストラリア人乗組員のために狭い仮部屋が設置され、ホームズとオズボーンはそれぞれの私用物品をそこに運びこんだ。ただしその夜は二人とも〈シドニー〉に宿泊した。

二人が本格的に〈スコーピオン〉に居《きょ》をさだめたのは火曜日の朝だった。し残していた若干の準備事項が二、三時間ですべて終わると、タワーズは試験進水のための準備が完了したことを発表した。潜水艦は船渠から海上に出され、〈シドニー〉のすぐわきに停泊し、そのままの状態で正午に乗組員総員が昼食をとった。そのあとついに繫留《けいりゅう》が解かれた。タワーズの指示により艦は低速度で湾内を進行し、湾の出口方向へと向かっていった。

その日は午後をまるまる費やして放射能の試験測定を行なった。微量の放射性物質を搭載した小型ボートを一艘《そう》、湾内の中心付近に浮かべて錨《いかり》で固定し、〈スコーピオン〉をそのまわりに周回させて、そのあいだにオズボーンが種々の機器を使って試験調査を実施していった。オズボーンは艦橋《かんきょう》の上へのあがりおりのたびに、鋼鉄の昇降口で長すぎる脛《すね》を擦《す》り剝《む》いたり、かと思えば制御室のなかをあまりに忙しく動きまわったために、高すぎる頭を隔壁や舵輪に痛々しくぶつけたりしていた。そうしながらも五時までにはなんとか試験が終了した。放射性物質を積んだボートのかたづけは港で待機している科学調査要員たちにまかせるため海面に残して、〈スコーピオン〉はそのまま湾を出て外洋へと進んでいった。

一夜を通じて海上に浮かんだまま西への針路をとり、通常航海をつづけていった。明け方には南オーストラリアのケープ・バンクスの沖合にきていた。おだやかな海面にさわやかな南西風がそよいでいた。そこで初めて潜水開始し、約五十フィートの深度までもぐった。それから潜望鏡深度まで浮上し、付近の海域を哨戒《しょうかい》しつつ一時間ほど海中を進んだ。午後晩《おそ》くにカンガルー島のケープ・ボーダ沖に達すると、そこから潜望鏡深度で海峡を北進し、ポート・アデレード方面をめざした。水曜日の午後十時ごろになると、ポート・アデレードの街が潜望鏡に見えてきた。そのまま十分ほど進んでから、タワーズは艦をUターンさせ、浮上させることもなくふたたび外洋へと出た。やがて翌木曜日の日没になってキング島北岸の沖まできたところで、ようやく帰途についた。ポート・フィリップ湾への入口に近づいたあたりで海面に浮上し、翌金曜日の曙光《しょこう》とともに湾内に入っていった。ウィリアムズタウンに待つ空母〈シドニー〉のわきに入港すると、その日の朝食の時間にちょうど間に合った。試験就航の結果としては、調整すべき問題事項はごく微少にとどまった。

その朝、オーストラリア海軍第一司令官デイヴィッド・ハートマン大将が〈スコーピオン〉を訪れた。いまや気にかける価値のある唯一の艦船となったこの潜水艦を視察するためだった。一時間ほどかけてそれを終えたのち、雑務用船室で艦長のタワーズおよび連絡士官ホームズとともに十五分ばかり話しこんだ。本部からの基本作戦命令に対して提出しておいた調整案が議論された。そのあとハートマン司令官はメルボルンで自国の首相と会談を持つためにただちに去っていった。飛行機会社が旅客機を一機も就航させていない現状では、首相といえども首都キャンベラに引きこもっていては連邦国家の全域を治めることが困難であるため、メルボルンに居を置いているのだ。また当然議会が開かれることもまれになり、その会期さえ短くなっていった。


その日の夕刻、タワーズは約束どおりモイラ・デイヴィッドスンに電話をかけた。

「やあ。無事帰ってきたよ。艦《ふね》でまだ少し仕事が残ってるが、大したことはない」

「それじゃ、わたし〈スコーピオン〉を見せてもらってもいいってことね？」

「ああ、是非見てほしいね。つぎに出港するのは月曜日以降になるから、それまでのあいだにね」

「うれしいわ。じゃ、明日がいい？　それとも日曜がいい？」

タワーズは一瞬考えた。もし月曜に出港ということになれば、日曜はその準備で忙しくなるだろう。「そうだな、明日のほうがいいかもしれない」

モイラのほうも、いっとき考えるような間を置いた。おそらく明日友人宅でパーティーの予定があることでも思いだしたといったところだろう。でもどうせいつもの退屈な集まりだからすっぽかせばすむ、とかなんとか。「わかった、じゃ明日いくわね」と、あんのじょう彼女は応えた。「ウィリアムズタウンの駅にいけばいいかしら？」

「そうだな、そうしてくれ。駅に迎えにいくよ。何時の列車でくる？」

「時間はまだわからないわ。早くても十一時半以後のになると思うけど」

「わかった。もしわたしが手をはずせないようだったら、ピーター・ホームズかジョン・オズボーンを迎えにやらせよう」

「今ジョン・オズボーンていった？」

「そうだ。知ってるのか？」

「オーストラリア人で、CSIRO（連邦科学産業研究機構）からきた人？」

「その彼だ。背が高くて、眼鏡をしてる」

「遠い親戚になるのよ――彼の伯母とわたしの伯父が夫婦なの。彼、〈スコーピオン〉に乗ってるのね？」

「そうだ。科学士官として、乗組員に加わった」

「彼は科学バカよ」モイラがそっといった。「ほんとにそっちに夢中でどうしようもない人なんだから。下手をしたら、あなたの艦《ふね》難破させられちゃうかも」

タワーズは笑った。「そうか。それなら早くきて見ていってくれ――オズボーンに難破させられないうちにな」

「ええ、そうするわ。それじゃドワイト、明日土曜日の朝にね」

翌朝、〈スコーピオン〉での仕事がとくになかったタワーズは、駅にモイラを出迎えにいった。現われた彼女は白ずくめの身なりをしていた。白のプリーツ・スカートを穿《は》き、白地に色糸の刺繍《ししゅう》が入った北欧風のブラウスを着て、足もとも白い靴で固めていた。見た目はいいが、心配を誘ういでたちでもある。〈スコーピオン〉の機械油に汚れた狭苦しい艦内で、いかにこの服装を汚さずに見学させるかは大問題だ。その身なりで夜は一緒に街へ出かけることになるのだから。

「おはよう、ドワイト」とモイラは挨拶した。「長く待った?」

「ほんの少しさ」とタワーズは答えた。「きみこそ相当早く出かけてこなきゃならなかったんじゃないか?」

「この前ほどじゃなかったわ」モイラは返した。「父が駅まで送ってくれたから、九時すぎの列車に楽々間に合ったの。それでも早いといえば早いけれどね。それより、お昼を食べる前に飲むものは飲ませていただけるわよね?」

タワーズはためらった。「コーラかオレンジ・エードなら、ごちそうしてあげてもいいがね――アメリカ人は軍艦でアルコールを飲むのを好まないんだ」

「〈シドニー〉なら海に出ないからいいんじゃない?」

「同じことさ」とタワーズはきっぱり答えた。「うちの士官たちがみんなコーラを飲んでいたら、きみだって自分だけ酒を飲もうとは思わないんじゃないかな」

モイラがいらだち気味に返す。「わたしはお昼の前に飲んでおきたいのよ、あなたがいうところのアルコールをね。二日酔いで気持ち悪くなってる口のなかをすすぐには、迎え酒がいちばんなの。あなただって、自分の部下の前でわたしが大声でえずいたりしたらいやでしょ?」そういうと、あたりを見まわし、「この近くにホテルがあったわよね。船に乗る前にそこで飲んでいけばいいでしょ、ブランデーでも。そしたら乗ってからコーラを飲んでもいいわ――息はちょっとお酒臭いかもしれないけど」

「しょうがないな」とタワーズは低くいった。「ホテルならあそこの角《かど》にある。さっそく寄っていこう」

二人は一緒にホテルまで歩いていった。なかに入ると、タワーズは不案内なその場を見まわしてから、バー〈淑女亭〉にモイラを導き入れた。

「あなた、ここを知らないの? 一度ぐらい入ったことあるんじゃない?」

タワーズはかぶりを振った。「ブランデーにするのか?」

「ダブルでお願い」とモイラ。「氷を入れて、水もほんの少しね。てっきりよく寄るんじゃゃないかと思ってたけど」

「今日が初めてだ」

「たまには飲んで騒ぎたくなることもあるんじゃないの？　夜なにもすることがないときとか」

「最初のころはあったがね」とタワーズは認めた。「だから街へくりだしたりもしたよ。だが帰ってくるたびに苦しい目に遭《あ》うのには参った。それで二週間ほどしたらやめたよ。やはりわたしに夜遊びは無理だったな」

「じゃ、夜は毎晩どうしてるの？　海へ出ないときは暇で困るでしょうに」

「雑誌をめくったり本を読んだりしてるさ。たまには映画を観《み》にいくこともあるしね」バーテンダーが近づいてきたので、モイラのブランデーを注文し、自分の分としてはウイスキーを少量頼んだ。

「それはまた、健康的な生活じゃなさそうね」とモイラは論評した。「わたしちょっとお手洗いにいってくるわ。悪いけどバッグを見ててくれる？」

　モイラがダブルのブランデーを二杯飲み終えたところで、タワーズはようやく彼女をホテルの外へ引っぱりだした。そして港にたどりつき、空母〈シドニー〉へとつれてきた。士官たちの前で彼女がなんとか理性的にふるまってくれればいいがと願った。だがその心配は杞憂《きゆう》だった。アメリカからきた軍人たちに対し、彼女は終始理性的で礼儀正しかった。ただ一人オズボーンに対してだけは、つい本当の自分が出てしまったようだが。

「まあ、ジョン！」とモイラはいった。「あなたとこんなところで会うなんて、ほんとに奇遇ね」

「今は一応〈スコーピオン〉の乗組員でね」とオズボーンがいった。「科学調査のほうの仕事なんだ。みんなに迷惑をかけてるところさ」

「タワーズ艦長から聞いたわ。あなた、ほんとにこの人たちと一緒に潜水艦に乗っていくの？これからずっと？」

「しばらくはそうなるだろうね」

「あなたのよくない癖のこと、みんな知ってるの？」

「え？　なんだって？」

「大丈夫よ、わたしはだれにもいわないから。心配しなくていいの」

モイラはラングレン少佐のほうへ顔を向けて会話に興《きょう》じはじめた。ラングレンがなにか飲むかと尋ねると、彼女はオレンジ・エードを頼んだ。その朝の〈シドニー〉の士官室のなかで、彼女の姿はじつに魅惑的な存在だった。イギリス女王の肖像写真の下に立って、彼女はしばしアメリカ人の男たちとの歓談をつづけていた。やがてタワーズのところにきて彼と話しはじめた。

タワーズはふと思い立ち、連絡士官であるホームズをそっとそばに寄んだ。

「すまんが」と低い声でホームズに耳打ちした。「あの服装のまま彼女を〈スコーピオン〉に乗せるのはまずいから、オーバーオールでも出してやってくれないか」

ホームズはうなずき、「ボイラー用作業服を用意しましょう。サイズは一番がよさそうですね。着替えはどこでさせたらよろしいでしょうか?」

タワーズは顎をさすって考えたが、「どこかいい場所はないか?」と訊き返した。

「失礼ながら、艦長の就寝室が最適かと存じます。乗組員が立ち入る心配がありませんので」

「そんなことをしたら、あとあとまで話の種《たね》にされるだろうがね」

「それはまあ、そうかもしれませんが」とホームズはいった。

モイラは長いテーブルの端の席につき、アメリカ人士官たちと一緒に昼食をとった。そのあと一同は控室《ひかえしつ》に移り、コーヒーを飲んだ。やがて士官たちは三々五々と散っていき、モイラとタワーズとホームズだけが残った。するとホームズが、洗濯のすんだ汚れのないボイラー用作業服を一着テーブルに置いた。

タワーズはひとつ咳払いしてから、口を開いた。「デイヴィッドスンさん、潜水艦のなかでは油がつきやすいのでね——」

「モイラでいいわよ」と彼女がさえぎっていった。

「そうだったな、モイラ。それでだ、きみはこのオーバーオールに着替えてから乗りこんだほうがいいと思うんだ。せっかくのその服が汚れてしまっては気の毒だからね」

モイラは作業服を手にとり、たたまれてあったものを広げた。「これだと、すっかり脱いで替えないといけないわね。着替えはどこでしたらいいかしら?」

「わたしの寝室を使えばいいだろう」とタワーズはいった。「乗組員が立ち入ったりする心配がないからね」

「そうかもしれないけど、まったく安全ともいいきれないんじゃない？　ヨット・レースのときみたいなことだってありうるしね」それを受けてタワーズは笑った。「いいわ、わかった。あなたの寝室に案内してちょうだい。なんでも一度は体験してみないとね」

タワーズはモイラを艦長用の就寝室につれていき、自分はまた控室にとって返して、彼女が着替え終わるのを待った。


そのころモイラは、小ぢんまりとしたその寝室に入り、好奇心に駆られつつ部屋のなかを見まわしていた。そこには写真が四枚飾られていた。いずれにも黒髪の若い女性と二人の子供が写っている。子供は一人が八、九歳ぐらいの男の子で、もう一人はそれより二、三歳幼い女の子だ。四枚のうちひとつは母親と子供たちだけを写真館で撮影したポートレートで、ほかの三枚はプライベートなスナップ・ショットを引きのばしたものだった。うちひとつは湖《みずうみ》の岸辺かどこか水遊びに興じる場所のようで、一家四人が跳び込み板に腰かけているところだった。別のひとつは自宅の芝庭ででも撮《と》ったものらしく、背景に車体の長い自家用車と白塗りの木造家屋の一部が写っている。モイラは立ちつくしたまま興味深くそれらに見入った。すてきな家族だ。そう思うとつらいことだが、今はなにもかもがつらい時代だ。ひとつのことでくよくよしていられる場合ではない。

モイラは着替えをすませ、脱いだ服はバッグにしまって棚に置いた。小鏡を覗きこんで、自分の姿に顔をしかめた。部屋を出て、急いで廊下を戻っていった。

タワーズはモイラが戻ってきたのを目にすると、立ちあがって出迎えた。

「どう、この格好?」とモイラはいった。「全然似合ってないでしょ。この潜水艦はもっと改良したほうがいいわね、こういう服装にちゃんと着替えられるように」

タワーズは笑い、彼女の腕をとって先へと導いた。「似合ってるよ、アメリカ海軍でいちばんだな。さあ、こっちだ」モイラはなにかいい返したそうに見えたが、黙ったままでいる――余計なことで困らせまいという彼女なりの気遣いか。

タワーズはモイラをつれてタラップをあがり、その上の狭い甲板《かんぱん》からさらに上の艦橋へとあがった。そして自分の艦についての説明をはじめた。モイラは船についての知識にはとぼしいようで、もとより潜水艦についてはなにも知らなかったが、それでも集中したようすで耳を傾け、ときおり賢さを感じさせる鋭い質問を挟《はさ》んでタワーズを驚かせることがあった。

「潜水艦が水に沈んでも、伝声管に水が入ることはないの?」と彼女は尋ねた。

「このバルブをしめておくから大丈夫だ」

「もししめ忘れたら?」

タワーズはにやりとして、「下のほうにもうひとつバルブがある」

モイラをつれて狭い昇降口をおり、制御室に入った。彼女は潜望鏡を覗き、しばらく湾内を見まわしているうちに、操作のこつをつかんだようだった。だがバラストの排水と艦体の平衡《へいこう》制御については理解がおよばないらしく、さして興味を示さなかった。機関部についても理解できないようすでじっと見ているだけだったが、就寝と食事のための区画には心を惹《ひ》かれていた。調理室においても同様だ。「臭いはどうするの？」と質問してきた。「海の底でキャベツを煮たりしたら、臭いがこもっちゃうんじゃない？」

「なるべく臭いの出るものを調理しないようにすることだな」とタワーズは答えた。「生《なま》キャベツを煮たりしなければいいってことだ。そうしないと、たしかに一時的に臭いがこもることになる。だが空気が入れ替えられ酸素が供給されるうちに徐々に薄らいで、最終的には消臭剤が消してくれる。せいぜい一、二時間もすれば、もうそんなには臭わなくなる」

タワーズは自室に充《あ》てられている狭い船室にモイラを導き入れ、そこでお茶を一杯ふるまった。彼女はそれを飲みながらまた尋ねた。「それで、こんどの作戦について、軍からはもう指示がきてるの？」

タワーズはうなずき、「ケアンズ、ポート・モーズビー、ダーウィンとまわったあと、ここに帰ってくるという指令だ」

「その場所のどこにも、もう生きた人間は残っていないんじゃないの？」

「わからん。それをさぐるのがわれわれの任務だ」

「陸にはあがる？」

タワーズはかぶりを振った。「あがらないだろうね。放射能の濃度次第ということにはなるが、しかし上陸はまず無理だろう。それどころか、艦の外に出るだけでも危険なはずだ。もし相当な悪条件ならば、潜望鏡深度で水中にとどまったままでいることになる。ただしそうした事態にそなえるためにこそジョン・オズボーンをつれていくわけなので、実際の危険度がどの程度のものなのかを彼に計測してもらわねばならん」

　モイラは眉根を寄せて、「もし甲板にも出られないほどだったら、いったいどうやって生き残ってる人たちがいるか調べるつもり？」

「拡声器を使って呼びかけてみるさ。できるかぎり海岸に近づいて、大音声《だいおんじょう》を投げかけてやる」

「生きてる人たちが返事をしたとして、うまく聞きとれるかしら？」

「こうして話してるときのようなわけにはいかないだろうね。拡声器にマイクロフォンをとりつけてはおくが、それでも生存者の声を捕捉するには、よほど陸に接近しないといけないだろう。もっとも、声らしきものがかすかにでも捉えられれば充分なんだが」

「放射能のあるところにまで入って、生きのびた人っているの？」

「いるさ」とタワーズは答えた。「充分注意して、深入りしなければ大丈夫だ。この前の戦争の最中には、われわれも長時間にわたって汚染地域にいたんだからね。硫黄島《いおうじま》からフィリピンにかけて、そして南はヤップ島にかけての一帯はまさにそうだった。潜水艦はそういうところではもぐったまま静かに航行すればいい——そんなところで甲板に出たがる者がいないのは当然のことだがね」

「いいえ、わたしが訊いてるのはつまり——最近はどうかってことよ。戦争が終わってからこの方、放射能の地域にいってきた人ってだれかいるの？」

タワーズはうなずき、「潜水艦〈ソードフィッシュ〉は——この〈スコーピオン〉の僚艦のことだが——北大西洋を航行したのち、ブラジルのリオデジャネイロに帰港した。今からひと月ほど前だ。以来わたしは艦長のジョニー・ディスモアの報告書を是非読みたいと待っているんだが、いまだ手もとには届いていない。このところオーストラリアから南アメリカまでいく船がないからだ。電信印刷文で送ってほしいとも軍に頼んであるが、しかし無電には優先順位があるのでね」

「その潜水艦、どのあたりまでいってきたの？」

「合衆国の沿岸まで深入りしてきたはずだ。フロリダからメインにまでいたる東部諸州の海岸線に沿って北上し、ニューヨーク湾にまで入ったと聞いてる。さらにハドソン川を遡《さかのぼ》ろうとしたが、破壊されたジョージ・ワシントン橋の残骸に遭遇したため、ニューロンドンからハリファックスを経《へ》てセントジョンへという航路をとり、そののち大西洋を横切ってイギリス海峡に入り、ロンドン港からテムズ川にまで入ろうとしたが、すでにそれは無理なことだった。それでやむなく、ヨーロッパ大陸のブレストやリスボンなどに接近してはようすをうかがったが、そのころにはすでに食料の在庫もとぼしくなり、おまけに乗組員の健康状態がかなりそこなわれてきたことがわかった。それでついにリオデジャネイロへの帰途についたというわけだ」タワーズはそこでひと息ついた。「その旅のあいだ〈ソードフィッシュ〉がどれだけの期間、海中にいつづけたか、わたしは非常に知りたく思っているが、いまだ聞きおよんでいない。おそらくは潜航日数の新記録を作っているはずだ」

「それで、その船はどこかに生存者を見つけたの？」

「そういうことはなかったようだ。もしあれば、噂《うわさ》にでも伝わってこないはずはない」

モイラは部屋の間仕切りとなっているカーテンの外の狭い通路へ目をやっていた――導管や導線が絡《から》まりあうようにしてのびているところを。「そのようす、思い浮かべることってできる？」

「そのようすとは？」

「街にも、村にも、田畑にも、生きてる人間が一人もいなくて、ただなにもないところが広がってるありさまをよ。わたしにはとても想像できないわ」

「わたしもだ」とタワーズはいった。「そんなさまを思い浮かべたいとも思わない。ただ昔と同じ景色だと思いたいだけだ」

「わたしはオーストラリアの外に出たことがないから、今までだってほかの国のようすなんかほんとに見たことはないけど、これから先はなおさらなくなったわ。でももちろん見たいというわけじゃない。ほかの国なんて映画や本で見て知ってるというだけだけど、これからはそういうものを見ることももうないでしょうね――今の状態を映画に撮るなんてこと、考えられるかしら？」

タワーズはかぶりを振った。「映像に残すことさえむずかしいだろう。カメラを持って乗りこんでも、生きては戻れないだろうから。現在の北半球がどうなっているかは、もはや神のみが知るところだ」つかのま沈黙した。「だが映像を見ずにすんで幸いかもしれない。核兵器による犠牲者のありさまは、とても記憶にとどめたいものではないはずだから。人は生きていたときの姿のみを記憶していたいものだ。ニューヨークの街を思うとき、わたしはいつもそう考えずにはいられない」

「あんなに大きな街が滅ぶなんて」とモイラがいう。「信じられないわ」

「わたしもだ」とタワーズ。「とても考えられないほどだ。その事実に慣れることはむずかしい。想像力が欠如しているせいかもしれないが、それを思い描ける想像力を欲しいとは思わん。わたしにとっては、みんな今も生きつづけているものたちだ――どの街も、どの州も、以前と変わらない姿で。九月になってもそのままの姿でいるはずだとしか思えない」

モイラが低い声でいった。「わたしもよ」

タワーズは席を立ちながら、「お茶をもう一杯どうだ？」

「いいえ、けっこうよ」

二人はふたたび甲板に出た。艦橋に立ったモイラは、擦り剝いた脛をさすりながら、海風をおいしそうに吸いこんだ。「こんな潜水艦のなかに閉じこめられて長いこと海の底にもぐっていたら、いい加減いやになっちゃいそうね。こんどの旅ではどのくらいのあいだもぐることになるの？」

「長くはない」とタワーズ。「六、七日程度になるだろう」

「それだけでもずいぶん不健康そうだわ」

「体にはそんなに悪いわけじゃないさ。ただ、長く日光を浴びることができないから、人工太陽光灯で照らすことになるが、やはり甲板に出て天然の日の光を浴びるのとはわけがちがう。それが心理的に悪影響をおよぼすんだな。一部の人間は——たとえ体がどれだけ健康でも——それに耐えられなくなる。一部どころか、ある限度を超えるとだれもがおかしくなってしまう。人はみな安定した精神状態を必要とするからだ。冷静でいられる環境をね」

モイラはうなずいた、あたかもそれが自分にあてはまることであるかのように。「つまり、だれもがそうなるかもしれないってことね？」

「そうだ、たいがいの人間にはその危険性がある」

「ジョン・オズボーンにはとくに気をつけたほうがいいわ」モイラがいった。「彼、ほんとに安心できる男だとは思えないの」

タワーズは驚きの目で彼女を見た。オズボーンについて、そんな心配などしたことがなかった。あの科学者は試験就航も難なく乗り切っているのだから。だが人となりをよく知る者からの助言とあっては、考慮せざるをえない。「わかった、そうしよう。ありがとう、教えてくれて」

二人は〈シドニー〉へのタラップをあがり、航空母艦の内部へと戻った。そこの格納庫では、軍の航空機が翼を折りたたんで駐《と》め置かれていた。あたりは静寂に満たされている。「ここにある飛行機って、またいつか飛ばされることがあるの？」

「おそらくもうないだろう」

「それでも、これで空を飛ぼうと思えば飛べる?」

「どうかな、ここにあるものが飛んだという話はもうずっと聞いていない。飛行用ガソリンが不足してるのはたしかだからな」


……モイラは黙したままタワーズとつれだって、いつになく沈んだ気分で船室へと戻っていった。ボイラー用作業服を脱いで私服に着替えると、ようやく生気が戻った。軍艦はどれも陰気で、夢のない暗いものばかりに感じられた。早くそんなところを離れて、酒や音楽やダンスを楽しめる日常に戻りたい。鏡に向かったモイラは、タワーズの妻と子供たちの写真を前にして、口紅をより赤く塗りたくった。頰の色も今し方までより明るくして、目もよりぱっちりと見せるように化粧した。早くここをあとにしたい! 金釘《かなくぎ》で打ち合わせたこの鉄板の壁の外にさっさと出てしまいたい、少しでも早く! ここは自分のいるべきところじゃない。うわついた楽しみとうわべだけの華《はな》やかさとダブルのブランデーに満ちた毎日のほうがどれだけいいか知れない。早くここを出よう、そしてもといた世界に帰ろう!

額縁のなかにいるタワーズの妻も、よくわかるわ、わたしも賛成よ、という顔でモイラを見返していた。

彼女が士官室に入ると、タワーズが近寄ってきて、「ほほう、これはまた!」と大声で褒《ほ》めてきた。「いちだんときれいだ」

モイラはあわてて笑みを描いた。「ちょっと息苦しくなってきたわ。外に出て新鮮な空気を吸いましょうよ。あのホテルにいって一杯やるのもいいわね。そのあとどこか踊れる場所に移るのはどうかしら」

「きみにまかせるさ」

タワーズが私服に着替えにいくと、士官室にはモイラとジョン・オズボーンだけが残った。

「ねえジョン、滑走路のある甲板につれてってくれない？」と彼女はオズボーンに声をかけた。

「この船底にいつまでもいたら、頭がおかしくなって叫びだしそうなのよ」

「どこから甲板にあがるのか、おれはまだよく知らないんだ、新米だからな」とオズボーンが答えた。

二人で銃塔へとあがる急勾配《こうばい》の梯子《はしご》をなんとか見つけ、一度その上へあがったものの、またすぐおりてきた。そして鉄壁に囲まれた通路をさまよい歩いたあげく、下級水兵の一人に道を尋ねて、ようやく艦橋にあがることができ、そこから甲板へと出られた。さえぎるもののないだだっ広い滑走甲板では、日差しは暖かく、海は青く、風はさわやかだった。

「うれしいわ、やっと外に出られて」とモイラはいった。

「きみは軍艦暮らしはあまり好みじゃなかったようだね」とオズボーンがいった。

「あなたはどう、楽しい？」

オズボーンは考える顔になった。「ああ、楽しんでるつもりだよ。これからもっとおもしろくなってくるだろうさ」

「潜望鏡を覗いて、死んだ人たちを見ることが？　わたしならもっとおもしろいものを思いつけるけどね」

二人ともつかのま黙りこんで歩いた。「全部が必要な情報なんだ」ようやくオズボーンが口を開いた。「世界がどうなってるかを知ろうとする努力は必要だってことさ。おれたちの想像とはぜんぜんちがう事態が起こってることだってありうるからな。たとえば、放射性降下物がなにかによって吸収されてしまうとか、あるいは放射性物質の半減期をめぐってなにか未知のことが起こってるとかいったことも、考えられないわけじゃない。とにかくだ、仮になにもいい情報が得られなかったとしても、われわれはなにかを見つける努力をしていくしかない。いいことや希望の持てることが見つかるとはかぎらないが、それでもそう努めることには楽しみがあるものさ」

「よくないことが見つかったとしても楽しいといえるの？」

「ああ、いえるね」オズボーンはきっぱりといった。「ゲームというのは負けたときでも楽しいものさ。たとえゲームをはじめる前から負けるのがわかってるとしてもだ。つまりゲームをすること自体に楽しみがあるってことだ」

「ゲームを楽しむってことをそんなふうに考えてるなんて、ずいぶんおかしな話ね」

「きみの問題点は、現実を直視しようとしないってことだ」とオズボーンはなおくいさがる。「すべては起こってしまったことなんだよ。今も現に起こりつつあることでもある。なのにきみはそれを認めようとしない。いつかはこの世界の事実に直面せざるをえなくなるのにね」

「わかったわよ」モイラは怒りもあらわにいった。「現実と向きあえばいいんでしょ。九月になったらそうするわよ――もしもあなたたちのいってるとおりのことが起こったとしたらね。わたしにはそうなってからで充分よ」

「それでいいならそうすればいいさ」オズボーンは見返しながら、にやりと笑った。「ただし、おれはそれが起こるのが必ず九月だとは思っちゃいない。前後三ヶ月程度の誤差があると考えておいたほうがいい。つまり審判がくだるのは六月ごろかもしれないってことだ――もっとも、そのぐらいのことはみんな覚悟してはいるだろうがね。だから六月になってもそうならなければ、またきみにクリスマス・プレゼントを買ってやれるようになることだってありうるだろうな」

モイラはまた怒りがこみあげてきた。「じゃ、結局いつどうなるかなにもわからないってことじゃないの！」

「そうさ、わからないね」とオズボーンはいい返した。「こんな事態は世界史上前例がないんだからな」少し間を置いてから、ぽつりとつけ加えた。「前例があったら、こんな議論をすることもないだろうがね」

「もういい加減にして」とモイラはいった。「もしそれ以上なにかいったら、手摺《てす》り越しに海へ突き落としてやるわ！」

タワーズは紺《こん》色のダブルのスーツにきちんと着替えた姿で艦橋を出ると、モイラとオズボーンのほうへ近づいていった。「二人とも、どこにいったのかと思ったぞ」

モイラが応えた。「ごめんなさい、ドワイト。メモでも置いてくれればよかったわね。ちょっと新鮮な空気を吸いたくなったのよ」

ジョン・オズボーンがいった。「艦長、ご注意なさってください。彼女、今とても機嫌が悪くなっていますので。とくに顔には近づきすぎないほうがよろしいかと。嚙《か》みつかれかねませんから」

「ジョンったら、ずっとこの調子でわたしをからかってるのよ」とモイラがいい返す。「絵本にあるでしょ、ライオンに食われるアルバート少年の話（劇作家マリオット・エドガーのナンセンス詩「ライオンとアルバート」）。あんな感じの禅問答をいってね。さあ、いきましょうか、ドワイト」

「艦長、それでは明日また」とオズボーンがいった。「わたしは週末はこの艦内に泊めさせていただきますので」

タワーズはモイラともども科学者に背を向け、艦橋内部への階段をおりていった。鉄壁に囲まれた通路を艦外へのタラップへと向かいながら、彼女に問いかけた。「オズボーンにからかわれたって、どんなことをだい？」

「なんでもかんでもよ」と投げやりな答えが返った。「棒の先で人の耳をつつくみたいにきついことといってね。それより、列車を探す前に一杯やっていかない？　このむしゃくしゃした気分を晴らしたいのよ」

仕方なく、メイン・ストリートにある例のホテルへまたつれていった。同じバーで酒を酌《く》み交わしながら、タワーズは尋ねた。「今夜はいつまでこうしていられるのかな?」

「フリンダーズ通りの駅を最終列車が出るのが十一時十五分なの」とモイラは答えた。「わたし、それに乗って帰ったほうがいいかもね。夜通しあなたとすごしたなんていったら、母さんが許さないだろうから」

「そんなこともないだろう。ほかになにか用があるんじゃないのか? バーウィックでだれか待ってるとか?」

モイラはかぶりを振った。「今朝、駅に自転車を置いてきたのよ。もし今夜あなたの誘いに応じたら、明日まで置き去りのままになっちゃうでしょ」ダブルのブランデーの一杯めを飲み干した。「もう一杯お願い」

「もう一杯だけだ」とタワーズ。「それを飲んだら列車に乗ろう。きみ、今夜は一緒に踊ってくれるといってたはずだぞ」

「わかってるわ」とモイラ。「〈マリオズ〉に一席予約しといたわよ。わたし酔ってるほうがチークが巧《うま》くなるのよ」

「べつにチークじゃなくていいよ」とタワーズ。「むしろちゃんと踊りたいね」

二杯めのグラスを手わたすと、モイラは受けとった。「今日はやけに小言《こごと》が多いのね。棒の先で耳をつつくようなことはいわないでよ。もうこりごりなの。そんなことといってても、男の人ってたいがいちゃんとは踊れないのよね」

「そうさ、わたしも巧いわけじゃない」とタワーズは認めた。「アメリカじゃ昔はけっこう踊ったがね。だが戦争がはじまってからはさっぱりだ」

「ずいぶんストイックな暮らしをしてきたみたいね」

モイラが二杯めを飲み終えると、なんとかしてホテルの外につれだし、夕明かりのなかを駅へと向かって歩きだした。三十分ほどして中心街に着き、駅への通りに入った。

「まだちょっと早いわね」とモイラがいう。「歩いていきましょう」

タワーズは彼女の腕をとり、土曜の夕の人混みを縫い進んでいった。専門店街のショー・ウインドーでは展示商品が華々しいが、多くはすでに店を閉めたあとだ。レストランやカフェはどこも混んでいて、注文のやりとりがうるさい。酒場はどこも閉まったままだが、そのくせ通りには酔っ払いがあふれている。街の雰囲気は一九六三年というよりも、一八九〇年代あたりを思わせる喧騒と活気にあふれている。通りに自動車は走っておらず、交通機関といえば市内電車だけで、路面は歩行者でいっぱいだ。スワントン通りとコリンズ通りの交差点の一角《いっかく》で、ひどく大きくて見てくれの派手なアコーディオンを鳴らしているイタリア人らしい男がいた。腕前はなかなかのもので、人がまわりを囲んだり踊ったりしている。〈リーガル・シネマ〉の前を通りすぎようとしたとき、一人の酔っ払いがよろめきながら目の前に出てきた。と思うと道に倒れ、いっとき路面に四つん這いになっていた。が、すぐごろりと側溝《そっこう》のなかへ転げ落ちてしまった。だれも関心を払わない。舗道をやってきた警邏《けいら》の巡査がかかえ起こしてやり、少しくようすを見ていたが、またてくてくと歩いていってしまった。

「この街は毎晩こういう賑《にぎ》わいらしいね」とタワーズは口を開いた。

「悪くなかった昔にちょっとだけ戻った感じね」とモイラが応えた。「終戦直後はもっとはるかにひどい状態だったもの」

「だろうな。そのころの状態には、だれもがうんざりしてるだろう」とタワーズはいい、間を置いてからつけ加えた。「わたしもそうだった」

モイラもうなずく。「もちろん、今日は土曜日だってこともあるけどね。平日ならもっと静かよ。ほとんど戦前と一緒みたいにね」

二人はレストランに入った。支配人が挨拶にきた――モイラのことをよく知っているからだった。週に一度かそれ以上来店して、上客となっているのだ。自分のいきつけのクラブを持っているタワーズは、この店には数度しかきたことがなかったが、ウェイター長はアメリカからきた潜水艦の艦長ということで顔をよく憶えてくれていた。おかげで二人とも歓待され、バンドが演奏するステージからは離れた隅のいいテーブルに案内された。酒と食事をオーダーした。

「この店、なかなかいいスタッフが揃ってると思うね」とタワーズは感心もあらわにいった。

「といっても、そう何度もきたことがあるわけじゃないがね。きても散財することはないし」

「わたしはしょっちゅうきてるわ」とモイラがいった。椅子に身を沈めて、つかのま考えてから、「ドワイト、あなたはつくづくラッキーな人よね」

「どうして？」

「一日じゅう時間をつぶせる、ちゃんとした仕事を持ってるんだもの」

自分が幸運だなどとは、タワーズはこれまで思いつきもしたことがなかった。「たしかにね」

と考えながら応える。「そこらを自由に遊び歩く時間を持つなんてことは、わたしにはとても無理だからな」

「わたしなんか遊び歩くしかすることがないのよ、ひますぎて」

「なにもやっていないのかい――仕事といえるようなことは？」

「やってないわよ、なんにも」とモイラは答えた。「家の農場で牛に乗って、畑を耕《たがや》すことがあるぐらいね。仕事といえばその程度よ」

「街でなにかの職に就《つ》いたことぐらいはあるんじゃないかと思っていたがね」

「わたしだって就きたかったわ」と自嘲《じちょう》気味にいう。「でもそんなにたやすいことじゃないのよ。学校じゃ歴史専攻だったしね。戦争がはじまるすぐ前のころにいってたんだけど」

「学校とは？」

「大学のことよ。ほかには速記とタイプライターでも勉強しようかと思ったんだけどね。でもそんなことを一年ばかりも習ったからって、なんにもならないでしょ。だいいち、ちゃんと習いきる時間もなかったでしょうしね。それになにより、そんな技術を役立てられるような勤め口もなさそうだったもの」

「つまり、世間の景気が悪くなってきてたってことか？」

モイラはうなずく。「今は仕事にあぶれてる人が、知り合いのなかだけでも大勢いるわ。昔みたいにだれにでも働き口が見つかるような時代じゃないのよ。秘書なんてものも必要とされなくなってきたしね。うちの父の友だちも半分ぐらいは勤めに出られなくなってしまってるわ。

みんな引退したみたいに家にいるだけ。驚くほどたくさんの会社がつぶれちゃってるんだもの」

「無理もないな」とタワーズは評した。「男はだれでも、どうせやるならこれまでやってきたのと同じ仕事をと考えるものだ——貯金が残っているかぎりはな」

「それは女も同じよ」とモイラ。「といっても、それが牛を牽《ひ》いて畑に堆肥《たいひ》をまく仕事だとはかぎらないけどね」

「とくに女性には職がないのか？」

「少なくともわたしには見つけられなかったわね、ずいぶん探したんだけど。やっぱりタイプも打てないようじゃだめってことよ」

「そんなものは、習えばだれでもできるさ。前に習おうとしたんだろ？　だったら今からでも講座を受けたらいい」

「そんなこと無駄に決まってるでしょ。今からやっても間に合わないし、習ったとしても先行《さきゆ》き活《い》かすこともできないのよ」

「仕事なんてなんでもいいさ。どんな職だろうと、ダブルのブランデーで飲んだくれてばかりいるよりはましだ」

「そんなの、働くってことのために働けというのと一緒でしょ？　バカげてるわ」と、モイラはいらつき気味に指先でテーブルをつつきだした。

「ただ酔いつぶれるだけのために酒を飲んでるのよりはいいと思うがね」とタワーズ。「働きすぎても二日酔いにはならないからな」

　モイラは、さらにいらだちをあらわにして、「ダブルをもう一杯注文してよ、ドワイト。そしたらあなたのダンスの腕前がどんなものか見てあげるわ」

　タワーズは彼女をダンス・フロアへと引きだした。なんだかすまない気持ちになってきていた。彼女があまりにいらだっていることに驚いていた。これまで自分の私生活と仕事のことにばかり気をとられていて、今どきの若い未婚の男女にも彼らなりの憤懣《ふんまん》があることになど思いをおよばせもしなかった。そこで、今夜を楽しい夜にしてやることに意を砕こうと気持ちを切り替えた。二人とも観にいったことのある映画やミュージカルの話に興じたり、共通の知人について話したりした。

「ホームズ夫婦って、ほんと可笑《おか》しいのよね」とモイラがいいだした。「メアリは家庭菜園にバカみたいに凝《こ》ってるのよ。あの家って三年契約の賃貸で住んでるところなのに、今年の秋から野菜を作る計画でいるの。収穫できるのは来年だっていうのにね」

　タワーズは笑って、「バカな考えとばかりもいえないさ。先のことはわからないからね」そしてより無難な話題へと舵をとることにした。

「それよりきみ、〈プラザ・シネマ〉にきてるダニー・ケイの映画、観たかい?」

　ヨットのことやセーリング大会のことも無難な話題で、しばらく会話をはずませることができた。食事が終えるころフロア・ショーがはじまり、それもまたひとときを楽しめた。そのあともう一度ダンスに興じた。モイラがようやくこういった。「シンデレラの気分よ。そろそろ列車のことを心配したほうがよさそうね」

彼女が持ち物預かり室にいっているあいだに、タワーズは支払いをすませた。店のエントランスで合流した。通りはすでに静かで、音楽もやんでいる。レストランやカフェもさすがに閉店している。街頭に残っているのは酔っ払いたちだけで、舗道をあてもなくさまよったり、あるいは寝そべって眠りに落ちたりしている。モイラが眉根を寄せた。「こういうありさまはなんとかしたほうがいいと思うわね。真夜中といえば戦前はこんな感じじゃなかったわ」

「たしかに大きな問題だ」とタワーズは考えながら応えた。「同じことが軍のなかでも起こってる。水兵だって陸《おか》にあがれば、したいことをしてすごす権利はあるだろうさ——だがそれは、市民に迷惑をかけないかぎりにおいてのことだ。なのに近ごろは、それこそ酔いつぶれたいがために酒を飲んでるとしか思えない連中が多い」そういって、角《かど》に立つ警邏巡査をちらと見やった。「この街じゃ警察もそれを当然の権利と認めてるようだな。ただ酒に酔ってるだけで連行されるといったケースは、これまでに見たことがない」

駅に着くと、モイラは足を止めて礼をいい、別れの挨拶をきりだした。「楽しい夜だったわ。もちろん、昼もだけどね。いろいろありがとう、ドワイト」

「わたしも楽しかったよ」とタワーズもいった。「踊ったのなんてずいぶんひさしぶりだ」

「腕前は悪くなかったわよ」とモイラが認めた。「ところで、このつぎ北へ出航するのはいつになるの?」

タワーズはかぶりを振った。「まだわからない。今日出かけてくる前に、呼び出しの連絡が入ったばかりだ。月曜の朝ホームズ少佐と一緒に海軍第一司令官のところにくるようにとね。最終の指令を受けることになるんだろう。出発はおそらく月曜の午後あたりになるんじゃないかな」

「そう、気をつけてね」とモイラ。「ウィリアムズタウンに戻ってきたときは電話をくれる?」

「もちろんだ」とタワーズ。「なにを措《お》いても電話するよ。どこかでまたヨットに乗るのもいいね。それがだめなら、今夜のように踊るのでもいい」

「楽しみだわ。わたしもういかなきゃ。列車を逃しちゃうといけないから。今夜はほんとにありがとう。それじゃ、お元気で」

「こちらこそ、楽しかったよ。それじゃ」といってタワーズは立ちあがり、去りゆくモイラが人混みにまぎれるまで見送っていた。軽い感じのサマー・ドレスを着た彼女の後ろ姿は、自分の妻シャロンにどことなく似ているような気がした——あるいはタワーズ自身が妻の姿をすでに忘れはじめているせいで、二人の女のイメージがごっちゃになっているだけなのだろうか。いや、歩く姿にかぎってはたしかにシャロンに似ている。ほかの面ではそうでもないのに。だからこそなおさら彼女のことが気に入ったのかもしれない、ほんの少しだけ妻に似ているところが。

背を向けると、タワーズもその場を離れた、ウィリアムズタウンへの列車をつかまえるために。

翌朝、ウィリアムズタウンの教会へ出かけた。状況が許すかぎり日曜日にはそうするのが習慣になっていた。

そして翌月曜の朝になると、ピーター・ホームズを伴って海軍省に赴き、十時に第一司令官デイヴィッド・ハートマンの執務室を訪ねた。外の控室で待っていると、秘書がいった。「もう少しお待ちください。司令官は今日、お二人を英連邦政府当局のほうにご案内することになっていますので」

「ほう？」とタワーズはいった。

秘書はうなずいた。「車を一台出すように指示されております」インターコムが鳴り、秘書は司令官室に入っていった。すぐまだ出てきて、告げた。「どうぞこちらにお入りください」

二人は司令官執務室に入った。ハートマン第一司令官は席から立ちあがって出迎えた。

「おはよう、タワーズ大佐、ホームズ少佐。じつは、きみたちの出発前に首相が会って少し話したいとおっしゃっていてね。それで、これからすぐ首相の部屋にいくが、その前にまずこれをわたしておこう」といって後ろへ向き、机の抽斗《ひきだし》から分厚いタイプ原稿の束をとりだした。「アメリカ海軍潜水艦〈ソードフィッシュ〉の艦長が、リオデジャネイロを出港して北大西洋へと向かう航路の途上で送ってきた報告の記録だ」それをタワーズに手わたし、「ずいぶんと時間がかかってしまってすまなかった。気圧が高すぎるため南米への無電の入りが非常に悪く、しかも多くの電波が錯綜《さくそう》していたのでね。あとでゆっくり目を通してくれたまえ」

タワーズはそれを受けとると、関心をあらわにしながらざっと目をめくってみた。「たいへん参考になると思います。このたびの作戦に対して影響を与えそうな事項はあるでしょうか？」

「いや、それはないと思う。〈ソードフィッシュ〉は大西洋の全海域が高濃度の大気性放射能におおわれているのを観測したが、きみが予想していたとおり、南から北へ向かうにつれて、より高くなっていた。〈ソードフィッシュ〉は――ちょっと貸してみたまえ」司令官は報告書をタワーズからとり返して、手速くめくった。「――ブラジル北東海岸パルナイバ沖南緯二度で潜水開始し、そのままずっと海面下を航行して、南下後はサンロック岬《みさき》沖南緯五度で再浮上した」

「潜水期間はどのくらいだったのでしょうか？」

「三十二日だ」

「記録的な長期ですね」

司令官はうなずき、「たしかにな。〈ソードフィッシュ〉の艦長自身、そんなことをいっていたよ」報告書を返した。「とにかく、持ち帰ってよく読んでおいてくれ。北の状況を知るための指針になるはずだ。もしこの艦長に連絡をとりたいなら、〈ソードフィッシュ〉はウルグアイに向かったので、今はモンテヴィデオにいるはずだ」

ピーター・ホームズが口を出した。「それはつまり、リオデジャネイロにまで放射能がおよんできたから、ということでしょうか？」

「迫ってきていることはたしかなようだ」

司令官の執務室をあとにした二人は、海軍省の前庭に出、そこに待ち受けていた電動トラックに乗りこんだ。トラックは車の往来のない街のなかを静かに走り抜け、並木の並ぶコリンズ通りを進んでイギリス連邦政府庁舎に着いた。それから十分後には、二人はドナルド・リッチー首相とテーブルを挟んで向かいあった席に座していた。

首相のほうから言葉をかけてきた。「出発前にきみにぜひ会っておきたかったのでね、タワーズ大佐。つまり、今回の任務の目的について話すとともに、きみたちの武運を祈りたい。作戦指令書はわたしも読んだが、それにつけ加えるべきことはとくにない。ケアンズ、ポート・モーズビー、ダーウィンとまわり、それらの各地の状況を報告することだ。少しでも生命が生存している徴候があるとしたら、きわめて興味深い事態といわねばならない。人間であると陸上動物であると海鳥《うみどり》であるとを問わずだ。あるいは植物でさえ貴重だ。それらについての情報を、できる範囲内で集めてもらいたい」

「状況観測には大きな困難がつきまとうものと思われます」とタワーズはいった。

「わたしもそう思う。ただ、CSIROのメンバーが一名科学士官として同行するはずだね」

「はい、ジョン・オズボーンです」

首相はよくする癖で、顔をひと撫《な》でするように片手を目の前にかざした。「もちろん、きみたちにリスクを冒してほしいとは思わない。危険な挑戦はやめてもらいたい。潜水艦は無傷であってほしいし、乗組員には健康をそこなうことなく戻ってきてほしい。艦を海上に浮上させるか否《いな》か、またさらには人員を甲板にまで出すか否かについては、科学士官の指示にもとづいて慎重に判断することだ。あくまでそうした条件内においてのみ、可能なかぎりの情報を収集してもらえればいい。もしも放射能濃度が許容範囲にあるならば、上陸して市街地を直接視察できる場合さえ想定されうる。もちろん実際問題はそれとは別だがね」

ハートマン第一司令官がかぶりを振った。「おそらく無理だと思います。少なくとも、南緯二十二度付近ではもう潜水しないと危険でしょう」

タワーズはすばやく頭をめぐらせた。「二十二度というと、タウンズヴィルの南方の海域になりますが？」

首相が重い口調でいった。「そうだ。タウンズヴィルにはまだ生存者が残っている。だが海軍省が作戦変更の指令を発信しないかぎり、きみたちはそこに上陸してはならない」顔をあげ、タワーズをまっすぐに見た。「心情的にはつらいだろうが、生存者の救出に向かうことは許されない。それどころか、なまじきみたちの艦をかいま見せて、助かるかもしれないというはかない希望を与えるのはもっと酷《こく》だ。もっといえば、じつのところタウンズヴィルの状況に関するかぎりは、すでにわかっているということだ。生存者たちからの無電が傍受されているのでね」

「その点については了解しました」とタワーズ。

「そこで、つぎにいうことがわたしからの最後の助言になる」と首相はいった。「今回の航行においては、海軍省からの無電による指示がないかぎり、決してだれも甲板の上に出てはならない。放射能を浴びた生存者に乗組員が接触する危険性は、絶対に排除しなければならないからだ。その点もいいな？」

「了解しました、閣下」

首相は立ちあがった。「では、きみたち全員の幸運を祈る。二週間後に再会して、またこうして話せるときを心待ちにしているよ、タワーズ艦長」

第三章

　それから九日後の夜明けどき、アメリカ海軍潜水艦〈スコーピオン〉は海面近くにまで浮上した。あたりに灰色の明るさがあふれて星の光が見えなくなったころ、オーストラリア連邦クイーンズランド州ブンダバーグにほど近いサンディ岬《みさき》沖合の静かな海に、潜望鏡がぬっと突きだした。南緯二十四度。十五分ほど艦をそこにとどめているあいだに、艦長であるタワーズは音響測深と、および間近の海岸に建つ灯台の方角とによって位置を確認した。科学士官ジョン・オズボーンは調査用機器に忙しく指を走らせて、空気中および海面の放射能濃度を計測した。それらがすむと、艦はすべるように海面へと浮上した。灰色の細長い艦体の過半を水に浸《つ》けたまま、時速二十ノットで南へ進んだ。艦橋甲板《かんきようかんぱん》のハッチが開き、まず当直士官が外に出て、そのあとにつづいて艦長が出てきた。おだやかな天候のもとで艦首および艦尾魚雷発射口の蓋《ふた》があけられ、清澄《せいちよう》な外気が艦内を循環しはじめた。艦首および艦尾から艦橋へとそれぞれ一本ずつ命綱《いのちづな》が張られ、現在操艦任務中でない乗組員全員がそれづたいに甲板に出てきた。みな張りつめた白い顔をして、艦外に出られたうれしさとともに、朝の新鮮な外気を吸い、昇りゆく朝日を目に収めた。無理もない、一週間以上も海中ですごしていたのだから。

三十分もすると、乗組員たちはこんどは空腹感に駆られてきた――それもこの数日で最大の飢餓《きが》感に。朝食が用意される音が聞こえ、一同急いで艦内へと戻っていった。代わって調理係たちが甲板にあがり、つかのまの休息をとった。監視要員たちも休憩に入り、明るい朝日の射す艦外に出てきた。艦橋の上には士官たちが姿を現わし、ひととき煙草《たばこ》を楽しんだ。そののち艦はふたたび航行を開始した。海面にあがったまま、クイーンズランド海岸沿いに青い海を南へと進んでいった。

そなえつけられている無線アンテナにより、現在位置をモールス信号で報告した。そののち、アンテナに娯楽番組のラジオ放送が入りはじめた。タービンのうなりや艦体のわきをすぎる水音に混じって、軽音楽が鳴り響いた。

艦橋でタワーズがホームズ連絡士官にいった。「この状況を報告書にまとめるというのは、なかなかむずかしい作業になるだろうな」

ホームズがうなずいて、「あのタンカーの件もありますしね」

「そうだ、あれも問題だ」とタワーズは返した。

ケアンズからポート・モーズビーへといたるあいだの珊瑚《さんご》海で、〈スコーピオン〉は一隻のタンカーに遭遇したのだ。無人のうえに積荷もないらしい船で、エンジンが動いていない状態のまま海面をただよっていた。船籍はオランダのアムステルダムだった。〈スコーピオン〉はその船のまわりを周回しながら、拡声器を使って呼びかけてみたが、返答の声はなかった。潜望鏡で観測しつつ、船舶統計を参照して船のようすを確認した。避難用の小型ボートは全艘《そう》とも吊り柱にくくりつけられたままだったが、それでいて乗組員が船内に残っている気配がない。船体が極度に錆《さ》びついているのが見てとれた。結局、戦争のときに遺棄《いき》されたあと洋上を漂流しつづけていたのではないかと推測された。風雨のせいで錆《さび》が進行しているものの、損傷などはまったく見られなかった。しかしどうすることもできない。空気中の放射能濃度が高すぎて、潜水艦の甲板に出ることすらできず、ましてタンカーの船上に乗り移ることなど到底《とうてい》不可能だった——仮に船のすぐそばまで接近できたとしても。それでやむなく、潜望鏡を通じて写真を撮《と》ったり漂流地点を記録にとどめたりして一時間ほどもすごしたのち、タンカーをそのまま残してその場をあとにした。このたびの航海で出会った船舶といえば、その船が唯一あったのみだった。

ホームズがいった。「結局のところ、オズボーンの放射能計測が唯一の成果ということになるでしょうか」

「そういえなくもないな」とタワーズも同意した。「ただ、あの犬を見たのも事実だ」

報告書をまとめることがたやすい仕事でないのはたしかだった。航海のあいだに目撃できた状況や知りえた情報が極度に少量にとどまっているからだ。艦が海面上でケアンズに近づいたときも、全員が内部にとどまっていた。放射能濃度が高すぎ、艦橋の上に人の体をさらすことはとてもできなかった。グレート・バリア・リーフの珊瑚礁の隙間《すきま》を縫《ぬ》って注意深く接近していき、夜は艦を停止させてすごした。そうした海域において暗いなかで航行しつづけるのは危険だと判断したからだ。灯台も導灯《どうとう》も頼りにならなかった。ようやくグリーン島をすぎ、ケアンズの街に迫った。街は一見したところではなんの異状もなさそうだった。アサートン高地の稜線を背景として、朝日のなかで海岸沿いに市街地が広がっていた。椰子《やし》木立の葉陰に並ぶ専門店街が潜望鏡を通じて覗き見られた。病院がひとつあり、高床式《たかゆか》の瀟洒《しょうしゃ》な平屋《ひらや》造りの別荘群が散在していた。通りには多くの自動車が駐《と》められたままで、国旗がひとつふたつ立っているのも見えた。

〈スコーピオン〉は川を遡《さかのぼ》り、船渠《せんきょ》へと向かった。川には釣り舟が何艘か停泊しているだけで見るべきものは少なかったが、ここでも異状はまったくうかがい知れなかった。埠頭《ふとう》には船が一隻もつながれていなかった。ただ船首と船尾にクレーンをそなえた起重機船のみが、埠頭に繋留《けいりゅう》されていた。岸に近づいても、見えるものは少なかった——潜望鏡が埠頭よりわずかに上までしか届かなかったし、しかもそこには倉庫群が建ち並んでいて視界をさえぎっていたからだ。見える景色は、平時の日曜や休日に見られるのと同じ、ただの静かな港湾地帯の様相でしかなかった。ただし平時ならば、少なくとも起重機船には人の気配があるはずだ。だがそのとき埠頭に現われたのは一匹の大きな黒毛の犬で、潜水艦のほうへ向かって吠え声を放っていた。

〈スコーピオン〉はそのあとも二、三時間埠頭の前の川の水面にとどまって、拡声器をもちいての連呼を試していた——街じゅうに鳴り渡るほどの大音量で。だがなんの反応もなかった。街は全域が深い眠りについているかのようだった。

それからようやく旋回して、少しだけ川を移動し、ストランド・ホテルやショッピング・センターのようすをもう一度うかがい見た。そしてまたそこにしばしとどまり、さらに呼びかけをくりかえしたが、やはり返事はなかった。ついにあきらめ、海へと戻って、暗夜が訪れる前にグレート・バリア・リーフを通り抜けていった。

ジョン・オズボーンが収集した放射能のデータ以外は、結局これといった収穫もなかった——ケアンズの街が平時となんら変わらないように見えたことが、あるいは最大最悪の情報といえるかもしれないが。梧桐《あおぎり》の林が青々と茂る山々を遠景として、通りには日差しが照りつけ、長いバルコニーの影に護られたショー・ウインドーが並んでいた。いかにも住みよさそうな亜熱帯の街のひとつだった——現実に住んでいるのは犬一匹だけで、人間は一人もいないにもかかわらず。

ポート・モーズビーも同様の状態だった。海から潜望鏡で眺めるだけでは、街に人がいるのかどうかは、まるでわからなかった。リヴァプール船籍の商船が一隻、船道で錨《いかり》をおろして浮いていた。縄梯子《なわばしご》が舷側《げんそく》に掛けられていた。ほかに二隻、砂浜に乗りあげている船があった。嵐かなにかで錨をちぎられたものか。〈スコーピオン〉は船道をクルージングして、そのあたりの海域で二、三時間をすごしたのち、やっと船渠に入った。ここでも拡声器で呼びかけたが、やはり反応はない。街になにごとも起こらなかったかのように見えるのもケアンズと同じだ。それを見てとると、その場を離れた。それ以上とどまってもなにも得られないと判断したからだ。

その二日後、ダーウィンに着いた。街に面した湾内に入り、潜水艦を停《と》めた。そこで潜望鏡から見えたものといえば、埠頭と、市庁舎の屋根と、錨をおろしている漁船群だけだった。ここでもまた、それらの船のまわりをめぐりながら、拡声器で呼びかけつつ潜望鏡で街を観察した。だが収穫はなく、人々は従順に死の運命に従ったのだろうと推測するのみだった。

「動物の行動習性からもいえることです」とオズボーン科学士官がいった。「死期に臨《のぞ》むとみずから巣穴にこもる種類の生き物たちがいますが、ここの市民もみんなそれぞれのベッドに横たわって死んだのではないでしょうか」

「そういう話はもういい」とタワーズが制した。

「本当のことです」とオズボーンはいいはった。

「本当のことだとしてもだ。もうそんな話はするなといってるんだ」

報告書をしたためるのは、やはりむずかしい仕事になりそうだった。

ケアンズとポート・モーズビーのときと同様に、ダーウィンからも成果のないまま離れていった。海中にもぐってトーレス海峡を通り抜け、クイーンズランド州の海岸沿いに南をめざした。そのころになると、今般の航海の重要さが乗組員総員の心理に影響してきていた。ダーウィンを離れて三日後に再度浮上するまでのあいだ、みんな口数が極度に少なくなっていた。浮上すると、ようやく甲板に出てつかのまの休息をとり、メルボルンに帰還したときに今回の旅についてどう人に話すべきかをめいめいが考えた。

昼食のあと士官室のテーブルについて煙草を吹かしながら、タワーズはこう口を開いた。

「〈ソードフィッシュ〉もわたしたちが見たのと同じ光景を見たのにちがいない。アメリカでもヨーロッパでも、被害の実態はほとんど表面に出ていないということだ」

戸棚の上に置かれた、くりかえし読まれたためにページの端がめくれあがった報告書の束《たば》を、ピーター・ホームズが手をのばしてとった。航海のあいだ何度も読んだものだが、今またざっと目を通しなおした。

「こんなになっているとは思いませんでした」とホームズは考えながらいった。「そういうふうに予想することができずにいました。しかし、今艦長のいわれたことを聞いて、たしかにそうなのだと悟りました。少なくともこの海岸線に沿った街に関するかぎり、物理的な被害はなにもないにひとしいのです」

「この先も、海岸の状況を詳しく観測することは不可能だろう」とタワーズはいった。「わたしたちがやった以上に正確に調べることなどはね。ここがどれだけの危険地帯か、だれも正しくは知りえない。そしてそれは北半球のすべての土地についていえることだ」

「おそらくそうでしょうね」とホームズ。「まちがいなくそうだ」とタワーズ。

「人にはあえて足を踏み入れたくないところや、あえて目にはしたくないものがあるものですからね」とオズボーンが口を出した。「昨夜わたしはそのことについて考えました。ケアンズの街は、今後はもうだれの目にも――永久に――触れないのではありませんか？　むろんポート・モーズビーもダーウィンもです」

タワーズもホームズもオズボーンの顔をじっと見やって、その新たな問題提起について頭をめぐらせた。「たしかに、われわれが見た以上のものを見る者が現われるとは思えんな」

「この一帯に、わたしたち以外の者が訪れることがあるとは思えませんね」とオズボーン。

「わたしたちでさえ二度とはいきたくないですから――少なくともこんな状態にあるかぎりは」

「わたしもそう思う」とタワーズも考えながらいった。「軍がわれわれをふたたび派遣することはないだろう。これまではそんなふうに考えたこともなかったが――われわれはこの一帯を目撃しながらも生きのびた最後の人間になるだろうな」そこで間を置き、「しかもそのわれわれでさえ、目に見える成果はなにも得られなかった。それが事実だ」

ホームズが興奮気味にいった。「これは歴史的な一大事です。どこかでだれかが記録に残しておくべきではありませんか？　今の世界で、この状況を歴史としている者が、どこかにいるでしょうか？」

オズボーンが反応した。「聞いたことがありませんね、そういう記録作業が行なわれているというのは。本当にないものかどうか確認してみます。おそらく、記録しても意味がないと思われているんじゃないでしょうか――未来において読んでくれる者がだれもいないかもしれないから」

「それでも、書き残しておくべきことはたしかにあるはずだ」タワーズがいった。「たとえこの先数ヶ月のあいだしか人に読まれることがないとしてもだ」そこでまた間を置き、「わたし自身読みたいと思う、この前の戦争の記録を。自分もいっときのあいだ参加していた戦争ではあるが、じつのところは実態についてなにも知らないといっていい。本当にだれも書き記してはいないだろうか？」

「ないでしょう、歴史的な記録としては」とまたオズボーンがいった。「もちろん、調べてみなければわかりませんが。わたしたち自身情報を集めたし、しかもそれらはすべて重要なものだと考えますが、しかしまだ理路整然とした歴史の記述とはなっていません。情報のなかに空隙が多すぎるからです――つまり、まだわかっていないことが山ほどありますから」

「では、わかっていることだけでも記録にまとめよう」とタワーズ。

「どういったことを？」とオズボーン。

「まず、どれだけの数の爆弾が投下されたか、ということからはじめよう。もちろん核爆弾という意味だ」

「地震関連調査においては」とオズボーンがいう。「およそ四千七百発が投下されたであろうとの試算が出されています。しかし厳密とはいいがたい算出法であるため、実際にはおそらくそれをうわまわる数ではないかと思われます」

「そのなかで規模の大きいものはどの程度だ？――核融合爆弾というのか水素爆弾というのか、正確な呼び方はともかくとしてもだ」

「なんともいえないところですね。ほとんどがそうである可能性もあります。少なくともソ連対中国の戦闘で使用された核兵器はすべて水爆でした。しかもその大半がコバルト成分を含んだものだったと推測されます」

「なぜそんなことをやるのでしょう？」とまたホームズが割りこんだ。「つまり、どうしてコバルト爆弾などというものを使うのか、と」

オズボーンは肩をすくめ、「あれが核戦争だったからです。そうとでも答えるほかありませんね」

「答えはほかにもある」とタワーズがいった。「戦争がはじまる直前に、サンフランシスコのイェルバ・ブエナで指揮官となるための集中訓練を受けたが、そのときの講義のなかに、ソ連と中国のあいだで戦いが勃発《ぼっぱつ》するだろうという予測が含まれていた。そしてその六週後に、予測どおりのことが起こった――もちろん、きみの答えがまちがいというわけではないがね」

オズボーンが低い声で問い質《ただ》した。「それで、どういう予測だったのですか？」

タワーズは少し考えてから、きりだした。「すべての鍵は、冬でも凍らない港を確保することにあった。ソ連の港湾は、冬季にはほぼすべてが凍結してしまうが、唯一の例外が黒海に面したオデッサだ。だがオデッサから船で大西洋にまで出るためには、ボスポラス海峡とジブラルタル海峡というふたつの隘路《あいろ》を通り抜けねばならないが――そのどちらも戦時にはNATOによって監視されている。そこでムルムンスクとウラジオストクの二港を砕氷船《さいひょう》によって冬でも開港しておかねばならなくなるわけだが、しかしソ連の主要都市からそれら双方に輸出品を移送するには、たいへんな距離の陸路を越えていかねばならない」一瞬間を置いてから、「そこで、CIAからきた講師はこういう説を唱《とな》えた――ソ連は上海を奪いたいと考えている、と」

オズボーンが質す。「シベリアの工業地帯にとっては、むしろ上海のほうが便利だと？」

タワーズはうなずいた。「そのとおりだ。第二次大戦中、ウラル山脈の東側から——果てはバイカル湖付近の奥地からさえ——シベリア横断鉄道によって大量の工業製品が西へ輸送された。その過程で新たな町々をはじめとして、必要なあらゆるものを建設していった。だがオデッサのような利用可能な自前の港湾までいくには、非常な遠距離を経《へ》ねばならないことに変わりはない。それが上海までとなれば、およそ半分程度の道のりですむようになるのだ」また間を置いてから、考えながらふたたび語りだした。「その講師が唱えた根拠はもうひとつある。中国はソ連の三倍もの人口をかかえていて、国じゅうどこも過密状態になっている。一方北部の隣人であるソ連はといえば、逆に途方もなく広大な無人の土地を擁している——その広い国土を埋めるには人口が到底足りないからだ。一方の中国がここ二十年ほどで急激に工業化が進んでいることを考えあわせると、ソ連は中国から侵攻されるのではないかと恐れはじめているにちがいない——というのがその講師の説なのだ。つまり、もし中国の人口を一挙に二億人ほども減らすことができるとしたら、しかもそれと同時に上海を手中にすることができるとなれば、ソ連は核戦争を決行せずにはいないにちがいない……」

ホームズが口を出した。「しかし核を使ったのでは、上海を陥落させたとしても自分たちも侵入できないではありませんか」

「それはそうだ。だが多くの核爆弾を充分に効率的に投下すれば、中国北部全域を長年にわたって居住不可能な状態にすることが可能だ、投下地点を効果的に選択することによって中国全土に放射性降下物をおよぼすことすらできる。さらにその余波が太平洋をわたって世界じゅうに波及していく。それがアメリカにまでおよんだとしても、ソ連が泣いて詫《わ》びるはずもない。彼らはおそらく緻密な計算のうえでやっているはずだから、余波が世界をまわってヨーロッパにまでいたったとしても、自国ソ連の西端に達することはない。たしかに彼ら自身一定の期間は上海に侵攻することができないが、いずれ手に入ることはまちがいない」

ホームズがオズボーンに問いかけた。「上海で人が生きて活動できるようになるまでに何年ぐらいかかるだろうか？」

「コバルト爆弾の降下物が晴れるまでには、ですか？　それはわたしにも推測がつかない」とオズボーンは答えた。「いろいろな条件によって変わってくるでしょうね。調査隊を派遣しなければわからないかもしれません。少なくとも五年以上はかかるでしょう――この数字が半減期であるわけですが。しかし二十年といった長期にまではならない。つまり、その中間のどのあたりかはわからないということです」

タワーズはうなずきながら、「とにかく、そのころあいを見計らってその場所に足を踏み入れる者は――中国の自国民であれほかの国からの侵入者であれ――そこがすでにロシア人たちによって侵犯されているのを見つけることになる、というわけだな」

オズボーンがタワーズへ顔を向けた。「では中国側はこの戦争にどう対処したんでしょうか？」

「中国はソ連とはまたちがった角度からこの戦争をとらえていたと考えられる。彼らは必ずしもロシア人を殲滅《せんめつ》したいと考えているわけではなかった。彼らの狙いはむしろ、ロシア人を大昔の農業民族に戻してしまうことにより、上海などといった大港湾都市への侵攻をもくろんだりできないようにすることにあった。そこで、ソ連の工業地帯を形成する主要都市をひとつずつしらみつぶしに大陸間弾道弾によって攻撃し、コバルト降下物によっておいつくそうとした。そうすることによって、ロシア人がつぎの十年間ぐらいは工業機械をまったく作動できないようにしてやろうともくろんだ。したがって、発生する降下物も比較的重くて、たやすく世界じゅうに拡散したりしないものでなければならなかった。じつのところ、都市を攻撃するといっても、狙い撃ちにするわけではなくて、むしろ十マイル程度離れたところで破裂するように撃ちこんだ。つまり、あとは風によって降下物があたり一帯に広がればいいと考えた」そこでまた息を継いだ。「そうやってソ連の工業地帯がもぬけの殻《から》になったら、中国人たちはあとでいつでも好きなときに悠々と侵入し、放射能が比較的薄い安全な土地をまず占領する。そしてやがて都市の降下物が晴れたら、こんどはそこに侵攻すればいいというわけだ」

「工場の旋盤《せんばん》はすでに錆びついているでしょうがね」とホームズが混ぜっ返した。

「おそらくな。だがそんなことより、戦争自体を楽にやれるように工夫するほうが優先だっただろう」

オズボーンがまたも質した。「それで艦長は、真相は本当にそうしたいきさつだったとお考えなのでしょうか？」

「わからん」とタワーズは答えた。「だれにもたしかなことはいえんだろう。今いったことはあくまで、指揮官集中訓練においてペンタゴンからきた講師がわたしたち教習生に語った憶測であるにすぎない」そこでまた間をとり、考えをめぐらせながら先をつづけた。「しかしひとついえるのは、この戦いはどちらかといえばソ連側が有利だったということだ。そもそも中国には同盟国や友好国がほとんどなくて、協調する国といえば唯一ほかでもないソ連があるのみだった。だからそのソ連が中国を裏切っても、ほかのどの国もソ連に異を唱えたりみずから報復戦を挑んだりはしなかった」

　三人ともつかのま沈黙に陥《おちい》り、それぞれの席に身を沈めて煙草を吹かした。

「それで、ソ連は――」とようやく口を開いたのはホームズだった。「――戦いをさらに拡大させていったということですね？　つまり、最初の目標である中国への攻撃がすんだら、彼らはつぎにワシントンやロンドンまでも狙ってきたと？」

　タワーズはオズボーンとともにホームズを鋭く見やって、こういい返した。「ワシントンを爆撃したのはソ連じゃない。そのことがあとになってはっきりしたのだ」

　ホームズが驚きの目を瞠《みは》った。「わたしがいっているのはワシントンへのいちばん最初の爆撃のことですが、あれがそもそもソ連の仕業《しわざ》ではなかったと？」

「そうだ」とタワーズ。「あの最初の攻撃に使われたのは、たしかにソ連の爆撃機Ⅱ六二六だったが、乗っていたのはロシア人ではなくエジプト軍兵士だった。あの編隊はカイロから発ってきたのだ」

「それはまちがいないことなのでしょうか？」とホームズ。

「まちがいない事実だ。帰路の途中で一機がプエルトリコに不時着したため、アメリカ軍によって確保されたが、搭乗していたのはエジプト人だとわかった——しかしそのときにはすでに、わがアメリカ軍はレニングラードとオデッサと、およびクハルコフ、クビシェフ、モロトフの核兵器施設に報復攻撃を仕掛けたあとだった。あの日はあまりの短時間のうちに多くのことが起こりすぎた」

「つまり、まちがいがもとでソ連を報復攻撃してしまった、ということですか？」とホームズがたたみかけた。そう考えると、たしかに信じがたいほど恐ろしい事態ではある。

オズボーンが代わって答えた。「そういうことです。西側諸国は公的には認めていませんが、まちがいなく事実です。最初に爆撃されたのはイタリアのナポリでしたが、あれはじつはアルバニア軍の仕業でした。つぎに標的になったのがイスラエルのテルアビブですが、これについてはどこの国がやったのかわかっていません——少なくともわたしが聞いたかぎりでは。しかしアメリカ軍とイギリス軍は共同でエジプト領空を侵犯し、首都カイロの上空で威嚇《かん》飛行を敢行《こう》しました。するとエジプト軍は翌日すぐに、就役可能な爆撃機をすべて発進させました。六機をワシントンへ、七機をロンドンへ。うち無事に標的地までたどりつけたのは、ワシントンが一機ロンドンが二機でしたが、それらの攻撃によって両国とも主立った指導層の多くを失いました」

タワーズがうなずき、あとを引き継いだ。「それらの爆撃機がロシア軍のものだったというわけだ。わたしが聞いたところでは、軍章もたしかにそうなっていたという。充分ありうることだ」

「なんということだ！」とホームズ。「だから西側諸国は当然のごとくソ連に報復したわけですね」

「そう、それが真相だ」とタワーズは苦々《にがにが》しくいった。

オズボーンがあとを受けた。「無理もないことです。アメリカもイギリスも首都を破壊されたため、各前線に分散している軍の現場指揮官たちが、めいめい自分で軍事的判断をくださなければなりませんでしたから。しかも、つぎなる攻撃を受けないうちに早急に行動しなければならなかった。最初に攻撃してきたのがソ連軍機と特定された以上、ソ連に対して敵意を深めるのは当然の帰結でした——手をくだしたのはアルバニア軍だなどとは知るはずもなかったのですから」いっとき沈黙してから、「だれかが決断しなければならず、しかもただちにとなれば、これは仕方のないことです。わが国の首都キャンベラの政府も、今はその決断がまちがいだったとようやく気づいたでしょうがね」

「しかし」とホームズがくいさがる。「まちがいだったと気づいた時点で、どうして報復をやめなかったのでしょう？　なぜ戦いの続行を？」

これにはタワーズが答えた。「主立った政治指導者のほとんどが殺されたとあっては、戦いを半ばで止めるのはきわめて困難だった」

オズボーンがつけ加えて、「問題は、核兵器を非常に安く量産できる現状にあります。アルバニアの自国製ウラン爆弾は、最近では一発につきわずか五万ポンドほどで造られるようになっていました。だからあんな小国でも多量に保有できたのです。そのために、小国でも奇襲によって大国を打ち負かせるという発想が蔓延《まんえん》してきていました。真《しん》の問題はまさにそこにあったわけです」

「ほかに軍用機の問題もある」とタワーズがさらにいった。「ソ連は長年にわたってエジプトに軍用機を供与しつづけてきた。もっともイギリスもその点では人後《じんご》に落ちず、イスラエルとヨルダンの双方に飛行機をくれてやっていた。そして最大の誤りは、それらの国々に長距離爆撃機までくれてしまったことだ」

ホームズが落ちついた声であとを受けた。「とにかくそういう事情があって、ソ連対西側諸国の戦いは続行されたというわけですね。しかし中国はいつかかわってきたのでしょう?」

これにはタワーズが答えた。「だれにも正確なところはわからないだろう。ただとにかく、中国は核兵器とミサイルが利用できるようになった時点で、対ソ先制攻撃を仕掛けることを決断したはずだとはいえる。しかし、それに対抗できるだけの核がソ連側にも準備されていたことを中国は知らなかった」そういってから、「といってもあくまで推測だがね。なにしろ通信網がたちまちのうちに破壊されてしまったため、ここオーストラリアやあるいは南アフリカなど南半球諸国への情報がきわめて不足しているからな。わかっていることといえば、北の諸国の大半で、軍の指揮権が比較的下の階級の軍人たちの手に移ってしまっているということぐらいだ」

オズボーンが皮肉そうな笑みを見せた。「チャン・ツィー・リン少佐がそれですね」

「何者です、チャン・ツィー・リンとは?」とホームズ。

オズボーンが答えて、「氏素性《うじすじょう》はほとんどわかっていません。中国人民解放軍空軍の一士官だというだけで。終戦が迫るころになると、中国軍の統轄権がその人物によって握られました。わが国の首相はその少佐に連絡をつけ、攻撃の続行をやめるよう説得を試みています。中国は全土の各地に多数のミサイルを配備したうえ、空爆弾も大量に持っていましたから。一方のソ連でも、このチャン・ツィー・リンと同等程度の詳細不明の何者かが軍の指揮をとっていました。しかしソ連側に関するかぎりは、わがオーストラリア首相もコンタクトをとれずじまいだったようです。わたし自身、新たな指揮官の名前すら聞いていません」

つかのま三人とも沈黙した。

「きわめて困難な状況だったことはまちがいない」とタワーズがまず口を開いた。「ソ連にしても、その新たな指揮官になにができただろう？　大量の兵器が自分の手のなかにある以上、戦いをつづけるしかなかったはずだ。その事情は、戦火で指導層を失った国々のすべてにおいて同様だった。そういうとき戦争は収拾がつかなくなるものだ」

「こんどの場合が、まさにそれでした」とオズボーン。「爆弾の最後の一発が尽きるまで、すべての飛行機が飛べなくなるまで、戦争は止められませんでした。すべてが尽きたときには、いうまでもなく戦禍《せんか》は救いがたい深みまできていました」

「まったく救いがたい」とタワーズは低くいった。「わたし自身、自分が彼らの立場だったとしてもどうにもできなかったと思う。そうでなくて幸いだったほどだ」

「艦長なら、和平交渉を試みたのではないでしょうか？」とオズボーン。

「合衆国全土が壊滅し、国民が残らず殲滅されたにもかかわらずか？　しかも報復のための武器がまだ自分の手のなかにあるというのに？　それでも戦いをやめて許せというのか？　それほど高潔な人間になってみたいものだが……到底たやすいことじゃない」タワーズは背筋をのばした。「そもそも、わたしには外交なんてものの経験がない。和平交渉なんてことをまかせられたとしても、どうしたらいいかわからなかっただろうよ」

「それは各国の指導者も同じでした」とオズボーンはいい、背のびをしたと思うと、あくびをひとつした。「まったくどうしようもない状況だったわけです。とにかく、ソ連ばかりを責めるわけにはいかないということです。この戦争を引き起こしたのは大国ではなくて、むしろ小国のほうなのですから。それらの国々こそ責任を負うべきなのですがね」

ホームズが苦笑していった。「なにしろ人類のすべてが滅びようとしているんですからね」

「それでも六ヶ月程度の猶予はあります」とオズボーンが返した。「おそらくその前後でしょう。それだけで満足するほかありません。人はいつか死ぬものだと、つねにわかっているわけですから。今はその〈いつか〉がいつになるかわかったというだけで。つまりはそれだけのことです」そういって笑った。「それまでにやれるだけのことをやるしかありません」

「それはわかっていますが」とホームズ。「問題は、今やっていること以外に自分がなにをやりたいのか、それすらわからないということです」

「今やっていることとは、この〈スコーピオン〉にこうして閉じこめられていること？」とオズボーン。

「そういうことになるでしょう。これが仕事ですから。ここが住みかも同然ですから」

「もっと想像力を働かせてください。イスラム教に改宗してハーレムを造るとか」

タワーズは笑った。「もうそれに類するものを持ってるかもしれんぞ」

ホームズはかぶりを振った。「いいアイデアかもしれませんが、現実的じゃありませんね。家内が許しません」すでに笑顔は消えていた。「それよりももっと問題なのは、こんな事態が本当に起こっているというのがいまだに信じられないことです。そうじゃありませんか？」

「これだけの現実を目にしてきたのにか？」とタワーズ。

ホームズはまたかぶりを振る。「信じられませんね。街がまったく破壊されていないというのに……」

「それこそ想像力を働かせるべきでしょう」とオズボーンがいった。「あなた方戦う人々は、どうしてもこう考えてしまう——自分だけは決して戦いで死ぬことはない、と」そこで間を置き、「しかし現実はそんなことはない。みんな死んでもおかしくない、それが戦争でしょう」

「たしかにわたしには想像力が足りないのかもしれない」とホームズが考えながらいう。「これが世界の終わりだってことをわかっていないのかも。そんなこと、これまで考えたこともなかったから」

するとオズボーンが笑った。「世界の終わりというわけじゃありません。ただ〈人類の終わり〉だというだけで。世界はこのまま残っていくでしょう、そこにわれわれがいなくなってもね。人間など抜きにして、この世界は永久につづいていくんです」

タワーズが顔をあげて、いった。「たしかにそのとおりだろうな。ケアンズもポート・モーズビーも、街はどこもほとんど破壊されていないように見えた」そういって、潜望鏡で海岸に見た花の咲く木々の風景を思いだした。日差しのなかに立ち並ぶウメモドキや梧桐《あおぎり》や椰子の木立を。「こんなことになってしまった世界で生き抜くには、われわれ人間はあまりに愚かすぎたのかもしれない」

「まさにそのとおりでしょう」とオズボーン。

この話題についてはもうそれ以上いうことがなくなったように思えてきたので、三人とも艦橋の上に出て、日差しとさわやかな大気のなかで煙草で一服をつけた。

翌朝の夜明けどき、〈スコーピオン〉はシドニー湾の入口をなす岬の沖をすぎ、南進してバース海峡へと入った。さらにその翌日の朝にようやくポート・フィリップ湾に帰還し、ウィリアムズタウン港に浮かぶ空母のわきに横付けした。ハートマン海軍第一司令官が出迎え、タラップがおろされるとただちに〈スコーピオン〉艦上にあがってきた。タワーズが狭い甲板で迎えると、司令官は敬礼を返した。「ご苦労だった、タワーズ大佐。順調に航海できたかね？」

「大過《たいか》なく航行できました。調査も指令に沿って完遂できたと思っています。ただしその結果に関しては、閣下を落胆させるのではないかと案じております」

「情報を充分に収集できなかったということか？」

「放射性降下物のデータに関するかぎりは、相当量を集めることができたつもりです。南緯二十度以北では、甲板にあがることすら不可能とわかりました」

司令官はうなずいた。「体調に影響することはなかったのか?」

「一名不調を訴えましたが、艦医が診《み》たところ麻疹《はしか》とわかりました。放射能の影響ではありませんでした」

タワーズと司令官は艦内におり、艦長室に入った。タワーズは報告書の草稿を広げた。罫紙《けいし》に鉛筆で書き綴《つづ》ったもので、ほかに長い数字の列が記された別紙が添えられている。それはオズボーン科学士官が各観測地点で放射能濃度を手書きで記録したものだ。

「〈シドニー〉に戻ってからタイプライターで清書したいと思いますが」とタワーズはいった。「内容としては、これと同一のものになります。きわめてかぎられた成果だといわざるをえません」

「これらの場所で、生存者がいそうなところはまったくなかったのか?」と司令官。

「ありませんでした。といっても、海岸地帯のみを、それも潜望鏡の高さの範囲で観測できただけですが。実際に現地にいくまでは、目で見られる範囲があんなにもかぎられているとは思っていませんでした。その程度のことは予測しておくべきでした。ケアンズでは海峡の沖合からはるかに街を望めるだけでしたし、ポート・モーズビーでも同様でした。ダーウィンにいたっては、市街地を目にすることがまったくかないませんでした――崖《がけ》の上にある街ですから。港湾を眺望できたにとどまります」そこで言葉を切り、「ただしその港湾に関するかぎりは、大きな変化はなかったように見受けられました」

司令官は鉛筆で書かれた草稿をめくった。「それぞれの調査地点に、ある程度とどまっていたのだね？」

「はい、およそ五時間前後とどまっていました。そのあいだずっと拡声器で呼びかけていました」

「反応はなかったんだな？」

「ありませんでした。ダーウィンに着いた最初のころ物音がしましたが、埠頭でクレーンの鎖がきしっている音でした。接近してみてそうとわかりました」

「海鳥《うみどり》はいなかったか？」

「まったく飛んでいませんでした。南緯二十度以北で鳥を見たことは一度もありません。ただ、ケアンズで犬が一匹だけいるのを見ました」

司令官はそうやって二十分ほどもあらましを聞いていたが、やがていった。「わかった。この報告書はできるだけ早く完成させ、メッセンジャーを使って一部をわたしのところに直接届けるように。たしかにいささか落胆を禁じえないものだが、しかしきみたちができるかぎりのことをやった結果だからな」

タワーズがいった。「〈ソードフィッシュ〉の報告はわたしも読みました。沿岸地帯の状況に関しては、やはり非常にかぎられた情報しか収集されていませんでした――アメリカにおいてもヨーロッパにおいても。彼らもわたしたち同様沖合から眺めるにとどまっていたため、多くを観測することができなかったのだと思われます」一瞬ためらってから、こうつけ加えた。

「ただ、ひとつだけわたしからご提案しておきたいことがあります」

「なんだ、提案とは？」

「調査した海域では、どこでも放射能濃度がさほど高くありませんでした。それで、オズボーン科学士官が示唆《しさ》したところによれば、防護服を着用するならば、艦外に出ての実地調査も可能なのではないかとのことでした。もちろんヘルメットや手袋などで全身をおおい隠す必要はあると思いますが。さらには酸素ボンベを背負い、小型ボートを漕《こ》ぎだして、調査地点に上陸を果たすことになります」

「その場合、調査員が母艦に戻ったときは徹底的に洗浄消毒することが必要になるな」と司令官が返した。「それになにより、絶対に安全だとはいいがたいことが問題だ。しかし、一応首相に上奏してみよう。もしなにかどうしても欲しい情報があるということになれば、試みる価値はあるかもしれない。もちろん、ただちに却下されるかもしれないがね。しかし少なくともひとつのアイデアではある」

司令官は艦橋の上へ戻るため、艦長室をあとにして制御室へと向かおうとした。

「閣下、乗組員に上陸許可を出してもよろしいでしょうか？」とタワーズが呼び止めた。

「潜水艦になにか問題は？」と司令官が問い返した。

「いえ、とくになにもありません」

「では十日間の休暇をやろう。午後に上陸許可の指示を出すから、それまで待て」

ピーター・ホームズは昼食のあとで妻のメアリに電話をした。

「無事に帰ってきたよ」と開口一番告げた。「今夜じゅうに家に帰るつもりだ。何時になるかわからないけどね。まず報告書をひとつ仕上げて、途中で自分で海軍省に届けに寄らないといけないんだ。そういうわけだから、ちょっと晩《おそ》くなるかもしれない。きみは無理に起きて待っていなくてもいいよ。ぼくは駅から歩いて帰るから」

「うれしいわ、またあなたの声を聞けて」とメアリがいった。「でも晩ご飯は食べなくていいの?」

「なんとかするさ。帰ってから自分で卵かなにかを食うよ」

妻はすばやく考えたらしく、こういった。「わたし、キャセロールでも作っておくわ。一緒に食べましょ、何時になってもいいから」

「うれしいね。それから、ひとつ気になることがあるんだ。艦《ふね》で麻疹に罹《かか》った同僚が一人いてね。だからぼくも保菌者になってるかもしれない」

「でもピーター、麻疹ならあなたは昔やってるんでしょ?」

「四歳のときにね。でも医者はもう一度罹ることもあるといってた。潜伏期間は三週間ぐらいだそうだ。きみはいつ罹ってる? 大人になってから?」

「わたしは十三歳のときよ」

「それぐらいだったらもう大丈夫かもしれないな」

「でもジェニファーがいるわ。あの子はどうなるの?」とメアリがすばやくいった。

「ああ、だからそのことをずっと心配してたんだ。あの子にはしばらく近づかないほうがいいだろうな」

「そうね……でも麻疹って、あの子みたいに小さいうちでも罹るものなのかしら？」

「わからない。艦医がいるからあとで訊《き》いてみるよ」

「艦医さんって、赤ちゃんの病気についてもよく知ってるかしら？」

ホームズは一瞬考えてしまった。「まあ、赤ん坊を診るなんてことはそうないだろうがね」

「でも訊いてみてちょうだい。わたしもハロラン医師《せんせい》に電話してみるわ。なにかしら手立てがあるはずよね。とにかく、ほんとによかったわピーター、あなたが帰ってきて」

ホームズは電話を切り、艦での自分の仕事に戻った。


そのころ、メアリはつねに離れられない罪悪に——すなわち電話に——とりすがっていた。まず同じ通りのフォスター家の奥さんに電話して、婦人会の集まりに出かけるついでにステーキ用肉五百グラムとタマネギ数個を買ってきてくれるように頼んだ。それからくだんのハロラン医師に電話し、麻疹について尋ねた。すると医師は赤ん坊も罹ることがあるので要注意だと教えてくれた。そのあとメアリはモイラ・デイヴッドスンのことを思いだし、電話してみた。じつは昨夜モイラのほうから電話があって、〈スコーピオン〉はまだ戻ってこないのかと問いあわせてきたのだ。モイラはバーウィック近くの農場に臨む自宅でお茶の時間をすごしているところだった。

「モイラ、〈スコーピオン〉が帰ってきたわよ」とメアリは教えた。「ついさっきピーターが潜水艦から電話をくれたの。麻疹が流行《はや》ってたいへんらしいわ」

「なにが流行ってですって？」とモイラが訊き返した。

「麻疹よ。あなたも子供のころ罹ったことがあるんじゃない？」

電話の向こうからどっと笑い声が返った。かんだかくて、少し大げさすぎるような笑いだ。

「笑いごとじゃないわ」とメアリはいい返した。「うちのジェニファーが心配なのよ。ピーターから感染《うつ》されるんじゃないかってね。彼は昔一度やってるけど、今また罹ることもあるらしいの。だからうちに帰ってきたら……」

笑い声がやんだ。「ごめんなさい、メアリ。でも可笑《おか》しいんだもの。だって放射能と関係ないでしょ。ちがう？」

「それはそうかもしれないわ、ピーターはただ麻疹だといってただけだから」メアリはそこで一瞬考えてから、「それでも怖いことじゃない？」

モイラはまた笑った。「ただの麻疹だったら、そりゃ罹ることだってあるでしょうよ。でも放射能で人がみんな死んでるところをひと月近くも旅してきて、それで罹った病気が麻疹だけだったら奇蹟じゃない！　あとでドワイトにちゃんと訊いてみたいものね。それで、少しでも生存者が見つかったの？」

「わからないわ、ピーターはそのことはいってなかったから。でも今はそれどころじゃないのよ。ジェニファーをどうしたらいいかしら？　ハロラン先生は赤ちゃんでも罹るっていってたし、ピーターも最初の三週間ぐらいが危ないっていってるのよ」

「旦那さんにはしばらくのあいだ、寝るのも食事するのもベランダでしてもらうことね」

「モイラったら、まじめに考えてよね」

「じゃあ、ジェニファーのほうをベランダに出して寝かせたり食事させたりするとか？」

「蠅《はえ》にたかられちゃうわ」とメアリはいい返した。「蚊《か》にも刺されるし。どこかの猫があの子の顔の上に寝転がって窒息させちゃうかもしれないしね」

「だったら、乳母車《うばぐるま》に蚊帳《かや》をかぶせておけばいいじゃない」

「蚊帳なんて持ってないもの」

「たしかうちにあったと思うわ、父さんが昔クイーンズランドにいたころ使ってたのが。もっとも、今じゃ穴だらけかもね」

「じゃ、それを見ておいてくれない？　猫はほんとに心配だから」

「わかった、すぐ見ておくわ。もし使えるようだったら、今夜じゅうに小包で出しておくから——いや、わたしが自分で持っていってもいいわね。お宅、タワーズ艦長をまた泊める予定はないの？　みんなが帰ってきたんでしょ？」

「そんなことまだ考えてもいなかったわ」とメアリ。「ピーターがどういうつもりでいるかわからないし。ひと月近くも潜水艦のなかで一緒だったわけだから、もうおたがい顔を見るのもうんざりかもしれないしね。でもあなたはまた艦長さんにうちに泊まってほしいのね？」

「べつにそういうわけじゃないけど」とモイラはさもどうでもよさそうにいう。「あなたたちの自由だからね」

「もう、正直になりなさいよ！」

「だからそんなんじゃないわよ。いい加減にからかうのはやめて。そもそもあの人は結婚してるんだしね」

メアリは少し考えてから、「そうはいえないんじゃないかしら、今はもう」

「まだわからないことでしょ」とモイラがいい返した。「ややこしいことになったら困るもの。とにかく、蚊帳は探しておいてあげるわ」


その夜帰宅して妻メアリと再会を果たしたピーター・ホームズは、さっそくケアンズでの体験などの話をしたがあまり興味を示してはもらえず、妻の懸念《けねん》はもっぱら赤ん坊のほうに向けられていた。モイラから電話があり、蚊帳を送ってやるといっていたらしいが、届くまでには少し時間がかかるだろうということで、それまでの代わりとしてメアリは目の粗い紗《しゃ》の布を長く切り、ベランダに出した乳母車にかぶせようとした。だが巧《うま》くいかないので結局ホームズが手伝ってやり、自宅での彼の第一夜の肝心な時間は乳母車掛け作りに割《さ》かれることになった。

「これでこの子が息苦しくなったりしないといいんだけど」とメアリが心配そうにいった。

「ねえピーター、これでほんとに空気がよく通ると思う？」

ホームズは妻が安心できるようにあれこれ工夫してやったが、それでも彼女はジェニファーがちゃんと息をしているかどうかたしかめずにはいられないようで、ひと晩のあいだに三度も夫のそばを離れてベランダにいった。

〈スコーピオン〉艦内での人間模様の話題になると、メアリもさすがに無味乾燥な軍務の話よりは関心を示してくれた。

「タワーズ艦長にまたうちに泊まってもらう予定はないの？」と彼女は尋ねてきた。

「そんなこと考えてもみなかったな」とホームズは答えた。「きみはまたあの人に泊まってほしいわけかい？」

「わたしももちろんあの人のことは気に入ってるけど」と妻はいった。「それよりモイラがね、すっかり好意を持っちゃったようなの。可笑しいわよね、タワーズさんはあんなに物静かな人なのに」

「艦長は出港前にもモイラとデートしていたようだからな。潜水艦を彼女に見せてやったあとで、二人で街へ出かけていったよ。きっと彼女の誘いでダンスしにいったんじゃないかな」

「彼女ったら、あなたが旅に出てるあいだに三度も電話をよこしたのよ、〈スコーピオン〉からなにか知らせはないかってね。あれはあなたを心配してのことじゃないと思うわ」

「ただの退屈しのぎに電話してきただけかもしれないぜ」とホームズはいい返した。

翌日、ホームズはジョン・オズボーンおよびもう一人の上級科学士官とともに、メルボルンの海軍省でのミーティングに出席した。それが正午ごろに終わって、一同、省の建物から出たところで、オズボーンがホームズに声をかけてきた。

「じつは、モイラから預かってるものがあるんだ」といって、紫色の包装紙に包んで紐をかけたひとつの箱をさしだした。「蚊帳なんだけどね。きみにわたしてくれと頼まれたものだから」

「ほう、それはそれは。うちのやつがとても欲しがっていたものだ」

「ところで少佐、今日はお昼はどちらで？」

「まだ決めてなかったが」

「だったら、一緒に〈パストラル・クラブ〉にいってみないかい？」

ホームズは思わず目を剝《む》いた。〈パストラル〉といえばかなり上級のクラブで、金もかかるはずだ。「きみはあそこのメンバー？」

オズボーンはうなずき、「死ぬ前にメンバーになっておきたいと思ってね。今を逃したら、もう機会はないから」

二人は市内電車に乗り、街の反対側にあるそのクラブをめざした。ホームズは一、二度入ったことがあるだけだったが、店内のすばらしさは強く印象に残っていた。築百年以上という、オーストラリアでも指折りの古い建築物だ。古都ロンドンの最良のクラブを模して造られ、すべてが変わっていく時代にあってよき時代の雰囲気を残す貴重な遺物だ。この国で最も英国的といえるクラブで、食べ物もサービスも十九世紀中葉の様式を二十世紀半ばのこんにちまで伝えている。戦前からイギリス連邦のなかで最良のクラブだったろうし、今となってはまちがいなくそうだといえる。

二人はロビーで帽子を預け、古風な手洗い室で手を洗ってから、飲み物が用意してある中庭へと移動していった。そこには多くのクラブ・メンバーたちがたむろしていた。ほとんどが中年すぎの男たちで、めいめいの今日の身辺話などを語りあっているところだ。そのなかにはホームズが顔を見知った州政府や連邦政府の関係者たちも何人かいた。芝生で立ち話をしているあるグループのなかの一人の年配の紳士が手を振ったかと思うと、こちらへと足を進めてきた。

ジョン・オズボーンが低い声でいった。「ぼくの大伯父のダグラス・フラウドだ。昔陸軍中将だった――知ってるだろうが」

ホームズはうなずいた。フラウド中将といえば彼が生まれる前の時代に陸軍で指揮官を務めていた人物だ。第二次大戦が勃発したあと軍を退《しりぞ》き、世の中の一線からも身を引いて、メイスドン近郊の小ぢんまりした地所に隠棲《いんせい》している。そこで羊を飼いながら回顧録を執筆しつづけているという。二十年を経た今もまだ書き終えないらしいが、そろそろあきらめようとしているという噂だ。というのは庭造りとオーストラリア野鳥の研究に興味の中心が移ってきたからだ。ここ〈パストラル・クラブ〉に週に一度ランチをとりに訪れるのは、わずかでも世間との交流手段を残しておくためだろう。赤ら顔の上の髪は白くなっているが、堂々とした風貌は人波のなかでもいまだ目につく。元陸軍中将はうれしそうに大甥《おおおい》を迎えた。

「やあジョン、昨夜《ゆうべ》聞いたよ、おまえがまた陸《おか》に戻ってきたとな。いい旅だったか?」

オズボーンはホームズを紹介してから答えた。「まあまあだね。それほど特別なことを発見できなかったし、乗組員の一人が麻疹《はしか》に罹ったりもしたけど、まあその程度ですんでよかったといわなきゃならないかもしれないな」

「麻疹だって？　それでもコレラよりはましだろう。おまえもこちらのホームズくんも罹ってはいないんだろうしな。さあ、こっちにきて一杯やるがいい。わたしのおごりだ」

二人はフラウド氏のテーブルへとついていった。

「悪いね、伯父さん。今日きてるとは思わなかったよ。てっきりいつも金曜日かと」とオズボーンはいい、ホームズともどもピンク・ジンを注文した。

「そうとはかぎらないんだ」とフラウド氏。「前はたしかに毎週金曜となると必ずポートワインを飲みにきていたが、三年前に医者に酒を止められてね。やめないと一年も命の保証ができないというのさ。もっとも、今はまた事情が変わってしまったので、こうして寄っているわけだ」そういってシェリー酒のグラスをさしあげた。「それより、おまえたちがこうして無事に帰ってこられたのはなによりだ。感謝の意味でお神酒《みき》としてワインを大地に注ぐべきところかもしれんが、しかし今はそれもままならないような事情があってな。知ってるか？　このクラブの倉庫には、いまだに三千本ものビンテージもののポートワインが眠っているんだ。あと半年ぐらいしか時間が残されていないというときにな――おまえたち科学者のいうことが正しければの話だが」

オズボーンが驚き顔になった。「それ、全部飲めるやつなのかな？」

「一級品さ、どれもこれもな。フォンセカの一部には若いのもあるがね、まだ一、二年もののやつが。だがグールド・キャンベルなどは、いちばんいいころあいだ。まったく、ワイン協会はなにをしていたんだといいたいね。こういうことになるのを見越しておくべきだろう」

ホームズは笑いをこらえながら、にこやかな口調で口を出した。「それればかりはだれも責められないと思いますが。こんなことになると予測できた者はいなかったでしょうから」

「そんなことはないさ。わたしは二十年前から予測していたぞ。もっとも、今になってだれを責めてもはじまらないというのもたしかだ。あとはもう最善を尽くして生きるほかはないんだからな」

オズボーンが尋ねた。「それで、ポートワインはどうするつもり？」

「やることはひとつしかないさ」と老人は答えた。

「というと？」

「もちろん、飲むのさ――一滴も残さずな。このつぎまでとかいって残しておいても、なんにもならん。コバルトは五年と少しで半減期を迎えるんだからな。それでわたしはこうして週に三日ここに寄って飲みまくってるというわけさ。そのたびに一本ずつ家に持ち帰ってるしな」

といってシェリー酒をまた口に運ぶ。「どうせ死ぬなら――遠からずそうなるのはまちがいないわけだが――コレラなんかに罹ってくたばるよりはポートワインの飲みすぎで逝《い》ければ本望だ。おまえたち、船旅でも伝染病には罹らなかったんだろ？　そうじゃないのか？」

ホームズはかぶりを振った。「その点は大丈夫です、用心していましたから。旅のあいだ潜水艦を海面に浮上させることはめったにありませんでした」

「なるほど、それならまちがいないな」と老人はあらためて二人の顔を見た。「北クイーンズランドでは、もうだれも生きてはいなかったんじゃないか？」

「少なくともケアンズはそのように見えました。タウンズヴィルがどの程度かはわかりませんでしたが」

老人は首を横に振りながら、「タウンズヴィルは木曜からこの方《かた》連絡がとれなくなってる。ここにきてボウエンもだ。マッケイでもだれも電話に出ないという者がいる」

オズボーンが苦笑してみせ、「だったら伯父さん、なおのことワインを飲み干すのを急がないとね」

「そうだ。いよいよ差し迫ってるってことだ」雲のない空から日差しが降り注ぐ。暖かで心地よい日だ。中庭に立つ大きな胡桃《くるみ》の木が豊かな日影を芝生に落としている。「だからみんなで一生懸命飲んでるところさ。先月だけで三百本空《あ》けたと、ここの世話役がいってる」フラウドはホームズへ顔を向けた。「ところで、どんなものだったたね、アメリカの軍艦に乗るというのは？」

「なかなかいいものでした。もちろんわれわれの海軍とはちがいますがね。そもそも潜水艦に乗るというのも初めてでしたし。それでも一緒にいて楽しい好人物揃いに感じられました」

「それじゃ、妙に陰気な雰囲気なんてわけじゃなかったのか？　家族を亡くした連中ばかりかと思っていたが？」

ホームズはかぶりを振り、「艦長以外はほとんどが若い者たちでしたから。大半が未婚だったと思います。艦長と上級士官の一部が既婚者だっただけで。それ以外の乗組員は——士官たちの多くも含め——まだ二十代前半という感じでした。ガールフレンドさえこのオーストラリアにきてから作ったというぐらいで」いっとき間を置いたのち、「ですから陰気ということはありませんでした」

フラウド老人はうなずき、「なるほど、それだけ時間が経《た》ってるということでもあるだろうな」またひと口飲んでから、さらに尋ねた。「艦長はたしか、タワーズ大佐だったな?」

「そうです。ご存じですか?」

「このクラブに一、二度きていたよ。紹介されたことがある。ここの名誉会員になってるんじゃないかな。ビル・デイヴィッドスンがいっていたが、娘のモイラと知り合いだそうじゃないか」

「ええ、じつはわが家で知りあいまして」

「なるほどな。それがあの男の災《わざわ》いにならなきゃいいんだがね」

まさにそのころモイラ・デイヴィッドスンは、空母〈シドニー〉で待機中のタワーズに電話をかけていた。「ドワイト? わたし、モイラよ。あなたの艦《ふね》で麻疹《はしか》になった人がいるって聞いたけど、ほんとなの?」

彼女の声を聞けたせいか、タワーズは幾分はずんだ調子で答えた。「本当だ。だがそれは部外秘事項だ」

「え、どういうこと?」

「秘密だってことさ。アメリカ海軍は自軍の艦に航行不能になるような問題が生じた場合、それを軽々《けいけい》に外部に洩らしたりはしない」

「麻疹なんていうささいなことで船を止めちゃう場合もあるってこと？　それはちょっとやりすぎじゃないかしらね。〈スコーピオン〉の艦長さんは心配性すぎるところがあるんじゃない？」

「そうかもしれんな」とタワーズは愉快そうにいう。「どこかで会って、艦長の交代について相談でもしようか？　わたし自身、あまり適任とは思えなくなってきていたんでね」

「あなた、こんどの週末はピーターの家に泊まらないの？」

「こんどばかりはそうしろと勧められてもいないのでね」

「じゃ、勧められたら泊まる？　それともあれからピーターとなにかあった？　反逆罪で船底《ふなぞこ》に縛《しば》りつけてるとか？」

「たしかに、ホームズはカモメを捕獲しそこねたからな。今のところ彼が犯した罪といえばそれぐらいだ。だがそのせいで罰を与えたりはしていないよ」

「彼ってカモメを捕まえるのが仕事だったの？」

「そうさ、カモメ捕獲長に任命してあるからな。だがやつはその任務に失敗した。わたしはきみの国のリッチー首相にきつくお灸《きゅう》を据えられるだろうよ、またカモメを捕まえられなかったのかってな。だがその首相も軍艦の艦長にたとえるならば、自分の艦の乗組員より特別にぬきんでているとはいえないがね、残念ながら」

「ドワイトったら、かなりきこしめしてるみたいじゃない？」

「そう、かなり酔ってる――といいたいところだが、飲んでるのはコカコーラさ」

「ああ、それがかえってよくないのよ。ブランデーをダブルでやらなくちゃだめ。ウイスキーでもいいけどね。ところでピーターは今そこにいるの？　いたらちょっと換わってほしいんだけど」

「いや、今はいない。オズボーンと一緒にどこかで昼食をとってるはずだ。〈パストラル・クラブ〉にでもいってるんじゃないかな」

「それは困ったわね。でもとにかく、彼がそうしろといえばあなたは泊まってもいいのよね？　こんどこそあのヨットをうまく操《あやつ》れるか見たいのよ。わたしのブラには南京錠《なんきんじょう》をかけておくから」

タワーズは笑った。「泊まれればわたしもうれしいね。たとえそんな条件付きでも」

「とにかくピーターがなんていうかよ――泊まれとはいわないかもしれないし。あなたのさっきのカモメがどうとかいう話がどうも気になるわ。潜水艦でなにかトラブルがあったんじゃない？」

「だから、そういうことも会って話そうじゃないか」

「わかったわ。あなたの言い分を聞きたいものね」

モイラは電話を切ってすぐ〈パストラル・クラブ〉にかけたところ、今にも店を出ようとしているピーター・ホームズを捕まえることができた。

「ねえピーター、もしだめじゃなければ、こんどの週末もタワーズ艦長さんを泊めてやってくれない？　あの人にはわたしからいうから」

　ホームズの声は不承不承という調子だ。「もしジェニファーに麻疹が感染《うつ》ったりしたら、メアリがなんていうかな」

「そのときはわたしからメアリにいい聞かせるわよ、艦長さんじゃなくてあなたから感染ったんだってね。どう、いいわよね？」

「それほどいうなら。でも肝心の艦長が承知するかどうかな」

「大丈夫、きっとくるわ」


　ドワイト・タワーズがフォールマス駅におり立つと、モイラ・デイヴィッドスンはこの前と同じように馬車で迎えにきていた。タワーズは改札を通り抜けながら彼女に声をかけた。「やあ、今日はあの赤い服はどうしたんだい？」

　モイラの服装はカーキ色一色だった——上着もシャツも、靴下までが。いつになく地味で、まるでなにかの仕事中といった格好だ。「あなたと一緒のとき、あのスタイルはやっぱりどうかなと思ったのよ。それこそ汚しちゃったらもったいないから」

　タワーズは笑った。「これはまた、手きびしいね！」

「女はそんなにすばしこくないのよ」とモイラは口をとがらせる。「家でもすぐ乾草《ほしくさ》だらけになっちゃうんだから」

　モイラの馬車と馬がガードレールにつないであるところまで歩いていった。

「メアリのところにいく前に、カモメがどうしたのかっていう話を聞こうじゃないの」と彼女がいった。「人前でするような話じゃないみたいだからね。ピア・ホテルでどう?」

「いいだろう」とタワーズは答えた。

馬車に乗ると、往来の少ない通りをホテルへと向かった。到着すると、この前と同じ車のバンパーに手綱《たづな》をつなぎ、〈淑女亭〉に入っていった。

タワーズはモイラにダブルのブランデーを注文してやり、自分はウイスキーのシングルにした。

「さあ、カモメを捕まえるとかいう話を聞かせてもらいましょうか」とモイラがきりだした。「すっかりうちあけてしまったほうがいいわよ、ドワイト――どんなに恥ずかしい話でもね」

「じつはこの前の任務に出発する前に、この国の首相に会ってきた」とタワーズは答えはじめた。「海軍第一司令官につれられてね。首相はいろいろと指示を出したが、そのなかに、放射性降下物汚染地域での海鳥の生態がどうなっているかを調べてほしいというのがあった」

「なるほどね。それで、首相の期待に応《こた》えられる成果はあったの?」

「いや、なにもなかった」タワーズは落ちついた声でいった。「海鳥は一羽も見つけられなかった。それどころか海には魚すらいなかった。生き物の気配がまるでなかった」

「魚も一匹も捕まえられなかったのね?」

タワーズはにやりと笑い、「水にもぐっている最中の潜水艦にいながら魚を獲《と》る方法があるなら、あるいは甲板にもあがらないでカモメを捕まえられるものなら教えてほしいね。そんなことができるようになるには、特別に設計された道具が必要だろうな。まあそういうものがあれば、なんだって可能だろうがね。しかしわれわれがその指示を受けたのは、ぎりぎりの段階になってからなんだ。なにしろ出発する三十分前だったからね」

「だから海鳥を捕まえるのは無理だったってわけね？」

「そういうことだ」

「首相はさぞ不満だったでしょうね」

「知りたくもないね。会いにいく勇気も湧かん」

「無理もないわね」とモイラはいって、グラスを口に運んでから、「それで、人間はどうなの？　生存者はいた？」

タワーズはかぶりを振った。「いるとは思えないね。防護服で身を固めた調査員を上陸させてみなければ、たしかなことはわからないが。今思えば、まわった各所でそれをやってみるべきだったかもしれない。しかしこの前のときはそこまでやれとは指示されていなかったのでね。やれるだけの機材もなかったし。最大の問題は、調査員が帰艦したときにいかに消毒処置をほどこすかだ」

「〈この前のとき〉といったわね？」モイラが口を挟《はさ》んだ。「じゃ〈つぎのとき〉もあるってこと？」

タワーズはうなずく。「そうなるはずだ。まだ指令は出ていないが、つぎはアメリカまで出向けといわれるんじゃないかな」

モイラは目を剝いた。「そんな遠くまでいけるの？」

それにもまたうなずき、「たしかに相当の距離があるし、水中にいる時間もかなりの長期になるだろう。乗組員にはきびしい旅になる。だが、決していけないことはない。〈ソードフィッシュ〉もそういう旅をしてきたんだ。わたしたちにできないはずはない」

そして僚艦〈ソードフィッシュ〉がまわってきた北大西洋調査航程について語り聞かせた。

「問題は、潜望鏡から見られる範囲がひどくかぎられていることだ。全部の観測記録を寄せ集めても、ごくわずかな成果にしかならない。頭で想像する以上のさしたるものを目撃できないんだからな。なにしろ海岸にごく近い一帯しか見えず、高さも十メートル程度までしか見られない。街や港が爆撃でやられていれば、その被害のようすぐらいはわかるが、結局見えたのはそれだけということになってしまう。わたしたちのこの前の調査もそうだった。旅のあいだに見たものはごく少ない。ただときどき沖合にとどまっては拡声器で呼びかけていただけだ。返事の声が聞こえなければ、みんな死んだのだと見なした」思わず言葉を止めた。「そう見なすほかなかったから」

モイラがうなずく。「マッケイもそうだとだれかいってたわ。ほんとだと思う？」

「本当だろうね。降下物の前線は着々と南へ向かってきているからな、科学者たちのいうとおりに」

「そのまま着々ときたら、ここにたどりつくのはいつになるの？」

「おそらく九月ごろだろう。あるいはそれより少し早いか」

モイラは不安に駆られたように立ちあがった。「もう一杯ちょうだい、ドワイト」タワーズがまたブランデーを注文してやると、「場所を替えましょうか。なにかやりたいわ——踊りでもなんでも！」

「なんでも好きなことをやればいいさ」

「こうやって、これからどうなるのかなんてことばかり心配していても仕方ないものね！」

「そういうことだ。だが、なにをやるかが問題だな。今やっていること以上になにができるのかが」

「そんなに追い立てないでよ」とモイラはいらだち気味に、「わたしはただじっとしていられない感じをいってるだけなの」

「そうか、すまん」とタワーズは冷静にいって、「よし、これを飲み終えたらすぐにホームズ邸へ向かおう。着いたらさっそくあのヨットで海に出ようじゃないか」


ホームズ邸に着くと、その夜のもてなしとして海岸でのピクニック式夕食の準備をしているところだった。それはパーティーをやるよりも安上がりだし、夏の暑さのなかではより心地よい催《もよお》しでもあるだろう。だがじつのところは、家のなかにいるより外に出ていたほうが赤ん坊を麻疹から守れるはずだという、メアリの心配性《しょう》によるものだった。

手早く昼食をすませたあと、午後になるとタワーズはモイラを伴ってヨット・クラブに出かけた。また例のヨットに乗ってレースに出るつもりだった。午後の半ばにはホームズ夫婦も赤ん坊を自転車牽《び》きトレーラーに乗せてクラブにやってきた。

このたびのレースはなかなか巧《うま》くいった。スタート時にはブイにぶつかったり、二番めのコーナーでは風に乗ろうとするあまり、ほかのヨットと軽く接触したりもしたが、しかしそれはおたがいに規則をよく把握していない者同士だったためであり、またそういうことがかなり頻繁に起こりがちだったため、いちいち文句をいいあう事態にはならなかった。順位は結局六位だったが、前回よりはよかったし、腕前も着実にあがっていた。レースを終えたあとはヨットを岸まで近づけて、手ごろな砂浜に乗りあげて駐めた。そしてホームズ夫婦に合流し、海岸でお茶とケーキにありついた。

晩《おそ》い午後の日差しのなかでひととき泳ぎを楽しんだあとは、水着姿のままでヨットの帆をおろし、海岸の乾いた砂地にあるヨット置き場まで運んだ。水平線に日が沈むころにようやく着替え、ピクニック用バスケットに用意された飲み物を飲みながら、桟橋《さんばし》の突端《とったん》までいって沈む夕日を眺めた。そのあいだにホームズ夫妻は夕食の支度をしてくれていた。

桟橋の手摺《てす》りに腰かけ、バラ色の光を反映させる静かな海を眺めながら、夕刻の暖かさと飲み物を味わっているときに、モイラが尋ねかけてきた。「ドワイト、また〈ソードフィッシュ〉の航海のことを話して聞かせてちょうだい。その潜水艦はアメリカまでいってきたの?」

「そうだ」とタワーズはいい、少し考えてからつづけた。「〈ソードフィッシュ〉はアメリカ東海岸沿いの各地に細かく接近を試みたが、近づけたのは結局、いくつかの小さな港町や入江だけだった。デラウェア湾や、ハドソン川河口、ニューロンドン港といったところだ。ニューヨークの街にもかなりのところまで近づくことを試みた」

「ニューヨークも危険なの？」

タワーズはうなずいた。「機雷原があるからだ――アメリカ軍自身の機雷だがね。東海岸の主要な港湾や河口はどこも、おびただしい数の機雷によって防衛する策がとられている。少なくともわたしは、そのはずだと考えている。もちろん西海岸も同様の状況にある」またつかのま考えてから、「とにかく機雷はすべて開戦前に投下することが求められていた。結局、全部投下し終えるのが間に合ったのか、あるいは開戦後にまでずれこんでしまったのか、あるいはじつはまったく投下されずに終わってしまったのか――今となっては、たしかなところはわからない。ただ、少なくともその一帯は機雷原になっていてしかるべきだ、といえるだけだ。だから当初の投下計画にもとづいた航行可能ルートがわからないかぎり、あのあたりを通るのは危険だといわざるをえない」

「つまり、ひとつでも機雷にぶつかったら沈没してしまうってこと？」

「そうなる危険性がきわめて高いってことだ。機雷の配置を示した海図なしには、近づくことさえできない」

「〈ソードフィッシュ〉はそういう海図を持っていたから、ニューヨークに近づけたわけね？」

タワーズは首を横に振った。「持ってはいたが八年も前に作られた古い海図で、〈現状参照不可〉の印が捺《お》されているものだった。そういった海図などは非常な機密書類であって、自軍の艦がそこに接近するからという要請がなければ作成されることすらない。だからそんな古いものしかなかった。それでも〈ソードフィッシュ〉は接近しなければならなかった。そこで古い海図に示された安全なルートを参考にして、現在はそれがどう変更されているかを推測するしかなかった。すると、あるひとつのルート以外に航行可能な道筋は考えられないという結論までたどりつくことができた。彼らはそれに賭け、そこに侵入した。そしてみごと安全に接近を果たした。もっとも、じつは付近一帯に機雷はひとつも投下されてはいなかったという可能性もなくはないがね」

「それで、ニューヨークの湾に入った〈ソードフィッシュ〉は、なにか価値のあるものを発見できたの？」

またかぶりを振った。「それが、すでにわかっていること以上の観測はできなかった。つまりそういう調査方法では、結局のところそれが限界だということだ。多くのことを調べだすのはそもそも無理なのだ」

「生きてる人間はやっぱりいなかったの？」

「いないね。なにしろ地形が変わるぐらいに破壊が進んでいたからな。しかも放射能濃度も相当高い」

二人は手摺りに腰をおろしたまま、いっとき黙りこんだ。グラスを手にしたまま煙草を喫《す》い、そうしながら日没の光を眺めていた。「ほかに〈ソードフィッシュ〉がいった港、なんといったかしら」とモイラがやっと口を開いた。「ニューロンドンだっけ？」

「そうだ」

「どこにある町なの？」

「コネチカット州にある大西洋沿いの港町だ。テムズ川という川の河口にある」

「そこにも、かなりのリスクを冒して近づいたわけ？」

タワーズは首を振り、「ところがそこは〈ソードフィッシュ〉の母港でね。最新の機雷配置を図示した海図を持っていたんだな」やや間を置いてから、「そもそもニューロンドンは、アメリカ海軍の東海岸における潜水艦基地でね」冷静な調子でつづける。「潜水艦の乗員は、その近くに住む者が多かった。近郊一帯にね。わたしもその一人だった」

「そこに家があったの？」

タワーズはうなずく。

「でも、ほかのところと同じような状態になっちゃったんでしょ？」

「そのようだね」重い声で答える。「〈ソードフィッシュ〉の報告書には多くは書かれていない。ただ放射能濃度の計測数値が記されているだけで。その汚染度は相当ひどい。基地までが降下物におおわれ、〈ソードフィッシュ〉自身の船渠もやられていた。そんな状態の母港に仮にも戻ったというのはつらい体験だっただろうが、報告書にはそうしたことはほとんど書かれていない。士官から乗組員にいたるまで、多くの者が自分たちの家のあるところに目と鼻の先ほどまで近づいたはずなんだがね。しかしもちろん、どうすることもできなかった。ただ潜水艦をしばらく沖合にとどめただけで、ふたたび湾外に出てつぎの調査地へと向かうしかなかった。艦長が報告書に記しているところによれば、みんな艦内で神に祈りを捧げていたそうだ。

きびしい経験だっただろう」

日没の暖かいバラ色の光が満ちているような世界には、いまだ美しさが残っているように見える。

「そんなところに近づいたというだけでも、わたしには驚きだわ」とモイラがいった。

「わたしも最初は驚いたよ」とタワーズ。「自分ならただ通りすぎるだけにするだろうと思った。いくら任務とはいえ……しかしよく考えてみると、やはり接近するしか道はなかったんじゃないかという気がしてきた。というのは、機雷原を記した海図があるのはそこニューロンドンとあとはデラウェア湾だけなのだからね。安全に接近できる港湾は、その二ヶ所しかないんだ。そうとなれば、かぎられた条件を活《い》かして必ず情報を得ようと考えたとしてもおかしくないかもしれん」

モイラもうなずいた。「あなたもそのあたりに住んでいたんでしょ?」

「ニューロンドンの街中《まちなか》ではないがね。河口の東側に基地があって、わたしの家はそこから二十五キロほど上流へいったところにあった。西ミスティックという小さな村だ」

「そこから先は、無理に話さなくていいのよ」とモイラ。

タワーズは彼女の顔を見やり、「話すのはべつにかまわないよ――ごく親しいだれかにならね。もっとも、きみを退屈させるようならやめておくが」と弱く微笑《ほほえ》む。「それに、もう泣いたりはしないよ――たとえ子供のことを思いだしたとしてもね」

モイラは少し気まずそうな口調で、「あなたの船室で着替えをしたとき、写真を見ちゃったの。あれがご家族なんでしょ?」

タワーズはうなずく。「妻と、子供が二人だ」とやや自慢げにいう。「家内はシャロン。息子のドワイトは小学校に通っていて、娘のヘレンは来年から小学生になる。今は家の近くの幼稚園にいってる」

彼にとっては、妻も子供も、ある意味でいまだに生きている存在だった。あの戦争以降、彼自身に強《し》いられているあやふやな存在感に比べれば、はるかに現実感のある命だといえる。北半球の壊滅的な状態そのものが彼には現実的ではなく、それはモイラにとっても同様であるはずだ。二人とも破壊の現実を自分の目で見てはいないのだから。だから妻のことや家のことを考えるとき、自分があとに残して旅立ってきたときの姿のままを思い描く以外には想像のしようがないのだ。いうなれば想像力が欠乏してしまっているのだが――しかしそれこそが彼のオーストラリアでの生活を平穏なものにしている原因の核心になっている。

だからモイラを相手にこうして家族の話をするのは危険なことでもあるのだ。彼女は彼女なりにタワーズを思いやろうと努めるにちがいないから。あんのじょう、少し気後れ気味に、こう問いかけてきた。

「息子さんは、大きくなったらなんになるのかしらね」

「わたしとしては海軍兵学校に進んでほしいね」とタワーズは答えた。「そして海軍に入ってほしい――わたしを追ってね。男の子にとってそうすることはいい人生になるはずだ、これ以上ないくらいに。軍で出世できるかできないかにかかわりなくね。それはまた別の問題だから。ドワイトの場合、算数がちょっと苦手なようだが、しかしそんなことを本人にあれこれいうのは早すぎるだろう。つぎの七月でやっと十歳になるんだからね。それでもとにかく兵学校にあがる姿は見たいものだと思う。あの子もきっとそうしたいと思ってるはずだ」

「息子さんも海が好きなの？」

タワーズはうなずく。「海岸の近くで生まれ育ってるからね。夏には必ず泳ぎをやらせてるし、モーター・ボートにも乗せてやってる」そこで少し考えてから、「だからみんな日に焼けてるよ、どこの家の子供もね。子供のほうがわたしたち大人より濃い色に焼けるようだね、同じ時間外に出ていても」

「オーストラリアでもそうよ」とモイラ。「ヨットはまだやらせないの？」

「まだだ。でもこのつぎ帰ったら、ヨットを買ってやろうと思ってる」

タワーズは坐《すわ》っていた桟橋の手摺りから立ちあがると、日没の輝きをいっとき眺めやった。「つぎに帰れるのは九月になるだろう」と平静な声でいう。「故郷の海でヨットをやるには、季節的に少し晩《おそ》すぎるかもしれないな」

モイラは黙りこんでしまった——いう言葉が見つからないかのように。

タワーズは彼女の顔を見やり、「きっとわたしの頭がどうかしてると思ってるんだろうな」と重い口調でいった。「でも、今いったとおりのことを思ってるだけだ。ほかにはどう考えてみようもないんだ。とにかくそのおかげで、家族のことで嘆き悲しまずにすんでいるのはたしかだ」

モイラも立ちあがり、彼のあとについて桟橋を戻りはじめた。

「思ってないわよ、あなたがどうかしてるだなんて」と彼女はいった。
あとは黙したまま、二人寄り添って浜辺へと向かっていく。

第四章

翌日曜日の朝、ホームズ邸で寝泊りした者はだれもがすっきりした目覚めのときを迎えた。この前タワーズが泊めてもらったときの日曜の朝とはちがい、前夜のパーティーで夜更《よふ》かししすぎるということがなく、みんながわりと早めに就寝したおかげだった。朝食のときにホームズの妻メアリが、教会にいってみないかと誘ってきた。客人をなるべく家の外に出しておけば、それだけ子供に麻疹《はしか》が感染《うつ》る危険がなくなるということのようだった。

「それは是非いきたいね」とタワーズは答えた。「もしさしつかえなければ」

「もちろんですよ」とメアリ。「ご滞在のあいだは、お好みのとおりにさせていただきますから。午後からヨット・クラブにいかれるようでしたら、わたしたちもお茶を持ってお邪魔しようと思っていますの。なにかほかにご予定があるようでしたら別ですけど」

タワーズはかぶりを振り、「いや、クラブにいって是非また泳ぎたいね。ただ、潜水艦には今夜じゅうに戻らないといけない。その前に夕食をごちそうになっていければとは思うが」

「そんな、明日の朝までゆっくりしていかれたらいいのに」とメアリ。

タワーズはまた首を振る。麻疹を心配している彼女の本心はわかっている。「やはり今夜じゆうにおいとましよう」

朝食をすませたらすぐに煙草《たばこ》を喫《す》いに庭に出た。それもメアリを少しでも安心させるためだ。モイラは皿洗いの手伝いをしたあと外に出てデッキ・チェアから湾を眺めていたが、タワーズを目にとめると、彼の隣の椅子に移ってきた。「ほんとに教会にいくの？」

「いくさ」

「じゃわたしもいっていい？」

タワーズは驚いて彼女へ顔を向けた。「もちろん。よくいくのか？」

モイラはにっこりして、「わりといくわね」と認めた。「教会にいくと気分がよくなるようだから。お酒もあまりたくさん飲まなくなるの」

タワーズは少し考え、「なるほどね」とぼんやりいった。「そんなにご利益があればいいんだがね」

「独《ひと》りでいったほうがいいなら、べつにじゃまするつもりはないわよ？」

「そんなわけじゃないよ。是非一緒にいこう」


タワーズとモイラが出かけようとするとき、ピーター・ホームズは庭用のホースを出しているところだった。日差しが暑くならないうちに水を撒《ま》くつもりだ。ちょうどそこへ妻のメアリが外に出てきた。「モイラを見なかった？」と妻が尋ねる。

「大佐と教会にいったよ」とホームズ。

「モイラが？　教会ですって？」

ホームズはにやりと笑い、「信じられなくても、ほんとにいったのさ」

メアリは一瞬黙って立ちつくしてから、ぽつりといった。「二人ともうまくやっててくれればいいんだけど」

「うまくやってるさ。大佐は立派な人だし、モイラだって人柄がわかってみれば悪くない女だ。あの二人なら結婚してもおかしくないだろう」

メアリはかぶりを振った。「でもなにかおかしな雰囲気があるのよ。やっぱりうまくやってくれればいいけどどと思っちゃうわね」とまたくりかえす。

「おれたちにどうこうできることじゃないだろ」とホームズ。「こんな世の中だ、おかしなことなんていくらでもあるさ」

メアリはうなずくと、ホームズが水を撒いている庭をぶらつきはじめた。やがてまた口を開いた。「ねえピーター、前から思ってたんだけど、あそこにある二本の木、とり除いちゃったらどうかしらね」

ホームズは彼女のそばに寄り、その木のほうを見やった。「とり除くって、そんなこと地主さんに訊《き》かなきゃできないよ。なにかやりたいことがあるのか？」

「野菜を作れる畑が欲しいんだけど、今のままだと狭すぎるでしょ」と妻は答えた。「近ごろお店で売ってる野菜が高くなっちゃったからね。だからあの二本の木をなくして、あとはアカシアの木の枝をちょっと掃《はら》えば、このあたりに家庭菜園を作れると思うの――ここからここにかけてのあたりに」と両手を使って範囲を示す。「自分で野菜を育てれば、週に一ポンド近くは節約できる計算なのよ。それに、楽しみにもなるしね」

ホームズは二本の木をよく見た。「あれぐらいの木なら、ぼくが自分で伐《き》れそうだな。伐ればかなりの量の薪《まき》がとれるしね。もっとも伐ったばかりじゃまだ生木だから、今年の冬はまだ燃やせない。一年間積んで寝かせておけばいい。あと問題は、伐り株をとり除くことだ。かなりの大仕事になるな」

「でもたった二本だけよ」とメアリ。「わたしも手伝うわ。あなたがいないときはわたしが少しずつ掘り返していくわよ。冬までに伐り株をすっかりとり除いたら、あとは地面を耕《たがや》しておいて、来年の春に野菜の苗《なえ》を植えるの。そうすれば夏には収穫できるわ」いっとき間があってから、「インゲンやエンドウなんかいいわね。ペポカボチャも植えたいわ。それでカボチャジャムを作るの」

「そいつはいいな」と、ホームズは木を梢《こずえ》から根もとまで見まわす。「そんなに大きい木じゃないから、なんとかなるだろう。これがなくなれば、庭の松の木のためにもいいだろうしね」

「あと、ユーカリの木も植えたいの」とメアリがいう。「夏になるときれいな花が咲くのよ」

「ユーカリは花が咲くまでに五年はかかるぜ」

「べつにいいのよ。木だけでもけっこうすてきだと思うわ、海の青い色に映《は》えて。寝室の窓から見たらきっといい眺めよ」

ホームズはつかのま黙って、大きなユーカリの木がたくさんの緋《ひ》色の花を咲かせている華《はな》やかな景色を想像した――明るい陽光のなかで、濃紺の海を背景にしているさまを。

「たしかに、花が咲いたらなかなかすごいだろうな。どのへんに植える？　このあたりか？」

「もうちょっとこっちがいいかもね」とメアリ。「ユーカリが大きくなったら、このヒイラギなんか伐っちゃって、木陰にベンチを置くの。じつはね、あなたが出かけてるあいだにウィルスンさんのところで売ってる苗木を見てきたのよ。すてきなユーカリの苗木があって、一本たった十六ペンスで買えるの。ひとつ買ってきて、この秋に植えたらいいと思わない？」

「育てるのはなかなかむずかしいぜ」とホームズ。「いっそ二本買って、並べて植えたらどうかな。どちらかが枯れてももう片方を残せるようにさ。二、三年経《た》って両方生きていたら、どちらかを伐ってしまえばいい」

「そんなことしたら情が移って、なかなか片方だけ伐るなんてできないものよ」とメアリがいう。

そのあとも二人は十年先までの庭造りについて楽しく話しつづけた。そうするうちに朝はたちまちすぎていった。


タワーズがモイラとともに教会から帰ってきたとき、ホームズ夫妻はまだ庭造りについて話しあっていた。話題は家庭菜園の配置におよんでいるようだった。だがまもなく二人とも家のなかに入り、夫は飲み物を用意しに、妻は昼食の支度をしにかかった。

モイラがタワーズと顔を見合わせて、低い声でいった。「どうかしちゃったんじゃないの、あの二人？　それともわたしのほうがおかしいのかしら？」

「それ、どういうこと？」とタワーズ。

「だって、半年もすればもう生きてはいられないかもしれないのよ。あの二人だけじゃなくてわたしもだし、あなただってね。つまり来年はもう野菜なんか食べることもなくなるのよ」

タワーズはつかのまなにもいわず立ちつくして、青い海を眺めやった。

「べつにいいんじゃないかな」とようやく口を開いた。「彼らだって本気でいってるわけじゃないかもしれない。そうでなければ、収穫した野菜を全部持って、どこか別の土地に移り住むつもりかもしれない。どうかしてるとばかりはいえないさ」少し考えてから、「あるいは、ただ庭造りの夢をあれこれいいあってみただけかもしれない。それを、頭がどうかしてるとかいってむやみにじゃまするのは酷《こく》だろう」

「そんなことといいやしないわよ」そういったあと、モイラも考えこんだ。「ただ、だれだって自分だけはそんな目には遭《あ》わないって思いたいものでしょ。その意味じゃみんな頭がどうかしてしまうものなのよ」

「それならわかるがね」とタワーズも認めた。

飲み物が運ばれてくると、二人は会話をきりあげた。すぐあとに昼食が並べられた。食事がすむと、メアリはすぐに夫とタワーズに外へ出るよううながし——またも感染を恐れてのことだ——自分はモイラに手伝わせて食器洗いにかかった。

デッキ・チェアにくつろいでコーヒーを飲みながら、ホームズが尋ねかけた。「艦長、つぎの任務については、なにかお聞きになっていらっしゃいますか?」

タワーズは目だけを向けて答えた。「いや、まだなにも。きみは聞いてるか?」

「たしかなところはわからないんですが、ただオズボーン科学士官を中心にしたミーティングがありまして、これはなにかあるんじゃないかという気がしてきたものですから」

「オズボーンはどんな話をしたんだ?」

「〈スコーピオン〉に方位探知機能付きの無線電信機を新たにとりつけるという話でした。そういったことも、艦長にはまだなにも?」

タワーズはかぶりを振った。「無線機なら現状で充分のはずだがね」

「新しいのは、傍受電波の方向を知るための専門機器のようです——かなり正確にわかるらしいです。潜望鏡深度まで浮上したときに使用することになるんでしょうね。現状ではそこまでの性能はない、ということでしょうか?」

「今の設備では方向はわからないね、たしかに」とタワーズ。「で、軍はわたしたちにそれを探知させてどうしようというのかね?」

「わかりません。目的についてはミーティングでは話されませんでしたから。どうやら今のところは、事情通が調子に乗ってついポロリと洩らしただけ、といったところなのかもしれません」

「発信源をつきとめたい無線電波がある、ということなんじゃないか?」

「それもわかりませんね。オズボーンがつけ加えたことといえば、放射能検知機を艦首潜望鏡のほうに移して、その新たな電波検知機を艦尾潜望鏡周辺にとりつけるという話だけでした。そうするのは絶対可能だと強調していましたね。もちろん艦長の許可をいただかなければならないのは当然ですが」

「彼のいうとおりだ。放射能検知機は艦首でもかまわん。ただわたしは、艦首と艦尾とひとつずつとりつけるんじゃないかと予想していたよ」

「いいえ、そういうことではなさそうです。とにかくその新しい機械は艦尾のほうにとりつければいいようです」

タワーズは自分の煙草から立ち昇る紫煙《しえん》を見ていたが、やがていった。「シアトルだ」

「え、なんですって?」

「シアトル付近のどこかなんだ、出所をつきとめたい無線電波が発信されているところは。とすると、今もまだ傍受されつづけているということか?」

ホームズは驚き顔で首を振った。「わたしはなにも知りません。それはつまり、現在でもそこで無線機を操作している生存者がいるということですか?」

タワーズは肩をすくめ、「そうかもしれないってことさ。無線発信の技術にすぐれていない者がやってるのかもしれん。ときには長い通信だったり、ときには細切《こまぎ》れの単語だったりする。とにかくほとんどが意味不明な電文だ。まるで子供がラジオ局に入りこんで、放送用の機械をいじって遊んででもいるような」

「そんな電波が、ずっと流されているんですか?」

タワーズはかぶりを振った。「そういうわけじゃなく、不定期的にときどき聴《き》こえてくるってことのようだがね。だが、いつも同じ周波数の電波が捕捉されるんだ。それがクリスマスのころまで断続的につづいていた。少なくともわたし自身は、クリスマス以後は一度も聴いていない」

「それでも、生存者がいることはまちがいないですよね？」とホームズ。

「まだその可能性があるというだけではあるがね。それに、無線機が使えるからには電気があるわけだから、なにがしかの発電機を作動させてることになる——それも、全世界に発信できる大きな無線設備を動かせるほどの発電機をね。たやすくありうることじゃないな……それだけの高機能の機械を操《あやつ》る能力があって、しかもモールス信号まで知っている者がいなければならないからな。仮に教則本かなにかを見ながらやってるとしても、一分に二語ずつ発信できる程度の速さが身についていないといけない」

「つまり、わたしたちにそこにいってたしかめてこい、ということでしょうか？」

「ありうるな。十月に軍上層部はその件についての情報をひどく知りたがってた。じつのところ、アメリカに残っているすべてのラジオ局に関して情報を得たがっていた」

「艦長は、すでになにかそういった情報をお持ちですか？」

タワーズはまたも首を振る。「わたしが知ってることといえば、アメリカ海軍の通信設備についてだけだ。空軍と陸軍についてはあまりよく知らない。それが民間のラジオ局となれば、ほとんどなにも知らん。おまけに、西海岸方面にはたやすくいくことは決めつけられないほどたくさんの放送局があるしな」

　午後になると、タワーズとモイラとホームズの三人は海岸まで出向いて――メアリと赤ん坊だけを家に残して――海水浴を楽しんだ。熱い砂の上に並んで寝そべっているときに、モイラが口を開いた。

「ねえドワイト、〈ソードフィッシュ〉という潜水艦は、今どのへんにいるの？　やっぱりオーストラリアに向かってるの？」

「そういう話は聞いてないな」とタワーズは答えた。「最後に聞いたところでは、モンテヴィデオに立ち寄ってるらしかったが」

「じゃ、いつこっちに向かってきてもおかしくないですね」とホームズが割って入った。「オーストラリアは遠からず到達できる範囲だと思いますから」

　タワーズはうなずいた。「おそらくな。いずれ通信書類や必要な人員を積んで航行してくるかもしれん。たとえば外交官とか」

「モンテヴィデオって、どこにあるんだっけ？」とモイラが問いを発した。「恥ずかしいけど、じつは知らないのよ」

　タワーズが教えてやった。「ウルグアイの首都。南米の東岸だな。南の先端部に近いほうだ」

「〈ソードフィッシュ〉って、前にはリオデジャネイロにいるといってたわよね。リオはブラジルでしょ？」

うなずき返し、「あれは北大西洋へ向かう前のときだ。あのころはリオを母港にしていた。その後ウルグアイに移った」

「放射能のせい？」

「そんなところだろう」

ホームズがまた口を出した。「放射性降下物の前線がリオにまで達したということでしょうか？　そうなっていてもおかしくないと思いますが、そうした情報に関する無電がまだ傍受されていないのでたしかなところはわかりませんね。リオというと、ちょうど南回帰線の付近になるでしょうか？」

「そうだ」とタワーズ。「オーストラリアでいうと、ロックハンプトンと同じぐらいの緯度だ」

「じゃ、ロックハンプトンにも放射能がきてるってこと？」モイラがいった。

「それはまだ聞いていないな」とホームズ。「今朝傍受した無電では、ソールズベリ――南アフリカのローデシアの首都だが――に前線が達したという情報は聞いたがね。緯度でいうと、ロックハンプトンよりまだ少し北だと思う」

「そのとおりだ」とタワーズ。「ただ、ソールズベリは内陸の都市だ。その点が、今名前が出たリオやモンテヴィデオやロックハンプトンとは事情がちがう。それらはどこも海岸の都市だからな」

「アリススプリングズも回帰線の下よね？」

「そうだったかな、よくは知らない。だがアリススプリングズも内陸ではあるな」

「内陸より海岸のほうが、放射能が速く南へ進むってこと?」とモイラ。

また首を振る。「そういいきれるわけじゃない。どちらがどうという証拠があるわけじゃないからな」

ホームズが笑っていった。「本当にそうかどうか、前線がここにたどりついたときにわかるでしょう。そうなったら、だれかかガラスに刻みつけて記録するかもしれませんから」

モイラが眉根を寄せた。「ガラスに刻むって、どういうこと?」

「その話、オズボーンから聞いていないかい?」

彼女は首を振った。

「昨日、彼から聞いたんだがね」とホームズ。「CSIROに属するだれかが、今人類を見舞っているこの事態を歴史に書きとどめたいと考えて、ガラスのブロックに篆刻《てんこく》して記しているんだそうだ。記し終えたら、別のガラス・ブロックを重ねあわせて溶接する。すると篆刻した記録はガラスのなかに封じこめられるわけだ」

タワーズは砂に肘《ひじ》をつき、ホームズへ顔を向けた。「その話は、わたしも聞いていないな。CSIROはそんなことを記録してどうするつもりなんだ?」

「そのガラス・ブロックを、コジウスコ山の頂上に埋めるんだそうです」とホームズが答えた。「オーストラリアでいちばん高い山です。もし地球にふたたび人類が生存しはじめたら、その山に登って掘りだせばいいというわけです。高いといっても、山頂まで登れないほどではないので」

「それはまた！　連中は本気でそんなことをやってるのか？」

「オズボーンはそういっていました。すでに山頂にコンクリート製の地下庫をセッティングしてあるそうです。ちょうどエジプトのピラミッドのなかにある石室《せきしつ》のようなものを」

モイラがまた口を挟《はさ》んだ。「歴史というけど、いつからのものなの？」

「わからん」とホームズ。「そんなに長いあいだじゃないとは思うがね。それと、現代の書物からもある程度抽出して記録するらしい。そうやって現代史を分厚いガラスの内部に封印するというわけだ」

「でも、未来で地球を支配するのが人類とはかぎらないんじゃない？　もしそうなら、書いてある文字を読めないかもね。人間じゃない、獣《けもの》みたいな生き物だとしたら」

「その点についてはCSIROもいろいろと苦労したらしいよ。とにかく、書いたものを未来生物にどうやって読ませるかが問題だ。そこでたとえば猫なら猫の絵を描《か》き、そのあとにCATと文字を書くという方法を考えた。そして記録のすべてをそんなふうにして書き綴《つづ》っていった。今のところやり遂げたのはそこまでだとオズボーンはいってた。まあ、苦労しただけの価値はあるかもしれないね――頭のいいやつらをひまにしておいては、とかくろくなことをやらかさないからな」

「でも、猫の絵を描いても、それが猫だとはわからないんじゃないかしら」とモイラがまたいう。「未来に猫なんていないかもしれないもの。だとしたら、なんにもならないわ」

「魚の絵ならまだわかるだろうがね」とタワーズがいった。「だからFISHは理解されるだろう。あるいはSEAGULL《カモメ》なんかもいいね」

「こんどは逆に、綴りのほうがむずかしすぎるような気がしますがね」とホームズ。

モイラが彼のほうへ向きなおり、「現代の書物といったけど、どんな本を記録に残しておこうというわけ？　コバルト爆弾の作り方を書いたやつなんかどう？」

「まさか！」とホームズが返すと、三人とも爆笑した。「彼らがどんな本を見つくろってるのかはわからないがね。たとえば『ブリタニカ大百科事典』のなかのどれか一巻を選ぶというのも手だと思うが、それだけでもたくさんありすぎて迷うところだろうしね。とにかく見当がつかないな。もちろんオズボーンなら知ってるだろうが——知らないとしても、彼に訊けば調べてくれるだろうよ」

「べつにいいのよ、ただちょっと思ったってだけだから。わたしたちにはどうでもいいことですものね」それからわざと大げさな驚き顔になって、「まさか新聞のどれかまで保存しておこうなんていうんじゃないでしょうね！　それだけは信じられないわ」

「そこまではやらんだろう」とホームズ。「いくら物好きな連中でもね」

タワーズが砂の上で半身を起こした。「こんなにきれいで温かな海の水が全部無駄になってしまうとはね。今のうちに利用しない手はないな」

モイラも立ちあがった。「全部じゃないわ——きれいな水なんて、もういくらも残っていないんですからね」

ホームズがあくびをしながらいった。「じゃ、きみと艦長はせいぜい水を利用してくれ。ぼくは砂を利用させてもらうから」

　タワーズとモイラは砂浜に横たわったままのホームズを残し、一緒に海に入っていった。泳ぎながら、モイラがいった。「ちょっとドワイト、泳ぎが速すぎよ！」

　タワーズは泳ぐのをいっときやめ、浅瀬の底に足をつけて、泳ぐ彼女のわきを歩きだした。「若いころ、ずいぶんとたくさん泳ぎをやっていたものでね。一度、海軍兵学校の代表として、陸軍士官学校との対抗戦で泳いだこともあるよ」

　モイラはうなずいた。「そんなんじゃないかと思ってたわ。今でもけっこう泳ぐの？」

　かぶりを振って答えた。「もう競泳はやらない。ああいうことはいつまでもやれるものじゃないからね――よほどひまのある身のうえじゃないかぎりは。練習を欠かさずつづけないといけないし」といって笑った。「それに、近ごろの海は昔より水が冷たくなった気がするな。といっても、もちろんオーストラリアは別だがね――故郷のアメリカの話さ」

「ミスティックというんだっけ、あなたの生まれ故郷は？」

　タワーズはかぶりを振り、「生まれたのはそこじゃなくて、ニューヨークのロングアイランド海峡沿いのウェスト・ポートという町だ。父親はそこで医者をしていてね。第一次世界大戦のとき陸軍の軍医をしていて、終戦後に故郷に帰って開業医をはじめたそうだ」

「そこも海沿いの町？」

　こんどはうなずく。「泳いで、ヨットに乗って、魚釣りをやって――少年時代は毎日そんな暮らしだったな」

「ドワイト、あなたってそもそもいくつなの？」

「三十三だ。きみは？」

「女には歳《とし》を訊かないでよね！　わたしは二十四よ」一瞬迷ってから、「奥さんもそのウェスト・ポートの人？」

「そういえるかもしれない。本当の実家はニューヨークなんだがね。セントラル・パークに近い西八十四丁目のアパートメントで、父親は弁護士をしていて、夏のあいだだけウェスト・ポートの別荘にきていた」

「それで出会ったというわけね」

またうなずく。「よくある話《ボーイ・ミーツ・ガール》さ」

「じゃ、ずいぶん若いうちに結婚したとか？」

「ああ、兵学校を出てまだ間もないころだ。二十四歳で、空母〈フランクリン〉の士官候補生だった。シャロンは十九歳で、まだ大学生だった。彼女が卒業する一年も前からもう結婚を決めていた。二人の気持ちが固いとわかると、両家の親族が集まって話しあい、しばらくのあいだ未婚のまま経済的に援助することを決めてくれた」間を置いてから、おごそかにつづけた。「シャロンの父親も、喜んでそうしてくれた。わたしたちも自分の稼ぎで充分やっていけるようになるまで待つつもりでいたが、そのうちに親たちのほうが、あまり長引かせるのもよくないと思うようになった。それで結局は結婚するように勧められた」

「じゃ、そうなるまではしばらく援助でやっていけたわけね」

「そうだ。三、四年のあいだだけだったと思うがね。そのころになって、伯母の一人が死んだり、わたしが昇進したりという事情が重なったため、もう結婚したほうがいいだろうということになった」

二人は突堤《とってい》の先端まで泳いでいって、水からあがってそこに腰をおろし、またひととき日を浴びた。それからホームズのところまでとって返し、彼のわきにふたたび坐《すわ》りこんで、煙草を楽しんだ。そのあと着替えに戻った。着替えを終えると、めいめい靴を手に持ってまた砂浜に出てきて、裸足《はだし》の状態で適当に足を乾かし、足についた砂を払った。タワーズは靴下を履《は》きはじめた。

モイラが不意にいった。「その靴下、なんだかすごいことになってるわね！」

タワーズは自分の足を見おろした。「穴のことか？　爪先にあいてるだけだ。人には見えないよ」

「爪先だけじゃないでしょ」モイラはかがみこんで、彼の片方の足をつまみあげた。「ほかにも見えたわよ。ほら、踵《かかと》なんか穴だらけじゃないの」

「そこだって見えやしないよ――靴さえ履いていればね」

「そういうのをふさいでくれる人って、いないの？」

「〈シドニー〉では最近かなりの数の作業要員を削減したのでね。わたしの場合はまだベッドメイクをしてくれる係がいるが、彼も忙しいから、ほかの身のまわり品の修繕なんてことまではやってくれないんだ。あの空母での暮らしは、そういう面では不便だといえるな、たしかに。

だからそういうことは、ときどき自分でやったりもしてるよ。でもまあ、ほとんどの場合は捨てて新しいのを買うがね」

「ちょっと、シャツのボタンもとれちゃってるじゃないの」

「それだって見えないさ」と落ちついていい返す。「いちばん下のボタンだからな。ベルトの下につっこめばわからなくなる」

「あなたって、ほんとにかまわない人ね」とモイラが評する。「あなたがそんなふうにしてるのをもし司令官が見たら、なんていうかしら。すぐ〈スコーピオン〉の艦長を交代するっていわれるかもよ」

「司令官になんか見られやしないさ」とタワーズ。「目の前でズボンを脱がされないかぎりはね」

「なんだか話がおかしなほうにきちゃってるわね。そんなことより、あなたの靴下ってどれだけそんなふうになってるの？」

「さあな。近ごろとんと箪笥《たんす》のなかを覗いていないものでね」

「わたしに貸してくれれば、うちに持って帰って、つくろってきてあげてもいいわよ」

タワーズは顔を見返した。「そういってくれるご親切はとてもありがたいがね、まあ遠慮しておくよ。ちょうどそろそろ新しいのを買わなきゃと思ってたところだからね。これはもう寿命だ」

「靴下の新しいのが買えるんですって？　うちの父は手に入らないといってたわよ。もうどの店にも置いてないんですって――ほかのいろんな商品と同じようにね。ハンカチももう新品は買えないといってたわ」

ホームズが加勢した。「それはほんとだ。ぼくもこの前自分に合うサイズの靴下を探したんだけど、見つからなかったよ。結局五センチも長すぎるのを買うしかなかった」

するとモイラがさらに追及した。「その後はどう？　探してみた？」

「いや、もうあきらめたよ。最後に買ったのはこの前の冬だ」ホームズはあくびをしながらいった。「艦長、彼女に縫《ぬ》いつくろってもらったらいかがです？　新品を探すのもたいへんでしょうからね」

「わかった、気持ちはありがたくもらっておこう」とモイラへ向きなおり、笑みを見せた。「だが大丈夫だ、靴下のなおしぐらいは自分でやれるよ。こう見えて、わりと巧《うま》いんだ」

モイラが、はっきりと聞こえるほど鼻で笑った。「やれるとかいったって、このわたしが潜水艦の操縦やるのと同じような程度でしょ。意地を張っていないで、なおしたほうがいいものを全部箱に詰めてわたしによこしなさいな。もちろんそのシャツもね。とれたボタンはちゃんと持ってる？」

「いや、失《な》くしたと思うね」

「もっと注意したほうがいいわね。ボタンがとれても、とれっぱなしじゃダメよ」

「そこまでいうなら」とタワーズは気分の悪さをあらわにした。「預けてやろうじゃないか、なおしの必要なものを全部ね。きみを靴下責めにしてやるよ」

「やっとその気になったわね。なんでも隠していればいいってものじゃないわ。全部荷造りしてよこせばいいのよ、トランクでふたつぐらいになってもかまわないから」

「いくつになるかわからんぞ」

「いいわよべつに。もし多すぎるようなら、一部を母に預けるわ。そしたら母はそれを近所の家全部に配って手伝わせるでしょうよ。ハートマン第一司令官のお宅もうちのご近所だから、司令官の奥方があなたのパンツのほころびを縫うことになるかもしれないわね」

タワーズは、せせら笑い気味に見返した。「そしたらまた〈スコーピオン〉の艦長更迭《こうてつ》だといわれるわけか？」

「また堂々巡りね。それでも仕方ないから、とにかくなんでも全部ひっくるめて出してちょうだい、立派な海軍士官らしい格好に戻してあげるから」

「わかったわかった。で、どこに出しておけばいいんだ？」

モイラはいっとき考えた。「あなた方、たしかこれから休暇になるのよね？」

「休暇といっても、あってないようなものだ。乗組員には十日間の休みをやる予定だが、わたしはそこまでたくさんは休めない。艦長にはつねに艦から目を離さないぐらいの覚悟が必要とされるからな」

「軍艦なんて、たまには艦長さんの目から離れてたほうがいいかもしれないわよ。それはともかく、バーウィックのわたしのうちまで持ってきてくれる？　なおしてほしいもの全部をね。そしてわが家に二、三日泊まっていけばいいわ。あなた、牛を操れる？」

「やれないことはないとは思うがね」と恐るおそる答えた。「牛でなにをさせようというんだ？」

「肥《こ》やしを撒くのよ。つまり牛の糞《ふん》ね。牛に装具をつけて、鎖網《くさりあみ》式の肥耕《ひこう》機を牽《ひ》かせ、牧草地をまわるの。人は牛のわきに立って、端綱《はづな》を持って牽いていけばいいのよ。片手に棒を持って、たまに鞭《むち》代わりに叩くの。とてものんびりした仕事よ。神経を休めるにはいいと思うわ」

「そのようだな。でもそれがどういう役に立つんだ？」

「そうしたほうが、いい牧草地になるからよ。牛が草地のあちらこちらで、てんでんばらばらに糞をしてるだけだと、草の育ちが不規則になって、牛がたくさん食べられなくなっちゃうでしょ。しかも翌年は、もっと悪い草地になっちゃうしね。だから父は牛が草地で糞をしたあと、肥耕機を牽きまわすようにしてるの。前はトラクターで牽いていたんだけど、今は牛に代わっちゃったというわけ」

「そうするだけでつぎの年はいい草地ができるのか？」

「そうよ」と誇らしげにいう。「でもべつに、そんなこと深く考えなくてもいいのよ。とにかく牧場で牛を牽くなんていい仕事だと思わない？　うちの父はいい農夫だしね」

「わかってるよ。きみの家はどのぐらいの農地を持ってるんだ？」

「ざっと五百エーカーぐらいね。おもにアンガス種の肉牛を育ててるの。あと羊もね」

「じゃ、羊の毛を刈《か》ったりもする？」

「そうよ」

「羊の毛はいつごろ刈るんだ？　まだ見たことがないな」

「だいたい毎年十月ごろね。父は今年はちょっと心配してるのよ、羊を十月まで放っておいても大丈夫だろうかって。予定を前倒しして八月に毛を刈ったほうがいいんじゃないかってね」

「なるほど、それがいいかもしれないな」とタワーズはまじめに答えた。身をかがめ、靴を履いた。「お勧めに従って、二、三日お世話になることにしようか。そしてなんとか多少ともお宅の役に立つようにしたいものだね」

「大丈夫、きっと役に立てるわよ。父がいろいろと教えてくれると思うから。父もきっと喜ぶわ、他人が仕事を手伝ってくれるなんて」

タワーズは苦笑した。「そしてわたしは穴のあいたものを全部持っていかなきゃならないというわけか」

「そうよ、もしも持ってきたのが靴下一足だけで、パジャマには穴なんかあいてないなんていいはったら承知しないから。ハートマン司令官夫人があなたのパンツをなおすのを楽しみにしてるんですからね。もちろんあなたのだなんて教えないけど、きっと喜んでやってくれるでしょうよ」

「その言葉を信じてるからな」

その夕刻、タワーズはモイラの馬車で駅まで送ってもらった。駅に着いて彼がおりると、モイラがいった。「それじゃ、火曜日の午後にバーウィックの駅で待ってるわね。できたら列車が着く時間を電話で知らせてちょうだい。でももし無理ならそれでもいいわ、四時ごろに駅にいって待ってるから」

タワーズはうなずき、「電話するよ。それより、なおすものを全部持ってこいというのは、ほんとに本気なんだな?」

「持ってこなければ許さないわよ」

「わかった」と気後れがちにいう。「帰りは気をつけてな。きみが家に着くころにはもう真っ暗になってるだろうから」

モイラはにっこりして、「わたしは大丈夫よ。それじゃ火曜日にまたね。さよなら、ドワイト」

「さよなら」とタワーズはか細い声で返した。モイラの馬車が発《た》つと、立ちつくしたまま見送った——やがて角《かど》を曲がって見えなくなるまで。


その夜、モイラが自宅の庭の外に着いたときには、ちょうど十時ごろになっていた。蹄《ひづめ》の音を聞きつけた父が、暗いなかで迎えに出ていた。そして馬具《ばぐ》をはずしたり馬車を車庫にしまったりするのを手伝ってもくれた。薄明かりの下で馬車を牽いていく途中、モイラが口を開いた。

「わたしね、タワーズ大佐に二、三日うちに泊まらないかと勧めたの。それで火曜日にくることになったのよ」

「くるって、ここにか?」父は驚いて訊き返した。

「そうよ。つぎの任務に出発する前に、少しのあいだ休暇がとれたんですって。どう、泊めてもいいわよね？」

「べつにかまわんがね。しかし、うちなんかに泊まって退屈しやしないか？　どうやって時間をすごさせるつもりだ？」

「それでね、放牧場で牛を牽いてくれないかと頼んだの。あの人そういう仕事が好きそうな感じだから」

「だったら、牛に飼料をくれるのを手伝ってもらってもいいな」と父がいう。

「きっとそれもやってくれるわよ。普段は原子力潜水艦を指揮してる人だもの、シャベルで牛に餌をくれるなんてこと、きっと珍しがって習っていくと思うわ」

父娘《おやこ》は家のなかに入っていった。


その夜、モイラの父デイヴィッドスンは、妻に娘の客人のことを告げた。妻もずいぶんと驚いた。

「そんな人をうちに呼ぶなんて、どういうつもりかしらね？」

「わからん。その男のことが相当気に入ってるってことかもしれん」

「あの子が家に男の人を泊めるなんて、戦争前にあの探険家の男を泊めて以来のことよ」

デイヴィッドスンはうなずき、「憶えてるさ。あの男とは、あのあと長くはつづかなかった。終わりになってくれて、おれもホッとしたよ」

「あの男が乗ってたオースチン・ヒーレーが気に入ってただけだったのよ。あの男そのものが

ないのか？」

「こんどの男は潜水艦を持ってるやつだ」と夫はすかさずいった。「また似たような事情じゃないのか？」

「潜水艦じゃ、時速百五十キロでぶっ飛ばして見せるわけにいかないでしょ」と妻はいい返してから、「それに、アメリカ人だとしたら、今ごろ奥さんはもう亡くなってるだろうし」

「たしかに、あまり悪い評判のない男ではあるらしいな」

「だとしたら、この際巧くことが運んでもいいんじゃない？　あの子にはいい加減落ちついてほしいもの。早く身を固めて子供もできて、ということになってほしいわ」

「どうせなら少しでも早いほうがいいしな」

「そうよ。考えないようにはしたいけど——考えずにはいられない時期だもの」

火曜日の午後、タワーズはバーウィックに着いた。モイラはまたも馬車で出迎えていた。列車をおりたタワーズは四囲《しい》を見まわし、田園地帯の暖かな空気を嗅《か》いだ。

「鄙《ひな》びていて、とてもいいところのようだね。さて、きみの家はどっちだい？」

モイラは北を指さした。「向こうよ。五キロほど先なの」

「あの山並のなかか？」

「そんなに山の上というわけじゃないわ。途中といったところね」

タワーズは持ってきたスーツケースを馬車のなかに運びこみ、座席の下に押しこんだ。

「荷物はそれだけ？」モイラが問い質《ただ》す。

「そうさ。縫ってほしいものがぎっしり詰まってる」

「そんなにたくさん入ってるようには見えないわね。ほんとはもっとあるんじゃない？」

「そんなことはない。なおさなきゃならない衣類を残らず持ってきたつもりだ」

「ま、それを信じることにしときましょう」

二人は御者席に座し、モイラの村へと向かって出発した。と思うとほとんど同時に、タワーズが声をあげた。「あそこにビーチ・ツリーがあるね！　あそこにも！」

モイラは可笑《おか》しそうに彼の顔を見た。「このへんにはよく生えてるわよ。山地だから涼しくていいのかしらね」

近づいてくる通りの入口に目を凝《こ》らす。「あれは樫《かし》の木だな。ずいぶん太くて大きいね。あんなに大きな樫は見たことがないよ。それに楓《かえで》もある！」モイラへ顔を向け、「ここはアメリカの小さな町の通りにそっくりだな」

「そうなの？　アメリカの街もこんなふう？」

「ほとんど同じだ。北半球産の樹木がなんでもあるね。これまで見てきたこの国の土地では、ユーカリとアカシアしか生えていなかったが」

「つらくなったりしない、アメリカを思いださせる木ばかりで？」

「そんなこともない。北で生まれた木々を見られてうれしいよ」

「こういう木なら、うちの農場のまわりにもたくさん生えてるわ」

馬車は村を横切るアスファルト道路を通り抜け、ハーカウェイへと向かう道に出た。昇り勾《こう》配《ばい》になってきたため、馬はゆっくりとした歩調になるとともに、首輪が肩に擦《こす》れて難儀《なんぎ》そうになってきた。

「このへんでおりて、あとは歩きましょう」とモイラがいった。

二人は馬車からおり、馬を牽きながら登り道を歩きはじめた。軍港の工廠《こうしょう》の窮屈さと鉄の軍艦の内部の熱さから抜けだしてきたばかりのタワーズには、緑におおわれた土地の空気は、ことさらに新鮮でさわやかだった。上着を脱いで馬車のなかに投げ入れ、シャツの襟もくつろげた。相変わらず坂道を登りつづけるうちに、やがて頂《いただき》の平らな台地にたどりつき、その向こうにパノラマ風の景色が展《ひら》けた。十五、六キロ先のポート・フィリップ湾へといたる、広々とした景観だ。台地を進み、またも急勾配を昇ったりしながら、さらに三十分ほども歩きつづけた。するとようやく、上下にうねる丘陵地帯をいっぱいに占める広い農場へと入っていった。ところどころに手入れのゆきとどいた放牧場が点在し、低木高木《ていぼくこうぼく》の茂みがその周辺を彩《いろど》っている。

「こんな生まれ故郷を持っているというのは、ほんとに幸せなことだな」

モイラが見返す。「もちろん好きな土地だけど、でもこういうところで暮らすってずいぶんと退屈なことよ」

タワーズは足を止め、道の真ん中で立ちつくしてまわりを眺めた——おだやかな、広々としてのびやかな景色を。「こんなにきれいな風景は、今まで見たことがないかもしれない」

「そんなにきれい？　アメリカやイギリスの田舎《いなか》の風景よりも？」

「きれいだとも。といってもイギリスのことはよくは知らないがね。でもあの国の田舎はお伽《とぎ》の国みたいに小ぢんまりとしすぎてると聞いてる。アメリカにはすごい風景がたくさんあるが、それでもここのような眺めは見たことがない。そう、本当にきれいだといえるよ、世界じゅうのどんな基準に照らしてもね」

「そんなふうにいわれると、うれしくなっちゃうわ。もちろんわたしもここは好きだけど、でもほかの国の景色を見たことがないからね。イギリスやアメリカのほうがずっといいんだろうなと思ってしまうのよ。つまりその、こういうのはオーストラリアらしくはあるんだけど、でもそれほどすごくはないんじゃないかってね」

タワーズはかぶりを振った。「そんなことは絶対ない。世界のどこと比べても、このすごさは勝ってると思うよ」

やがて路面が平らになったので、また馬車に乗って進みだした。農場へのゲートに入った。松木立に挟まれた短い車道《くるまみち》をいくと、ほどなく平屋《ひらや》建ての家の前にたどりついた。白塗りのじつに大きな家で、裏手のほうでは農作業場の建物とつながっている。正面から片側の全面にかけて広いベランダがめぐらされ、その一部がガラスに囲われている。馬車は家のわきをまわりこみ、農作業用の庭地に入った。

「裏口から入ってもらうことになって悪いんだけど」とモイラがいう。「でも厩舎《きゅうしゃ》に近いところにつないでやったほうが、前肢《まえあし》を振りあげる心配がなくなるものだからね」

ルーという名前の作男《さくおとこ》がやってきて――ここの農場でただ一人の使用人とのことだ――モイラが馬をつなぐのを手伝った。彼女の父親デイヴィッドスンも家のなかから出てきて、二人を迎えた。彼女はタワーズを父親とルーに紹介した。そして馬と馬車を作男にまかせると、父娘と客の三人は母親と顔を合わせるために家のなかへ入っていった。後刻、夕食の席につく前に、家族三人と客人は夕刻の暖かさに包まれたベランダに出て、軽い飲み物で喉を潤《うるお》した。ベランダから外を眺めると、途切れなくつづく牧草地と木立の向こうに田園風景が広がり、そのさらに向こうにつらなる森とその下方の平野が遠く望める。タワーズはまたもその眺めの美しさを褒《ほ》める言葉を口にした。

「そうでしょ、ここはほんとにいいところなんですよ」とデイヴィッドスン夫人がいった。「でもイングランドとは比べられませんけどね。イングランドはもっときれいだから」

「奥さんはイングランドのお生まれですか?」とタワーズは問い返した。

「いいえ、わたしはオーストラリア生まれなんですけど、祖父がずいぶん昔イギリスからシドニーにわたってきたものですからね。といっても流罪《るざい》になったわけじゃないんですけど。シドニーから内陸に入ってリヴェリナ地区に住んだので、親類が今もそこにいるんですよ」少し間を置いてから、「イングランドには、わたしは一度しかいったことがありません――第二次大戦が終わったあと一九四八年に、ヨーロッパ大陸のほうもまわってね。それでわかったんです、イングランドはやっぱりきれいなところだって。といっても、今はすっかり変わってしまったでしょうけどね」

夫人と娘のモイラはいっときベランダを離れ、お茶を淹《い》れにいった。タワーズはデイヴィッドスン氏と二人きりになったところで、こう誘った。「ウイスキーをもう一杯いかがです?」

「ああ、それはどうも。もらいましょうかね」

やわらかな夕日の光のなかで二人はなおくつろぎ、グラスを口に運んだ。そうやってすごしながら、デイヴィッドスンが尋ねかけた。「モイラから聞いたんですがね、艦長さんはつい最近潜水艦で北のほうへいってらっしゃったとか?」

タワーズはうなずいて、「ええ、あまり成果はありませんでしたが」

「それもあの子から聞きました」

「海面から潜望鏡を突きだして覗き見るだけでは、大してなにもよく見えませんでね。どこも爆撃による被害などないようにしか見えませんでした。平素《へいそ》となにひとつ変わらないかのようで。そこにはじつは生きた人間が一人もいないわけなのですが」

「それほど放射能がひどいわけですな?」とデイヴィッドスン。

またうなずき返し、「当然ながら、北へいけばいくほどひどくなっています。たとえばケアンズでは少し前まで人が暮らしていたような気配がありましたが、ポート・ダーウィンとなると、もうまったくそういう雰囲気がありません」

「ケアンズには、いつごろ?」

「今から二週間ほど前になるでしょうか」

「あそこも今ではもっとひどいことになっているんでしょうな」

「ええ、おそらく。時間が経つほどに状態は悪化していきます。そして最後には世界全体が同じ最悪のレベルになるでしょう」

「このあたりに放射能がくるのは九月ごろじゃないかと、みんな噂《うわさ》していますよ」

「そのぐらいでしょうね」とタワーズ。「世界のどこでもほぼ同じ速さで南下していますから。同じ緯度のところはどこもだいたい同じ時期に降下物の前線が達します」

「無線のやりとりを傍受すると、今はロックハンプトンのあたりまできているらしいですな」

これにもまたうなずく。「わたしもそう聞きました。アリススプリングズにも達していると。同一の緯度を前線にして非常に足並みよく進んできているようです」

家の主人はやや暗い苦笑を返した。「そのことで悩んでも仕方ないというわけですな。ウィスキー、もう一杯いきますか？」

「いえ、ありがたいがわたしはもう充分いただきましたので」

デイヴィッドスンは自分のグラスに少しだけ注《つ》いだ。「とにかく、いずれはわたしたちの身にも降りかかるわけだ」

「そういうことになるでしょうね」とタワーズ。「もし現状のままで南下しつづけたら、シドニーよりやや早く、南アフリカのケープタウンがやられるでしょう。南米のモンテヴィデオとほぼ同じころにね。そして、それらふたつの大陸には人っ子一人いなくなる。ここオーストラリアのメルボルンは世界で最も南に位置する大都市ですので、世界で最後にやられるのはこの国ということになるでしょう」そのあとつかのま考えてから、「もちろん、ニュージーランドとタスマニアは、少しだけ寿命が長いかもしれません――せいぜい二、三週間でしょうが。最南の南極大陸に人が住んでいるかどうかは知りませんが、もしいるなら、その人々にかぎってはもうしばらく生きつづけられるでしょう」

「メルボルンが最後に残る大都市ですか？」とデイヴィッドスン。

「今のところそうなると思われます」

二人の男はしばしのあいだ黙りこんだ。

「艦長さんはどうなさるおつもりで？」と、家の主人がようやくまた口を開いた。「潜水艦を出しますかな？」

「まだ決めていません」タワーズは、ゆっくりした調子で答えた。「もっとも、本来わたしが決めることじゃありませんでね。ブリスベンにショウという上官がいまして、その彼が指揮する艦が動くかどうかによりますが、おそらく動けないままとなるでしょう。いずれにせよそのショウがなんらかの指示を出すはずです。どんな指示になるかはわかりませんが」

「もしあなた自身の裁量で、となったら、どうされます？」

「それでもまだ決めかねますね」とタワーズはくりかえした。「メルボルンから逃げることがプラスに働くとばかりはいえません。おそらく乗組員の四割近くが、あの町の女性たちと懇意になっていて、ある者は結婚すらしています。ですから、仮に艦でタスマニアのホバートあたりへ逃げようということになっても、部下の全員がついてくることはないでしょう。彼らにとっては、ほかに逃げる手立てはなく、また仮に自力で逃げられたとしても、女たちをつれたままタスマニアあたりで生きのびられるはずもないのでね。かといって、破滅まであと数日というときになって、妻や恋人を残して自分だけ旅立つなど、どんな男にとっても簡単にできることじゃないでしょう——軍からの強制的な命令とか、よほどの理由がないかぎりはね」といって苦笑した。「とにかく、妻子のある者たちが潜水艦で逃げるとは思えません。そうするくらいなら、軍役《ぐんえき》自体から逃げるでしょう」

「なるほど、たしかにね」とデイヴィッドスン。「みんな妻子と一緒にいるほうを選ぶでしょうな」

タワーズはうなずく。「仕方のないことです。それにもしそうなら、従われる見込みのない命令を出すことにも意味がなくなります」

「つまり、従わない乗組員は残したままで潜水艦を出すおつもりだと?」

「そうなるでしょう——短い航海ですが。タスマニア島はすぐそこなので、せいぜい六、七時間で着きます。ついてくる乗組員は十人程度かそれ以下でしょう。作業員の手が足りなければ潜水せずにいくことになります、どのみち長旅ではないし。しかし仮に無事ホバートに着けたとしても——あるいはニュージーランドのクライストチャーチまでいけたとしても、充分な数の乗組員がいない以上は、われわれは軍隊としての用をなしません」そこで息をついてから、「ただの難民にすぎなくなるでしょう」

二人はまたいっとき沈黙に陥《おちい》った。「ひとつ驚かされるのは」とデイヴィッドスンがまた口を開く。「逃げだしていく人間が、奇妙なほど少ないってことです。北のほうから逃げてくる人もあまりいません。ケアンズやタウンズヴィルや、そのほかいろんなところから大勢が移ってきてもいいはずなのにね」

「ほんとですか？」とタワーズは問い返した。「メルボルンでは、ホテルでもベッドひとつとれないほど難民があふれているようですが。おそらくほかの町でも」

「もちろん、そういうところもあるでしょうがね。しかしそれにしても、思ったほどの大量難民じゃない」

「ラジオの影響かもしれません」とタワーズ。「オーストラリアでは首相がラジオを通じて、国民に落ちつくように呼びかけていますね。ＡＢＣ放送も人々に現状維持を訴えて成果をあげているようですし。そのおかげで人々は、家を捨てて南に逃げてきたとしても、テントや車のなかで寝泊りする、つらい暮らしが待っているだけと気づいたのかもしれません。しかも一、二ヶ月後には、もといた土地と同じ運命に見舞われるのだとね」

「そういうことでしょうな」とデイヴィッドスン。「クイーンズランドから逃げてきたのに、その二、三週あとには、もうそっちに帰っていった人もいると聞きました。ただ、そういう理由からだけとは、わたしは思いませんね。だれもが心のどこかで、自分だけは放射能になんかやられやしないと思ってるんじゃありませんか？――実際に体が異状をきたすまではね。そして、いざそうなってしまったときには、もう家にじっとして運命を受け入れるほうが楽だと思うようになっているわけです。ひとたび放射能にやられたが最後、もう治りやしませんからね」

「その説は正しくないと思いますよ。汚染地域から早く脱出して、病院に入ってちゃんとした治療を受ければ、快復《かいふく》することも可能なはずです。事実メルボルンの病院では、こうしている今も北からの難民を多数受け入れて治療にあたっていますからね」

「ほう、それは知らなかった」とデイヴィッドスン。

「無理もありません。そういうことはラジオでも報道していませんから。人々に知らせても所詮は無駄だという考え方のせいです。どうやろうと、九月ごろにはふたたび放射能に襲われるのだから、とね」

「なるほど、一理ありますな」とデイヴィッドスン。「どうです、もう一杯いきますか？」

「すみません、いただきます」タワーズは立ちあがり、自分でウイスキーを注いだ。「じつは、わたしは今こんなふうに考えているんですよ――人はみな遅かれ早かれいずれは死ななければならない。ただ問題は、心の準備をしてそのときを迎えるというわけには決していかないこと。なぜなら、いつそのときがくるかわからないから。ところが今このときにかぎっては、およそいつ死ぬかをだれもがわかっていて、しかもその運命をどうすることもできない。そういう状況を、わたしはある意味で気に入っています。八月の末ごろまでは健康でいられるとわかっているから、そのあとになったら覚悟を決めて、故郷に帰ればいい――そんなふうに考えるほうが、体は放射能でボロボロになっても七十や九十まで長生きしたいなどと考えるよりは、よほどましだとね」

「あなたは海軍の軍人さんだからね」とデイヴィッドスンがいった。「わたしたち一般庶民よりも、こういうことにはよく慣れてるだろうからね」

「あなた方はどうしますか?」とタワーズは問い質した。「放射能の前線が近づいたら、ここを捨ててどこかに避難しますか? それこそタスマニアに?」

「わが家が? ここを捨てて?」とデイヴィッドスン。「いや、わたしはそんなことはしません。たとえ放射能がきてもね。この家に、このベランダにいますよ。この椅子に坐って、酒のグラスを手に持ったままでね。それとも、自分の部屋のベッドに寝ているのがいいかな。とにかく、ここから離れるつもりはありませんな」

「今はきっと、大勢の人々がそういうふうに考えているでしょう」とタワーズ。「それは、だれもがこの状況に慣れてきているからですよ」

沈みゆく夕日の光のなかでベランダにいつづける二人のもとに、モイラがお茶の用意ができたと知らせにきた。「お酒はもうそろそろきりあげたら? 家のなかに入って少し絞りだしたほうがいいかもよ――まだ歩けるならの話だけど」

父がたしなめた。「おまえ、お客さまになんて口の利《き》き方してるんだ」

「わたしはこの人のことよく知ってるから平気なのよ――少なくとも父さんよりはね。ほんと、酒場と見たら寄らないで通りすぎるなんて絶対できない人なんだから」

「そうか? 父さんにはおまえのほうこそ酒場に寄りたがって艦長さんを困らせてるんじゃないかと思えるがね」デイヴィッドスンのその言葉を最後に、三人揃って家のなかへ戻っていった。

そのあと二日間におよんで、ドワイト・タワーズにとってはとても心休まる時間が流れた。修繕の要《よう》のある大量の衣類をモイラとその母親に預けると、二人のご婦人方はさっそくそれを念入りに調べて、縫いつくろいの準備にかかった。そのあいだタワーズはデイヴィッドスン氏に農場につれていかれ、朝から晩まで手伝いをしてすごした。羊を手で押さえつけたり、糞を荷車に積みこんだり、それを牧草地に運んでいって撒いたりするやり方を教えてもらった。日の照りつける放牧地で牛と一緒に長時間歩きつづけた。潜水艦や空母の艦内に閉じこめられての生活をつづけてきたあとだけに、この変化はとても心地よかった。夜はいつも早くベッドに入ってぐっすりと眠り、翌日は毎朝さわやかな気分で目覚めた。

滞在最後の日の朝、朝食のあと、タワーズが家の外に張りだしている小さな部屋の戸口に立っているところに、モイラが近づいてきた。洗濯室のわきにあるその部屋は物置として使われているところらしく、アイロン台やゴム長《なが》やそのほかいろんなものが放りこまれていた。タワーズは開いたままの戸口の前で煙草を喫《す》いながら、その物置を占めているガラクタの数々を眺めていた。

「そこはね、家のなかをかたづけたときに要《い》らないものをしまっといたところなの。あとで古物市にでも出そうと思ってね。でも結局そのままにしちゃったというわけ」

タワーズはにやりとして、「こういう物置はうちにもあったよ。これほどいっぱいになってはいなかったがね。たぶん、それほど長く住んでた家じゃないからガラクタも少なかったんだろう」そういって物品の山を興味深く見まわした。「この三輪車はだれのもの？」

「わたしのよ」とモイラ。

「これに乗ってたときといったら、かなり小さいときだね？」

モイラは三輪車を見やり、「今見るとひどく小さく感じるわね。四、五歳ごろじゃないかしら」

「竹馬もあるね！」タワーズは手をつっこんでホッピングを引っぱりだした。錆《さ》びていて、きしみが洩れる。「ホッピングなんて見たのは何年ぶりかな。子供のころはずいぶん夢中になったものさ」

「いっとき流行《はや》らなくなったけど、その後またリバイバルで乗られるようになったのよね。今このへんでは大勢の子供がホッピングを持ってるわ」

「それに乗って遊んでたのは何歳ぐらい？」

モイラは一瞬考えてから、「三輪車よりはあとよね。キック・スクーターよりもあとで、自転車の前ね。ということは七歳ごろかしら」

タワーズはホッピングを持ったまま考えた。「そうだな、これに乗って遊ぶのはその歳ごろだろう。今も街の店で買えるだろうか？」

「買えると思うわ。だから子供たちが持ってるのよ」

タワーズは、やっとホッピングを置いた。「アメリカでこれを見たのはもうずいぶん前だ。今はたしかに遊びというよりリバイバルで流行ってるんだな」ほかのものを探す。「この竹馬はだれのだい？」

「初めは兄のドナルドのものだったんだけど、あとでわたしがもらったの。でも壊しちゃったけどね」

「兄さんとはそんなに離れてない？」

モイラはうなずく。「ふたつ上よ――二歳と半年」

「今もオーストラリアに？」

「いいえ、イギリスにいってるわ」

タワーズはうなずいた。その話題をこれ以上つづけるのはよくないと察した。「この竹馬はけっこう背が高いね。これに乗れたということは、ホッピングよりもあとだな」

こんどはモイラがうなずく。「十歳とか十一歳のころね」

「スキーがあるな」と、長い板の丈《たけ》を目で測る。「これはもっと年上になってからだな？」

「ええ、スキーに初めて乗ったのは十六歳のときだからね。でもこのスキーは、戦争がはじまるちょっと前までずっと使ってたのよ。わたしにはもうちょっと小さすぎだったけどね。あそこにあるもうひと組のは兄のやつよ」

タワーズは狭い物置のなかを、さらに見まわした。「ウォータースキーもあるじゃないか！」

モイラがうなずく。「あれは今も使ってるわ――といっても、やっぱり戦争の前までね」ひと呼吸置いてから、「毎年夏休みにバーウォン岬《みさき》に出かけてたからね。母さんがいつも同じ貸し別荘を予約して……」言葉が消え入った。思いだしているようだ――日あたりのいい小ぢんまりとした別荘とか、近くにあるゴルフリンクとか、砂の熱い浜辺とか、モーター・ボートに牽かれてウォータースキーに乗り、水しぶきと涼しい風を浴びたことなどを。「あそこに木のシャベルがあるでしょ、小さいころあれでよく砂のお城を作ってね……」

タワーズはにっこりして、「楽しいものだな、こうやって人の玩具《おもちゃ》を眺めて、子供のころはこんなふうだったんじゃないかなんて想像するというのもね。七歳ぐらいのきみがホッピングに乗って跳《は》ねまわってるところが目に浮かぶよ」

「いつもだだをこねて母さんを困らせてたわ、どんなに古くなっても玩具を絶対に捨てないでといって」物置を覗きこみながら、なおも思い出にひたっている。「自分に子供ができたら同じ玩具で遊んでやるんだからといってね。今はもう、そんなこともできそうにないけど」

「そうか。でも、だれもが同じように思ってるだろうよ」といってタワーズはドアをしめ、そんな懐かしくもつらい思い出の詰まった部屋を見えなくした。「今日の午後には艦《ふね》に戻らなくちゃならない。港で沈没したりしていないかたしかめないとね。列車の時間、わかるかい?」

「わからないけど、駅に電話して訊いてあげるわ。もう一日泊まってはいけないの?」

「そうしたいのは山々なんだがね。でも目を通さないといけない書類が机の上で山になってるだろうからな」

「列車の時間は、あとでたしかめておくわ。午前中はどうするつもり?」

「お父さんに約束してあるんだ、帰るまでに丘の放牧場の肥やし撒きを終わらせるってね」

「わたしは一時間ぐらい家事をしなきゃならないけど、それがすんだら外に出られるから、そしたら一緒に手伝うわ」

「そいつはありがたい。きみのところの牛はよく働くけど、話し相手にはちょっと不足だからね」

昼食のあと、タワーズはデイヴィッドスン母娘《おやこ》がなおしてくれた衣類を受けとった。手間をかけさせたことに礼をいって、それらをバッグに詰めこみ、モイラの操る馬車に乗って駅へと出発した。

道中、このつぎは国立美術館で催《もよお》されているオーストラリアの宗教画展を一緒に見にいこうという話になった。その展覧会が終わらないうちに電話するからと、タワーズはモイラに約束した。そして列車に乗りこみ、メルボルンで待つ軍務のために帰っていった。


タワーズが空母〈シドニー〉の艦内に入ったときには午後六時ごろになっていた。予想どおり机上《きじょう》には書類が山積みされていたが、そのなかに極秘扱いの封緘がなされた封書が一通あった。その口を切りあけてみると、ひと束《たば》の指令書が入っていて、「電話連絡のうえ来駕されたし」という海軍第一司令官からの個人メモが添えられていた。

指令書に目を通すと、これまたほとんど予想されたとおりの内容だった。つまり、合衆国西海岸沿岸海域の海底には機雷がまったく沈潜していないと推断《すいだん》されたため――いささか無理があると思える推断ではあるが――潜水艦〈スコーピオン〉の潜行能力を以てすれば充分調査可能であるというものだった。

その日の夕刻、タワーズはまずフォールマスのピーター・ホームズの家に電話した。

「あんのじょう指令書が待っていたよ。第一司令官から召還状《しょうかん》も添えられていた。ホームズ少佐、すまないがきみも明日すぐにこちらにきて、指令書に目を通してくれ。できれば司令官のところへも同行してもらいたい」

「了解しました。明朝ただちに参ります」と連絡士官は答えた。

「ありがとう。休暇を返上させて悪いが、今こそきみの助力が必要なときなのでね」

「自分はかまいません。今は家まわりの木でも伐《き》ろうかと考えていただけですので」

翌朝九時半ごろ、タワーズが空母〈シドニー〉の執務室で指令書を読み返しているところに、ピーター・ホームズが姿を現わした。

「艦長、およそご想像されたとおりの事態になってきましたね」と連絡士官がいった。

「およそのところはな」とタワーズは認め、脇机に広げた海図を示した。「機雷に関しては、これに頼るしかない。司令部のつきとめたがっているラジオ局は、このあたりの海岸地域にあると思われる。ほぼシアトル周辺に絞られている。そういうことならわたしたちにも調査可能だろう」そういって海図を手にとった。「カナダのファンデフカ海峡からシアトルのプージェット湾にかけての機雷配置を示した海図だ。これにより、西海岸近海ではプージェット湾のブレマートン海軍工廠まで安全にいけることになる。そこまでの経路としては、ハワイ経由で真珠湾に立ち寄っていけば安全にいけるが、指令書が指定しているのはそのルートではない。指定しているのは、パナマ湾を経《へ》てサンディエゴさらにサンフランシスコへと北上するルートだが——それらの諸地域についての機雷海図は持ち合わせがない」

ホームズがうなずく。「そのことを司令官に説明する必要がありますね。ただ実際のところ、司令官もご承知のうえのことだとは思いますが。おそらく忌憚《きたん》ない意見交換にやぶさかではないのでは？」

「指令書では、北太平洋のダッチ・ハーバーまで調査要望されている」とタワーズ。「そのあたりも当然、機雷海図はない」

「そのへんでは氷山に遭遇する可能性も出てきますね？」

「ありうるな。それと霧だ——大量の濃霧だ。この季節に、甲板《かんぱん》に監視員を出すこともできないまま航海するのはかなり危険だ。相当の注意を要する」

「そもそも軍がこのたびの調査をしなければならない理由は、なんなのでしょう？」

「わたしにもわからん。司令官に問い質すしかない」

二人はしばらく一緒に海図を検分した。

「最終的には、どのようなルートを採用なさいますか？」ホームズがようやくいった。

「南緯三十度の線に沿ってニュージーランド北方ピトケアン諸島南方を東へ海上航行し、西経百二十度に達したところで、その線に沿って北上潜行する。するとその延長上で、合衆国カリフォルニア州サンタバーバラの沖合あたりに達する。さらにシアトルを経てアリューシャン列島のダッチ・ハーバーまで達したあとは、ふたたび直線的に南下して帰途《きと》につく。西経百六十五度に沿ってハワイ沖にきたら、真珠湾に接近してそこの港湾を観察する。そこからまた南下し、フレンドリー諸島付近で――あるいはもう少し南の海域で――浮上して海上を帰還する」

「そうしますと、潜水航行の期間はどれくらいということに?」

タワーズはまた海図を机上からとりあげた。「それについては昨夜考えてみた。このたびはどの港湾においても、前回のように長くとどまりすぎるということのないようにしたい。そのうえで、潜行距離は緯度の範囲にして約二百度、実地距離にして約三万キロということになる。期間としては総計約六百時間、すなわち二十五日間となる。ただしそれに各所での調査時間や若干《じゃっかん》の遅滞が加わるので、実際のところ二十七日間程度という計算になる」

「潜行の日数としてはかなりの長期になりますね」

「〈ソードフィッシュ〉はもっと長かった。三十二日間だ。とにかく長期航行で肝心なのは、過度に気張らず、落ちついて航海しつづけることだ」

連絡士官は海図上の太平洋をじっと見ていたが、不意にハワイ南方の海域にある島嶼《とうしょ》および岩礁軍を指さした。「しかし、この付近の海中を航行するときには相当の緊迫を余儀なくされることが予想されます。しかもここは帰途の最終段階にあたりますので」

「承知している」とタワーズも海図を凝視した。「そのあたりでは若干西へ回避することになるだろう。そしてフィジー諸島沖を南下する」少し考えてから、「帰途よりももっと心配なのは、北のダッチ・ハーバーに達したときのことだ」

それから二人は、さらに三十分ほども海図と指令書を検分しつづけた。そしてまたホームズが、苦笑を抑えきれないようすでいった。「とにかくたいへんな旅になりそうですね。孫ができたら昔語りをしてやりたいような冒険になるかも」

タワーズは彼へすばやく視線を投げ、同様に笑みを洩らした。「まったくそのとおりだ」

そのあとタワーズはホームズをその場に待たせて、ハートマン第一司令官の海軍省執務室に電話を入れた。秘書が出ると、明朝十時に訪問する旨《むね》のアポイントメントをとりつけた。そしてそれまでに司令官室の控室《ひかえしつ》にくるように、ホームズにいいわたした。そこで彼をそれ以上とどめておく理由はなくなったので、フォールマス行きの列車で帰すべく解放してやった。


ホームズは正午前にはフォールマス駅に着いた。自転車に乗って帰宅すると、汗びっしょりになっていたので、まずは軍の制服を脱いでシャワーを浴び、それから昼食に向かった。妻のメアリは、赤ん坊のジェニファーが独りで這《は》いだしたことで頭のなかがいっぱいになっているようすだった。

「わたしね、この子を居間の絨毯《じゅうたん》の上に置いたままにして、台所にいってジャガ芋《いも》の皮剝《む》きをしていたの」と彼女はいった。「ふと気づいたら、台所の戸口のすぐ外まで這ってきていたのよ。いつのまに、そんなに大きくなったのかしらね。今じゃもう、ずいぶん速く這うようになってるわ」

二人はテーブルにつき、よく冷めた昼食にありついた。

「そろそろベビー・サークルでも買ったほうがいいかな」とホームズがいった。「木でできてるやつで、折りたためるのがいいな」

メアリがうなずき、「わたしもそれを考えてたわ。ソロバンみたいな形の、玉遊びのできる玩具がついてるのがあるでしょ、あれがいいわ」

「ベビー・サークルならまだ売ってるだろうな。どんな時代になろうと、子供を作るってのは止められないからな——赤ちゃんが欲しいという気持ちはさ」

妻もうなずき、「それはそうよ。知り合いだってみんな子供を持ってるか、これから作ろうと思ってる人たちばかりだわ」

「いいベビー・サークルがあるか探してみるよ」とホームズはいった。

昼食が終わるころになると、妻はようやくジェニファーへの心配から頭が離れたようで、こういいだした。「そうだわ、ねえピーター、タワーズ艦長は今どうしてらっしゃるの?」

「艦長はつぎの任務の指令を受けてたようだな。でも機密事項だから人に話しちゃいけないぜ。どうやらつぎは、太平洋へかなり長い航海に出されることになる。パナマ、サンディエゴ、サンフランシスコ、シアトルという航路を通って、北太平洋のダッチ・ハーバーまでいくんだ。帰りはハワイ経由になるだろう。もっとも今はまだ漠然とした計画だがね」

メアリは地理がまだよく腑《ふ》に落ちていないようだ。「それって相当遠くまでの旅よね?」

「ああ、遠いな。ただ、艦長は指示されたとおりの経路ではいかないつもりだ。パナマ湾については機雷配置の海図がないので、侵入するのは危険だからね。だからパナマ湾を省いていけば何千マイルも近道になる。それでも長い道のりにはちがいないがね」

「実際、どのぐらいの日数がかかるの？」

「正確なところを計算してるわけじゃないが、ざっと二ヶ月ぐらいにはなるだろうね。サンディエゴあたりまで直線コースでいくというわけにもいかないからな。しかも艦長は潜水時間をできるかぎり少なくとしようとしてる。どうするかというと、まず安全圏内の緯度線に沿って針路をさだめて真西へ進む。そうすれば南太平洋での航路の三分の二程度は海上航海できる。それから真北へ進路を変えてカリフォルニア方面をめざす。L字型の航路になって遠まわりではあるが、潜水日数は短くなるはずだ」

「そうすると、どのくらいのあいだもぐってることになるの？」

「艦長の見積もりでは、二十七日だ」

「それでもけっこう長いのね」

「たしかに長い。最長記録とまではいかないが、それに近いほどだ。そのあいだ新鮮な外気を吸えずにすごさなきゃならない。ひと月近くものあいだだな」

「出発はいつになるの？」

「まだわからない。最初は来月の半ばごろという話だったが、艦内で麻疹《はしか》が発生してしまったんでね。その問題がクリアされるまで出港できなくなった」

「また麻疹に罹《かか》った人が出たわけ？」

「一人だけね——つい一昨日《おととい》のことだ。艦医はそれでもう最後だろうといってる。もしそれがたしかなら、今月末ごろにはその問題はクリアってことになるだろう。けどもしまだクリアされなければ――つまりさらに患者が出るようなら――三月あたりまで延期されるかもしれないな」

「もしそうなれば、帰ってくるのは六月ごろになっちゃうんじゃない？」

「そうなるだろうな。単純にいって、三月十日ごろに麻疹が完全消滅するなら、帰ってこられるのは六月十日ごろってことになる」

麻疹の話題が出たせいで、妻の不安がまたぶり返したようだった。「ジェニファーにまで感《う》染《つ》ったりしないか心配だわ」

夫婦は午後からも、もっぱら家まわりの用事をしてすごした。ホームズは例の木を伐る仕事をはじめた。さほど大きな木ではないが、それでも鋸《のこぎり》で切り進むのはたやすくはない。なかごろすぎまで鋸で切っておいて、あとはロープをかけて引き、家にぶつからないようにして芝生に倒した。倒れた幹《みき》から枝を全部切り払い、冬用の焚《た》き物として保存した。幹はさらに鋸で切って、短めの丸太に変えた。それらの作業がすんでお茶の時間になるころ、メアリがジェニファーを抱いて外に出てきた。彼女は芝生に敷物を広げて、昼寝から目覚めたばかりの赤ん坊をそこに寝かせ、それから家のなかに戻ってお茶の道具を持ってきた。そのときジェニファーが敷物から三メートルも外へ這いだして、木の皮を口のなかに入れようとしているところだった。メアリは子供をよく見ているようにと夫を叱りつけ、自分は薬缶《やかん》をとりに、また家のなかへ戻っていった。

「こんなじゃやっぱりだめね」と彼女はいった。「ベビー・サークルはどうしても要るわ」

ホームズはうなずいた。「明日の朝、街へ出かけるから、探してみるよ。仕事で海軍省に寄らなきゃならないが、そのあと時間が空《あ》くと思うからね。〈マイヤーズ〉にいって、店のどこかに仕舞いこんでいないか訊いてみよう」

「そうね、あの夫婦が持ってるといいんだけど。もし手に入らなかったら、ほんとに困っちゃうわ」

「そのときはしょうがない、この子に腰ベルトをさせて紐《ひも》をつけ、庭の地面に釘《くぎ》を打ちこんで結びつけてでもおくしかないだろう」

「そんなのだめよ！」メアリが怒ってどなった。「紐が首に絡まって窒息でもしたらたいへんでしょ！」

気のつかない父親だと責められることに慣れているホームズは、妻をなだめた。そのあとは二人で芝生に赤ん坊を這わせて、暖かい日差しの下で一時間ほどもすごした。それから妻は子供を湯浴みさせたり夕食の支度をしたりするために家のなかへ戻り、ホームズは切った丸太をさらに細かく鋸《のこび》引きする仕事にかかった。


翌朝、彼は海軍省でタワーズ艦長と落ちあい、一緒にハートマン海軍第一司令官の執務室へ向かった。司令官は作戦本部所属の士官と話しているところだったが、二人が入るとただちに歓迎の意を示し、椅子にかけるよう勧めた。

「さっそくだが」と司令官はきりだした。「わたしのほうから送った指令書、目を通してくれただろうね？」

「はい、入念に読ませていただきました」とタワーズ艦長が答えた。

「それでどうかね、きみの感想は？」

「問題は機雷です」と艦長がいう。「多くが確実に海底に残っていることを否定できません」

それに対し上官がうなずくと、さらに、「真珠湾およびシアトル近海に関しては機雷配置の情報を得ていますが、そのほかの予定航路については、なにも判断材料がありません」

そのあと艦長と司令官は、任務についての詰めをしばらく話しあった。やがて司令官は自席の背もたれに深くもたれかかると、「なるほど、きみのおよその意見はわかった。まずそれを聞きたかったのでね」そこでいっとき間を置いてから、「そこでだ、そもそもこんどの任務の目的がなんであるかを伝えておこう。現在、科学者たちのあいだでは、ある種の希望的観測が広がってきている。つまり、大気中に浮遊する放射性降下物はしだいに消散していくという考え方だ——それも相当急速に、着実に希薄化していくという。その根拠は、北半球では冬のあいだに降った雨と雪によって大気が洗浄されたことにあるとされている」といって自分でうなずき、「つまりその余波によって、放射性降下物も当初の予想より速いスピードで地表および海面に落下していくと考えられる。そのために北半球の陸地は、以後何世紀にもわたって居住不可能の地と化すが、反面、南半球では、大気中での降下物の南下移動量が急速に減少していくことになる。したがってここ南半球では、人間の居住が、未来におよんでも可能でありつづけると予想されるわけだ。最低でも南極大陸は最も安全な状態がつづくだろう。とくにヨーゲンセン教授がその説を強く唱えている」

司令官は、そこでひと呼吸置いた。

「とにかく、今いったことがその希望的観測の骨子《こつし》だ。それでも科学者たちにはまだまだ反対者が多いのも事実だ、ヨーゲンセンの説は楽観的にすぎるといってな。今のところそういう懐疑的な意見が大勢を占めているため、傍受される無線交信でも楽観論が聴かれることはない。それに今は、マスコミというものもないしな。そこで――もちろん根拠なく民衆に希望を持たせるのはいいことではないが――この件はことの真否《しんぴ》について調査する価値があると考えられるわけだ」

「わかりました」とタワーズ艦長はいった。「非常に重要な案件だと思います。これがこのたびの就航の主要任務なのですね？」

司令官はうなずき、「もしヨーゲンセンのいうことが正しければ、きみたちが赤道を越えて北へと進んでいくと、放射性降下物が均等に浮遊する海域がしばらくつづいたのち、そのうちに減少に転じるところにいたるはずだ。突然変化するものかどうかはわからないが、明らかに希薄化してくるところは必ずあるはずだ。だからこそきみたちには、太平洋をできるかぎり北まで、コディアック島からさらにはダッチ・ハーバーにいたるまで、艦を進めてもらいたい。ヨーゲンセン説が正しいなら、そのあたりでは降下物が相当に希薄になっているはずだ。もちろん陸上での濃度はまだ高いだろうが、しかし海域では運がよければ生物の生存さえ確認できるかもしれん」

タワーズが問うた。「その予想に関しては、なにがしかの実証的な裏付けはあるでしょうか？」

司令官はかぶりを振った。「裏付けとなると、充分とはいいがたい。過日に空軍が航空機による実地調査を試みてはいるが。そのことについては聞いているかね？」

「いいえ、まだ聞いてはおりません」

「燃料を満タンに積んだヴィクター爆撃機を一機飛ばして、その任にあたらせたのだ。パースから発進して北へ向かい、南シナ海上空まで飛んだ。上海の南方沖、北緯三十度付近までいったところで引き返した。科学者連中が求めていたほどの北まではいけなかったが、しかし飛行機でいけるのは、そこが限度だった。得られた調査結果は、決定的な証拠とまではいかないものだった。大気中の降下物濃度は、依然として上昇傾向にあった。ただ、飛行過程の北限付近ではその上昇が徐々にゆっくりになってはいた」そこでにやりとして、「その程度では、科学者連中はまだ納得しないだろう。もちろんヨーゲンセンは、それだけでも自説の勝利だといいはるだろうがね。北緯五十度から六十度あたりまでいけば目に見えて低濃度になるはずだ、というのが彼の主張だからね」

「六十度ですか」とタワーズ。「われわれならそこまで到達できるでしょう――アラスカ湾の内部にまで入るならば。そのあたりの海中では氷山との衝突を警戒しなければなりませんが」

司令官と艦長はそのあと、任務の実際面についてひとときの議論をつづけた。相当程度安全となった海域において一、二名の乗組員を潜水艦の甲板に出させてみるために、放射能防護服を積載していくことが決められた。また気密室において降下物洗浄機をもちいることも指示された。艦橋に空気膨張式ゴムボートをそなえておくこと、艦尾潜望鏡に新たな指向性アンテナをとりつけることも決められた。

やがて司令官がいった。「よし、これで艦外試験に関する問題はクリアされたな。つぎの段階として、CSIROの研究員およびこの問題に関心のある者たちを集めて会議を持ちたいと思う。来週さっそく開きたい。それまでに大佐、きみは第三司令官および彼に所属する士官たちと会って、〈スコーピオン〉出港前の準備作業について話しあってくれたまえ。そして来月の末までには出発できるようにしたい」

タワーズ艦長がそれに応《こた》えて、「充分可能だと考えます。準備作業にもそう時間はかからないでしょう。懸念《けねん》されることといえば、麻疹が終息してくれるかどうかだけです」

司令官は短く笑った。「人類の命運がこの一事に懸かっているというときに、最大の問題が麻疹だとはね。だがそれもやむをえんな。とにかく大佐、きみなら万事抜かりなくやってくれると期待しているよ」

ようやく司令官室を出ると、ホームズはタワーズ艦長と別れた。艦長が第三司令官の部屋へと向かう一方で、ホームズは海軍省を出て、アルバート通りにあるCSIRO本部へと向かっていった。そこでジョン・オズボーンの執務室を訪ね、第一司令官とのミーティングで伝え聞いたことを話した。

「ヨーゲンセンの説なら逐一《ちくいち》承知しているよ」とオズボーンはいらだたしげにいった。「まったく年寄りのたわごとというやつだ。楽観的願望の域を出ない」

「空軍による試験飛行の調査結果については、どう思う?」とホームズはたたみかけた。「北へいくほど降下物濃度の上昇率が低くなるそうだが?」

「そういう調査結果を否定するつもりはないよ。いわゆるヨーゲンセン効果も、たしかに実在はするだろう。しかし彼がいうほどあからさまに顕著なものであるとは、ほかのだれも考えてはいない」

ホームズはすぐに席を立った。「なるほど、争いに巻きこまれないうちに去るのが得策《とくさく》のようだね」と皮肉めかしていい、「今日は娘のためにベビー・サークルを買いにいかないといけないし」

「ほう、どこで買うつもり?」とオズボーン。

「〈マイヤーズ〉だ」

科学士官も自席から立ちあがった。「わたしもしばらくご一緒しましょう。エリザベス通りに、ちょっとお見せしたいところがありますのでね」

それがどこかもいわないまま外に出ると、人通りの少ない街路を歩いていき、自動車関連業の多い地区に入っていった。そこの横丁のひとつに入ると、雑居ビル街に出た。オズボーンはポケットから鍵をとりだし、ある建物の両開きドアに挿しこむと、それを押しあけた。

そこはある自動車販売業者の車庫だった。壁に沿って車がずらりと並んでいる。なかには未登録の車もあり、またどれも埃《ほこり》をかぶっていたり土に汚れたままだったり、あるいはタイヤに空気がなく、ぺしゃんこになっていたりする。そんな車の列のなかほどに、一台のレーシング・カーが混じっていた。赤い車体の一人乗りのオープンカーだ。車高がひどく低いうえに車体自体も小さく、ボンネットが前方へ傾斜し、地面に近いところに開口部がある。タイヤにはちゃんと空気が入れられ、しかもよく洗車されたうえに念入りに磨かれていた。車庫の戸口から入る光を受けて艶《つや》やかに光るその姿は、いかにもすごい高速で走りそうだ。

「これはまた!」とホームズは声をあげた。「なんという車だ?」

「フェラーリだよ」とオズボーンは教えた。「ドネゼッティが戦前にレースで乗った車だ。シチリア島のシラクーザでの大会でグランプリを獲《と》ったときにね」

「そんな車が、どうしてここに?」

「その後ジョニー・ボウルズが買いとってイタリア国外に持ちだしたが、戦争がはじまったために、結局ボウルズはレースで乗ることなく終わった」

「で、今はだれの所有に?」

「ぼくだ」とオズボーン。

「きみが?」

科学者はうなずく。「じつはカー・レースが子供のころから好きでね。ずっと自分の競走車を持ちたかったが、しかしいつも先立つものがなくてね。そんなところへこのフェラーリの話が耳に入ってきた。ボウルズがイギリスにわたって戦禍《せんか》に遭ったことを知って、ぼくは未亡人のもとを訪ね、百ポンドでこの車を売ってくれるよう頼んだ。未亡人はもちろんあきれていたが、それでも快《こころよ》く応じてくれた」

小さな車体に大きな車輪がついたその車を、ホームズはまわりこむようにして歩きながらつぶさに眺めた。「あきれられるのも無理はないだろう。こんなものを手に入れて、いったいどうするつもり？」

「まだわからない。少なくとも、自分が今世界一速い車のオーナーになったことだけはたしかだ」

ホームズも、しだいに好奇心を掻き立てられてきた。「乗ってみてもいいかね？」

「どうぞ」

フロントガラス代わりの透明プラスチック板に守られた、狭い運転席に体を捻《ね》じこんだ。

「どのくらいのスピードが出る？」

「たしかなところはわからない。時速三百キロはいくんじゃないかな」

ホームズはステアリングに手をかけ、感触にひたった。一人乗りのレーシング・カーには、まさに自分の体と一体になるかのような心地よさがある。「これで道路を走ったことは？」

「まだない」

惜しみながらもやっと運転席からおりた。「どのくらいガソリンを食うだろうか？」

科学者はにやりとして、「それが、ガソリンは入れないんだ」

「じゃ、なにを燃料に？」

「エチルアルコールをもとにした、特別製の混合燃料だ。普通の車には使えないものだ。家の裏手で母親がやっている畑の小屋に仕舞ってあるのを見つけて、八バレルばかりもらってきた」またにやりと笑い、「車を買う前に、まずその燃料を確保したよ」

ボンネットをあけ、二人でひとときエンジンを検分した。先日の初めての任務就航から帰って以降、オズボーンは毎日、空き時間のほとんどをこの車の整備とボディ磨きに充《あ》てているという。できれば近いうちに実際に道路を走らせたがってもいた。

「幸い車がほとんど走っていないので、事故に遭う危険性は低いと思えるのでね」といって、うれしそうににっこり笑った。

二人は名ごり惜しさを引きずりながら車のそばを離れ、車庫を出て扉をしめた。雑居ビルに挟まれた静かな空き地で、立ったまま会話をつづけた。

「来月の末までに、つぎの任務に出発できるとしたら」とホームズはいった。「帰ってくるのは六月の初旬ごろになるだろうね。ぼくはやはり妻と子供のことが心配になるな。帰ってくるときまで無事でいるだろうかとね」

「それはつまり、放射性降下物が襲ってきはしないか、と?」オズボーンが質した。

ホームズはうなずき返した。

科学士官はいっとき黙って考えてから、また口を開いた。「だれしも考えることは同じだな——ぼくもそうだが。つまり、降下物の前線が南下してくる速度が速くなりはしないか、なんとか遅くなってはくれないものか、といったことだ。これまでのところは、きわめて一定に近いスピードで地球をおおいつづけ、南下の速度もほぼ予期されるとおりになっている。前線は現在、ロックハンプトンの南方にきている。もし現状の速度で進めば、六月初旬にはブリスベンの南にまでいたるだろう——そこをちょうど越えたあたりにまで。しかしそこから先は、今いったように速くなるのか遅くなるのかもわからない。現状でいえることはそれがすべてだ」

ホームズは唇《くちびる》を嚙《か》んだ。「つまり、不安はぬぐえない、ということだね。だれしも自分の家にいながらパニックに陥《おちい》りたくはないからね。しかしもしぼくが家に戻らないうちにそのときがきたら、家族にはせめて、うろたえることなく運命を迎え入れてほしいものだな」

「そもそもきみが家に戻れるかどうか、保証のかぎりじゃない」とオズボーン。「放射性降下物のほかにも、襲ってくる災厄は多々あるからね。機雷もそうだし氷山もそうだし、ほかにも危機の要素は無数にある。もしも全速力で潜水航行中に氷山に激突したら、どうなるだろうかね?」

「それはよくわかっているよ」とホームズはいい返した。

科学士官は笑った。「では、おたがいそんな災厄《さいやく》に遭わないよう祈るしかないな。ぼくもなんとか無事に帰ってきて、あれでレースをやってみたいものだと思わずにはいられないからね」と、例のフェラーリが仕舞われている車庫の扉を顎でさし示した。

「それでもやはり不安はぬぐえない」とホームズはくりかえした。二人ともようやく通りへと向かって歩きだした。「出発するまでに、そのことについてなにかしら手立てを講じないといけないかも」

しばらく黙りあったまま目抜き通りを進んだのち、オズボーンは自分の役所のほうへ向きを変えた。「きみのお目当ての先もこちらのほう？」

ホームズはかぶりを振った。「ベビー・サークルを探しにいかないとね。もしそれを買えないようだと、家内は自殺しかねないほどの勢いなので」

科学士官は、結婚していなくて幸いだった、というような顔を見せると、役所のほうへ去っていった。

ホームズはベビー・サークルを探して商店街を歩き、運よく二軒めに寄った店で、目当てのものを買うことができた。折りたたみ式のものだが、人目につく街中《まちなか》で持ち運ぶには、いささか大きすぎるものだった。それでもなんとか市内電車のなかにまで担《かつ》ぎこみ、フリンダーズ通りの駅まで運んだ。列車に乗り、午後四時ごろにフォールマスの駅に着いた。買ってきた品物を手荷物預かり所に預けておき、自転車牽《び》きトレーラーをとってきてそれに積みこんだ。ゆっくりと自転車を駆ってフォールマスの商店街を進み、行きつけの薬局に立ち寄った。そこを営《いとな》んでいる薬剤師ゴールディとはむろん顔見知りで、入るなり店員の女性に主人と会いたいと告げた。

ゴールディ薬剤師は白衣姿で現われた。ホームズはさっそく、「ちょっと内々の相談があるんだがね」と頼みこんだ。

「よろしいですよ」とゴールディは彼を調剤室に導いていった。

「相談というのは、今騒がれている、放射性降下物の影響についてなんだが」ホームズはそうきりだしたが、薬剤師の顔は完璧な無表情を保っていた。「ぼくは近々《ちかぢか》国を離れなきゃならない。任務でアメリカ軍の潜水艦〈スコーピオン〉に乗って出かけなければならなくてね。長い旅になる。早くとも六月初旬ごろまでは戻ってこられないだろう」薬剤師はゆっくりとうなずいている。「しかも、到底《とうてい》安全な旅とはいいがたい。生きては帰れない可能性すら充分にある」二人とも立ちつくしたまま、つかのま沈黙していたが、ほどなくゴールディがいった。「つまり、奥さんとお子さんのことが心配だとおっしゃるわけですね？」

ホームズはうなずいた。「ぼくが出発するまでに、家内には覚悟を持たせるようにしておきたいんだ」そういってから、「そこでまずきみに尋ねたいのは、放射能を浴びると人体にどんな影響が出るか、ってことだ」

「まず、むかつきに襲われます」と薬剤師は答えた。「それがいちばん最初の症状です。つづいて嘔吐《おうと》および下痢《げり》がはじまります。血便《けつべん》も出ます。それらの症状が徐々に激しさを増していきます。わずかに快方へ向かうこともありますが、それもごく一時的なものです。やがては衰弱のすえに、死にいたります」そこで間を置き、「最終段階においては、感染症もしくは白血病が死因となります。体液中の塩分が失われることにより、血液を生成する骨髄が破壊されます。過程に差はあれ、最終的にはそういう現象が起こります」

「コレラに似た症状だと聞いたことがあるが？」

「それはいえます」と薬剤師。「たしかにコレラによく似ていますね」

「対処する薬品だが、あなたのところにもあるんじゃないか？」

「ありますが、残念ながら治癒《ちゆ》するためのものではありません」

「ぼくも治療薬について訊いたつもりはないよ。苦しみを終わらせる薬のことだ」

「それについては、今はまだお分けすることはできませんね。おそらく、この地方に放射性降下物がたどりつく一週間ぐらい前になると、その詳細がラジオで放送されると思います。薬剤をお求めの方に頒布《はんぷ》するのはその後ということになります。その際、宗教的側面からいろいろとむずかしい問題が持ちだされることでしょう。とはいえ、どうするかは結局、個人の判断にゆだねられることになるでしょうが」

「じつは、そのことを家内に理解させなきゃならないんだ」とホームズはいった。「家内は家に残って子供を世話することになるが……ぼくはそのときには任務で家を離れているだろう。だから出発する前に家のことをかたづけておかなきゃならない」

「もしよろしければ、わたしから奥さまに説明しますが？——そのときがきたら、ですが」

「できれば自分で話したいと思っているんだ。きっととても怖がらせることになる問題だからね」

「なるほど、よくわかります……」とゴールディはいって、一瞬考えてから、すぐまたいった。「では倉庫にご案内します」

そして奥の部屋のひとつを鍵であけ、なかに入っていった。そこの隅に、蓋《ふた》が半ば開けられた段ボール箱がひとつ置かれていた。それを引き寄せると、なかには赤色の小さな箱がたくさん入っていた。それらの箱には二種類のサイズがあった。

それをひとつずつとりだすと、ふたたび調合室に戻った。薬剤師は小さいほうの箱を開いた。そのなかには、白い錠剤が二錠入ったプラスチック製の小瓶《こびん》が収められていた。その口をあけて錠剤をとりだし、別のところに注意深く仕舞うと、小瓶のなかには代わりにアスピリンの錠剤を入れた。そしてそれを赤い小箱に戻し蓋をして、ホームズに手わたした。「経口薬《けいこうやく》を服《の》める方ならば、どなたにも難なく服めるものです。これをお持ちになって、奥さまへの説明にお使いください。本物はほぼ即死にいたることのできるもので、二錠あるのは片方が予備のためだからです。そのときがきたら、本物を薬局の窓口で頒布するつもりです」

「手数をかけさせてすまない」とホームズはいった。「それで、子供にはどうしたらいい？」

ゴールディはもう一種のサイズの箱をとりあげた。「赤ちゃんとペットの小動物――犬や猫――については、もう少し手のかかる方法が必要となります」といってその箱をあけ、なかから小型の注射器をとりだした。「箱の表書きにある取扱方法に従って処方してください。要するに皮下注射で、摂取後まもなく睡眠が誘起されます」

注射器を箱に戻し、それもホームズへさしだした。彼は謝意とともに受けとった。「いざというときがきたら、こちらの窓口を訪ねれば、本物を受けとれるというわけだね？」

「そうです」

「代金はどのぐらいになる？」

「要りません」と薬剤師は答えた。「これらは無料頒布になります」

第五章

その夜ピーター・ホームズは三つのプレゼントを持って、妻の待つ自宅に帰ってきた。いちばん喜ばれたのは、もちろんベビー・サークルだった。

それは新製品で、パステルグリーンの色調のなかに明るい色の玉がついた幼児用算盤《そろばん》がそなわっている。ホームズはまだ家のなかにも入らないうちに、それを庭の芝生で広げ、妻のメアリを呼んで見せてやった。彼女はためつすがめつして仔細《しさい》に眺め、幼い子供が強く引いても体が下敷きになったりすることがないかと試したりした。

「この塗料が剝《は》げなきゃいいけどね」とメアリはいった。「ジェニファーったら、なんでもおしゃぶりしちゃうでしょ。緑色の塗料って危険だっていうじゃない？　緑青《ろくしょう》が含まれているとか」

「そのことは店で尋ねてみた」とホームズ。「これは油性塗料とかじゃなくて漆《うるし》塗りなんだそうだ。唾液のなかにアセトンでも含まれていれば別だが、そうでもないかぎりは簡単に剝げたりはしないよ」

「そうならいいけど、あんなしゃぶり方したら、どんな色でもとれちゃうんじゃないかと思って……」とメアリはまたベビー・サークルをつぶさに見た。「それにしてもほんとに可愛い色よね。子供部屋のカーテンの色と、よく合うんじゃないかしら」

「ぼくもそう思ってね」とホームズ。「青いのもあったけど、こっちのほうがきっときみの気に入ると思ったんだ」

「ほんと、気に入っちゃったわ！」とメアリはいって、彼の体に両腕をまわしてキスをした。「ほんとにすてきな贈り物よ。これを担《かつ》いで電車に乗るの、さぞたいへんだったでしょうね。うれしいわ、ありがとう」

「どうってことはないさ」とキスをし返した。「喜んでくれてよかったよ」

メアリは家のなかへとって返して、ジェニファーをかかえてきたと思うと、さっそくベビー・サークルのなかに放してやった。そして二人分の飲み物を持ってきて、夫婦揃って芝生に腰をおろした。二人のあいだにはベビー・サークルがあり、その外縁に囲まれてジェニファーがいる。二人とも煙草《たばこ》を喫《す》いながら、赤ん坊が新しい環境にどう反応するかを見ている。見守るうちに、小さい手の片方が外縁の手摺《てす》りをつかんだ。

「こうやって、つかまって立てるものがあると、歩けるようになるのが早くなりすぎないかしらね？」とメアリが不安そうにいった。「つまり、もしこれがなければ、そんなにすぐには歩けないわけでしょ。早く歩きすぎると、がに股になりやすいとかいうじゃない？」

「そんなことはないさ」とホームズ。「ベビー・サークルなんて、だれだって経験あるだろ。ぼくも子供のころ使わされてたよ。でも成長しても、がに股になんかならなかった」

「わたしがいうのはね」とメアリ。「どうしてもこれがなくても、なにかほかのものにつかまって立つようになるだろうってことよ。たとえば椅子やなにかにつかまってね」

やがてメアリは子供を家のなかに戻した——体を洗ってから寝かしつけてやるためだ。ホームズもベビー・サークルを担ぎこみ、こんどは子供部屋にしつらえた。それから夕食のためにテーブルの上をかたづけた。そのあとベランダに出て、ポケットのなかに忍ばせている例の赤い小箱をまさぐった。立ちつくしたまま、こちらの贈り物を妻にわたすにはどうしたものかと途方にくれた。

考えながら家のなかに戻り、ウイスキーを呷《あお》った。

ついにそれを決行したのは、就寝前、妻が赤ん坊を子供部屋へつれていく直前のことだった。ぎごちなくきりだした。「メアリ、じつは、ぼくが任務に出発する前に話しておきたいことがあるんだ」

妻は顔をあげた。「なに？」

「例の放射能が人間の体に与える影響についてだが、きみにもいくつか知っておいてほしいことがある」

メアリはいらだち気味に、「そんなこと？　放射能なんて九月ごろにならないとこないんでしょ。今から話したくはないわ」

「いや、今のうちでないといけないんだ」とホームズはいいはる。

「どうしてよ？　そのときが近づいてからでも遅くないじゃないの。本当にくるんだと、はっきりわかってからでも。ヒルドレッドさんの奥さんがいってたけど、あそこのご主人がだれかから聞いたらしいわよ、放射能なんか、結局はきやしないんだ、ってね。進み方がどんどん遅くなっていって、ここまでたどりつかずに終わるんですってよ」

「ヒルドレッドさんの旦那さんが、だれからそんな話を聞いたか知らないが、はっきりいってそれは事実じゃないよ。放射能は必ずくる。おそらく九月に――あるいはもう少し早まるかもしれない」

メアリがにらみつけた。「じゃ、やっぱりみんなが放射能を浴びちゃうってこと？」

「そうだ、だれもが浴びざるをえない。そして、それがもとでみんな死ぬことになる。だから今のうちに話しておかなきゃならないといってるんだよ」

「だとしても、わたしに話すのはもっと差し迫ってからにしてくれない？　絶対にそういうことになるとわかったときにしてほしいわ」

ホームズはかぶりを振った。「今じゃなきゃだめだ。そうなるときには、ぼくはもうここにはいないんだからな。ぼくが離れたらすぐくるかもしれないしね――予想より早く。それに、ぼくだっていつバスに轢《ひ》かれて死んでしまわないともかぎらないし」

「バスなんてどこにも走ってないじゃないの」メアリが低い声でいい返す。「それって、潜水艦だっていつ事故に遭《あ》うかもわからないって意味でしょ？」

「そう受けとってもかまわない。とにかく、ぼくが旅に出てるあいだ、きみが事態をよく理解してくれてるとわかっていれば、少しは楽な気持ちでいられるんだ」

「わかったわよ」と妻はいかにも不承不承というふうにいい、また煙草に火を点《つ》けた。「どうぞ、話して」

ホームズはつかのま考えてから、きりだした。「ぼくらはだれもが、遠からず死ななきゃならない運命にある。しかもその死に方は、平和なときの死に比べてはるかにひどいものだ。実際にどういうふうになるかというと、とにかく消化器系がいちじるしい変調をきたす。まず、むかつきが襲い、そのあと嘔吐《おうと》や下痢《げり》がはじまる。食べたものを体内にとどめておくことが、まったくできなくなる。しょっちゅうトイレに駆けこまなくちゃならない。そして、それがどんどんひどくなっていく。仮に一時的によくなりそうに思えても、すぐまた逆戻りする。そして衰弱が進み——ついには死にいたる」

メアリは長い煙の雲を吐きだした。「それで、死ぬまでにどれくらいの時間がかかるの？」

「それは訊《き》かなかった。おそらく個人差があるだろう。でも、おおよそ二、三日というところじゃないかと思う。なかには途中で小康《しょうこう》状態になる場合もあるだろうから、そうなると二週間とか三週間とかまでのびる可能性もあるかもしれない」

いっとき沈黙があった。「ひどい話ね」とメアリはやっといった。「しかも住民のみんながいちどきにそういうことになっちゃうわけよね。だから、だれにも助けてもらえない。医者にも診《み》てもらえないし、病院にもいけないってことでしょ？」

「そういうことだ。だれもが自分独《ひと》りで立ち向かわねばならない問題だ」

「そのとき、あなたもここにはいないのよね？」

「絶対にいないとはいいきれないが」とホームズは言葉を選んだ。「いる確率は千にひとつだ」

「わたし一人だったら、だれがジェニファーの世話をするの?」

「ジェニファーのことは措《お》いておくんだ。あの子の問題はひとまずあとまわしだ」そういって妻に顔を近づけた。「肝心なのは、これからいうことだ。もちろん救いはもう望めないが、しかし、どうしてもそういうひどい症状のあげくの死しか迎えることができない、というわけじゃない。その気にさえなれば、もっと潔《いさぎよ》い死に方もできるはずだ——もしも、あまりにもひどくて耐えられないような状況になってきたならば、だ」ホームズはポケットから、二つの赤い小箱のうちの小さいほうをとりだした。

メアリは惹《ひ》きつけられたようにそれを見すえ、「なんなの?」と小声でいった。

ホームズは小箱をあけ、小瓶《こびん》をとりだした。「これはダミーで本物じゃないが、どういうふうにすればいいかをきみに説明するためにと、薬局のゴールディが譲《ゆず》ってくれたものだ。これに入っている薬を一錠、水と一緒に服《の》めばいい——水じゃなくて、なんでも好きな飲み物でもかまわないが。あとはただじっと横たわるだけで、静かにそのときを迎えられる」

「そのときって、死ぬってこと?」メアリの指のあいだで煙草がひとりでに灰になりきった。

ホームズはうなずき、「耐えがたい状態になったら、こういうやり方もできるということだ」

「もう一錠のほうはなんなの?」

「予備だ。片方を失《な》くしたり、服むのに失敗したりしたときのためだろう」

メアリはじっと坐《すわ》ったまま、小箱に目を釘《くぎ》付けにしている。

「もし、そのときがきたら」とホームズはいった。「ラジオ放送で市民に知らされるはずだ。そしたら希望者は薬局にいき、窓口でこれをくれと頼めば、本物を家に持ち帰ることができる。薬局が頒布《はんぷ》してくれるんだ。欲しいと思う市民には、だれにでもね」

メアリはひとりでに終わった煙草を指から落とし、小箱を手にとった。表書きされている取扱指示の文言《もんごん》に目を通してから、口を開いた。「でも、どんなにひどい症状になったとしても、自分でそんなことなんてできないわ。そんなことしたら、だれがジェニファーのめんどうを看るの？」

「放射能は、すべての生き物が浴びることになるんだ。犬も猫も――そして赤ん坊もだ。きみやぼくと同様に、ジェニファーも同じ目に遭うことになるんだ」

メアリの目が見開かれた。「あの子までが、そんなコレラみたいな症状になるというの？」

「そうだ。だれもがひとしく、同じ道をたどる」

妻の目が、下へ向けられた。「ひどいわ」と震え声でいう。「自分のことなんてどうでもいいけど、でもあの子までと思うと……ひどすぎる」

ホームズは、なだめるように努めた。「放射能を浴びた生き物は、すべてがそうなるしかない。だれもが先のことを楽しみにして生きてるけど、そういう未来のすべてが、そのときに失われてしまう。ジェニファーの未来も同じ運命だ。でも幼い赤ん坊にまでそんな苦しみを味わわせるのは忍びない。だから、もしもう手のほどこしようのない状況が訪れたなら、きみの手であの子を楽にしてやればいい。もちろんそうするのはとても勇気の要《い》ることだけど、しかしその勇気は持たなくちゃならない。それがきみのやるべき仕事だ――ぼくがもうここにいない場合のね」

彼はもうひとつの赤い小箱もポケットから出し、その扱い方を説明した。妻の目がしだいに敵意に燃えてきた。

「はっきりいえば、こういうことでしょ」その声には刃《やいば》がひそめられている。「わたしにジェニファーを殺せってことでしょ！」

ホームズは難局が訪れたことを悟ったが、しかしそれに立ち向かうしかない。「そのとおりだ。そうすることが必要な事態になったら、きみはそれをやらなければならない」

メアリは急に怒りを爆発させた。「あなた、どうかしてるわ！」と声をあげる。「仮にあの子がそれほどにひどい症状になったとしても、わたしにはそんなことできないわよ！　ほんとに頭がおかしいんじゃない？　そんなことがいえるのは、あの子を愛していないからよ。今だけじゃなく、これまでもずっとね。あの子なんてじゃまものだとしか思ってなかったんでしょ。でもわたしにとってはちがうわ――あなたこそじゃまものよ。そんな人間だから、妻に子供を殺せなんてことが平気でいえるのよ」怒りとともに立ちあがった。「もしそれ以上なにかいったら、わたしはあなたを殺すわ！」

ホームズは妻がそれほどに怒ったのを、これまで見たことがなかった。彼も立ちあがり、「最後にどうするかは、きみの判断にまかせるしかない」と弱くいった。「もしどうしてもやりたくないなら、やめるのもきみの自由だ」

メアリは憤激した声でいった。「あなたのいうこと、なにかがおかしいわ。わたしにジェニファーを殺させて自殺に追いこみ、あなたは自由になって、ほかの女と一緒に逃げるつもりなんじゃないの？」

これほどまでのむずかしい状況になるとは予想していなかった。「バカなことをいうんじゃない！」と鋭くいい放った。「もしそのときぼくがここにいられるなら、すべて自分でやる。けど、ぼくがここにいなくて、きみが独《ひと》りで立ち向かわなきゃならないとしたら、そのときはぼくはもう死んでるってことなんだぞ。そこをよく考えて、そのにぶい頭に叩きこまなきゃだめだ。ぼくは死ににいくんだからな」

メアリはなお怒りが冷めないようすで、黙って見返している。

「もうひとつ、よく考えなきゃならないことがある。もし放っておけば、きみよりジェニファーのほうが長く生きるかもしれないってことだ」そういってホームズは最初のほうの赤い小箱をさしあげた。「自分で死ぬのがどうしてもいやだというなら、こんなものは捨ててしまって、耐えきれるかぎり悶《もだ》え苦しんだあげくに死を迎えればいい。けどジェニファーは、そのときもまだ生きているかもしれない。幼児ベッドのなかで泣き叫びながら、まわりに嘔吐を撒《ま》き散らしながら、汚物にまみれたまま何日も生きつづけるかもしれない。きみはもう、わきの床に倒れて死んでいるというのにだ。そして、だれにも助けてもらえないまま、ついにはジェニファーも死ぬんだ。自分の子供にそんな死に方をさせたいと思うか？　きみがどうかは知らないが、少なくともぼくはいやだ」顔をそむけ、「そこをよく考えろ。そしていい加減にバカなことば

た。

「今こそきみは勇気を振り絞って、事態に立ち向かうべきときじゃないのか?」そういい放った。

かし彼自身怒りに駆られるあまり、妻を助ける気にもならなかった。

メアリは立ったまま黙っている。ホームズは一瞬、彼女が倒れるのではないかと思った。し

かりいうのをやめるんだ」

メアリは不意に背を向け、部屋を飛びだしていった。そのあと寝室から彼女の泣く声が聞こえた。だがホームズはそばにいってもやらず、ウイスキー・ソーダを自分で作ると、それを持ってベランダに出た。デッキ・チェアにどっかと身を沈め、海のほうを眺めやった。まったく女というやつは、いつも現実から目をそむけて、自分だけのセンチメンタルな夢の世界で生きている連中だ! 彼女たちがちゃんと現実に向きあうなら、男はどれだけ助かるか、どれだけ頼みに思うかわからないというのに。なのに、男がいまいましい重りを首からさげているあいだも、女たちはただ夢の世界にすがりついているだけだ。

午前零時をまわり、三杯めのウイスキーを飲み終えたあと、ホームズはようやくベランダを離れ、寝室へと向かった。メアリは寝室の明かりを消したまま、ベッドに倒れこんでいた。起こさないようにと、ホームズは暗いなかで着替えた。妻は彼に背を向けて寝ていたので、彼も背を向けて横たわった。アルコールのせいもあって、すぐに眠りに落ちた。

深夜二時、不意に目覚めた。隣で寝ているメアリが泣いているのが聞こえた。慰めてやろうと、彼は手をやった。

すると妻はくるりと顔を向け、なおも泣きながらいった。「ごめんなさいピーター、わたしほんとにバカだったわ」

二人とも赤い箱のことはもう二度と口にしなかった。翌朝、ホームズはそれらを浴室の戸棚の奥に仕舞った――ほかのものをとりだすじゃまにならず、それでいてメアリが決して見逃すはずのない場所に。それぞれの箱に小さくメモ書きした――中身がダミーであることと、本物を手に入れるにはどうすればいいかを。そして、愛していることを示すいくつかの言葉をつけ加えた。自分が死んだあと、妻がそのメモを必ず読んでくれるようにと。

心地よい夏の陽気がつづくままに、ときは三月へと移った。原子力潜水艦〈スコーピオン〉の乗組員のあいだで新たに麻疹《はしか》に罹《かか》る者はいなくなり、船渠《せんきょ》での作業員たちによる整備も着々と進んで、完遂間近というところまできた。ピーター・ホームズは自宅の庭の木の二本めを伐《き》り倒して、細かく割ってきたるべき冬に燃やすための薪《まき》に変えて保存した。それから跡地を家庭菜園に作り変えるべく、切り株の掘り返しにとりかかっていた。

一方ジョン・オズボーンはといえば、愛車フェラーリをいよいよ道路に走らせはじめていた。幸い、自動車の走行を規制するようなこれといった法律が施行《しこう》されているわけではない。ただ全般的にガソリンが極端に不足しているのが問題だった。そもそも公的には、オーストラリア国内にはガソリンは一滴も残っていないことになっている。病院や医院が備蓄していた分すら使い果たされていた。にもかかわらず、道路ではごくまれに自動車が走っているのが見かけられることがある。それらの車の所有者たちが私的に少量のガソリンを車庫に仕舞いこんでいたり、あるいはそれぞれの秘密の場所に隠し持っていたりするからだ。物資が不足しはじめたころに、めいめいのドライバーが先行きのためにと買いこんでおいたものがほとんどだ。それらでさえ、どうしても必要とされる緊急時には表に出されざるをえなかった。だがオズボーンのフェラーリはこれまでのところ、道路を走らせても警察の注意を惹いたりすることがなかった。初めて試し乗りに出たときなどは、慣れていないために足がすべってあらぬときにアクセルを踏みこみ、セカンド・ギヤのまま時速百四十キロを出してしまった。それもメルボルン市街地のど真ん中のボーク通りでだ。幸い人を撥《は》ねたりはしなかったため、そのときも警察沙汰《ざた》にはならずにすんだ。

事故を起こさなかったとはいえ、オズボーン自身は怖い目を見た。サウスジップスランドのトゥーラディンという小さな村の近くに、車の愛好家たちのクラブが運営しているロードレース・サーキットがある。一般には閉ざされた広いアスファルト舗装のサーキットが長くのびている。一車線のコースに多くのカーブがそなわる。周辺道路の往来が少ないため見物人もほとんどいないなか、今でもときどきレースが行なわれる。愛好家たちはそれぞれの秘密の隠し場所からガソリンを持ちだしてくる。オズボーンもそういう人々と同様に、母親がやっている裏庭の菜園に八個のドラム缶を隠し持っていた。

このサーキットで実際にフェラーリを何度か乗りまわした。最初は練習で、のちには本物のレースで。といっても燃料節約のため短いレースではあるが。これでこの車はオズボーンの人生においても有用な目的を果たしたといえる。彼の人生とはもちろん科学者としてのそれであり、研究室や実験室で学問を探求することにほとんどの時間を割《さ》かねばならない者の人生だ。それは能動的な行動にとぼしい生活であり、したがって個人的なことでリスクを負わねばならない場合がきわめて少ない。ありていにいえば危険な目に遭うことが少ないので、それだけ生活がおもしろ味のないものになっているのだ。だから先般潜水艦の科学士官として登用されたときには、これこそ退屈な日常から抜けだせる機会と喜び、興奮した。しかしいざ潜水艦に乗り組んで海中にもぐったときには、そのたびにひそかに恐怖を覚えたのも事実だった。そこでなんとか自分を抑制するよう努め、北への航行のあいだ不安やおののきをあらわにすることなく責務を果たせるようにとがんばった。だが、これから加わることになる新たな航海に関するかぎりは、もうひと月近くも強い不安感にさいなまれつづけているのをどうしようもなかった。

フェラーリはそんな気分を変えるのに役立ってくれた。この車を運転するたびにオズボーンは興奮した。とはいえ最初から運転が巧《うま》くできたわけではない。直線コースで時速二百四十キロに達した直後などは、カーブにさしかかっても安全に曲がれるだけスピードを落とすことができなかった。だからカーブのたびに死ぬかという思いをした。スピンして、わきの草むらにつっこんだことが二度あった。愛車をそんなふうにしか扱えなかったことがショックで、顔は青褪《あおざ》め体は震えた。だからレースに出るたびに、あるいは練習するごとにすら、ミスを二度と犯してはいけないと肝《きも》に銘《めい》じざるをえなかった。そのたびに、わずか数センチの差でようやく死をまぬがれていたのだから。

こうして目の前の趣味に興奮と関心を高めているおかげで、近づきつつある〈スコーピオン〉就航への恐怖感も薄らぐほどだった。レーシング・カーを乗りまわしているときの身の危険に比べたら、潜水艦などなにほどのこともない。そうなってくると、つぎの航海など今の人生にとっては退屈な無駄骨でしかないとすら思える。今ほど時間というものが大切なときはないのだから、この際できるだけ早く旅を終えねばならない。そしてメルボルンに帰ったら、残りの三ヶ月をカー・レースに賭けてすごさねばならない——人生に残された最後の時間を。

かくてほかのレース愛好者たちと同様に、彼もまた、さらなる燃料探しに多くの時間を費やさねばならなくなった。

海軍省では予告どおりハートマン第一司令官主催の会議が持たれた。ドワイト・タワーズは〈スコーピオン〉の艦長として、連絡士官ピーター・ホームズを伴って会議に参加した。ほかにサンダーストロム無線通信士官も随行した——シアトルから発信されているラジオ電波の正体をつきとめることが航行の目的であるからだ。CSIROからは局長およびジョン・オズボーン研究員が出席した。海軍省側は、第三司令官が部下の士官二名を引きつれて席についた。ほかにオーストラリア首相の秘書の一人も加わり、会議の総員が揃った。

まずハートマン司令官が、このたびの任務の困難さについて説明した。「これはわたしが切望することであると同時に、首相閣下からのご指示でもあるが、〈スコーピオン〉は今般の就航に際し、危険海域への侵入をできるかぎり避けるように努めてもらいたい。われわれがこの潜水艦を派遣する第一の目的は、目標地域の科学的観察を果たしてその結果を報告することにある。しかし無線電信用のアンテナをあまり高く立てることができず、また長期間海中を潜行しなければならないことからして、本部と艦とのあいだで連絡をとりあうことはきわめて困難と予想される。したがって、もし無事に帰還を果たすことができなければ、今般の任務に赴《おもむ》いたことそのものの価値が失われてしまうことになる。しかも〈スコーピオン〉は南アフリカおよび南アメリカと長距離通信を行なうことのできる唯一の艦船でもある。そうしたことを考慮したうえで、われわれは先日協議を行ない、今回の任務に関して大幅な作戦変更をすることに決定した。まずパナマ運河海域の調査については、これを除外する。サンディエゴからサンフランシスコにかけての地域の調査も除外する。というのは、それら両海域が危険な機雷原に該当しているからだ。タワーズ大佐、これらの機雷原に関するきみの見解を手短《てみじか》に説明してくれたまえ」

タワーズは機雷原についての予備知識を述べ、と同時にその情報がとぼしい海域もあることを説明した。「シアトル沖合の機雷配置については把握できています。ピュージェット湾および真珠湾に関しても情報を得ています。またアラスカ湾についていえば、大量の流氷があふれているため機雷が投下されている可能性はきわめて少ないと思います。その代わり、ほかでもないその流氷が大きな問題となってきます。というのも、〈スコーピオン〉には砕氷《さいひょう》機能がそなわっていないからです。しかしそうした問題をも乗り越えて、航路を切り拓《ひら》いていくべく努める所存でいます。北緯六十度にまで達することができれば、最善を尽くしたといいうるでしょう。とにかく、要求されている任務の過半は達成可能であるはずだと考えています」

そのあと議論は、シアトル近郊のどこかから今も発信されつづけている無線電波の話題へと移った。戦時以降傍受されつづけているその電波の意味内容について、CSIRO局長フィリップ・グッドオールが説明した。

「電信内容のほとんどは理解不能なものです。発信はつねに不規則な間隔を置いてなされ、また夏季よりも冬季間において頻繁に傍受されます。周波数は四・九二メガサイクルです」サンダーストロム無線士官がグッドオールの前にメモをそっと出した。「傍受回数はこれまで二百六十九回におよびます。それらのなかには、モールス信号と識別できる音声が――信号の種類はわずかな七つですが――含まれているものが二回ありました。また、英語と識別できる言語が発声されているものが二回ありました――ただし一回につき一語ずつでしたが。それら以外のモールス信号についてはいまだ意味が判然としていませんが、もしご覧になりたければ、今ここに図表を用意してあります。なお識別された二語の英語というのは、WATERSとCONNECTです」

ハートマン第一司令官が問い質《ただ》した。「それらの電波が傍受されていた時間は、累計でどれだけになる？」

「約百六時間になります」とグッドオールは答えた。

「それだけ長いあいだ音が聞こえていながら、なんといっているかわかったのは、たったふたつの言葉だけか？　あとはただの雑音にすぎないというのか？」

「おっしゃるとおりであります」

「そもそも言葉なんて聴《き》きとれてはいないんじゃないのか？」とハートマンはつづけた。「たまたま言葉のように聴こえただけというほうがありそうだな。無数の猿がでたらめにタイプライターを叩いたとしたら、なかには一匹ぐらい偶然シェークスピアの戯曲を執筆してしまうやつがいるかもしれないだろう。つまり、真《しん》に調査すべきは、それがなんという言葉かではなくて、そもそもなぜそんな電波がそこから発信されているのか、ということだ。少なくともそこでは電力が使用可能な状況にあると見なされる。だとすれば、その背後に生きている人間の力が働いている可能性が高い。いくらありそうにないことに聞こえようとも、そう考えざるをえないということだ」

サンダーストロムがタワーズへ顔を近づけ、低い声で耳打ちした。

「サンダーストロム無線士官が、シアトル地域の無線局について情報を持っているとのことです」

無線士官は控えめな調子できりだした。「すべての無線局について知っているというわけではありませんが、ただ五年ほど前にサンタマリア島のアメリカ海軍通信教練所で短期講座を受けたことがありますもので。そのとき教練所が使っていた周波数のひとつに、四・九二メガサイクルがあったのを憶えています」

ハートマン司令官が問い質した。「サンタマリア島というのはどこにあるんだ？」

「ピュージェット湾にあるブレマートン沖合の島です」サンダーストロムが答えた。「同じ沿岸にいくつかある島のひとつです。そこの教練所が、当該地域における米海軍の無線通信訓練の中心地になっていました」

タワーズは海図のひとつを広げ、問題の島を指でさし示した。「ここです、閣下。島のクラム湾に面したマンチェスターというところに、本土と結ぶ橋が架かっていますね」

司令官がさらに問う。「そのサンタマリア島の教練所というのは、どれくらいの範囲に電波を飛ばしているんだ?」

サンダーストロムが答える。「たしかなところはわかりませんが、おそらく全世界ではないかと」

「そう見えたのか? アンテナがひどく高いとか?」

「そうです。あそこではアンテナが壮観でした。太平洋全域をカバーできる通信施設だったのではないかと思います。といいましても、はっきりそうといえるわけではありませんが。一時的に講座に参加していただけでしたので」

「きみがこれまで搭乗した艦船から、その施設と直接交信した経験はないのか?」

「残念ながらありません。軍の艦船の無線とは異なった周波数帯を使っていましたから」

そのあとしばらく、無線通信の技術的な問題が議論された。

やがてタワーズがいった。「問題の電波の発信源が、たしかにそのサンタマリア島だとすれば、あとの調査はそうむずかしくはないでしょう」その見解を裏付けるため、前に見た海図にまた視線を落とした。「島の沿岸の水深は四十フィート程度です。もし埠頭《ふとう》があるなら、艦を横付けすることが可能かもしれません。少なくとも沖からゴムボートで接近できるでしょう。もし放射性降下物濃度が対応可能な範囲ならば、一名程度、防護服を着て島に上陸することすら無理ではないかもしれません」

するとサンダーストロムが、「その任務はぜひ自分にやらせてください。島の通信施設への接近経路は、まだ憶えているつもりですので」

そこでその任は彼に頼むこととし、つぎはいわゆるヨーゲンセン効果についての検討に移った。その存在が実証されるにせよ、あるいは否定されるにせよ、科学的観測が不可欠であることが説《と》かれた。

タワーズは会議がすんだあと、約束どおりモイラ・デイヴィッドスンとランチをともにした。モイラがあらかじめ選んでくれたメルボルン市内の小さなレストランに、彼女よりも先に入った。彼女はあとからアタッシェ・ケースをたずさえてやってきた。

迎えたタワーズは、食事の前にコーヒーを勧めた。だがモイラはブランデーとソーダがいいというので、仕方なくそれを注文してやった。ウェイターがいるあいだに、「ダブルか？」とたしかめた。

「シングルでいいわ」

その返事を聞くと、黙ったままウェイターへうなずきを送ってから、アタッシェ・ケースへ目をやった。「ショッピングでもしてたのかい？」

「ショッピングですって？」モイラはむっとした顔になって、「わたしだってそれほどひまじゃないのよ」

「そいつは悪かったな。じゃ、どこかへ出かけるとか？」

「ちがうわよ」と詮索《せんさく》されるのを楽しむように、「なにが入ってるか、三つ以内で当ててごらんなさい」

「ブランデーか？」

「ちがうわ。ブランデーならもうお腹《なか》のなかに入れてあるわよ」

タワーズは瞬時考えて、「切り出しナイフだ。美術館に飾ってある宗教画からいいのを見つくろって、額から切りとって家に持ち帰り、風呂場に飾るつもりだ」

「それもちがう。あとひとつよ」

「じゃ、編み物かな」

「わたし編み物はやらないの。そういうお上品な趣味はないのよ。もうそろそろどういう女かわかったと思ってたのに」

そこへ注文の飲み物が届いた。「わかった、きみの勝ちだ。なにが入ってるのか教えてくれ」

モイラはアタッシェ・ケースの蓋《ふた》をあけた。現われたのはノートと鉛筆と、そして速記の教則本だった。

タワーズはそれら三つの品に目を瞠《みは》った。「これは？　きみまさか、速記を勉強してるんじゃないだろうな？」

「しちゃ悪い？　あなた前にいったじゃない、勉強したほうがいいって」

そういえばいつか、なんの気なしにそんなことをいったと思いだした。「講座でも受けてるのか？」

「そうよ、毎日午前中にね。ラッセル通りの講習所に九時半までにいかないといけないの。わたしにとっちゃ相当早い時間よ。七時前には起きなきゃいけないんだもの」

タワーズはにやりと笑った。「それはたいへんだな。で、勉強してどうするつもりなんだい？」

「なにか勤めをやりたいの。もう畑に牛の糞《ふん》を撒いてばかりいるのは飽《あ》きたのよ」

「講座にいきはじめて、どのくらい？」

「まだ三日よ。でもすごく上達が早いの。もうだれと話しても、聞いたことをすぐ速記できるわ」

「速記を習得したとして、どういう仕事に活《い》かすつもりだ？」

「まだわからないわ」と認め、グラスを口に運んだ。「これから考えないといけないわね」

「タイプ打ちも習ってるのか？」

モイラはうなずく。「あと簿記もね。その手のもの全部よ」

タワーズは驚きの目を向けた。「マスターしたら、いい秘書になれるじゃないか」

「なるとしても来年ね。そのときにはいい仕事を見つけたいものだわ」

「そういう講座、受けてる人は大勢いるものなのか？」

またうなずく。「思ったよりたくさんいたわね。それでも以前の半分以下みたいよ。戦争が終わったすぐあとのころは、受講生がほとんどいなかったんですって。それで講師も大半がクビになってね。最近やっと生徒数が盛り返してきたから、教えるほうもまた増えてるけど」

「講座を受ける人が多くなってきてるというのか？」

「といっても、多いのはやっぱり十代ぐらいの若い子たちよ」とモイラ。「わたしなんか、そんななかに混じってると年寄りみたいに思えちゃうわ。どうやら世の中の大人たちは、若い子がいつまでも家でとぐろを巻いてることにうんざりしてきたみたいね、それでなんとか外へ仕事に出そうとしてるのよ」といってから、「大学も同じ。何ヶ月か前までに比べたら、新入学者がぐっと増えてきてるみたいよ」

「そんな風潮になるとは思ってもみなかったな」とタワーズ。

「結局家にいても退屈なだけだからね。学校にいけば友達もたくさんできるし」

ブランデーをもう一杯どうかと尋ねたが、モイラが要らないというので、食事に移った。

「ジョン・オズボーンが車に夢中になってるって話、聞いた？」とモイラが話題を振った。

タワーズは笑って、「聞いたとも。本人から見せてもらったよ。どうやら訪ねていく者には必ず見せてるようだね。たしかにあれはすごい車だ」

「ちょっと夢中になりすぎよね。そのうち事故起こすんじゃないかと心配だわ」

タワーズは冷たいコンソメ・スープを啜《すす》りながら、「いいんじゃないかな、危なくしないかぎりは。任務に赴く前のいい気晴らしになってるだろう」

「その任務だけど、いつ出発するの?」とモイラ。

「今からだと、一週間後ぐらいになる」

「とても危険な旅になりそう?」と控えめに訊いてくる。

タワーズは一瞬考えてから、「危険なばかりじゃないさ。どうしてそう思うんだ?」

「昨日ピーターの奥さんのメアリと電話で話したのよ。彼女、ご主人から話を聞いたといって、かなり心配してたからね」

「こんどの任務のことを?」

「それがはっきりそうとはいわなかったのよ。どうも任務そのものを心配してるというよりも、ご主人がなんだか遺言みたいなことをいったみたいで、それが気になってるようなの」

「悪いことじゃないだろう。遺言は、だれもがいつかは残しておくべきものだ。とくに妻子がいる男にとっては、だいじなことだ」

ステーキが届いたところで、モイラがまたいった。「どうなの、ほんとに危険な旅になりそう?」

タワーズはかぶりを振った。「長旅になるのはたしかだがね。二ヶ月近くになるだろう。しかもその半分が水のなかだ。しかし、北半球の海で展開するほかの軍務に比べて特別に危険というわけじゃない」間を置いてから、「もちろん、かつて核兵器が投下された海域に船で侵入するなんてことが、いつだって危険じゃないはずはないが。それも、とくに海のなかとなればね。進んでいく先になにがあるか、本当にはわからないわけだから。海底は核爆発によって地形が大きく変化しているしね。いつ沈没船と接触しないともかぎらないし。足もとに注意しながら用心深く進むしかない。しかしそれでも、特別に危険だとはわたしは思わない」

「とにかく、無事に帰ってきてね」モイラがやさしくいった。

タワーズはにっこりして、「ああ、無事に戻るよ。そう命令されてるからね。〈スコーピオン〉が帰ってこないと、司令官が困ることになる」

モイラはのけぞって笑った。「ほんとに信じられない人ね！　わたしがこんなにセンチメンタルになっていってるのに、その気持ちを風船でも割るみたいにたやすく壊しちゃうんだから」

「センチメンタルな男じゃないとは自分でも思うよ」とタワーズ。「家内にもそういわれてた」

「ほんとに？」

「ああ。家内とはよく、気持ちがすれちがうことがあったからな」

「さもありなん、というところかしら」とモイラ。「奥さんに同情するわ」

昼食がすんでレストランを出ると、二人は国立美術館へ歩いていった。開催中の宗教画展を観《み》るためだ。そこに展示されていた絵は多くが油彩《ゆさい》による現代画だった。四十点におよぶ宗教画を見てまわるあいだ、モイラはずっと関心を示していたが、タワーズには正直なところあまり理解がゆきとどかなかった。緑色の架刑《かけい》の図についてもピンク色の降誕の図についても、二人ともほとんど口を開こうとはしなかった。戦争を宗教的側面から描いた絵が五、六点あって、それらについては多少の議論に興《きょう》じた。賞をとったという戦禍《せんか》に破壊された大都市を描いた絵の前で足を止めた。

「この絵はたしかにすごいわね」とモイラがいった。「審査員の気持ちがわかるわ」

タワーズはいった。「わたしは好まないね」

「あら、なにが気に入らないの？」

絵をじっと見ながら答えた。「なにもかもだ。はっきりいって嘘っぱちだな。そもそも熱核爆弾を投下する爆撃機が、こんなに低く飛ぶわけがない。自爆行為も同然だ」

「でも構図はしっかりしてるし、色使いもいいと思うけど？」

「かもしれないさ。けど描かれてるものが全部でたらめだ」

「たとえばなにが？」

「あの建物はRCAビルのつもりなんだろうが、その割にはブルックリン橋がニュージャージー州のほうに架かっていたり、エンパイア・ステート・ビルがセントラル・パークのど真ん中に建っていたりするじゃないか」

モイラは展示会のパンフレットを覗いた。「この絵はべつにニューヨークをモデルにしてるとは書いてないわよ」

「どこを描いたつもりだろうと、でたらめであることはまちがいない。実際の被爆地がこんなふうであるわけはないんだ。劇的な効果を狙いすぎてる」顔をそむけ、ほかの絵も見まわした。

「どれもこれも好みじゃないのばかりだ」

「あなたって信仰を通じてものを見てるんじゃなかったの？」モイラが不審に思うのは、タワーズが昔はよく教会にいっていたといったからだろう。だから宗教画展ならきっと彼の琴線《きんせん》に触れると思ったのにちがいない。

タワーズは彼女の腕をとった。「それほど信仰に篤《あつ》い男じゃないさ。こういう絵がわからないというのも、べつに画家が悪いわけじゃない、見ているほうの理解力が足りないだけだ。彼らはわたしとはちがうものの見方をしてるってことだな」

二人は絵の列から離れていった。

「絵はどう？　おもしろいとは思わない？」とモイラが訊く。「ただ退屈なだけ？」

「そんなことはない」とタワーズ。「色彩が豊かで、しかも変に説教くさくない絵が好みではあるがね。たとえばルノアールだ、知ってるだろ？」

モイラはうなずく。「ルノアールならここにもいくつかあるわよ。見ていく？」

先へと進み、フランス絵画の並ぶギャラリーに入った。木陰の街並みとそのわきを流れる川を描いた絵の前で、タワーズは足を止めて見入った。白塗りの民家や商店が並ぶその絵は色彩豊かで、いかにもフランス絵画というふうだ。「好きなのはこういう絵だ。いつまでも見ていたいね」

そのあともしばらくギャラリーをまわり、ゆきすぎる絵を眺めながらおしゃべりに興じた。そのうちにモイラが、そろそろいかなければといいだした。母親の加減があまり思わしくないので、お茶の時間までには帰るといってあるのだという。電車に乗る予定の彼女をタワーズは駅まで送ってやった。

混みあう駅のエントランスで、モイラが振り返った。「お昼ごちそうさま。午後からもおかげで楽しかったわ。宗教画はだめでも、せめてほかの絵があなたの気に入ったらよかったんだけど」

タワーズは笑った。「気に入ったさ。いずれもう一度いって、ほかのももっと見たいね。たしかに宗教画は好みじゃなかったがね」

「でも教会に毎日いってたんでしょ？」

「それはまた別の話さ」

モイラもそれ以上攻めてはこなかった。これだけ人が大勢いる前では攻めたくてもできないだろうが。

「もう一度会えない？　あなたが任務に出発する前に」

「これからは日中は、毎日のように忙しくなるな。でも夜なら映画ぐらい観にいけるかもしれない。それも早いほうがいいな。準備ができ次第出発することになるだろうから。しかも準備は順調に進んでいるしね」

つぎの火曜日に夕食をまた一緒にする約束をしたあと、モイラは手を振ってさよならをし、人波のなかへ消えていった。残されたタワーズはといえば、すぐに港へ戻らねばならないような火急《かきゅう》の仕事があるわけではなく、それに商店街が閉店時間を迎えるまでまだ一時間ほどもあった。駅から通りに出て、店のウインドーを眺めながら歩道を歩いた。スポーツ・ショップの前にくると、少したためらってから、なかに入った。

釣り具コーナーにきて、店員に声をかけた。「投げ釣りの用具が欲しいんだがね。竿《さお》とリールと、それからナイロンの釣り糸が」

「もちろんございますので」と店員が答えた。「ご自分でお使いに？」

タワーズはかぶりを振った。「十歳の男の子への贈り物なんだ。初めて持つ釣り竿になるから、品質のいいのがいいな。ただし小さくて軽くないとだめだ。グラスファイバー製のものなんかあるかね？」

店員は首を横に振った。「申し訳ございませんが、そちらの材質のものはただいま切らしておりまして」いいながら、商品棚から竿のひとつを手にとった。「これはステンレス製でして、小さいですが品質は非常にすぐれています」

「海水に浸《つ》けても錆《さ》びないかね？　海の近くに住んでいるものでね。それに子供はとかく不注意だし」

「心配ございません、そんなに錆びやすくはありませんので。これまでにも海釣り用にたくさんお買いあげいただいておりますし」タワーズが竿を手にして検分しているあいだに、店員はリールをとりだした。「リールはこういう海釣り用のプラスチック製のがございますし、あるいはこちらのステンレス製の両軸リールもございます。ステンレス製は丈夫《じょうぶ》ですが、当然ながらかなり高価になります」

タワーズはそれらのリールも見せてもらった。「この両軸リールをもらおうか」

最後に釣り糸も選ぶと、店員はそれら三つの品を包装紙に包んでくれた。「どうかよい贈り物にしていただけますように」

「そうだね。きっと喜んでもらえると思うよ」

包みを受けとるとその場を離れ、子供用自転車やキック・スクーターなどを扱っているコーナーに立ち寄り、「ここにホッピングはあるかね？」と女性の店員に尋ねた。

「ホッピングでございますか？　申し訳ございません、当店にはなかったように思うのですが……少しお待ちくださいませ、店長に問いあわせてまいりますので」

まもなく店長がやってきた。「申し訳ありません、ホッピングはただいま在庫を切らしております。じつは最近はお求めの方が少なくなりましたもので、ひとつだけ残しておいたきりだったのですが、それがたまたま数日前に売れてしまいまして」

「このさき仕入れる予定はないのかね？」とタワーズは尋ねた。

「じつのところ十個ほど注文はいたしましたのですが、いつ届くかはわかっておりません。ご承知のとおり、このところ流通事情が混乱しておりますもので。ホッピングは贈り物になさいますのでしょうか？」

タワーズはうなずき、「六歳の女の子にやりたいと思ってね」

「こちらにございますキック・スクーターなどはいかがでしょうか？　そのぐらいの年齢のお子さまへの贈り物にはちょうどよろしいかと存じますが」

それにはかぶりを振った。「キック・スクーターはもう持ってるんだ」

「では、こちらのお子さま用自転車はいかがでしょう？」

奇妙に大きすぎるうえに形もよくないように見えたが、そうはいわず、「いや、悪いが欲しいのはホッピングなんでね。よそをあたってみよう。どこにもなかったら、またくるかもしれないがね」

「〈マクフェイルズ〉をお訪ねになるとよろしいのでは？」と店長が勧めてくれた。「あそこならホッピングも揃えているかもしれません」

そこでタワーズは〈マクフェイルズ〉という店にもいってみたが、やはりホッピングは置いていなかった。ほかの店も結果は同様だった。これはもう、市場そのものに出まわっていないのかもしれない。いらだちがつのるにつれ、いよいよ本当にホッピングが欲しくなってきて、いよいよほかのものでは替えが利《き》かない気がしてきた。コリンズ通りにまぎれこんで、玩具屋《おもちゃ》を探したが、玩具屋のない街区らしく、より高価な専門店ばかりが並ぶ街だった。

ウインドー・ショッピングの最後は、ある宝石店の前で足を止めた。しばらく立ちつくしてウインドーに見入っていた。エメラルドとダイヤモンドがベストの選択だろう。彼女の黒髪に、エメラルドはみごとに映《は》えるにちがいない。

思いきって店内に入った。「ブレスレットが欲しいんだがね」黒いモーニング姿の若い店員にそう声をかけた。「エメラルドとダイヤモンドがついてるのがいいな。少なくともエメラルドがあるのがいい。黒髪の女性で、緑色を身につけるのが好きなようなのでね。ちょうどよさそうなのはないかな？」

店員は金庫のところへいって、三つのブレスレットを持って戻ってきた。それらを黒ビロードのクッションの上に置き、「ご希望に沿うものと申しますと、この三種になりますが、お値段のほうはいかほどをご予定でしょうか？」

「値段は考えていなかったな」とタワーズは答える。「とにかく、すてきなのがいいね」

店員はひとつずつとりあげ、「こちらは四十ポンドでございます。こちらですと六十五ポンドになります。どちらもたいへん魅力的なブレスレットだと存じますが」

「もうひとつのは？」

店員は三つめのものを手にとった。「こちらですと少しお高くなります。たいへんきれいなものですが」と小さな値札を見ながら、「二百二十五ポンドになります」

それは黒ビロードの上で美しくきらめく。タワーズは自分で手にとり、つぶさに見た。とてもきれいなものだと店員はいったが、それはたしかだった。シャロンは自分の宝石箱のなかにもこんなものは持っていなかったはずだ。きっと気に入ってくれるにちがいない。

「これはイギリス製かね？　それともオーストラリア製？」

店員はかぶりを振り、「もともとはパリの〈カルティエ〉で作られたものでございます。じつは以前にはトゥーラックにお住まいのさるご婦人がお持ちになっていたものでして。ですがおわかりのとおり、比較的新しい品です。普通よく留《と》め金の部分には注意を要することが多いのですが、このお品はまったく心配がありません。留め金も完璧な出来になっております」

妻がこれを身につけて喜ぶさまを、タワーズは思い描いた。「よし、これにしよう。支払いは小切手にしたいが、いいかね？　明日か明後日《あさって》もう一度寄るから、現物はそのときもらっていくよ」

その場で小切手を書いてわたし、代わりに受領書を受けとった。店を出ようとして立ち止まり、また振り返った。「ちょっと訊きたいんだが、ホッピングを手に入れられるところを知らないか？　小さい女の子への土産物《みやげ》にしたいんだが、どうもこのあたりの店はどこも置いていないようでね」

「申し訳ございませんが、ちょっとわかりかねます」と店員は答えた。「玩具屋さんをすべてあたってみられるなら、そのうちどこかに、とは思いますが」

すでに商店は閉めかけているところが多く、それにタワーズ自身、今夜はもう時間が残されていない。やむなく釣り道具のみを土産物として、すぐにウィリアムズタウンへとって返した。港に着くとまず空母〈シドニー〉に入り、それから潜水艦〈スコーピオン〉に移って、土産物を自室の奥に目立たないように仕舞いこんだ。

二日後、くだんのブレスレットを手に入れてくると、それも潜水艦に持ちこみ、機密書類などを入れておくスチール製の戸棚に仕舞って施錠《せじょう》した。


同じ日、モイラ・デイヴィッドスンは、ヘクター・フレイザーという顔見知りの夫人と道で出会った。モイラが子供のころから知っているその夫人は、銀製のクリーム入れ容器の把手《とって》が壊れたので、宝石店にいってハンダ付けしてもらってきたのだという。夫人はモイラの母の加減を尋ねたあと、不意にこういいだした。

「そうだわモイラ、タワーズ大佐っていうあのアメリカ人の男の人、あなたよく知ってるのよね？」

「ええ、よく知ってるわよ」とモイラは答えた。「ちょっと前に週末にうちに泊まっていった人だもの」

「あの人少し変わってるんじゃない？　まあ、わたしたちから見ればアメリカ人てみんな変わって見えるのかもしれないけどね」

モイラはふっと笑って、「変わってるだなんて、こんな世の中、だれだってちょっとずつおかしくなってるんじゃないかしらね。それで、あの人がどうしたの？」

「タワーズ大佐ったらね、〈シモンズ〉でホッピングを買おうとしたんですってよ」

モイラはすぐにピン、ときた。「ホッピングを？」

「そうよ、よりによって宝石店の〈シモンズ〉でよ。そんなもの売ってるはずないのにね。でも、店に入ってくるなり買ったものは、それはそれはきれいで高価なブレスレットなんですってよ。ひょっとしてモイラ、あなたに贈るつもりなんじゃないかしらね？」

「そんな話は聞いてないわ。あの人らしくない心遣《づか》いね」

「あらあら、あなたってそういう男の心をわかってないのね。きっとある日いきなりさしだして驚かせるつもりよ」

「でもホッピングはどうするつもりなのかしら？」

「それがね、大佐はそうやってブレスレットを買ったあと、店員のトンプスンさんに——髪のきれいな若い男の人なんだけど——ホッピングを買えるところを知らないかって訊いたんですって。小さい女の子にプレゼントするんだといってね」

「でも別に悪いことってわけじゃないでしょ?」モイラは落ちつき払っていい放った。「ちょうどいい年ごろの子供だったら、とてもいいプレゼントになるんじゃないかしら」

「それはそうよ。ただ、潜水艦の艦長さんともあろう人が買うには、ちょっとおかしなものかなというだけでね」

「ひょっとしたら」とモイラはくいさがる。「小さい女の子のいるお金持ちの未亡人と交際しているとかいった事情かもしれないわよ。もしそうなら、ブレスレットは未亡人に、ホッピングはその娘に贈るってことになるでしょ。べつに理屈に合わないことはないと思うけど」

「ええ、そりゃそうよ」とフレイザー夫人はまたいう。「ただ、あの人はあなたに気があるにちがいないというのは、みんなが思ってることよ」

「だから、それがいちばんの思いちがいだというのよ」とモイラは平然といった。「あの人がじゃなくて、わたしが彼に気があるの」そういって背を向けた。「今日は会えてうれしかったわ。母さんにもいっとくわね」


そのあと通りを歩いていくあいだも、モイラの心にはホッピングの件がずっと懸《か》かっていた。その日の午後にはホッピングの市場での出まわりぐあいを調べてみたが、やはり以前より相当落ちこんでいることがわかっただけだった。タワーズが本当にそれを探しているのだとしたら、見つけるのは至難の業《わざ》だろう。

たしかに今はみんなが少しずつおかしくなっている。ピーターとメアリのホームズ夫婦は家庭菜園造りに血道《ちみち》をあげているし、モイラの父親は農場経営に没頭しているし、ジョン・オズボーンはレーシング・カーに夢中だし、ダグラス・フラウドはポートワインの趣味に余念がないし、そしてこんどはドワイト・タワーズまでがホッピング探しにわれを忘れている。あるいはモイラ自身、ほかでもないそのタワーズに熱をあげているといえるかもしれない。とにかくみんなどうかしたかのように、なにかに入れこんでいる――たまたまこんな時代に生きねばならなかったがために。

今こそモイラはタワーズの力になりたいと思う。本当に彼を助けてあげたい――ただしそれは、きわめて注意深くやらねばならないことだともわかっている。その日の夕刻、彼女は自宅に戻ると、すぐに物置に入って、自分が昔使っていたホッピングをとりだしてきた。ハタキで埃《ほこり》を払った。木製の把手は専門の職人に紙やすりをかけワニスを塗りなおしてもらえば、新品同然に見えるだろう――湿気のせいで木に多少黒い染みができてはいるが。しかし金属の部分はというと、相当深く錆が進んでいて、とくに鉄製の踏み板は錆のせいで一ヶ所穴があいてしまっている。ここはどれだけペンキを塗りなおしても、新品同然というわけにはいかない。それに自分の子供時代を思いだしてみても、他人のお古の玩具というのは、もらってもあまりうれしくないかもしれない。だがとにかくタワーズに訊いてみなければ、なんともいえない。

モイラは火曜日の夕方にタワーズと落ちあい、約束どおり映画を観にいった。その前に夕食をともにしているとき、潜水艦の調子はどうかと彼女は水を向けた。

「悪くないね」とタワーズは答えた。「現在ふたつめの電解式酸素再生機をとりつけているところで、その作業が明日の夜までには終わる予定だ。そうしたら木曜日に試験進水する。出発するのは今週末ごろになるだろうな」

「酸素なんとかって、そんなにだいじなもの？」

タワーズはにっこり笑い、「とても長期にわたって海中にもぐっていなきゃならないからね。途中で酸素が切れたら、たいへんなことになる。海面にあがれば放射能があるし、あがらなければ窒息するしかないし」

「そのために予備の機械まで必要になるってこと？」

それにはうなずき、「予備の再生機が手に入ったのは幸運だった。フリーマントルの海軍倉庫に保管されていたのがあったのでね」

その夜のタワーズは、どこかしら心ここにあらずなふうだった。モイラの前ではおよそ陽気にふるまい、やさしく接してくれてもいたが、それでいてなにかほかのことを考えているように見えるときがしばしばあった。食事のあいだにもモイラは彼の関心を自分につなぎとめておこうと何度か試みたが、それすら巧《うま》くいかなかった。映画館に入ってからも、事情は同じだった。いかにも映画を楽しんでいるように見せて、彼女を安心させようとしてはいるようだったが、その演技もわざとらしくうつろに見えた。彼女はそれも仕方のないことと自分にいい聞かせつづけた――それほど重大な任務が控えている人なのだから、と。

映画館を出たあと、二人は人けのない通りを歩いて駅へと向かった。駅が近づいたころ、あるアーケード街への入口の薄暗い一角《いっかく》で足を止めた――落ちついて立ち話ができそうなところだったから。

「ドワイト、ここでちょっといいかしら？　今のうちに訊いておきたいことがあるの」

「いいとも」とタワーズは快《こころよ》く応じた。「なんなりと」

「あなた、なにか心配ごとがあるんじゃない？」

「心配ごとというほどじゃないさ。きみをそんなふうに心配させていたんなら、悪かったよ」

「やっぱり潜水艦のこと？」

「そうじゃない。いっただろ、決して危険なことはないって。あくまで任務のひとつにすぎない」

「じゃひょっとして、ホッピングのことじゃない？」

薄暗いなかで、タワーズは驚き顔で見返した。「そんなこと、だれから聞いた？」

モイラは軽く笑ってみせた。「わたしにはスパイがいるのよ。それで、息子さんへのお土産は見つかった？」

「釣り竿にしたよ」と答えてから少し間を置き、「さぞどうかしてると思っただろうね」

かぶりを振り、「そんなことないわよ。ホッピングは手に入らなかったの？」

「残念ながらね。どこにも在庫がないみたいで」

「でしょうね」一瞬沈黙したのち、「じつはわたし、ひとつ持ってるの。もしよかったらあげるわ。ただとても古いから、金属のところが錆びて穴があいたりしちゃってるけどね。でもまだ乗れると思うわ――いいプレゼントになるかどうかはわからないけど」

タワーズはうなずき、「なんとなくそんな気がしたよ。ありがたいが、それはきみが持ってたらいい。出発するまでにもしまだ時間があったら、また街に出てなにか探すよ」

「ホッピングだって、きっと見つかると思うわ。このメルボルンでだって造ってるところがどこかにあるはずだもの。オーストラリア全体でなら、なおさらあるでしょうし。ただ問題は、出発までにそれを手に入れられるかどうかってことだけでね」

「もう忘れてくれ」とタワーズ。「ついバカなことを考えちまっただけだ。大した問題じゃない」

「だいじなことよ、わたしにとってもね」とモイラはまっすぐ見すえた。「あなたが任務から帰ってくるまでに、きっとひとつ見つけておくわ。ひょっとしたら自分で作っちゃうことになるかもしれないけど、それでもそうしたいの。そんなことまでしてほしくないというかもしれないけど、でもそれもわたしの自由でしょ？」

「その気持ちはほんとにうれしいよ」と細い声が返る。「家内に伝えるよ、きみがホッピングを届けてくれるかもしれない、とね」

「ええ、わたし届けるわ。でももちろん、できればあなたとまた会えたときにわたしたいわね」

「いや、おそらくアメリカまで届けにきてもらうようになるだろう」

「そんなこといわないで。とにかく、あなたと再会できるよう願ってるから」

アーケードの下の暗がりでタワーズは不意にモイラの手をとり、キスしてきた。「これは感謝の徴《しるし》だ」とやさしくいう。「いろいろよくしてもらったことへのね。家内だって妬《ねた》んだりはしないさ。むしろ同じように感謝するはずだ」

第六章

　それから二十五日を経《へ》たのち、アメリカ海軍潜水艦〈スコーピオン〉は最初の目的地に接近していた。南緯三十度付近で潜水を開始してからちょうど十日めだった。ロサンジェルス沖のサンニコラス島に接近を試み、その一方でロサンジェルス自体からは注意深く距離を保つように努めた。未知の機雷原を懸念《けねん》してのことだ。サンタローザ島の沖を通ってロサンジェルスの北のサンタバーバラの沖まで接近し、そこからあとはふたたび北へ針路をとって、本土海岸から三キロほど沖合を潜望鏡深度で潜航した。用心深くモンテレー湾に入り、そこにある漁港を観察した。海岸に生きているものの気配はなく、得るべき情報もほとんどなかった。放射性降下物の濃度は一様《いちよう》に高く、浮上は困難と判断せざるをえなかった。

　サンフランシスコは八キロ離れた金門橋《ゴールデン・ゲート・ブリッジ》の外側から観測するにとどめた。まず目に入ってきたのは、金門橋が崩落している光景だった。橋の南端をささえる支柱が倒壊したのが原因のようだ。金門橋公園周辺の建物群は、核兵器の爆風と火炎による被害をこうむっていた。そこはもはや、とても人が住んでいられる場所には見えない。事実、生存者がいる気配はまったくなかったし、放射性降下物濃度も生命の存続を許さない高さだ。

〈スコーピオン〉はそこの沖合に数時間とどまり、潜望鏡によって写真を撮《と》ったりしながら、できるかぎりの観測をつづけた。そこからハーフムーン・ベイ沖まで南下し、海岸から一キロ程度の距離にまで接近を試みた。一時は浮上までして、拡声器を使って生存者への呼びかけをやってみた。街並はさほど大きく破壊されているわけではなかったが、依然として人間が姿を見せるようなことはない。そこに夕刻までとどまったのち、ふたたび北へ向かった。ポイント・レイズの沖をまわり、三ないし四マイルの距離を保ちつつ海岸沿いに北上した。

赤道を越えて以降は、観測海域に入るたびに一度は海面まで浮上することが習慣化していた。無線アンテナを最高限度まで海上に突きあげることにより、シアトルから発信されるラジオ電波を傍受すべく努めるためだ。北緯五度のところで一度、受信に成功したことがあった。とはいえ、四十分ほどにわたって解読不能な音声が断続的に舞いこんできただけで、そのあと不意に途絶えてしまった。以後ふたたび傍受されることのないままきたが、その夜フォート・ブラッグ沖で浮上したとき、強い北西風と荒い波のなかで、方位探知機の示す方角へアンテナを向けると、またも問題の電波が捕捉された。しかもこのたびはかなりピンポイントに傍受できたようだ。

方角を確認するサンダーストロム無線士官の前で、タワーズは海図表示台を間近から覗きこんだ。

「サンタマリア島か」とタワーズはいった。「やはり、きみのいったとおりだったな」

二人とも、スピーカーから洩れてくる意味不明なノイズに耳を傾けた。

「これは偶然発生した音声のようですね」とサンダーストロムはいった。「人間が信号を打っているわけではないようです。無電について無知な者がでたらめに打ったとしても、こういう音にはなりません。なにかの事情でたまたま発生した音が電波に乗ったものと思われます」

「たしかにそんなふうに聴《き》こえるな」とタワーズは耳をすましながらいった。「だが電波のあるところには必ず電気がある。そして電気のあるところには人間がいるのがつねだ」

「しかし、必ずしもそういいきれますかどうか」とサンダーストロムがいう。

「水力発電が自動作動していればな。それはわかってる。だがそれだって、二年もメンテナンスせずにいればタービンが動かなくなるはずだ」

「それもどうでしょうか。なかには非常に高性能な発電機もありますので」

タワーズは咳払いして、海図へ目を戻した。「夜明けまでにケープ・フラタリーの沖に着くようにしたい。現行の速度でしばらく進み、正午ごろに位置を確認して、そこから速度を調整していく。順調ならば、ふたたび潜望鏡深度まで浮上する。そうすれば、予期せざる障害物に遭遇しても、すぐタンクから排水して上昇できるからな。巧《うま》くすれば、そのままサンタマリア島に接近できる。もちろん無理な場合もありうる。とにかく、接近できた場合のために上陸する準備をしておかねばならない」

「了解しました」とサンダーストロム。「少しのあいだでも艦外に出られるなら、これにまさることはありません」

タワーズはにやりと笑みを見せた。潜航しつづけてこれで十一日めになる。全員いまだ肉体的な健康は保てているものの、ストレスによる精神的ダメージは拒《こば》みようもなかった。

「祈るしかないさ、きっとそうなるようにとな」

「じつは、ひとつ私案があります」とサンダーストロムがいいだした。「もしファンデフカ海峡に安全には侵入できないと見なされた場合には、思いきって陸路を試みる、という案です」そういって海図を引き寄せた。「グレイズ湾に入ることができれば、ホキアムあるいはアバディーンから上陸することが可能だと考えます。そこから陸路を進んで、ブレマートンおよびサンタマリア島に接近します」

「ざっと百五、六十キロもの道のりになるぞ」とタワーズ。

「どこかで自動車を拾えるのではないでしょうか。おそらくガソリンも」

タワーズはかぶりを振った。往復三百キロもの距離を、防護服に身を包んで熱い車のなかに乗りこみ、熱いガソリンで炎熱の大地を走るというのは現実的な手段ではない。

「酸素ボンベは二時間しか保《も》たんぞ。仮に予備のボンベを持っていったとしても、安全とはいいきれない。なんらかの事故で命を落とす危険が大きい。そこまでのリスクを犯す価値があるとは思えん」

そのあとふたたび潜水して予定のコースを進んだのち、四時間後に再浮上した。そのときにはもう電波の捕捉はならなかった。

翌日は、ひたすら北進をつづけた。ほとんど潜望鏡深度での進行ばかりがつづいた。乗組員の士気を維持することが、艦長にとっての重要案件になってきた。密閉空間での監禁状態が精神的ストレスとなってきているのだ。娯楽番組のあるラジオ放送が受信できなくなってひさしいし、スピーカーで流しつづけたレコードの音楽にも、みんなとうに飽《あ》いていた。そんな部下たちに会話の種《たね》を供《きょう》して無聊《ぶりょう》を慰《なぐさ》めるため、潜望鏡を覗きたい者はだれでも自由に覗いてよいとの許可を出した――とはいえ、海上に見える風景はきわめて限定的なものでしかなかった。岩の多い退屈な海岸線がつづく陸地こそが彼らの母国なのであり、ときたまビュイックの駐《と》まったカフェの建物が見えたりしただけでも、だれもが飢《う》えた心を活《い》き返らせるように会話をはずませるのだった。

午前零時ごろ、コロンビア川河口の沖合にくると、慣例によって海面へ浮上した。ベンスン大尉が副長ファレル少佐と当直交代した。ファレル副長は潜望鏡を上昇させて顔の位置で止め、海上突出部をまわしてあたりを観測した。と、不意にベンスン大尉へ顔を向けて、いい放った。

「艦長を呼んでくれ。海岸に光が見える。右舷艦首三十度から四十度の付近だ」

一、二分と経《た》たないうちに関係幹部が潜望鏡のまわりに集まり、交代で覗き見たり海図を検討したりしはじめていた。連絡士官ピーター・ホームズと科学士官ジョン・オズボーンも加わっている。艦長タワーズは、ファレル副長とともに海図に目を凝《こ》らした。

「コロンビア川河口のワシントン州側河岸だな」とタワーズはいった。「イルワコからロングビーチにかけてのあたりだ。オレゴン州側の河岸にはなにも見えない」

彼の背後から、無線士官サンダーストロム大尉が口を出した。「やはり水力発電による光でしょうか」

「おそらくな。あれが本当に電気による光だとすれば、例の電波の説明もつく」オズボーンへ顔を向け、「海岸の放射能レベルはどうだ？」

「三十で、いまだ危険濃度です」とオズボーンが答えた。

タワーズはうなずいた。やはり生命を維持するには高すぎる数値だ、たとえ即死とまではいかないとしても。その状況はここ五、六日ほとんど変わっていない。潜望鏡に近寄るとそれに目をあて、観察しながら考えた。少なくとも夜のあいだは艦を海岸に近づけたくない。

「仕方がない、当面は現状のままで、上陸には向かわないこととする。ベンスン大尉、そのように記録しておけ」

タワーズはベッドに戻った。明日は危険と不安に満ちた日になるだろう。今は眠っておかねばならない。だがその前に、カーテンをしめきった艦長室の奥にある金庫の鍵をあけ、機密書類と一緒にしまっておいたブレスレットをとりだした。それは人工の照明を浴びてきらめいた。シャロンもきっと気に入ってくれるだろう。軍服の胸ポケットにそっと入れると、またベッドに戻った。釣り竿《ざお》に手を添えたまま眠りに落ちた。

夜明け前の午前四時、〈スコーピオン〉はふたたび浮上した。グレイズ湾の北の沖合だ。そこでは陸に光などは見えないが、そもそも町もなく道路すら少ない地域なので、生存者がいないとは、まだいいきれない。潜望鏡深度まで少し沈めてから、また前進した。午前六時、タワーズが制御室に入ってみると、乗組員たちが交代で潜望鏡を覗き、陽光あふれる人けのない海岸を観察していた。タワーズは朝食をすませたあと、海図台の前に立って煙草《たばこ》を喫《す》った。見おろしている海図が示す海域は、彼が昔からよく知りつくしているところだ。ファンデフカ海峡への入口もまた記憶にあるとおりだ。

七時四十五分、ファレル副長がケープ・フラタリー沖に達したと報告した。

「よし」とタワーズは答え、煙草を揉《も》み消した。「接近するぞ。方位七十五度、速度十五ノット」

この三週間で初めて、エンジン音の響きが低く細いうなりに変わった。艦内の静寂が息苦しいまでに強まった。カナダと合衆国の国境をなすファンデフカ海峡を、午前中全部をかけて南東へとくだっていく。潜望鏡での観測と海図との対比で終始方向に注意しつつ、途上で細かく進路を変更していった。海岸線に大きな変化はなかったが、ヴァンクーヴァー島のジョーダン川に近いところで一ヶ所、爆風に見舞われたような焼け野原が残っていた。ヴァレンタイン山の南側の山腹だ。十キロ×八キロほどの広さがあるその一帯は、地表自体はさほど崩れてはいないものの、植物がまったくといっていいほど生えていない。

「これは空中爆発の跡《あと》だな」とタワーズは潜望鏡から振り向いていった。「おそらく誘導ミサイルが一発、ここに撃ちこまれたんだろう」

やがてより人跡の多く残る地域にさしかかると、士官たちが潜望鏡から離れたあと、下級乗組員たちがつねに一人か二人は潜望鏡に近寄り交代で覗き見ていた。昼すぎには艦はポート・タウンズ・エンド沖にいたり、そこから南下してピュージェット湾に入った。ウィドビー島を右舷へ見送りながらさらに進み、午後の早い時間にようやく本土の海岸にたどりついた。エドモンズという小さな町で、シアトルからは北へ二十五キロ離れている。機雷原は巧く回避してくることができた。海岸自体にはまったく戦禍《せんか》が見受けられないが、放射能レベルは依然として高かった。

タワーズは、そうしたようすを潜望鏡から観測した。ガイガー・カウンターの示す数値に誤りはない。どんな生物も、ここでは数日とは生きられないだろう——春の日の光にあふれた風景はあまりにノーマルで、人間が住んでいてもまったくおかしくないように見えるにもかかわらず。建物もところどころで窓ガラスが割れている程度で、ほとんど損傷がない。

タワーズは潜望鏡から振り向くと指示した。「速度を十から七ノットに落とし、もっと海岸に近づけろ。埠頭《ふとう》の沖に停泊させて、拡声器でしばらく呼びかけるんだ」

そのあと操舵《そうだ》の指揮をファレル副長にまかせ、自分は拡声器担当の乗組員に準備しておくよう指示した。ファレルは艦を浮上させ、その地点に停止させた。埠頭からわずか百ヤードのところにとどまり、観察を継続した。

ファレルの後ろからモーティマー先任伍長が彼の肩に手を触れ、いった。「副長、スウェインが外を見たいといっていますが。ここが彼の生まれ故郷ですので」一級事務下士官ラルフ・スウェインはレーダー操作担当の乗組員だ。

「もちろんだ、見るがいい」とファレルは答え、潜望鏡のそばからどいた。

代わってラルフ・スウェインが近寄り、潜望鏡を覗いた。しばらく海岸を眺めていたが、やがてつぶやきはじめた。「ケン・パグリアのドラッグストアが店をあけているようだな。入口のドアがあいているし、ブラインドもあがってる。だがネオンが点《つ》いたままだ。昼間にあんなふうにしておくのはケンらしくないな」

先任伍長が問いかけた。「人がいる気配はないか？」

スウェインはまた潜望鏡に目をあて、「いいえ、人影は見えません――ああ、サリヴァン婆さんの家の二階の窓が割れてるな」

そのあと三、四分も見つづけていたが、そのうちにファレル副長が肩に手を触れ、潜望鏡を代わらせた。スウェインはうしろへさがった。

先任伍長が声をかけた。「ラルフ、実家は見えたか？」

「いいえ、やはり海からでは見えませんでした。セイフウェイの向こうのレニエ通りなんですが」立ち止まり、悔《くや》しそうに答える。「でも、街はなにも変わっていないように見えました。まるで昔と同じで」

ベンスン大尉は拡声器のマイクロフォンを手に、海岸に向かって呼びかけはじめた。「こちらアメリカ海軍潜水艦〈スコーピオン〉、エドモンズ市民のみなさんへ！　アメリカ海軍〈スコーピオン〉よりエドモンズのみなさんへ！　もし聴こえている方がいたら、海岸まで出てきてください！　大通りの端の埠頭まで！　アメリカ潜水艦よりエドモンズのみなさんへ！」

スウェインは制御室を出ていった。タワーズがまた潜望鏡に戻り、観測を交代した。街は海岸からゆるやかな斜面をなしているので、通りも家々もかなりよく見わたせる。いっとき潜望鏡から目を離した。

「海岸はほとんど破壊されていないようだな」とタワーズはいった。「当然ボーイング社が標的にされただろうから、もっとひどい状態になっていてもおかしくないはずだが」

「この地域は、防衛力が相当に強化されていましたから」とファレル副長。「誘導ミサイルも、すべて撃墜されたんじゃないでしょうか」

「かもしれん。だがここを通過してサンフランシスコに向かったミサイルもあるんじゃないか？」

「それはどうでしょうか。ファンデフカ海峡から空中爆発の痕跡が見られましたから」

タワーズはうなずき、「とにかく、ドラッグストアのネオンサインが点灯しているのが気になるな。ここではもうしばらく呼びかけをつづけねばならん——あと三十分ぐらいは」

「了解しました」

タワーズが離れると、代わってまたファレルが潜望鏡を覗いた。そして艦の位置をさだめるべく、乗組員に指示を出した。ベンスン大尉は依然拡声器で呼びかけをつづけている。タワーズは煙草に火を点け、海図台に背をもたせかけた。すぐにまた火を揉み消し、時計を見やった。

艦首方向から鉄のハッチがあけられる音が聞こえた。つづいてすぐ別のハッチがあく音。足音がそこを抜けて甲板《かんぱん》へとあがっていく。つぎには通路を走ってくる足音が響いたと思うと、ハーシュ大尉が制御室に駆けこんできた。「スウェインがいつのまにか緊急避難口から出て、甲板へあがっていきました！」

タワーズは思わず唇《くちびる》を嚙《か》んだ。「緊急避難口はしめきっておいたはずじゃないのか？」

「はい、わたしがそれを確認したんですが」とハーシュ。

タワーズはモーティマー先任伍長に向かい、「艦首および艦尾の両緊急避難口に見張りをつけろ」モーティマーが飛びだしていくと、つぎはファレル副長に、「スウェインがなにをしているのか、潜望鏡から見えないか？」

ファレルは潜望鏡を目いっぱい降下させ、甲板上を眺めわたした。

タワーズはハーシュにどなった。「どうしてだれも止めなかった？」

「あまりにすばやかったものですから」とハーシュが返す。「スウェインは艦尾のほうからきて坐《すわ》りこむと、独《ひと》りで爪を嚙んでいるようでした。でもだれも彼に注意を払いませんでした。わたし自身、彼が外に出るところは見ていませんでした、艦首魚雷室に入っていましたので。ようやくみんながおかしいと気づいたときには、彼はすでに緊急避難口の気密室に入って内扉を閉じていました。そうなってはもう、あとを追おうとする者はだれもいませんでした」

タワーズはうなずき、「なるほど、無理に内扉を破って気密室に入ったとしても、外扉が閉じられていたらあとの祭りだからな」

潜望鏡のところからファレル副長が叫んだ。「スウェインが見えました、埠頭へ向かって泳いでいます！」

潜望鏡を覗いたタワーズは、甲板すれすれの角度からスウェインの姿を目にとめた。拡声器のマイクを持つベンスンへただちに指示を告げた。ベンスンは拡声器の音量をあげ、呼ばわった。「スウェイン、聞こえるか！」すると波間に見える人影が止まり、立ち泳ぎに換えた。「艦長からの命令だ、ただちに帰艦しろ！　今すぐ戻れば放射能洗浄に間に合う。ただちに帰艦せよ！」

海図台の上方についている集音スピーカーから、みんなに聞こえる声で返事が返った。「おれにかまわずさっさといけ！」

タワーズはつい苦笑を洩らさずにはいられなかった。もう一度潜望鏡を覗くと、泳ぎを再開したスウェインが早くも海岸にたどりついたのが見えた。岸壁の梯子《はしご》を登り、ついに埠頭の上に立った。

「やつめ、やってくれたな」とタワーズはつぶやき、オズボーン科学士官へと振り向いた。「あの状況でどれくらい体が保《も》つ？」

「しばらくはなにも感じないでしょうが」とオズボーンが答える。「明日の夜には嘔吐《おうと》がはじまるでしょう。そのあとはもう——だれもが予想するとおりになります。多少の個人差はあると思いますが」

「短ければ三日、長くて一週間か？」

「その程度だと思います。一週間以上ということはないでしょう、この放射能レベルだと」

「仮に彼が帰艦した場合、安全な状態に戻せるのはいつまでが限度だ？」

「経験がないことなのでなんともいえませんが、少なくとも、数時間の被曝《ひばく》を経たのちには、排出される体液などはすべて放射能に汚染されていると考えねばなりません。その際彼が艦内で深刻な症状に陥《おちい》った場合、同乗している者の安全はまったく保証できません」

タワーズは潜望鏡の角度をややあげて目をあてた。スウェインが濡れそぼった姿のまま、埠頭の向こうの通りを歩いていくのがまだ見えている。ほどなくドラッグストアの入店口の前で足を止め、なかを覗きこんだ。すぐまた歩きだしたと思うと角《かど》を曲がり、それきり見えなくなった。

「もう戻ってくる意志はないようだな」とタワーズはいい、潜望鏡を副長に譲《ゆず》った。「拡声器での呼びかけはもういい。湾の中央部に位置するサンタマリア島をめざしていくぞ。時速十ノットだ」

潜水艦内を静寂が支配した。ときおりそれを破るのは、操舵の指示の声とタービンの低いうなり、そして断続的なエンジン音の響きのみだ。タワーズは重い足どりで艦長室へと戻った。あとについてくるピーター・ホームズがいった。「本当につれ戻さなくてもよろしいので？自分が防護服を着て上陸してもかまいませんが」

タワーズは彼へ視線を投げた。「その申し出は勇敢だが、少佐、認めるわけにはいかない。わたしもそれは考えた、士官一名下級乗組員二名程度で上陸してつれ戻してはどうかとね。だが、つれ戻すにはまず彼を探さねばならない。それにはあと四、五時間も艦をここにとどめおかねばならないだろう。それにもし首尾よくつれ帰れたとしても、そのときには乗組員全員の安全が保証できなくなるのだ。彼が食べるものも飲む水も、すべてが汚染されずにはいないのだから……」やや間を置いてから、「もうひとつ考えねばならないことがある。この任務において、われわれはあと二十七日ないし二十八日におよんで海中生活をつづけることになるが、そのせいだけでも終盤には一部の乗組員に深刻な健康被害が出るだろう。そのときスウェイン一人のために四、五時間の航海延長をしたことがどう影響してくるか、考えないわけにはいかない」

「申し訳ありません、艦長」とホームズはようやくいった。「つい、なんとかしてやれないものかと思ったものですから」

「その気持ちはよくわかる。今夜じゅうかあるいはそれすぎに——おそらくは明日の明け方ごろには——ふたたびここを通って帰航の途《と》につくことになるから、そのときもう一度艦を止めて、スウェインを呼んでみよう」

やがてまたタワーズは制御室に戻った。副長とともに潜望鏡のそばに立ち、交代で艦外を観測した。ワシントン湖運河の入口に艦を近づけ、そこの海岸を観察した。フォート・ロートンに接近して、そこの市街地中心部にほど近いエリオット湾に入り、海軍船渠《せんきょ》に入ったり商用船渠に入ったりした。

フォート・ロートン市街も被害をこうむっていないようだ。海軍船渠には掃海艇《そうかい》が一隻置き去りにされ、商用船渠には五、六隻の貨物船が停泊したままになっていた。海底の障害物を恐れ、あまり近づきすぎないようにした。これまで潜望鏡で見たかぎりでは、市街には依然として異状は認められない——当然ながら市民が一人も見えないことを除けば。だがここでも多くのネオンサインや街灯が点《とも》ったままになっていた。

ファレル副長が潜望鏡を覗きながらいった。「このあたりは地勢的にも防衛に非常に適していたようですね。オリンピック半島が西へ百五十キロ以上にもおよんで長くのびていますし」

「そうだ」とタワーズ。「それにここには迎撃のための誘導ミサイルが多数配備され、敵の攻撃を遮断した」

だがこれ以上とどまっても成果はないと判断し、すぐエリオット湾を出て、ふたたびサンタマリア島をめざし南西へ向かった。すでにその島に立つ巨大な無線電波用アンテナ塔が遠目《とおめ》に見えている。タワーズは無線士官サンダーストロムを艦長室に呼んだ。

「上陸の準備はできたか？」

「準備完了しました」とサンダーストロムが答える。「すでにこのように防護服も着用しました」

「よし。きみの任務は、出発前にすでに半分終わっているも同然だ。というのは、ここには電力がまだ残っていることが、もうわかっているからだ。それに、生命のあるものが残存していないことも、ほぼ確実となっている。ただ、まだ確信にはいたっていないため、それを見きわめてもらいたい。あとは、問題の無線電波の発信がなにかの偶発事であることをたしかめてくれればいい。それらさえ確認できれば、わが〈スコーピオン〉をこれ以上危険にさらしつづける必要はなくなる——もちろん、きみの生命もだ。わかったな?」

「了解しました」

「よし。それからあとひとついっておく。きみの背負っていく酸素ボンベには、二時間分の酸素しか入っていない。したがって、遅くとも一時間半以内には帰艦すること——むろんその間《かん》に被曝してはならない。時計は持たないでいく。時間はこちらで管理し、十五分ごとにサイレンを鳴らす。上陸後十五分経過したら一度鳴らし、三十分すぎたら二度鳴らし、以降順次鳴らす回数を増やしていく。サイレンが四度立てつづけに鳴らされるのを聴いたら、どんな重要な作業の最中であろうとも、すぐ撤収にかかること。五度鳴らされた時点では、すでにその撤収も完了し帰艦の途についていなければならない。六度鳴らされたときにはもう緊急避難口の気密室に入り、放射能洗浄を受けているように。以上もいいな?」

「すべて了解です」とサンダーストロム。

「よし。くどいようだが、わたし自身はこの任務を今危険を冒してまでどうしても完了させる必要はないと考えている。なによりもきみが無事に帰艦することが第一だ。本音をいえば、こんなことのためにきみを外へ送りだしたくなどない——ほとんどのことは、すでにおよそ把握できているんだからな。だがだれかを実地に上陸させて調査させると、司令官に約束してしまった。だからといって、それだけのために乗組員の命を危険にさらすことは、わたしの本意じゃない。だから、もしあの無線電波の発信源をつきとめることができなかったとしても、サンダーストロム、きみにはあくまで自分の無事な帰艦を優先してほしい。唯一、リスクを冒してでも調査を優先させることを正当化できる場合があるとしたら、それは現地のどこかに生存者の存在を認めたときのみだ」

「承知しました」

「土産物《みやげ》などは一切要《い》らない。持ち帰ってほしいものは、ただきみの無事な体だけだ」

「了解しました」

タワーズは制御室に戻り、サンダーストロムは離艦の準備に向かった。〈スコーピオン〉は春の午後の明るい日差しの下で、海面のすぐ下をゆっくりとした速度でサンタマリア島をめざしていく――なにかしら障害物に遭遇したらただちに停止し、バラストを排水して浮上できるように。用心深く進みつづけたすえに、ようやくサンタマリア島の埠頭の沖の深度約六尋《ひろ》の海中にいたったのは午後五時ごろだった。

タワーズは艦橋《かんきょう》へと向かった。サンダーストロムは防護服に身を包んだうえに、すでにヘルメットをかぶり酸素ボンベも背負った姿で、煙草を喫っているところだった。

「着いたぞ」と声をかけた。「離艦のときだ」

サンダーストロムは煙草を揉み消して立ちあがり、二、三人の乗組員たちにヘルメットの位置をなおしてもらったり、酸素ボンベの背負い具を確認してもらったりした。そうしながら自身は気圧計を見ながら酸素を吸うテストをして、親指を突きあげた。そして緊急避難口の気密室に入り、内扉を閉じた。

外扉をあけて甲板に出ると、日差しのなかで背筋をのばし、深呼吸をした。それから艦橋についている格納庫の蓋《ふた》をあけ、折りたたみ式の小型ゴムボートをとりだした。ビニールの包みを剝《は》いでボート本体を広げると、空気ボンベのレバーをまわして空気を注入し、ふくらませた。そしてロープを結びつけ、水面におろした。櫂《かい》を持ち、ボートを艦尾方向へ引いていって、艦橋わきの昇降梯子の位置までくると、そこをおりてボートに乗りこんだ。潜水艦を突き、海上を離れていった。

一本だけの櫂でぎごちなく漕《こ》ぎ、十分ほどで埠頭にたどりついた。ロープでゴムボートを繫《けい》留《りゅう》し、そこについている梯子を昇って埠頭にあがった。海岸のほうへ歩いていこうとしたところで、潜水艦が一度だけサイレンを鳴らしたのが聞こえた。サンダーストロムはそちらへ振返って、手を振ってやってから、また歩きを再開した。

ひと群れの灰色の建物が並ぶ一画《いっかく》にさしかかった。なにかの倉庫群のようだ。外壁の一端《いったん》に防水式の接続スイッチが見えた。近づいてスイッチを入れてみると、頭上あたりについている壁の照明が点灯した。それをまた消してから、先へ進んだ。

道を挟《はさ》んだ向かいに、トイレらしい建物があった。一瞬ためらったのち、近寄っていってなかを覗きこんだ。個室のひとつから半ばはみでるような形で、カーキ色のギャバジン地の作業着姿の死体が横たわっていた。すでに相当腐乱が進んでいた。予想していたとはいえ、気を滅《め》入《い》らせる光景だ。すぐその場を離れ、道路をさらに歩いていった。

右手に見えてきた建物群のひとつに、問題の通信教練所があった。そこにその施設があることはあらかじめわかっていたが、いま見るべきはその建物自体ではない。左手に教練所本部があり、その付近のどこかに問題の発信施設があるにちがいなかった。

教練所本部の建物に入っていき、奥へ半ばまで進んで止まると、そこに並ぶドアにひとつずつ手をかけていった。どれもロックされていて、あけることができたのはトイレのふたつのドアだけだった。だがもうトイレにはあえて踏みこまなかった。

本部の建物を出て、あたりを探した。変圧施設があり、多くの電線や絶縁体が目を惹《ひ》いた。外へのびている電線をたどっていくと、事務所ふうの二階建ての木造の建物に通じていた。そこに近寄っていくと、なにかの機械らしい低い電動音がどこか近くから聞こえてきた。と同時に、潜水艦のサイレンがこんどは二度立てつづけに鳴った。

それがやむと、耳に入ってくるのはまたあのかすかな電動音となった。それが聞こえてくるほうへと進んでいくと、出くわしたのは発電施設らしい建物だった。そこでは変換機のひとつが作動しつづけていた。あまり大きいものではなく、五十キロワット程度の規模と思われた。操作盤についている計器類はどれも針が止まったきりだったが、唯一温度計だけが赤色の危険ゾーンをさし示していた。例の低い電動音のなかに、かすかながらも耳障《ざわ》りな擦過《さっか》音のようなノイズが混じっていて、この変換機の寿命がそう長くはないであろうことを予想させた。

発電施設を出て、先ほどの事務所棟《とう》に入った。そこの部屋べやのドアはどれもロックされていなくて、なかには開いているものもあった。一階の部屋は管理室のようで、書類や無線の電文テープが床に散乱している——風に荒らされた落ち葉のように。ある部屋では張出窓《はりだし》がひとつそっくりなくなっていて、そこから吹きこんだらしい風雨による被害が見てとれた。サンダーストロムは部屋のなかに踏みこみ、壊れた窓から外を見やった。窓枠が下の地面に落ちていた。蝶番《ちょうつがい》からもげているようだ。

二階にあがってみると、そこに主通信室があった。机がふたつあり、それぞれの前に無線通信機が据え置かれている。

通信機のひとつは停止したきりで、作動したようすはまったくない。もうひとつは張出窓のわきに置かれているが、その窓も蝶番から壊れ去っていて、張出部分が窓枠ごと机の上に落ちている。その窓枠の一端が外に突きだし、微風にかすかに揺れている。そして窓枠の上端の角《かど》のひとつが、机の上に転がっているコーラの空《あ》き瓶の胴に乗っていた。さらには通信機の打電キーの上に窓枠が不安定に乗る形になっていて、微風で窓枠が揺れると、この打電キーもかすかに動くようになっているのだった。

サンダーストロムは手袋をはめた手をのばし、窓枠に触れてみた。窓枠が動くとともに打電キーも動かされ、それによって通信機の電流計の針がわずかに上へ動いた。窓枠を打電キーから離してやると、針は下へ戻った。これにより、〈スコーピオン〉に課されていた任務のひとつが完了したことになる。これをたしかめるために、一万五千キロもの道のりを旅してきたのだ——地球の反対側のオーストラリアであれほど関心を呼び、議論の的《まと》となっていた謎が解けたのだ。

窓の張出部を机の上からどかし、床にそっと置いた。木製の張出部自体はさほど損傷してはおらず、多少修繕すればふたたび窓にとりつけることもむずかしくなさそうに見える。サンダーストロムは机の前の椅子に腰をおろすと、打電キーにより英語で無線送信をはじめた。

「こちらサンタマリア島。USS〈スコーピオン〉より報告。生存者なし。これより撤収」この電文をくりかえし発信した。そうしている最中に、サイレンが三度鳴った。

通信機に向かっているあいだ、機械が電文を打つようすには、半ばしか意識を向けていなかった――それがオーストラリアの軍本部で傍受されていることはほぼ確実だから。目はもっぱら室内を見まわしていた。アメリカ産の煙草のカートンがひとつ目に入った――ふた箱抜かれただけのものが。欲しい品だが、しかし艦長の命令は絶対だ。中身の入ったコーラも一、二本ある。窓の桟《さん》に〈サタデー・イヴニング・ポスト〉誌がひと山、積み置かれている。

二十分あまりも打電しつづけて、ようやくきりあげた。最後の三回にはこうつけ加えた。

「サンダーストロム大尉発信。艦上異状なし。アラスカへ北進予定」そして締めくくりに、「これより撤収。通信閉鎖」

打電キーからようやく手を離し、どっと椅子の背にもたれかかった。これらの真空管も回路も計器も、それから外の変換機も、みんなよくやってくれた。二年近くもメンテナンスや部品交換をせずにいながら、依然これほどよく機能するとは！　立ちあがって、機械をもう一度見なおしてから、三つのスイッチをオフにした。奥へいって操作盤の蓋をあけ、この真空管を作った技術者の名前が記されていないか探した。その人に感謝状を贈りたいほどだ。ついまた、ラッキー・ストライクのカートンに目がいってしまった。だが艦長のいったことは正しい——当然のことだが。この煙草はとうに放射能に汚染されており、吸えば死に直結する。やむなく置き去りにして、階下に戻った。外へ出て、発電施設に近づく。変換機が依然として作動しつづけているのをたしかめつつ、操作盤を入念に見きわめ、ふたつのスイッチを切った。電動音が徐々に弱まっていく。立ちつくして見守るうちに、やがて音は完全にやんだ。たしかによく保《も》ってくれたものだ。機構を点検整備すれば、ふたたび完璧なものとして使えるだろう。壊れるまで動きつづけるままにしておくのは、なぜか心情的に忍びなかった。

その場にとどまっているあいだに、四回サイレンが鳴った。すでに任務は終わっているが、約束の刻限まではまだ十五分ある。見ておきたいものがまだいたるところにあるが、それらのどれひとつとして持ち帰ることはできない。人が住んでいたところにいけば、あのトイレで見かけたのと同じような死体がそこらじゅうに転がっているはずだ。もうそれらを目にしたくはない。事務所棟の部屋のドアを蹴破ってでもなかに入れば、オーストラリアの歴史学者たちを喜ばせそうな資料があれこれ見つかるかもしれない。だがそれらのなかからどれがいちばんいいか選ぶのは無理だし、だいいちなにを持ち帰ることも艦長から禁じられているのだ。

事務所棟へと戻り、またあの主通信室への階段をあがっていった。あと数分だけだが、自分が自由に使える時間が残っている。まっすぐに〈サタデー・イヴニング・ポスト〉の山へ近づいた。予想どおり、その雑誌には開戦前に〈スコーピオン〉が真珠湾を出港したあとに発行された号が三冊あった。当然サンダーストロムが見たことのない号だし、乗組員のだれも目にしたことのない誌面であるはずだ。それらをすばやくめくってみた。連載小説『淑女と木こり』

の最終回を含む最後の三回が載っていた。その場に腰をおろし、読みはじめた。

連載の第一回を半ばまで読み進んだころ、サイレンが五回鳴って、はたとわれに返らせた。もういかなければならない。一瞬ためらったのち、三冊の雑誌を丸めて小脇にかかえた。ゴムボートと防護服は当然放射能に汚れているので、帰艦後も潜水艦の外殻《がいかく》についている格納庫に収容し、海水で洗浄しなければならない。だから空気を抜いたゴムボートのなかにつっこんでおけば、これらの雑誌もひそかに生きのびられるはずだ。あとは安全な南半球まで達したところで、放射能を完全に落として乾かせば、また読めるようになるだろう。部屋を出て、注意深くドアをしめ、埠頭へ戻っていった。

埠頭から少し離れたところに、士官営舎《えいしゃ》らしい建物があった。上陸したときには気がつかなかったが、今は奇妙に惹かれるものを感じて、五十メートルほどの距離を、そちらへ向かっていった。建物から広いベランダがせりだしていた。眺めがよさそうだ。そこでパーティーかなにかをやっているらしいのが目に入った。カーキ色の作業着姿の男五人が、女二人とテーブルを囲み、デッキ・チェアにくつろいでいる。女物の夏服が、弱い風にはためいている。テーブルにはハイボールと古い型のグラス。

一瞬目をまどわされ、すたすたと近寄っていった。が、すぐぞっとして足を止めた。このパーティーは一年以上もつづいているのだ。たじろぎ、背を向け、急いで埠頭へとって返した。今はもう早く潜水艦に帰りたいだけだ——仲間がいて安全がある、ぬくもりに満ちたあの空間へと。

ようやく〈スコーピオン〉の甲板に帰ると、ゴムボートの空気を抜き、格納庫に仕舞った――例の雑誌をなかに包みこんだまま。それから急いでヘルメットと防護服を脱ぎ、それらも一緒に仕舞って蓋をしめた。緊急避難口の気密室に入り、シャワーの栓《せん》をひねった。五分後には、いつもとおり湿度が高く窮屈な感じの艦内に立ち戻っていた。

避難口の戸口で待ちかまえていた科学士官ジョン・オズボーンが、サンダーストロム大尉の全身をガイガー・カウンターで検査し、清浄と認めて内部に入れた。その一分後、艦長室にいるタワーズの前に、バスタオルを腰に巻いただけの姿のサンダーストロムが早くも報告に訪れた。副長および連絡士官ピーター・ホームズも艦長のわきに立ってそれを迎えた。

「きみからの打電は聞こえたよ」とタワーズはいった。「オーストラリアでも首尾よく傍受できたかどうかは、まだわからんが――向こうも日中だから大丈夫だろう。午前十一時ごろのはずだからな。どう思うね？」

「おそらく受信できたと思います」サンダーストロムは答えた。「オーストラリアは現在秋で、雷雨などがじゃまになる可能性も少ない時期ですので」

タワーズはサンダーストロムに着替えをさせるためにその場から去らせ、副長へ顔を向けた。「今夜はここにとどまろう。もう七時だ、機雷原のあたりにさしかかるころには暗くなってしまうだろうからな」暗いファンデフカ海峡の機雷原を、頼れる明かりのないまま通り抜けるリスクは冒せない。「ここなら潮に流されることもないしな。日の出は〇四一五ごろ――グリニッジ時のちょうど正午ごろだ。出発はそのあたりにしよう」

かくて〈スコーピオン〉は、サンタマリア島の静かな港湾内で一夜をすごした。海岸に点《とも》る明かりを潜望鏡で観測しつづけた。夜明けとともに、ついに帰途についた。が、まもなく泥土の暗礁《あんしょう》に乗りあげてしまった。数時間のうちに潮《しお》が引き、海面が低くなったためだ。しかし海図からすれば、艦底の下にまだ相当量の水深があるはずだったのだが。軍の測地局を恨《うら》みつつも、やむなくバラストを排水して浮上を試みた。排水に伴って艦内の気圧がさがり、耳がじんじん痛む。二度三度とくりかえすが、なかなか泥土から離れられない。いらだちつつも、仕方なく潮が満ちてくるのを静かに待つことにした。午前九時、ようやく暗礁を脱して海流に乗り、外洋をめざして北へと漕ぎだした。

二十分後、潜望鏡を覗いていたハーシュ大尉が不意に声をあげた。「前方にボート一艘《そう》発見！」

ただちにファレル副長が観測を代わり、ひと目見てすぐどなった。「艦長を呼べ！」そしてタワーズが駆けつけると、彼に告げた。「船外モーター・ボートのようです。三マイルほど先です。一人乗っています」

「生きてるのか？」とタワーズ。

「そのようです。モーターが動いていますので」

タワーズは潜望鏡に目をあて、しばらく見入った。そして顔を離し、静かにいった。「どうやらラルフ・スウェインらしいな。釣りをしているところのようだ。どこかで船外機とガソリンを手に入れて、魚を漁《と》りに出かけてきたんだろう」

ファレルが驚きの表情を返した。「どういたしましょう？」

タワーズは一瞬考えてから、「艦を近づけて止めろ。わたしがじかに話す」

艦内を沈黙が支配した。それを破ったのは、副長の指示の声だ。まもなく艦は停止し、目標物に接近したとの声が返った。タワーズは拡声器のマイクロフォンをつかむと、その線をのばしながら潜望鏡のところに戻った。そして呼びかけはじめた。

「こちら艦長のタワーズだ。おはよう、ラルフ。調子はどうだ？」

艦内スピーカーから返事の声が届いた。「元気でやっています」

「魚は釣れたか？」

スウェインは鮭《さけ》を一尾さしあげてみせた。「まだこれだけです。ちょっと待ってください、釣り糸がそちらの艦と交差しそうなので」

タワーズはにやりと笑って、つぶやいた。「やつめ、糸を巻き戻しはじめたな」

ファレル副長が口を出した。「もう少し接近しますか？」

「いや、止めたままでいい。もうすぐ巻き終わるところだ」

待つうちにスウェインは釣り糸を回収し終え、やがていった。「艦長、さぞお怒りでしょうね、勝手に艦を離れてしまって」

「そのことはもういい」とタワーズは返した。「気持ちはわからんでもないからな。とはいえ、きみをふたたび乗艦させるわけにはいかん。わたしには乗組員の安全を守る責任があるからな」

「承知しています。今の自分は放射能に汚れていますから。しかも、汚れはどんどんひどくなっていくでしょう」

「体はどんなぐあいだ？」

「今のところは大丈夫です。すみませんが、オズボーン科学士官に尋ねていただけませんか、この先どのぐらい保《も》つだろうかと」

「一日か二日は変わりないだろうと、オズボーンはいっていた。だがそのあとすぐ症状が訪れるそうだ」

スウェインはやや間を置いてから、「よく晴れて、最後の日には幸いでした。雨にでも降られたら最悪でしたが」

タワーズは笑った。「きみの行ないがよかったんだろう。ところで、街のようすはどんなふうだ？」

「みんな死んでいます――予想どおりです。家に帰ってみたら、両親ともベッドで死んでいました。なにかの薬を服《の》んだようです。娘も探しましたが、結果は同じでした。見るべきじゃありませんでした。犬も猫も鳥も、そのほかどんな生き物もすべて死んでいます。しかしそれを別にすれば、街の状態は以前とほとんど変わっていません。艦を離れたことは悪かったと思っていますが――しかし家に帰れて、自分としてはよかったです」また間を置いたのち、「家から自分の車とガソリンを持ちだしましてね。このモーター・ボートも釣り道具も自分のですよ。

こんなに天気のいい日だから、こうやってすごすのがいいと思って――せっかく故郷に帰ってきたんですから。オーストラリアの九月よりもずっといいですよ」

「なるほど、わかるような気がするよ」とタワーズ。「今なにか欲しいものはあるか？　あればいまのうちに甲板に出してやるがね。わたしたちはこれから帰るところで、もう二度とは戻ってこないつもりだから」

「自決用の薬はありませんか――いざというとき自分で始末をつけるための？　シアン化合物とか」

「そういうものは持ちあわせていないんだ。だが、もしどうしてもというなら、オートマティックのピストルを一挺《ちょう》、甲板に置いてやろうか？」

スウェインはかぶりを振った。「拳銃なら自分のがあります。薬は街の薬局で探すことにします、これから陸《おか》に戻るので。なにかちょうどいいものがあるかもしれません。でもたしかに、銃を使うのがいちばんでしょうが」

「ほかに要るものはないか？」とタワーズ。

「お気持ちはありがたいですが、ひととおりなんでもあるので、不自由はありません。しかもなんでもタダですし。ひとつだけお願いを――乗組員のみんなによろしく伝えてください」

「わかった、よく伝えておこう。もういかなきゃならん。いい釣りを楽しめよ」

「ありがとうございます、艦長。あなたの下で、ずっと気持ちよく働けました。勝手をしてほんとに申し訳ありません」

「もういい。それより、これから艦のスクリューがまわりだすから、巻きこまれないように気をつけろよ」タワーズはそういってから副長に向かい、「ファレル、指示を頼む。出発だ。十ノットで前進せよ」


その夕刻、自宅にいるモイラ・デイヴィッドスンのところにメアリ・ホームズから電話があった。晩《おそ》い秋の雨模様の夕方で、ハーカウェイのモイラの家のまわりでも秋風が吹いていた。

「モイラ、調査隊から無電があったんですってよ」とメアリがいった。「みんな無事ですって」

モイラは予想外の知らせに思わず声をあげた。「無電なんて、よく届いたわね！」

「ピータースン中佐がうちに電話をくれたの」とメアリ。「例の謎の電波を出していた機械を見つけたので、サンダーストロム大尉がそれを使って連絡してきたんですって。みんな元気でいると伝えてきたそうよ。すごい知らせじゃない？」

あまりにも突然の安堵のあまり、モイラは一瞬気が遠くなりそうなほどだった。「ほんとによかったわ！　それで、こっちからも向こうに連絡できるの？」

「それは無理みたい。その無線機はもうオフにするといってたそうよ。まわりではもうだれも生きちゃいないんですって」

「やっぱりそう……」モイラは言葉を失った。「じゃ、帰りを待つしかないのね」

「連絡できるなら伝えたいことでもあったの？」とメアリ。

「大したことじゃないけど、できればドワイトに伝えたいと……でもいいわ、帰ってきてからでも」

「モイラ、あなたまさか……？」

「いいえ、そんなんじゃないわよ」

「ほんとに大丈夫なの？」

「大丈夫よ、五分前よりずっと元気が出てきたくらいで。それより、お宅はどう？　ジェニファーは変わりない？」

「あの子も元気よ。もちろんわたしもね。一日じゅう雨降りなのがうっとうしいだけ。モイラ、たまにはうちにこない？　この前会ってからもうずいぶん経つじゃない」

「近いうちに寄せてもらうわよ」とモイラはいった。「仕事が跳《は》ねてから夕方いって、ひと晩泊めてもらおうかな」

「それはうれしいわ、是非そうして！」


二日後の夕方、モイラは電車でフォールマスの駅にやってきた。霧雨のなか、駅から二マイルのゆるい坂道を歩いた。小ぢんまりとしたホームズ宅に着くと、居間の暖炉に赤々と火を焚《た》いているメアリが歓迎してくれた。モイラは内履《うちば》きに履き替え、メアリが幼い娘を風呂に入れたり寝かせつけたりするのを手伝ってやった。それから夕食をともにし、そのあとは居間の暖炉の前の床に腰をおろしてくつろいだ。

モイラが口火を切った。「ご主人たち、いつ戻ると思う？」

「帰れるのは六月の十四日ごろになるだろうって、ピーターはいってたわ」とメアリが答えて、後ろの机の上のカレンダーに手をやった。「あと三週間とちょっとね。暦《こよみ》に毎日ずっと×印をつけてるの」

「ほんとにそのころに間に合うといいんだけどね——どこから無電をよこしたのかわからないけど」

「そうね。ピータースン中佐に訊《き》けばよかったわね、無電を打ったのはどこからなのか。明日、中佐に電話しても大丈夫かしらね？」

「べつにかまわないでしょ」とモイラ。

「そうね、そうするわ。ピーターはこれが海軍で最後の仕事になるだろうといってたから、帰ってきたらきっと軍を辞《や》めることになると思うの。だから六月か七月までに辞められたら、一家で休暇旅行にでも出かけたいと思ってるのよ。冬になっちゃうと、このあたりって気候がきびしいでしょ。雨と風ばかりになるんだもの」

モイラは煙草に火を点けた。「それで、どこにいくの？」

「どこか暖かいところがいいわね」とメアリ。「クイーンズランドあたりとか。でも自家用車がないから退屈しちゃうかもしれない。列車でいかなきゃならないんだもの、ジェニファーもつれて」

モイラは長い煙を吐きだした。「クイーンズランドね——安全だといいけど」

「放射能のこと？　まだずいぶん離れてるでしょ」

「メアリバラのあたりまできてると聞いたわ。ブリスベンのすぐ北よ」

「でもクイーンズランドなら、いけるところはほかにもたくさんあるでしょ——どうしてもメアリバラに近いところじゃなくてもね」

「それはそうだけど、でも放射能がどんどん南へくだってきてるのはまちがいないのよ」

メアリは急に真顔《まがお》で向きなおり、「それじゃ、いつかここにも必ずくると思う?」

「ええ、思うわ」

「そしてみんなそのせいで死ぬってこと? 男の人たちがいってるとおりに?」

「そうなるでしょうね」

メアリはわきの長椅子へ顔を向けたと思うと、そこに置かれた紙の山のなかから庭植えの草花のカタログを手にとった。「わたし今日〈ウィルスンズ〉にいって、いろんな種類の水仙《すいせん》の球根を買ってきたのよ——バルブとかキング・アルフレッドとか、いろんなのをたくさんね」といってカタログの花の写真を見せた。「それで、庭のあちらの隅の壁ぎわのところに植えるつもりなの。ピーターが木を抜きとったところにね。家の陰でちょうどいいと思うの。でももしだれもが死んでしまうのなら、そんなことしても意味ないわね」

「そんなのわたしに比べればましよ——今になって速記やタイプ打ちを習おうとしてるんだもの」モイラは軽い調子でいった。「今はみんなちょっとずつおかしくなっちゃってるのかもね。それで、水仙はいつ咲くの?」

「咲くのは八月の末ごろでしょうね」とメアリ。「もちろん一年めの今年は大したことないと思うけど、来年再来年はすごくいい花壇になるはずよ。球根は増えるからね」

「もちろん、花を植えるのはいいことだと思うわ」とモイラ。「そのころならきっとまだ花を見られるし、なにかをやったという気分にもなれるし」

メアリはうれしそうな顔で見返し、「そう、わたしもそう思ったのよ。だから、やりはじめたことをやめちゃうのはいやなの――なにもやらずにすごすのはね。そんなんだったら、それこそ死んじゃって終わりにしたほうがいいくらい」

モイラはうなずいた。「男の人たちがいってるのがたしかなら、どんな計画を立ててもやる時間がないってことよね。それでもわたしたちは、やれるだけやらなきゃだめなのよ」

二人は暖炉の前の絨毯《じゅうたん》の上に坐りこんでいる。メアリは火搔《か》き棒で暖炉の薪《まき》をつつきながらいった。「うっかりしてたけど、ブランデーかなにか飲む？　戸棚に瓶《びん》が入ってるわ。ソーダもあるはずだし」

モイラはかぶりを振り、「今はいいわ。こうしてるだけで楽しいから」

「ほんとに？」

「ほんとよ」

「ひょっとして、お酒をやめたとか？」

「やめたとまではいかないけど」とモイラ。「家では飲まなくなったの。パーティーやなんかのつきあいで飲むだけ。とくに男の人と一緒のときはね。でも本音は、お酒はもういいって感じ」

「男と一緒って、だれとでもじゃないでしょう。タワーズ艦長といるときでしょ？」

「そうよ、ドワイトと一緒にいるとき」

「結婚したいとは思わない？――九月にはみんな死んじゃうのかもしれないけど」

モイラは暖炉の火を見つめながら静かに答えた。「思ってたわ――メアリ、あなたが持ってるものはなんでも欲しかったの、だからよ。でも今はもういいの」

「タワーズさんと一緒になりたくないの？」

かぶりを振り、「いいわ、ならなくて」

「あなたのこと好きだと思うけど」

「ええ」とモイラ。「それはわかってる」

「キスはもうした？」

「ええ」と同じ返事。「一度だけね」

「あの人、きっとあなたと結婚するつもりよ」

モイラはまた首を横に振った。「彼はそんなことしないわ、だってとっくに結婚してるんだもの。アメリカに奥さんと子供を残してきてるのよ」

メアリはじっと見返し、「それはないわ。家族はもう死んでるわよ」

「彼はそう思っていないの」と疲れたようにいい返す。「今でも九月になったらアメリカに帰って家族と再会するつもりでいるのよ。家のあるミスティックという町に帰ってね」ひとつ息をついてから、「いったでしょ、だれもがちょっとずつおかしくなってるって。ドワイトの場合はそれがそうなの」

「じゃ、今でも奥さんが生きてると信じてるっていうの？」

「信じてるかどうかはわからないけど——いいえ、ほんとは信じてなんかいないのかもね。ひょっとしたら、九月になったら自分も死のうと覚悟してるのかもしれない。それで無理にでも家に帰ろうとしてるのかも——奥さんのシャロンと息子のドワイト・ジュニアと娘のヘレンのところにね。だって、家族三人みんなにプレゼントを買ったんだもの」

メアリは理解しようと努める顔になって、「でもそんなふうに思ってるとしたら、どうしてあなたにキスなんかしたの？」

「それはただ、わたしがプレゼントを買うのを手伝ってあげるといったからよ」

メアリは不意に立ちあがった。「なにか飲み物を持ってくるわ。あなたもちょっとだけ飲みなさいな」

ほどなくしてメアリは持ってきたグラスをモイラにもわたし、またも好奇心あらわに訊いてきた。「でもなんだか可笑《おか》しいわね、もう死んでるにちがいない奥さんに嫉妬を感じてるなんて」

モイラは炎を見つめながら、受けとったグラスを口へ運んだ。「嫉妬してるわけじゃないわ。そんなんじゃないのよ。奥さんはシャロンていうの——聖書に出てくる名前よね。わたしその人に会ってみたいな。きっと、とてもすてきな人だって気がするから。そう思えるほど彼は立派な男だからね」

「なのに、結婚したいとはやっぱり思わない？」

モイラはつかのま黙りこんだ。「わからない、したいのかしたくないのか、自分でも。もし世の中がこんなじゃなかったら……どんな汚い手を使ってでも、あの人を奥さんから奪ったかもしれないけど。ほかのだれかと一緒になっても幸せになれるとは思えないから。でも今は、たとえ一緒になる相手がドワイトでも、幸せになれる時間はもうないんじゃないかしら」

「それでもあと三、四ヶ月はあるわよ」とメアリ。「どこかで人を勇気づけるためのこんな格言が壁に掛かってるのを見たわ――〈案ずるなかれ、万事は杞憂《きゆう》〉というの」

「でも放射能は杞憂じゃないわ、必ずくるのよ」とモイラは切り返した。こんどは彼女が火掻き棒をとり、火をつつきはじめた。「もしこの先ずっと人生があるなら、話はちがうでしょうけどね。それなら奥さんを泣かせてでもドワイトを手に入れる価値はあるかもしれないわ。そして子供も作って家庭を持って、一生をともに暮らすの。そうできる望みがあるなら、どんな犠牲でもいとわないわ。でもたった三ヶ月の楽しみのために奥さんの名誉を傷つけるというのは――しかもその先になにも残らないとしたら――とてもその気にはなれないわね。自分のことをわがままな女だとは思ってるけど、でもそこまでやれるほどわがままじゃないの」顔をあげ、弱く微笑《ほほえ》んだ。「とにかく、今はそんなことはやれないのよ。彼に奥さんを裏切らせるなんてことはね」

「そうなの」とメアリ。「男と女ってむずかしいものね！」

「そんなものよ」とモイラも認める。「寂しい年寄りのまま死んでも仕方ないかもね」

「そんなひどすぎる話しないでよ――といっても、近ごろはひどぎることだらけよね。ピーターも……」メアリは急に口をつぐんだ。

「ピーターがどうしたの？」とモイラは不審なものを感じて訊き返した。

「なんていったらいいのか……ほんとにひどい話よ、頭が変になったんじゃないかと思うくらいに」メアリはいらだつように体をせわしなく動かす。

「なんなの？　いってごらんなさいよ」

「あなた、人の命を奪ったことある？」

「そんなことあるわけないじゃない！」とモイラ。「そうしたくなるときもあるけどね――たとえば、電話局の交換手の女とか」

「わたしのは真剣な話よ。人間の命を奪うなんて、恐ろしい罪悪よね。地獄に落ちるほどの」

「それはそうかもしれないけど……なにがいいたいの、命を奪うとかいって？」

メアリは陰鬱《いんうつ》な声で答えた。「ピーターがいうのよ、わたしにジェニファーを殺せって」涙がひと滴《しずく》湧き、頰をつたい落ちた。

モイラは思わず身を乗り出し、メアリの手に手を触れた。「そんなのなにかのまちがいでしょう！　あなたの聞きちがいとか？」

メアリはかぶりを振り、泣きだした。「聞きちがいなんかじゃないわ、たしかなことよ。そうするしかないんだって彼はいったわ。そのやり方まで教えたのよ」涙がどっとあふれだした。

モイラは両腕で彼女を抱き、なだめた。そして徐々に詳しい話を聞きだした。最初は耳にしたことが信じられなかったが、しだいにそうはいいきれなくなってきた。そのうちにメアリにつれられて浴室にいき、化粧戸棚のなかに赤色の小箱が仕舞われているのを見せられた。

「そんなときがくるかもしれないなんていう噂《うわさ》は耳にしたことがあったけど、でも本当にそこまでひどいことになるとは思わなかったから……」メアリがつらい声を洩らす。深刻さはいよいよつのるばかりだ。「わたし、独りでなんかとてもできないわ。ジェニファーがどれほどひどい症状になったとしても、そんなことやれない。でももしピーターが帰れなくなったら……〈スコーピオン〉でなにかあったときには……モイラ、またうちにきて、力になってくれる？お願い、助けて！」

「もちろんよ、すぐくるわ」とモイラはやさしくいった。「あなた独りにはさせないわよ。でも、ピーターはきっと帰ってくる。みんな無事で戻るはずよ」丸めたハンカチをとりだしてわたした。「さあ、顔を拭いて。お茶でも淹《い》れましょ。わたし湯沸かしを火にかけてくるわ」

二人は暖炉の火が消えるまでお茶を飲んですごした。

南緯三十一度、ノーフォーク島近海の澄んだ大気のなかに、アメリカ海軍潜水艦〈スコーピオン〉が海面から顔を出したのはそれから十八日後のことだった。タスマン海への入口あたりの冬は寒風《かんぷう》激しく海は荒く、主甲板は絶え間ない波に洗われつづけていた。乗組員が外に出られるところは、唯一、艦橋甲板のみだった——それも一度に八人ずつ。みんな防水着姿で押しあいへしあいしながら昇降口の梯子を登り、青褪《あおざ》めた顔で震えながら激しい風雨のなかに出た。

艦長の指示により艦は風をついて日中の大半を海上旅行しつづけ、各人には新鮮な空気を吸うためにと三十分ずつの猶予が与えられたが、寒さのあまりそれだけの時間でさえ艦外にずっと出ていられる者は数少なかった。

艦橋上の冷気と水責めのなかでは人間の抵抗力も低かったが、幸いにも全員無事にふたたび艦内に収まった――もちろん、ラルフ・スウェイン水兵一人を例外として。三十一日間におよぶ狭い艦内での生活のせいで、だれもが青白い顔になり生気にもとぼしくなっていた。なかには担当任務もまかせられないほど体力が弱っている者が三人いた。またブロディー大尉が虫垂《ちゅうすい》炎《えん》を思わせる激しい症状に見舞われたときもたいへんだった。オズボーン科学士官の尽力により、士官室のテーブル上で緊急手術をする準備ができたが、そのころになって急速に症状が治まり、患者は今は自分のベッドで安逸《あんいつ》に寝入っている。ブロディーの担当任務はホームズ連絡士官が引き継いでやってくれた。艦長タワーズは、この分ならあと五日以内にはウィリアムズタウンに帰港できるだろうとの見通しを持つにいたった。ピーター・ホームズはいつもどおり冷静でノーマルだった。ジョン・オズボーンはいらだちやすく神経質になっていたが、仕事には依然として秀でていた。愛車フェラーリの話題を絶えずまくしたてていた。

いわゆるヨーゲンセン効果は実証されなかった。アラスカ湾では海中機雷探知機を流動性氷山への対抗策としつつゆっくりと進み、コディアック島近海の北緯五十八度にまで達した。氷は陸に近づくほど厚く、結局、接岸はならなかった。それに放射能レベルはシアトル地域とほとんど変わらず、依然として致死性の高さを保っていた。必要以上に長時間その海域に艦をとどめておくリスクは冒せなかった。その判断により針路を少しだけ南東方向へずらして、より温かく、氷山に出会う危険性の低い海域に入ることができた。それから南西へと方向転換し、真珠湾を擁するハワイをめざしていった。

真珠湾では、得るべきものがまったくなにもないといってよかった。もともと開戦前に〈スコーピオン〉が出航してきた港で、このたびはそこに一時帰港する形となった。だが艦長のタワーズにとっては、ここにくるのは比較的気が楽だった。というのは、乗組員のなかに、ホノルルはじめこのハワイ諸島の諸地域を故郷とする者が一人も含まれていないことが就航前からわかっていたからだ。ここでもサンタマリア島でやったように、防護服を着た実地調査員を外に出す案があったが、それを実行すべきか否《いな》かについて、寄港前から数日におよんでホームズ連絡士官と議論を重ねた結果、そうしたリスクの伴うことをやっても得られるものがほとんどないだろうとの結論になった。実際サンダーストロム無線士官をサンタマリア島に上陸させたときも、得られた成果といえば〈サタデー・イヴニング・ポスト〉誌を読めたことぐらいだったので、ここ真珠湾で同じ危険を冒してもあまり意味はないだろうと考えられた。放射能レベルはシアトルと同じほど高かった。湾内に多くの船舶が残存していることと、港が相当ひどく破壊されていることを確認するにとどめて、早々に離港した。

その日のうちにタスマン海への入口に達し、そこで艦を止めた。オーストラリア本土とたやすく無線連絡できる距離まできたので、さっそくアンテナを立て、艦の現在位置およびウィリアムズタウンへの帰港予定時を軍本部に報告することを試みた。すると乗員の健康を尋ねる返信がきたので、タワーズはスウェイン水兵をめぐって困難な問題が持ちあがったことをかなりの長い電文で伝えた。その後はさほど重要でない話題の連絡が何度かきた。天候について、帰港した際の燃料補給や点検整備についてなど。だが午前のなかごろになって、より重要な電文がひとつ舞いこんだ。

それは受信時から三日も前の日付になっているものだった。

アメリカ合衆国海軍　ブリスベン司令本部　総司令官ジェリー・ショウより
USS〈スコーピオン〉ドワイト・L・タワーズ艦長へ
追加任務に関する事項

1　本官の合衆国海軍総司令官職よりの退任に伴い、本日付にて貴君を新総司令官に任命し、ただちに全展開地域での指揮統轄を継承することを命ずる。よって総軍の処遇は貴君の裁量に委《ゆだ》ねられるものとし、今後、軍を解散するかもしくはオーストラリア軍の指揮下に委譲《いじょう》するかを裁断すること。

2　以上の人事に伴い、貴君には提督の名誉称号をも与えるものとする。今生《こんじょう》の別れだ。幸運を祈る。ショウより。

3

なお本指令はオーストラリア海軍第一司令官にも通告した。

艦内の自室でこの指令電文を読んだタワーズの顔からは、表情が失われていた。オーストラリア軍本部にもすでに伝えてあるとのことなので、すぐにホームズ連絡士官を呼んで仔細《しさい》を知らせた。

指令文を読んだホームズ少佐は、「ご昇進おめでとうございます――と申しあげてよろしいのでしょうか」と低い声でいった。

「そういってもらえるのは、うれしいがね」とタワーズは返し、「この電文が意味しているのは、ブリスベンの基地がもはや用をなさなくなったということでもある」

ブリスベンは〈スコーピオン〉の現在位置から真北へ八十キロの距離の緯度上にある。ホームズがうなずき、「われわれも昨日の午後あたりまでは、依然として危険海域を潜航していたことになりますね」といった。放射性降下物の南進状況を推測していっているのだ。

「総司令官も、てっきり自艦を捨て、南へ逃げたんじゃないかと思っていたのだが」

「艦を移動させて逃げることはできなかったんでしょうか？」とホームズ。

「それには燃料が足りなかっただろう。すでに艦内のすべての機器を停止させていたはずだ。燃料なしでは電気系統すら動かせないからな」

「かなうならメルボルンまで逃げてほしかったところですね。仮にもアメリカ海軍の最高司令官なのですから……」

タワーズはふっと苦い笑みを洩らした。「そんな地位など、もうなんの意味もないさ。それよりショウ司令官にとって大切だったのは、自分の艦を守る責任であり、しかもその艦がもう動くこともできないという事実のほうだっただろう。だから乗組員ともども艦に残ることを選んだんじゃないかな」

二人がそれ以上会話をつづけることはなかった。ホームズは艦長室を辞去《じきょ》した。タワーズは無線電文のための短信を起草してサンダーストロム無線士官にわたし、メルボルンのオーストラリア海軍第一司令官に送達するよう指示した。まもなく無線係がやってきて、短信を無線電文に変換したものを見せて確認を請うた。

No.12-05663

残念ながら、すでにブリスベン米海軍本部との連絡不能。

タワーズはうなずいた。「いいだろう。これで送信してくれ」

第七章

〈スコーピオン〉がようやくウィリアムズタウンに帰港すると、ピーター・ホームズは翌日、海軍第二司令官の執務室に報告に訪れた。司令官は歓迎し、椅子を勧めた。

「じつは昨夜タワーズ大佐と会って、少し話を聞いたよ」と司令官はいった。「きみはじつによくやってくれたといっていた」

「恐悦至極《きょうえつしごく》であります」とホームズは返した。

「うむ。ところで、きみの現在の軍務を今後も継続するかどうかという問題だが、さぞ知りたく思っているだろうね」

ホームズは遠慮がちにいった。「はい、できましたら。放射性降下物をめぐる状況は依然として変わっていないと理解していますので。つまりその……残されている時間はあと二、三ヶ月しかないと……」

司令官はうなずき、「今のところそのようだな。今般の着任の前に話したときにも、きみはいっていたね、最後の数ヶ月はできれば本土ですごしたいと」

「はい」と、またためらいがちに、「どうしても妻のことが心配になってしまいますもので」

「無理もないさ」といって司令官は煙草《たばこ》を勧め、自分の分に火を点《つ》けた。「じつは、〈スコーピオン〉は整備のため乾《かん》ドックに入る予定だ――知っているかもしれんが」

「聞いています。タワーズ艦長が点検整備を強く望んでいましたので。その件について今朝、第三司令官の執務室で話し合いが持たれたものと承知しています」

「整備には通常なら三週間程度かかる。あの艦の状態からするともう少し長くかかってもおかしくない。その作業がつづくあいだ、できればきみには引きつづき同艦の連絡士官としての職務をつづけてほしいのだが、どうかね？　タワーズ大佐からもその旨《むね》の依頼があったはずだが？」

「それについてですが、フォールマスの自宅からの通いで勤務することは可能でしょうか？」とホームズは訊《き》き返した。「片道一時間四十五分ほどで乾ドックまで通えるつもりでおりますが」

「その点はタワーズ大佐と相談してくれたまえ。その申し出に彼が反対する理由はないとは思うがね。〈スコーピオン〉がすぐに就役《しゅうえき》可能になるとは考えにくい状況だからね。大半の乗組員には休暇を与えるはずだ。きみには仕事をつづけてもらうが、それだってさして負担のかかるものにはならんだろう。ただきみが乾ドックにいてくれれば、大佐がなにかと助かるということであってね」

「自分としましても、自宅に住めるのであれば、できるかぎりお力になりたいと思っています。ただ、再度の就航が予定される場合には、申し訳ありませんが代用人員を登用していただけますようお願いします。ふたたび海上任務につくことには、いささかの困難を感じていますもので」そして遠慮がちにつけ加えた。「わがままを申しているとは承知していますが」

司令官はにっこりして、「かまわんよ、ホームズ少佐。その点も心にとめておこう。もしどうしても情勢を知りたくなったときには、きみのほうから尋ねかけてくれたまえ」これで仕事の件は終わりだというように、席から立ちあがった。「ところで、家のほうは万事問題なくいっているかね？」

「はい、おおむね順調にいってはいますが、ただ妻にとっては、自分が任務で不在にしているあいだよりも家事の量が増えて、少したいへんになってきたようです。子供の世話もしなければなりませんし」

「なるほど。だがまあ、その程度は仕方のないことかもしれんぞ」


同じ日の昼、ドワイト・タワーズは空母〈シドニー〉の艦内で昼食をとっているとき、モイラ・デイヴィッドスンからの電話を受けた。

「おはよう、ドワイト」と彼女はいった。「聞いたわよ、昇進おめでとう」

「聞いたって、だれから？」とタワーズは問い返した。

「もちろん、メアリからよ」

「祝ってくれるのはありがたいが」と幾分重い声で、「自分としちゃ、あまりそんな気分じゃないね」

「わかった、それなら祝わないわよ」とモイラ。「で、どうなの、元気でやってる？」

「ああ、元気だ――といいたいが、今日はちょっと沈みがちだな。まあ、どうというほどじゃないがね」じつのところ、ふたたび〈シドニー〉での生活がはじまって以降、すべてが負担に感じられるようになっていた。疲れるのが早くなり、床《とこ》につけば昏々《こんこん》と熟睡してしまう。

「お仕事は忙しい？」

「ああ、忙しいね。どうしてかわからんが――いくらやっても仕事が終わらないような気がするんだ、やらなきゃならんことが増えていく一方のような」

モイラはタワーズのようすがこれまでとちがっていることを感じとったかのように、「なんだか、どこかぐあいでも悪いようなことをいうのね」

「べつにどこも悪くないさ」と少しいらだち気味に、「やらなきゃならんことが多すぎるというだけのことだ――ほとんどの乗組員を休暇に出したというのにな。長く海に出すぎてたせいで、陸での仕事がどんなものだったか忘れてしまったためもある」

「あなたも休暇をとったらどうなの？　少しのあいだでもハーカウェイにこない？」

タワーズは一瞬考えた。「そういってくれるのはうれしいね。だがもうしばらくはだめだ。明日〈スコーピオン〉を乾ドックに入れなければならん」

「そんなことはピーターにでもまかせたらいいじゃないの」

「そういうわけにはいかない。アンクル・サムの怒りに触れるだろう」

モイラがアンクル・サムの意味を解したかどうかはわからないが、「でもそんなのあなたは見送るだけで、あとは整備の作業員にまかせるしかないんじゃない？」

「海軍のことをよく知ってるような口ぶりだな」

「そりゃ知ってるわよ、わたしは優秀なスパイだもの。マタ・ハリや女忍者も顔負けよ。おバカな海軍士官をダブルのブランデーで酔わせて秘密を聴《き》きだすの。〈スコーピオン〉の整備なんて、あなたが自分でやるわけじゃないのは当然でしょ？」

「ああ、きみのいうとおりだ」

「だったらあとの細かい仕事なんかピーターにやらせて、あなたは休みをとればいいのよ。ドックに入れるのはいつなの？」

「明日の朝十時だ。昼ごろまでには手を離れると思う」

「それじゃ明日の午後からハーカウェイにいらっしゃいよ、少しでも一緒にすごしましょう。ただし、かなり寒いわよ。外では風がうなってるわ。ずっと雨が降りっ放しだから、ゴム長でも履《は》かなきゃ出かけることもできないしね。畑で牛に砕土《さいど》機を牽《ひ》かせて歩くのは、女はもちろん、男にとってもいちばん冷たくていやな仕事よ。あなたもうちにきて、やってみたらいいわ。二、三日もわたしたちと一緒に農作業をやったらもう、早く帰ってぬくぬくした潜水艦のなかにこもりたくて仕方なくなるはずよ」

タワーズは笑った。「そんなことといわれたら、ほんとにいってみたくなるじゃないか」

「ほらそうでしょ。さっそく明日の午後からでいいわね？」

たしかに一日二日程度のそんな暮らしは、肩の荷をおろせるいい息抜きになるだろう。

「わかった、考えておく。仕事の都合をつけなきゃならないから、少し待っていてくれ」

その後二人は再度連絡をとりあい、翌日の午後四時にオーストラリア・ホテルで落ちあった。顔を合わせるなり、タワーズはモイラの顔に心配そうな色が浮かんでいるのを認めた。たしかに彼自身、ふとしたときに気分がすぐれなかったり、なによりもいつもは浅黒い自分の顔色が妙に黄色がかっていることには気づいていたのだった。

モイラは眉根を寄せて問いかけてきた。「あなたなんだか顔色がよくないわよ。どこか悪いんじゃない？」タワーズの手をとって強く握った。「熱いわ、やっぱり熱があるみたいよ」

タワーズは手を引き抜いた。「大丈夫だよ。それより、なにを飲む？」

「あなたはウイスキーをダブルで飲むといいわ。ほんとはそれにキニーネを少し滴《た》らすといいんだけど。とにかくダブルのウイスキーになさい。家に帰ったらキニーネを探してあげるから、それを服《の》んですぐ寝たほうがいいわね」

うるさいほど心配してもらうのは、悪い気分ではない。「きみはダブルのブランデーか？」

「わたしはシングルでいいわ、あなたはダブルでね」とモイラ。「でもあなた、そんなぐあいなのに休みもしないで、不注意といわれても仕方ないわよ。黴菌《ばいきん》をそこらじゅうにばら撒《ま》いちゃうかもしれないいんだもの。医者には診《み》てもらった？」

タワーズは酒を注文した。「基地には今は軍医がいないんだ。今や就役可能な軍艦は〈スコーピオン〉だけで、それも乾ドックで修繕しなければならない状態だ。軍はそれを見越して、わたしたちが任務に出かけているあいだに医者を引きあげてしまったのさ」

「熱があること、自分でもわかってたんでしょ？」

「ああ、でも大したことじゃない。たぶんちょっと風邪《かぜ》を引きかけてるだけだ」

「かもしれないけど。わたし父さんに電話してくるから、あなたはウイスキーを飲んでいて」

「お父さんに？」

「向こうの駅まで馬車で迎えにきてもらうのよ。出かけてくる前は駅から歩いて帰るといっといたんだけど、あなたがそんな状態じゃ、坂道を歩くのは無理だもの。もし途中で倒れて死んじゃったりしたら、わたしが監察医に事情を説明しなきゃならないはめになるかもしれないんですからね。そんなことになったら外交問題に発展しちゃうかも」

「外交問題？」

「もちろんアメリカとのよ。合衆国海軍の総司令官を死なせたら、まずいことこのうえないでしょ」

　タワーズは、うんざりした調子でいった。「今はわたしがアメリカだといってもいい。大統領になってもおかしくない」

「じゃ立候補するかどうか考えてなさい――わたしは母さんに電話してくるから」

　ホテルの小ぢんまりとした電話コーナーで、モイラは自宅に電話を入れた。「母さん、ドワイトは風邪を引いてるようなの。なんだかひどく疲れてるみたいな感じで。帰ったらすぐ横になって休んだほうがいいと思うの。客用寝室の暖炉を焚《た》いて、ベッドには湯たんぽを入れといてくれない？ それからフレッチャー医師《せんせい》に電話して、夜中でもきてもらえるか訊いてちょうだい。風邪だろうとは思うけど、ただ、放射能のあるところをひと月以上も旅してきて、そのあと医者にぜんぜん診てもらってないというのが気になるの。先生には患者がだれだかいっといてね。今じゃ世界的な重要人物だから」

「それで、何時の列車で帰るつもりなの？」と母が訊いた。

モイラは腕時計を見て、「四時半のになるわね。そうだわ、馬車のなかはとても寒いだろうから、毛布を敷いといてくれるように父さんにいっておいて」

バー・カウンターに戻るなり、モイラはいった。「飲んだらすぐいきましょう。四時半の列車に乗らなきゃ」

タワーズは仕方なく、すなおに従った。二時間あまりのちには、もうデイヴィッドスン家の赤々と炉の火が燃える客用寝室で寝ていた。温かなベッドで布団に包まりながらも、熱があがっているせいで、体は小刻みに震えていた。それが治まってくるまで、じっと横になっていた。天井を見たまま動かずにいるのも心地いいものだ。耳に入るのは外で降りつづく雨の音だけ。やがてモイラが飲み物を——レモンを滴らしたホット・ウイスキーを——持ってきてくれて、なにか食べたいものはあるかと尋ねたが、いまだ食欲は湧かなかった。

午後八時ごろになると、外の雨音に混じって馬の蹄《ひづめ》の音と人の声が聞こえてきた。と思うと、フレッチャー医師がただちにタワーズの前に姿を現わした。医師は雨に濡れたコートをすぐに脱いだ。乗馬ズボンも乗馬ブーツも濡れて黒ずみ、暖炉のそばに立つと早くも湯気があがった。三十四、五歳ぐらいの快活で押し出しのいい人物だった。

「夜にきてもらってすみません、先生」とタワーズはいった。「一日二日も寝ていればよくなることだとは思うんですが」

医師はにっこり微笑《ほほえ》んだ。「お会いできて光栄ですよ、タワーズさん」といって患者の手首をとり脈を診た。「放射能の危険のある地域を旅してこられたとお聞きしましたが？」

「ええ、しかし外気にはまったく触れていません」

「ずっと潜水艦の内部に閉じこもっておられたと？」

「そうです。CSIROから派遣された科学士官が毎日ガイガー・カウンターで検査してくれましたし。だから放射能のせいじゃないと思いますがね」

「嘔吐《おうと》や下痢《げり》などはありませんか？」

「まったくないです。乗組員にもそういう症状は出ませんでした」

フレッチャー医師は脈をとりつづけたまま、患者の口のなかに体温計を挿《さ》しこんだ。ほどなくそれを引き抜き、「三十八度ほどありますね。やはりしばらく休まれたほうがよろしいかと。航海はどのくらいの期間を？」

「五十三日間です」

「そのうち、海中におられた期間は？」

「半分と少しです」

「疲労感はいかがです？」

タワーズはいっとき考えてから、「かなりありますね」と認めた。

「そうでしょうな。今の体温がさがって、そのあとさらに一日半程度経過するまで、ベッドを離れずすごされたほうがいいと思います。二日後ぐらいにまた伺《うかが》って診させていただきますので。おそらく感冒でしょうが、ただウイルスが非常に増えてしまっているようです。ベッドから起きられるようになっても、少なくとも一週間は仕事には戻らず、しばらくお休みをとられたほうがよろしいかと思います。いかがです？」

「そうできるかどうか、少し考えてみないと」とタワーズはいった。

彼が任務でまわってきたシアトルやクイーンズランドなどの状態について短く会話を交わしたあと、フレッチャー医師はいった。

「明日の午後にでも、対処薬を一、二種類持参しましょう。ちょうど明日、ダンデノンの病院でわたしのパートナーが手術をひとつ担当することになっているんですが、麻酔医として一緒にいく予定ですので、そこで感冒の対処薬を選んで、帰りにこちらに立ち寄ることにします」

「ほう、手術ですか」

「といっても、それほど大ごとじゃありません。胃に腫瘍《しゅよう》ができている女性患者の手術です。そういうものは除去するに越したことはありませんので。たとえ世の中の寿命が残り少なかろうと、少しでも楽に生きたほうがいいですからね」

医師は辞去《じきょ》した。まもなく外で馬車馬が動きだす音と、御者席《ぎょしゃ》に乗った医師が馬に指示を放つ声が、寝室の窓越しに聞こえた。やがて雨のなかに響く蹄の音が遠ざかっていくうちに、部屋のドアが開いてモイラが入ってきた。

「やっぱり明日もベッドに釘《くぎ》付けにされることになったようね」と彼女はいい、暖炉に近寄って薪《まき》を少しくべた。「なかなかいい先生でしょ？」

「ろくでもない医者だ」とタワーズは返した。

「どうしてよ？　あなたをベッドに釘付けにするから？」

「明日、病院で女性を手術するそうだが、どうせ長くは生きられないが、ちょっとでも楽なほうがいいだろうなんていってた」

モイラは笑った。「いいじゃないの。あんな良心的な医者はそういないわよ。それよりうちの父さんなんだけど、夏までにまた堰《せき》をひとつ造るといいだしてるの。前からいってたことではあるんだけど、いま急に本気になったみたいで。それでさっそくブルドーザーを持ってる知人に電話して、地盤が固くなり次第工事をはじめるといってたわ」

「いつごろそうなるんだ？」

「クリスマスごろだと思うけど。この雨が全部無駄に流れてなくなってしまうのがもったいないといってね。夏にはこのあたり一帯がカラカラに乾燥してしまうから」

タワーズが空《から》になったグラスをベッドわきの小卓に置くと、モイラはそれを手にとり、「ホットドリンク、もう一杯飲む？」

タワーズは、かぶりを振った。「いや、今はいい」

「じゃ、なにか食べる？」

また首を振る。

「湯たんぽ換えましょうか？」

また振る。「大丈夫だ」

モイラは部屋を出たと思うと、数分で戻ってきた。こんどは細長い形の紙包みを持っている。下のほうが大きくふくらんだ包みだ。「これを置いていくから、ひと晩じゅう眺めているといいわ」といって部屋の隅に置いた。

タワーズは片肘をベッドについて上体を起こした。「なんだい、それは？」

モイラは笑って、「三つ候補を挙《あ》げとくから、朝になったら包みをあけて、自分の思ってたのが当たってるか見てごらんなさい」

「いま見たいな」

「朝でいいわよ」

「いや、いまだ」

モイラは包みをかかえあげると、ベッドで起きているタワーズのところまで持ってきた。わきに立ち、彼が包み紙を破るのを見ている。アメリカ海軍の最高司令官が、今は子供みたいに見えているのかもしれない。

ベッドの上でタワーズが手にしたものは、ホッピングだった。ピカピカの新品だ。木製の柄《え》の部分には艶《つや》やかにワニスが塗られ、金属製の足載せの部分には赤いエナメルがきらめいている。しかも柄の部分には、赤色のレタリング文字で〈HELLEN TOWERS〉と書かれていた。「モイラ！」タワーズはかすれ声を洩らした。「これはすごいね！ 名前の入ったホッピングなんて初めて見たよ。ヘレンがきっと喜ぶだろう」と彼女へ顔をあげ、「こんなの、どこで手に入れたんだ？」

「ホッピングを作ってる工場を見つけたの、エルスターンウィックでね。といってもほんとはもう生産してないんだけど、頼んで特別に作ってもらったの」

「なんといったらいいかわからないな」とタワーズはつぶやいた。「おかげで家族みんなに土産《みやげ》ができたよ」

モイラは破かれた茶色い包み紙を掻《か》き寄せながら、「べつにどうってことないわよ」と気安くいった。「探すのが楽しかったわ。これ、隅に置いとくわね？」

タワーズはまたかぶりを振った。「いや、ここでいい」

モイラはうなずき、そのままドアへと向かっていった。「天井の明かりは消しておくわね。あまり長く起きてちゃだめよ。あとほかになにか要《い》るものはない？」

「べつにないよ。要るものは揃ってる」

「じゃ、おやすみ」

彼女がドアを閉じていったあと、タワーズは暖炉の炎が放つ明かりのなかで独《ひと》り横たわって、妻シャロンと娘ヘレンのことを考えた。故郷ミスティックで望む丈《たけ》高い船の群れや、両わきに雪の積もる歩道でホッピングに乗って跳《は》ねまわるヘレンの姿を思い描いた。そしてもちろんモイラのやさしさも胸に沁《し》みた。やがて眠りに落ちた――片手をホッピングにかけたままで。

翌日、ジョン・オズボーンは〈ユナイテッド・サービス・クラブ〉でピーター・ホームズと昼食をともにしていた。

「今朝〈シドニー〉に電話を入れたんだ」とオズボーンはいった。「報告書の原稿を、タイプで清書する前に艦長に見てもらおうと思ってね。そしたら、いないといわれた――どうやらハーカウェイのモイラの家にいっているらしい」

ホームズはうなずいた。「風邪を引いたので休ませてもらってるんだそうだ。昨夜モイラから電話があったよ、一週間は仕事に戻れないだろうといってた。場合によったら、もっと長引くかもしれない」

オズボーンは心配顔になり、「そんなに長くは待てないな。ヨーゲンセンがわれわれの調査結果を耳にしたらしく、ちゃんとした調査をやっていないんじゃないかといいだしてる。それに対抗するためにも、遅くとも明日までには報告書を仕上げたいんだがね」

「なんならぼくが目を通すよ。本来なら副長に見てもらうところだが、すでに休暇に出ているんでね。しかしそれでも、清書する前に一度は艦長の目に触れさせたほうがいいだろうな。きみからモイラに電話して、ハーカウェイまで届けたらどうだ？」

「彼女家にいるかな？　毎日メルボルンに出かけてるんじゃなかったか、速記やタイプを習いに」

「艦長が泊まっているんだ、今は当然家にいるだろう」

オズボーンは俄然急ぎだした。「そうだな、よし、さっそく午後からフェラーリで原稿を届けにいこう」

「ハーカウェイまで突っ走ったらガソリンが保《も》たないぞ。列車でいったらどうだ？」

「これは公務だ、軍の燃料をもらうさ」とオズボーンは顔を近づけ、声をひそめた。「知ってるか？　空母〈シドニー〉のタンクには三千ガロンのエタノール混合ガソリンが詰まっているんだ。なのに使うときといったら、ピストン・エンジン機を全速で飛ばすときぐらいなんだぜ」

「だめだろう、そんなのに手をつけちゃ！」ホームズは驚いてどなった。

「だめなものか、海軍の軍務だ。軍務はこれからもっともっと増えるしね」

「そんなことはわかってるよ。それより、混合ガソリンだとモーリス・マイナーあたりじゃないと走らないいんじゃないのか？」

「気化器をちょっと調整して、圧縮圧力をあげればいいのさ。それにはパッキングをとりはずして、代わりに薄い銅板を接着剤でくっつけるんだ。試してみるといいよ」

「それできみのあのフェラーリは道路を安全に走れるのか？」

「大丈夫」とオズボーン。「近ごろの道路にはぶつかりそうなものは走っていないからね――市内電車を別にすればだ。もちろん人は歩いてるがね。ただ、エンジンの回転数が三千以下になるとオイルが切れやすくなるので、いつも予備のプラグを用意しておかなきゃならない」

「三千？　そんなに少ない回転数でよく走れるな」

「大丈夫、ギヤをトップに入れなければいいのさ。そうすれば時速百六十キロか、もう少しぐらいは出せる。もっともその回転数だと、最初のうちはどうしても七十キロ程度しか出ないがね。そのうちに急に速度があがるときがくる。そのときには、前方数百メートルの路面にはなにも障害物があってはいけない。だからエリザベス通りの車庫から出すときには、いつも手押しで出しておいて、路面電車がいってからちょっと時間が経《た》つまで待つんだ」

　事実、昼食をすませたあとほどなくして出発するときには、オズボーンはホームズにも手伝ってもらって車庫からフェラーリを押しだした。報告書の原稿を入れたアタッシェ・ケースを運転席のわきにつっこむと、シートベルトを締め、万一のためにかぶっているヘルメットの位置を微調整した。

　見とれるように車を眺めていたホームズが、おごそかにいった。「人を撥《は》ねたりしないように気をつけて」

「あと二、三ヶ月もすればみんな死ぬんだがね」とオズボーンは返した。「こうしてるぼくやきみもだ。そうなる前にまず、この愛車をせいぜい楽しませてもらうよ」

　市内電車がすぎ去ったのを見計らって、フェラーリの冷えたエンジンをセルフ・スターターで発進させようとしたが、巧《うま》くいかない。そうしているうちに、もうつぎの電車がきた。すると何人もの通行人が集まってきて、エンジンがかかるまで車を押してくれた。おかげでついには、耳を聾《ろう》する轟音《ごうおん》とタイヤの擦過《さっか》音とともにロケット・スタートした。タイヤのゴムが焦《こ》げ、臭いと煙をあげた。クラクションはついていないが、必要もない——三、四キロ先でも聞こえそうな音を出しているから。もっと困るのはライトがないことだ。午後五時ごろには薄暗くなるが、ハーカウェイに着き用事をすませて帰るときには、ちょうどそんなころになっているかもしれない。

時速八十キロで路面電車を追い越しロンズデール通りに入ると、あとは百十キロで一散に市内を突っ切っていった。市街地では、ほかに走っている車はほとんどなく、路面電車以外は邪魔になるものがない。通行人はすぐわきへどけてくれる。だが郊外まで出ると事情がちがってくる。車の走らない道路に慣れてしまった子供たちが平気で遊んでいて、近づいてもすぐにはどこうとしない。やむなく強くブレーキを踏みこみ、エンジン音をうならせながらギヤチェンジしなければならないときが何度もあった。そのたびに車にダメージがありはしないかと心配になるが、レース仕様の頑丈なクラッチであることを思いだしては、なんとかいらだちをしのいだ。

二十分ほどでハーカウェイに着いた。一度もトップ・ギヤに入れることのないまま、それでも平均百十六キロを出していた。けたたましい急ブレーキとともにデイヴィッドスン家の花壇をまわりこんで止まり、エンジンを切った。デイヴィッドスン夫妻と娘のモイラが一斉《いっせい》に外に飛びだして目を瞠《みは》るうちに、オズボーンはヘルメットを脱ぎ、すばやく車からおりた。

「タワーズ艦長に用があってきたんだ」とモイラへ呼びかけた。「ここにきてると聞いたんでね」

「艦長さんは今ちょうど寝つこうとしてるところよ」とモイラが真顔《まがお》でいった。「なんて車に乗ってるの、ジョン！　これってすごすぎない？」

「最高時速三百キロは出るんだぜ。それより艦長に会わせてくれ、だいじな用なんだ。正式書類にする前にどうしても目を通してもらいたい原稿があってね。それも遅くても明日までにだ」

「仕方ないわね。まだ眠っていないかもしれないから、とにかく入って」

タワーズが寝つけないままベッドで体を起こしてるところに、ジョン・オズボーンがモイラに案内されて部屋に入ってきた。

「あの音はきみじゃないかと思ったよ」とタワーズはいった。「人を轢《ひ》いたりしなかったかね？」

「今のところ大丈夫です」と科学士官は答えた。「事故を起こすならいっそ自分が死にたいところです。人生最後の日々を刑務所ですごすのは気が進みませんので。それに、閉所に閉じこめられるのも今までの二ヶ月間で充分ですし」そのあとアタッシェ・ケースをあけ、用向きを説明した。

タワーズは原稿を受けとり、ときどき質問を挟《はさ》みながら読み進めた。「できれば、問題の無線機は作動可能な状態のままにしておくべきだったな。ラルフ・スウェインからの連絡を少しは受信できる猶予があるかもしれないんだから」

「スウェインの現在地から通信機までは、かなりの距離があると思いますが」とオズボーンがいい返した。

「彼には船外モーターボートがあるんだぞ。釣りにいい加減疲れたら、それに乗ってサンタマリア島にいき、われわれにメッセージをよこす気になるかもしれん」

「そうできるほど彼の命が長らえているかは疑問だと思います」とオズボーンがまたいう。

「いいところ三日が限界じゃないでしょうか」

タワーズもうなずいた。「たしかに、無線機などをいじるのに手間をとられることは嫌うかもしれんな。わたしでさえ、そうかもしれない――釣りの調子がよくてやめられず、しかもこれが人生最後の日だとなればね」さらに質問を入れながら読み進み、読み終えたところでいった。「いいだろう。ただし、〈スコーピオン〉へのわたしの思い入れについて書いた部分はないほうがいいな」

「できればそこは残したいのですが」とオズボーン。

「いや、削ってくれ。単なる通常任務の一環としてやったことを、こんなに大げさに表現されるのは好まん」

科学士官はその部分に鉛筆を入れた。「承知しました」

「ここへは例のフェラーリできたのか？」

「はい、愛車を駆ってきました」

「だと思ったよ、音がすごかったからな。窓から見えるか？」

「ええ、すぐ外に駐《と》めてきましたので」

タワーズはパジャマ姿のままベッドから立ち、窓に寄った。「なるほど、すごい車だ。あれでなにをする気だ？」

「レースに参加します。もうあまり時間が残されていない状況なので、カー・レースのシーズンが例年より早くはじまっていまして。普通だと十月より前にはじまることはあまりありません、道路が濡れがちな季節ですので。その代わり冬のあいだは小規模なレースが始終《しじゅう》行なわれています。じつのところ、わたしはこの前の任務をいただく前には、ふた月に一度は参加していました」

タワーズはベッドに戻った。「いつかもそんなことをいっていたね。わたしはカー・レースなんてものはやったことがないな。レーシング・カー自体、運転したことがない。どんな感じなんだ、ああいうものは？」

「最初は怖くなって縮みあがります、しかしその時期を越えると、こんどは早くまた乗りたくなって仕方なくなります」

「昔からやっていたのか？」

オズボーンは、かぶりを振った。「昔は車を買う資金にもとぼしく、それに、こういうことに時間をかけている余裕もありませんでした。ただ、いずれはぜひやりたいと、ずっと思ってきました」

「ひょっとして、最後もあれに乗って終わりを迎えたいとか？」

答えるまでに間があった。「そうなるなら本望かもしれません。汚物にまみれてのたれ死んだり、自分で毒を服んだりするよりはいいように思えます。ただ残念なのは、その場合、愛車まで木っ端《こ》微塵《ぱみじん》になってしまうことですが。とてもよい出来の車ですので。だから自分から進んでなにかにぶつかったりはできません」

タワーズは弱く笑った。「自分からぶつかっていく必要もなかろう。濡れた道路で時速三百キロも出せば、いやでもそのうち事故を起こすさ」

「自分もそう考えています。もっとも、いつそうなってもいい覚悟ができているかは、心もとないですが」

タワーズはうなずき、「放射能の前線が速度を落としてくれるなんてことは望めないからね、ちがうか？」

オズボーンは、かぶりを振った。「まったく望めませんね。そういう可能性は皆無です――むしろしだいに速くなっているくらいで。赤道以南にくると北半球より海が広くなり、地表の凹《おう》部が多くなってきますが、おそらくそのことが放射能前線の微妙な速度上昇に関係しているものと思われます。とにかく緯度をくだるにつれスピードが増しているのはたしかなようです。八月の末ごろが、襲来のときではないでしょうか」

タワーズはまたうなずく。「それはいいことを聞いたな。まだ間に合うということだ」

「まさか、また〈スコーピオン〉を就航させるおつもりで？」

「べつに命令を受けているわけではないがね。ただ七月初旬にはふたたび就役可能な状態になる予定なので、そうなったらあの艦をオーストラリア軍の指揮下に置いてやって、そこで終わりを迎えさせてやりたいと思っているんだ。わたし自身が一隊を率いて乗り組むことになるかどうかは、まだわからないがね。これまでの乗組員の多くはメルボルンにいるあいだに交際相手を見つけていて、しかも彼らの四分の一ほどは結婚までしている。そうした者たちは、再度の任務を命じられることには抵抗があるだろうからね。悩みどころだな」少し間を置いてから、またいった。「きみがうらやましいよ、ジョン。あんないい趣味を持っていて。わたしなどは、最期《さいご》まで仕事のことだけにあくせくしなければならんからな」

「そんなにお仕事のことばかり考えておられては、よくないと思います」とオズボーンがいう。「少し旅行にでも出られてはいかがです？　この国にもまだご覧になっていないところがあると存じますが？」

タワーズはにやりと苦笑した。「この国といっても、見てまわれるところはもうあまり残っていないぜ」

「たしかに。でもまだ山がいろいろありますから。ブラー山とホッサム山はスキーの名所で、みんなわれ先にとすべりにいきます。スキーはいかがです？」

「昔はやったが、もう十年もすべっていないね。足でも折ったりして、最後の日までベッドに釘付けなんていうのもどうかな。それより、そういった山なら鱒《ます》釣りができる川もあるんじゃないか？」

オズボーンはうなずき、「もちろん、釣りも盛んです」

「シーズンがあるのか、それとも年じゅうできるのかね？」

「エイルドン湖では一年じゅう鱸《すずき》が釣れます。回転式疑似餌《スピナー》を使い、ボートで流し釣りをやります。でも鱒釣りがよろしければ、山地の小さな川にいけばどこででも釣れます」そこでかすかに笑みを洩らし、「ただし鱒は今は禁漁期です。九月一日になるまで解禁されません」

タワーズは一瞬考えてから、「それはまた決まりのいいことだね。鱒釣りなら一日か二日ぐらいかけてやってみたいと思うが、しかし今の話からすると、解禁になるころにはもう、たいへんな時期にさしかかっていることになるね」

「こんな年ですから、ひと月やふた月早くはじめても、だれも文句はいわないと思います」

「禁を破るというのは好まんね」とタワーズは真顔でいった。「母国でならどうするかわからんが、しかしこうしてよその国に世話になっているとき規則を侵《おか》すのはまずいな」

時間はすぎていった。オズボーンのフェラーリにはライトがないが、暗くなったからといってゆっくりいこうとしても、時速八十キロ以下で走るというのは燃料の性格上むずかしいだろう。科学士官は急いで原稿を整頓《せいとん》するとアタッシェ・ケースに戻し、別れを告げて部屋を出ていった――メルボルンへの帰途につくために。

モイラが居間にいるところに、帰りがけのオズボーンが通りかかった。「艦長さんはどんな感じだった？」と彼女は訊いた。

「わりと元気そうじゃないか。ただ、たまに妙なことをいうのが気にはなったがね」

モイラは眉根を寄せた。妙なとは、ホッピングのこと？「どんなことよ？」

「この世が終わりになる前に二、三日、鱒釣りでもしてすごしたいといっていたんだが、そのくせ、禁漁が解けるまではいかないというんだ——九月の初めにならないと解けないというのにさ」

モイラは少し考えてから、「べつに不思議はないでしょ。法は守りたいということよ。少なくとも、あんな車でスピードを出しすぎてるあなたとはちがうってこと。いったいどこからガソリンを手に入れてるの？」

「あれはガソリンじゃない。調合して作った燃料だ」

「どうりでおかしな臭いがしたわけね」そういってモイラが見守るうちにも、彼女の従兄《いとこ》はフェラーリの運転席に乗りこんでヘルメットをかぶり、エンジンをかけた。車は花壇のわきに大きな轍《わだち》を残してたちまち走り去っていった。

それから半月ほど経ったある日の昼、正午を二十分ほどすぎたころ、アラン・サイクスという男が〈パストラル・クラブ〉の喫煙室に酒を一杯ひっかけにやってきた。ランチサービスは一時にならないとはじまらないため、サイクスのほかにはまだだれもいなかった。彼は自分でグラスにジンを注ぎ、ある問題について独り考えはじめた。サイクスは州の狩猟釣魚監督局の局長で、政治的な便宜《べんぎ》などを図《はか》ることなく職務を誠実にまっとうすることを好む役人だ。彼がいま悩んでいるのは、そんな信条をあやうくするような問題が持ちあがっているからだった。

そこに入ってきたのはダグラス・フラウドという老人だ。サイクスが見ていると、フラウド老の歩きぶりがずいぶんとぎこちなく、しかも顔がいつになく赤いことがわかった。

「おはようございます、フラウドさん」とサイクスは声をかけた。「ご一緒にいかがです?」

「おお、おはよう」と老人は応えた。「そうだな、わたしはスパニッシュ・シェリーにしよう」といって、震える手で自分でグラスに酒を注いだ。「まったく、ワイン委員会というのはどうかしてると思わんかね。一九四七年物のルイデロ・ペスの上等なドライ・シェリーが四百本以上も倉庫に眠ってるのに、ずっとそのままにしておくつもりだというんだ。どうしてかといえば、値段が高すぎてクラブの会員はだれも飲まないだろうからだと。だからわたしはいってやったよ、『売れないのならみんなにくれてしまえ。眠らせたまま無駄にするよりどれだけましか』となな。それで今じゃオーストラリア産ワインと同じ値段で売るようになったよ」それから、「一杯注がせてくれ、アラン。これはなかなかいけるぞ」

「すみません、あとでいただきます。そういえば、ひとつお尋ねしたいんですが、フラウドさんはビル・デイヴィッドスンさんと親戚の関係だと聞きましたが?」

老人は体を震わせながらうなずき、「親戚といっても、遠縁だな。ビルの母親の亭主がわたしの……わたしのなんだったかな、忘れちまったよ。近ごろは昔ほどものを憶えていられなくなってね」

「デイヴィッドスンさんの娘のモイラ、ご存じですよね?」

「いい娘だが、酒を飲みすぎる癖があるな。酒といってもブランデーばかりらしいから、大したことはないのかもしれんが」

「じつはわたし、彼女のことでちょっと困っていまして」とサイクスはいった。

「ほう、どうした？」

「デイヴィッドスン嬢が環境大臣に直接かけあったらしく、大臣からわたしに指示書が届いたんです。それによると彼女は、今年にかぎり鱒釣りのシーズンを早めてほしい、そうしないとだれも鱒釣りができないまま終わってしまうといってきたとのことで。大臣もそれはいいアイデアじゃないかといっていまして。おそらくつぎの選挙をにらんでそういっているんでしょうが」

「鱒釣りを早く解禁しろってことか？　九月一日にならないうちに？」

「そういうことです」

「そいつぁだめだな。九月前じゃまだ鱒の産卵が終わってないだろう。仮に産卵のすんだ鱒でも、すぐあとは動きがにぶいから簡単に釣れてしまう。そんなことをして鱒が減ると、先行き何年も釣りができなくなるぞ。いったいいつ解禁しろといってるんだ？」

「大臣は八月の十日ごろがいいんじゃないかと。もちろん大臣にそういわせてるのはモイラ嬢――あなたの遠縁だという――ですが。まるで彼女のいうことしか耳に入らなくなってるようでして」

「それはよくないことだな。無責任な話だ。いくらこの先いつこの世が終わりになるかわからないといっても……」

そのあとクラブの会員たちがつぎつぎに部屋にやってくると、話題は口々に伝わり俄然議論が沸騰していった。そしてついには、結局のところは解禁日を早めたほうがいいという意見が大勢を占めるにいたった。

「なんだかんだいっても」と一人がいった。「天気がよくてしかも鱒がそこにいるとなれば、釣りたいやつは釣りにいくのさ――いくら規則がどうだといってもね。罰金をとったり刑務所に入れたりするわけにはいかないよ。もうそんなことを取り調べたりしてる時間もないんだからね。あまり早すぎない時期を設《もう》けて、ちゃんとした理由をつけて解禁日を決めればいいんじゃないかね――もちろん今年にかぎってのことだが」

街の眼科医が発言した。「わたしはいい考えだと思うね。もし魚が少なくなるのが心配だというのなら、釣ったらすぐリリースすればいいさ。どうしても食う必要はないんだからな。もっとも、早い時期といってもよほど早くないと鱒が毛鉤《けばり》に食いついてこないので、スピナーを使わなきゃならんだろうが、それもまたいいものだ、わたしは好きだね。もし死なきゃならんときがきたら、よく晴れた日にデラタイト川の岸で釣り竿《ざお》を手にしていたいものだな」

するとだれかが口を出した。「アメリカ軍の潜水艦から逃げたという水兵みたいに?」

「そう、まさにね」と眼科医はいった。「その男はじつにいいことを考えたと思うよ」

かくてアラン・サイクスは市民のあいだでいちばん大勢を占めた意見を胸に秘め、少し気分を楽にして役所に戻ると、さっそく環境大臣に電話をした。その日の午後にはもう、市民の要望に応じたすみやかな政令改正をラジオ放送で発表すべく、その草案を作成した。今や小国となりながらも、いかにも文化程度の高い国オーストラリアらしい、すばやい対応となった。

ドワイト・タワーズはオーストラリア海軍航空母艦〈シドニー〉の、人けのないがらんとした士官室で、よく響きわたるその放送に聴き入っていた。驚きはしたものの、半月前に自分とジョン・オズボーンが交わした会話がそれにかかわっていようなどとは夢にも思っていなかった。ただそれを聞いて急に思い立ち、息子に贈るつもりの釣り竿を組み立てはじめた。出国の際持ちだすには税関でなんやかやいわれるかもしれないが、そこはアメリカ海軍最高司令官の威光でもって通過させねばならない。

やがて冬も半ばをすぎたころ、生存可能地域が狭まってきたオーストラリアに、ついに緊張の糸が切れたかのような時期が訪れた。七月初旬にブロークンヒルとパースの町が放射性降下物によって全滅すると、メルボルンの市民の大半はもう、やりたくない仕事はしないようになってきた。すると街には無法者たちが跋扈《ばっこ》して略奪が頻繁に起こり——そのせいで電気が止まったり食料がこなくなったりということはまだなかったものの——熱源となる燃料や宝飾品などがまず狙われた。日が経つにつれて、そうした極端な暴虐は多少鎮まっていったが、それでも荒くれ者たちがそこかしこにたむろしていたり、酔っ払いが側溝《そっこう》に嵌《は》まったまま寝入っていたりといった光景がいまだよく見られた。だがとにかく、最初のころのようなひどい状況は収まってきた。と同時に、これまでなにも走るものがなかった道路のあちらこちらに、ほどなくやってくる春の先触れのように自動車が姿を見せはじめた。

たくさんの車がいったいどこから湧いて出るのか、あるいはまたそれぞれがどこから燃料を手に入れてくるものか、最初のころは不審にさえ思えるような景色だった。だが結局のところ、それぞれが独自の方法で燃料を確保しているとしかいいようがないのだった。

ピーター・ホームズはある日、彼の一家が住む土地の地主がホールデンに乗って不意にやってきたことに驚かされた。伐採《ばっさい》した木々のなかから薪《まき》になるものを採集しにきたのだったが、貴重なはずの車の燃料については、洗濯機用に少量だけ手に入れておいたのだとのみ語っていた。またあるときはオーストラリア海軍に所属している従弟のビルがレイヴァートンの空港からMGに乗って訪ねてきたが、燃料については今まで蓄《たくわ》えていたもので、もうこれ以上とっておいても仕方がないと思って使うことにしたと説明した。だがその言い訳は納得がいかなかった、というのは、ビルはもともと、ものを蓄えておくような男ではないからだ。また、コイロにあるシェル石油の精油所で働いているある知人は、手づるによってフィッツロイのブラック・マーケットからガソリンを少しだけ買ったと洩らした。だがそれを売った闇業者の名前についてはかたくなに教えるのを拒《こば》んだ。ことほどさようにオーストラリア国民はだれもがさし迫った状況に圧《お》されて、スポンジを絞るようにしてわずかな燃料を搾《しぼ》りだしはじめていた。だが日にちがすぎて八月へと近づくにつれ、搾りだせる量はいよいよわずかとなっていった。

ホームズはある日、空《から》の燃料缶をひとつたずさえて、メルボルンのジョン・オズボーン宅を訪ねた。帰宅したのち、夕刻にホームズは愛車モーリス・マイナーのエンジン音を二年ぶりに聴いた。黒い煙が延々と出つづけるので、エンジンを切ってマフラーをとりはずし、少し小さめのものに作り変えた。それをまたとりつけると、はしゃぐ妻メアリを助手席に乗せ、娘ジェニファーを彼女の膝に乗せて、道路へと車を出した。

「まるで買ったばかりの新車に乗るみたいな気分ね！」とメアリが叫んだ。「ガソリンもよくあったわね！　これからもまだ手に入るかしら？」

「今使ってるのは、とっておいたやつだ」とホームズは言い訳した。「隠しておいたんだ。まだもういくつか缶が庭に埋めてある――だれにもいっちゃだめだよ」

「モイラにも？」

「彼女なんて、いちばんだめだ」そう答えてから、「タイヤがボロいのが難だな。それもなんとかしたほうがいいんだが、まだちょっと手がないね」

翌日は、この愛車でウィリアムズタウンの基地に出勤した。もう人員のほとんどいなくなった空母〈シドニー〉のわきに広がる港の空き地に駐車し、夕方にはまた愛車を駆って帰宅した。工廠《こうしょう》でのホームズの仕事は、今や名ばかりのものだ。原潜〈スコーピオン〉の整備の進捗《しんちょく》状況はひどく緩慢《かんまん》で、ホームズのやることといえば週に二日程度の出勤でも充分なほどの仕事量でしかなく、そのうえモーリス・マイナーで通勤できるようになれば本当に楽な身分といえる。

ドワイト・タワーズはといえば、ほぼ毎日出勤していたが、彼も最近では移動の利便に恵まれてきていた。ある朝オーストラリア海軍第一司令官が彼を自室に呼び、アメリカ海軍最高司令官ともあろう者は、自分の意志でいつでもどこへでも移動可能でなければならないと告げた。そしてただちにグレーのシボレーが専用車としてホームズに与えられ、おまけにエドガー一等水兵が専属運転手とされた。その日から、クラブへ昼食にいくのにもハーカウェイのモイラの家を訪ねるのにも、もっぱらそのシボレーを使うようになった。デイヴィッドスン家では相変わらず畑で牛を牽いて糞《ふん》を撒く作業を手伝い、エドガー一等水兵にも家畜に飼葉《かいば》をやる仕事をやらせた。

七月の下旬は、多くの人々にとって楽しみの多い時期になった。といっても、天気は例年どおり悪く、風は強いし雨は大量に降るし気温は四、五度と低くて寒いが、男たちも女たちも長いあいだ自分たちを縛《しば》ってきた軛《くびき》を脱して自由になった。人々が週ごとにもらう給料袋ももう大して重要なものではなくなった。週に一度、金曜日に職場にいくだけでも給料袋はもらえた――たとえ働こうが働くまいが。だが金をもらっても、それを使うすべはそう多くない。肉屋は肉を買った客が金を払えば受けとりはするが、払わなくてもさして怒りはしない。置いてある肉をただで持っていくのも自由だ。置いてなければ別の肉屋を探しにいくまでだ。そういうことが一日じゅうくりかえされた。

高い山々では、人々が週日週末を問わずスキーに興《きょう》じていた。ピーターとメアリのホームズ夫妻は小さな庭に新たに花壇を作り、菜園のまわりには柵を立てた。柵のすべてにパッションフラワーの蔓《つる》をめぐらした。花壇や菜園を作るのにこれほど時間をかけたことはかつてなかったし、そういうものをこれほど深く進めたこともなかった。

「きっとすばらしい庭園になるわ」とメアリは満足げにいった。「これぐらいの規模の庭としたら、フォールマスでいちばんきれいな庭になるかもよ」

メルボルン市街にある囲い地では、ジョン・オズボーンがカー・レースを応援してくれる人々の助力を得ながら愛車フェラーリの整備に余念がなかった。オーストラリア・グランプリは、この時点の南半球で最大のレースイベントとなっていた。とくに今年は開催日が例年の十一月から八月十七日へと早められていた。このレースはこれまではメルボルンのアルバート・パークで行なわれるのがつねだった——ニューヨークのセントラル・パークやロンドンのハイド・パークに相当する公園だ。主催団体はこのアルバート・パークでの最後のレースとして開催したいと考えていたが、その実現には障害が多くありすぎた。まず初めから明らかだったのは、人員の数と労力の量が少なすぎるために十五万人以上にものぼるだろう観衆の安全を充分には図りきれないことだった。参加車のスピンアウトなどに見物人の一部が巻きこまれて犠牲になったり、今後の公園使用が認められなくなったりといったことは、一般市民はさして意にも介していなかったが、しかし主催者側にしてみれば、突っ走る車からそれだけの大群衆を守るための人員がいないというのは大問題だった。おまけに参加するレーサーたちはといえば、時速二百キロで見物人のなかにつっこむかもしれない恐れを実感している者はごく少数ときていた。だが現実にはそれほどのスピードを出しているレーシング・カーというものは意外ともろく、人一人と衝突しただけでも路面からはじき飛ばされかねない。したがってこのオーストラリア・グランプリをアルバート・パークで開くのは事実上不可能との断《だん》がやむなくくだされ、代わってトゥーラディンの一般道路で開催することになった。

そこでのカー・レースは、一転してレーサーたちだけのためのレースとなった。メルボルンから六十キロもへだたった場所であるため、移動の困難さからして多数の観衆は到底《とうてい》期待できない。反面、参加を希望するレーサーの数は、思いがけずも急増した。さながらヴィクトリア州とニュー・サウスウェールズ州南部の高速車所有者が——車の新旧を問わず——残らず最後のオーストラリア・グランプリに参加したがっているかのような活況となった。最終的には約二百八十台がエントリーした。それほどの多数の車に一斉に速さを競われては判定困難となるため、本大会前の二週の週末に、車の規模別での予選を行なうことになった。組分けは籤《くじ》引きで決められ、その結果オズボーンのフェラーリとの同組は、ジェリー・コリンズというドライバーの乗る三千ccのマセラティを初めとして、ほかにジャガーが二台サンダーバードが一台ブガッティが二台、そしてベントリーのビンテージ車が三台と、加えてロータスの改造車が一台という構成になった。この最後の一台はシャーシのみロータスで、そこに約三百馬力の過給機付きジプシークイーン航空機用エンジンを搭載し、前方視野を狭くした特異車だった。サム・ベイリーという若い航空機メカニックがみずから造り運転する車で、とにかくすごいスピードが出るらしいと噂になっていた。

メルボルンから遠いため、五キロのレース・コースの周辺には、ごく少数の見物人が散在しているだけだ。ドワイト・タワーズは公用車となったシボレーを自分で運転して観戦にやってきた――途中でモイラ・デイヴィッドスンとホームズ夫妻を乗せて。その日は五組の予選が行なわれた。いちばん小さい車の組から順に実施され、全レースともに八十キロずつを走った。ひと組めが終わる前に、主催組織はメルボルンに連絡し、救急車を二台、至急追加要請した。というのは、あらかじめ配備されていた別の二台が、早くも稼働を余儀なくされたからだった。

事故が多発した原因のひとつは、路面が雨で濡れていたことだった――第一組が発進したときにはさして降っているわけではなかったにもかかわらず。走ったのはロータス六台とクーパー八台とMG五台で、MGの一台にはフェイ・ゴードンという若い独身女性が乗っていた。約五キロの道のりは、まず長い直線コースからはじまり、凹凸《おうとつ》の多いそこをすぎると、ゆるいカーブにさしかかり、と思うと道は大きく弧を描いて、レイク・コーナーと呼ばれる百八十度のUターン路となり、その名のとおり真ん中に池を挟む。つぎにくるのがヘイスタック・コーナーという約百二十度の大きな右カーブで、さらにつぎがセイフティ・コーナーという急な左ヘアピン・カーブだ。それらにより小高い丘の頂へ登ってはまたおりることになる。帰路は直線からゆるい左カーブへとつづき、急な坂をくだったのちスライド・コーナーという鋭い右カーブを曲がり、そこからゆるい左カーブを経て最後の直線へと戻る。

一組めのスタート時から、レースは異常なものになりそうな予感があった。発進と同時に各車ともエンジンが無慈悲な叫びを放ち、レーサーたちが競走相手に対し、あるいは自分自身に対しても非情になっていることをうかがわせた。一周めは奇蹟的に全車とも無事にまわりきったが、惨事はそのあとに待っていた。ヘイスタック・コーナーでMGの一台がスピンして道路から逸《そ》れ、離れた荒地にわだかまる低木《ていぼく》の茂みにつっこんだ。だが車は止まらずに、茂みを踏み荒らして無理やりターンし、ふたたび路上に戻った。その後ろからきたクーパーは衝突を避けようとハンドルを切ったが、濡れた路面のせいでこれまたスピンし、さらに後ろからきた別のクーパーに横腹からまともにぶつかられてしまった。一台めのクーパーの運転手は即死し、両車ともこんがらかった鉄屑《てつくず》と化して道路わきに山をなした。二台めのクーパーの運転手は車外へ放りだされ、頸椎《けいつい》を骨折し内臓を損傷したが一命だけはとりとめた。最初のMGの運転手は二周めをまわり、くだんのカーブにふたたびさしかかったところで、いったいなにが事故の原因かと、一瞬だけけいぶかった。

五周めの最終直線路の終点近くで、先頭をいくフェイ・ゴードン嬢のMGにロータスの一台が追いついたが、三十ヤード前方にレイク・コーナーが迫るあたりで、これまた路面の濡れによってスピンを起こした。さらに別のロータスがゴードン嬢の右わきを追い越そうとした。彼女は思わず左へよけようとしたが、そのはずみで時速百五十キロの速度のまま道路からはずれてしまった。必死で右ターンして路面へ戻ろうとしたがそれもかなわず、MGは細長い空き地を横切って横ざまに茂みにつっこみ、さらには池の水面へと真っ逆さまに落ちた。激しい水しぶきが収まると、車は岸から十ヤードほどのところに、後輪とテールのみが水面のちょうど上に出ている姿で湖面に縦に突き刺さっていた。救助隊が水をわたって車にたどりつき、ようやくゴードン嬢の遺体を車内からとりだしたのは、事故から約三十分後のことだった。

十三周めではスライド・コーナーで三台の車がぶつかりあい、ひと塊《かたまり》になって炎上した。うち二台の運転手は奇蹟的にも軽傷を負っただけでなんとか脱出したが、もう一人は両脚が折れたため逃げられず、炎に包まれてしまった。結局この第一組では、十九台の出走車のうち七台のみが完走した。

オズボーンは、一着の車に向かってチェッカー・フラッグが振られるのを眺めながら煙草に火を点けた。「これがレースの醍醐味《だいごみ》ってやつだな」そういう彼は、最終組での出走だ。

ピーター・ホームズが考え深げにいった。「みんな本気で争っていたな、勝つために……」

「当然さ」とオズボーンは返す。「それがカー・レースというものだ。参加したが最後、失うものはなにもなくなる」

「でもきみのフェラーリがぶっ壊れるのは別だろ？」ホームズ。

オズボーンはうなずく。「そうなったら悔《くや》しくて仕方ないだろうがね」

頭上からは雨が降りはじめ、またも路面を濡らした。ドワイト・タワーズはモイラとともに会場から少し離れたところに立って見物していた。

「車に入っていたらどうだ？」とタワーズはいった。「雨に濡れるぞ」

だがモイラは動かない。「この雨じゃ、レースなんてもうつづけられないんじゃない？　まして、あんなひどい事故がつづいたんだもの」

「どうかな」とタワーズ。「つづけるかもしれんぞ。レーサーたちにとっては、なにが起ころうと同じことだろう。スピンするほどの猛スピードなんて出す必要もないのに、みんなあえて出してるんだからな。それに、この時期に路面が乾くほどよく晴れた日を待とうなんていってたら、待ちきれないほど長くかかることになるしね」

「でも、こんなのひどすぎるわ」とモイラ。「予選の一組めでもう、二人死んで七人が大怪我してるのよ。これ以上は無理よ。まるで古代ローマの剣闘士の闘いみたいじゃないの」

タワーズは雨に濡れるまままいっとき黙していたが、やがていった。「そうともいえないさ。まずここにはさしたる観客がいないしね」とまわりをさし示し、「いるのはレーサーたち自身と、ピット・クルーと、あとは五百人にも満たない野次馬だけだ。ゲートで入場料をとってるわけでもない。自分たちがやりたいからやってるだけのことだ」

「ほんとにやりたいのかしら、わたしには信じられないわ」

タワーズは苦笑して、「それほどいうんだったら、オズボーンのところにいって、出走をとりやめて帰れといったらいいさ」モイラがそれには応《こた》えなかったので、「さあ、車に入ろう。ブランデー・ソーダでもついでやるよ」

「お酒は少しでいいわ」とモイラ。「こんな危険なレース、見物するのに酔っ払ってなんかいられないもの」

つづくふた組の予選レースでは七件の衝突事故が発生し、うち四件が救急車を呼ぶケースとなったが、死者は一人だけですんだ——犠牲者はセイフティ・コーナーで多重衝突を起こして重なりあった四台のうち、いちばん下になったオースチン・ヒーレーのドライバーだった。雨は細かい小糠雨《こぬかあめ》へと変わってきたが、そのせいでレーサーたちの闘争心が冷えることはまるでなかった。

オズボーンは見物にきたホームズら友人たちのそばを離れ、予選最終組に出るための準備へと向かった。そしてパドックに待機するフェラーリに乗りこむと、そのエンジンをかけて暫時《ざんじ》温めた。まわりではピット・クルーが囲んで見守っている。エンジンの調子に満足するといったん車をおり、煙草を喫《す》いながらほかのドライバーと立ち話をはじめた。ジャガーに乗るドン・ハリスンという男で、手にはグラスを持ち、テーブル代わりに逆さまに置いた箱の底には、ボトルとグラスいくつかずつが並べられている。オズボーンも一杯勧められたが遠慮した。

「心配しなさんな、あんたらにポロリと洩らすような作戦は持ちあわせていないから」といって、にやりと笑った。自分の車が今回のグランプリ全出走車中最速だという自信はあったが、その反面、経験値は全レーサーのなかでもおそらく最低だ。事実、レースに出るときは、いまだに愛車フェラーリのテールに新米ドライバーであることを意味する黒色の三本線をテープで貼りつけて示している。レースではいつあの恐ろしいスピンが起こるかわからないという自覚があるからだ。スピンはいつも不意討《う》ちで襲ってきて人を驚かせる。もしいつ起こるかがわかるならば、水に濡れた路上ではどんなドライバーだろうと条件は同じになるのだが。つまり、そんな道路状況を猛スピードで走り抜ける経験はだれも持っていないはずなので、経験が浅いという自覚のあるオズボーンは、なまじ自信のあるほかのレーサーたちより自衛力にすぐれることになるのだ。

　ピット・クルーがフェラーリをスターティング・グリッドへ押しだした。位置は二列めで、前にはマセラティとジャガー二台とそして例の改造ロータスがいる。横にはサンダーバードがいる。オズボーンは座席で尻の位置をよく安定させ、エンジンをかけた。シートベルトを締め、目にはゴーグルをぴったりとつけた。そして胸のうちで念じた――「どうせ死ぬならここで死のう」と。ゲロを吐きながら糞尿《ふんにょう》にまみれて死なねばならないときが、あとひと月もしないで訪れるのだから。好きなカー・レースで猛スピードで突っ走って死ぬほうが、それよりはどれだけましか知れない。大きなステアリングを心地よく操《あやつ》りながら、マフラーの轟音が奏《かな》でる音楽を聴きながら死ねばいい。そう思いながらクルーのほうへ顔を向け、にっこりと心からの笑みを見せてやった。そのあとはスターターに目を釘付けにした。

　スターターがフラッグを振ると同時に、オズボーンはいいスタートを切った。猛ダッシュをかけて改造ロータスの前に出ると、ギヤをサードに入れ、後方のサンダーバードを早くも遠く引き離した。レイク・コーナーにさしかかり、前方のジャガー二台を猛追した。ただしこの先十七周もまわることを考え、濡れた路面に極力注意して走らねばならない。最後の五周ぐらいまでスパートを待っても、勝つチャンスは充分あるはずだ。ジャガー二台の後方につけたままヘイスタック・コーナーをすぎ、セイフティ・コーナーまで通過して、用心深く直線コースに入った。ここでもまだ激しく仕掛けてはならない――改造ロータスが轟音をあげて右側から追い抜きをかけてきたからだ。サム・ベイリーがここぞとばかりにスピードをあげ、フェラーリにしぶきを浴びせかけた。

オズボーンはゴーグルをぬぐいながらわずかに速度を落としつつも、しっかりとあとを追った。ベイリーの改造ロータスは路面を左右へ大きく振れながら走っていて、若いドライバーのすばやい反応力でどうにか無事を保っているという感じだ。オズボーンはそれを見て、いずれは事故を起こすと予感していた。今は安全な距離をとって追跡し、なりゆきを見守っていたほうがいい。ふとバックミラーへ目をやった。五十メートルほど後方を走るサンダーバードにマセラティが追いつこうとしているのが見えた。まだ余裕があるから、スライド・コーナーは速度を落としていい。だがそのあとは仕掛けることになる。

一周めのラストの直線に入ったところで、改造ロータスがジャガーのひとつに追いついたのが目に入った。オズボーンは約二百五十キロでピットの前を通過し、もう一台のジャガーに接近した。改造ロータスを追うには、近づきすぎずあいだに一台挟んでいたほうが安全だ。レイク・コーナーを前にして軽くブレーキをかけながらミラーを見ると、後方のマセラティとサンダーバードを相当引き離したのがわかった。このままなら今の四番めの位置をあと一、二周保っていても大丈夫だ――各コーナーを用心して切り抜けさえすれば。

その作戦で六周めまで進んだ。そのときには改造ロータスが先頭に立ち、と同時に、先頭グループの四台は、すでに最後尾のベントリーの一台を一周以上追い抜いていた。スライド・コーナーをすぎたところでオズボーンはアクセルを強く踏みこみ、またもちらりとミラーを見やった。目に飛びこんできたのは、スライド・コーナーで何台かの車がぶつかりあっているようすだった——マセラティとベントリーが側面から激突しあい、路上を横切るようにしてコースをはずれていった。さらにはサンダーバードが空中に撥《は》ねあげられていた。それらのさまに、ふたたび目を向けている余裕はなかった。前方で先頭の改造ロータスが、あたかもこのときを選んだかのように猛スピードを出し、ブガッティの一台にも一周の差をつけようとしていた。そうするには時速二百二十キロの高速が必要だが——改造ロータスはそれに失敗した。二台のジャガーは余波を受けないように距離をとっていた。

つぎの周回でふたたびスライド・コーナーにさしかかると、残骸となっている事故車は二台のみであることが認められた——サンダーバードは道路から五十メートルほど離れてひっくり返り、ベントリーは後部が破壊された姿で停止し、大量のガソリンを路面に流していた。マセラティは依然レースをつづけているようだ。オズボーンは事故現場をすぎ去り、八周めに入った。そのとき猛然と雨が振りだした。スパートをかけるなら今だ。

先頭グループの各車とも、同じことを考えたようだった。八周めに入ると、トップの改造ロータスがジャガーのひとつに追い抜かれた。コーナーでのサム・ベイリーのステアリングには明らかに不安があり、そこを突かれたのだ。今やジャガーも改造ロータスもブガッティを周回遅れとし、ベントリーはさらに遅れている。もう一台のジャガーもヘイスタック・コーナーでその二台を抜き去ろうとしている。オズボーンはそのあとにぴたりとつけていた。その直後に起こったのは、まったく一瞬の出来事だった。ヘイスタック・コーナーで突然ブガッティがスピンを起こし、そこにベントリーが激突した。ベントリーは進路を逸《そ》れ、すぐ後ろから抜きにかかっていたジャガーの目の前に投げだされた。それに衝突したジャガーは二度回転し、右側面を上にして路肩に倒れた――運転手を放りだして。オズボーンには急停止するいとまもなく、よけることもできなかった。彼のフェラーリは約百十キロの速度でブガッティにぶつかり、道路わきにはじき飛ばされて止まった――運転席側の前輪が傾いた姿で。

オズボーンは激しく体を揺さぶられたものの、怪我はなかった。ジャガーの運転手ドン・ハリスン――オズボーンに酒を勧めた男だ――は茂みのなかへ投げこまれ、全身打撲《だぼく》で瀕死状態になっていた。ジャガーが回転したとき投げだされて、しかも直後にベントリーに轢《ひ》かれたのだ。オズボーンが一瞬ためらっているうちに、人々が現場へと向かっていく。とっさにフェラーリのエンジンをかけなおしてみた――エンジンは動き、車は前へ進もうとするが、傾いた前輪がフレームに擦《こす》れてきしりをあげた。これでもうレース続行は無理だ――グランプリ本戦も当然無理となった。一挙に気分が沈んだオズボーンのわきを、改造ロータスが走りすぎていく。やむなく車をおりて道を横切り、瀕死のドライバーを助けられるかどうかと、そちらを見やった。

その場に呆然と立ちつくしているうちにも、改造ロータスはさらに周回してすぎていった。降りしきる雨のなかでオズボーンは数秒間そうしていたが、ふと気づいた――改造ロータスの二度の周回以外、ほかの車が通らなかったことに。そうとわかると、すぐフェラーリへ駆け戻った。残っているのが本当に一台だけなら、彼にもまだ予選通過の可能性があることになる。どうにかしてでもピットまで車を動かしていき、そこで傾いた車輪を交換してレースを継続し、この予選組での二位の座を確保すればいいのだ。そうと決めると、力をこめてハンドルを切り、ゆっくりと車を動かしはじめた。雨はなお首筋に打ちつけ、改造ロータスは三周めの追い越しをかけていった。六台ほどの事故車がもつれあうように投げだされているスライド・コーナーまできたところで、傾いた前輪のタイヤがパンクした。やむなく車輪の力のみで進み、ようやくピットにたどりついたときには、改造ロータスはさらに周回していた。

ピット・クルーによる車輪交換には約三十秒を要した。すばやく点検したところでは、外殻の傷み以外はさほどの損傷はない。トップとの周回遅れはさらに数度増えた。そのころスライド・コーナーの事故車の山のなかからブガッティの一台がうごめきだし、ふたたびコースを走りだした。だが今さら恐れるには足りない。オズボーンは無難に残りのコースをまわりきり、予選最終組二位の座を勝ちとった――同時に本選参加資格をも。結局この組では当初十一台が出走し、うち八台が完走を逸《いっ》し、そのなかの三名のドライバーが死亡する結果となった。

オズボーンはフェラーリをパドックに戻し、エンジンを切った。クルーたち友人たちが集まってきて本選出場を祝った。だがその声すらほとんど聞こえていなかった。衝撃の継続と緊迫からの解放とが混ざり、なお手が震えていた。頭のなかにはただひとつのことしかなかった――愛車を早くメルボルンに持ち帰って総点検したい。予選はどうにか完走したものの、明らかにステアリングの調子がおかしい。どこかが故障したか壊れているにちがいない。レース終盤にはつねに強く左側へ引っぱられる感じがしていたのだ。

集まっている知人たちの合間《あいま》に、あるものを目にとめた――死んだドン・ハリスンがジャガーを駐めていたあたりに残っているそれは、テーブル代わりにしていた逆さまに置いた箱だった。その上にはグラスと二本のウイスキー・ボトルが置かれたままになっている。

「なんてことだ」とオズボーンはだれにいうでもなくつぶやいた。「今こそドンとあれを飲まねば」

車をおり、ふらつく足どりでそこへ向かっていった。ボトルのひとつはまだほとんど飲まれていなかった。それをグラスにたっぷりと注ぎ、割る水はごく少量にした。と、改造ロータスのわきに立つサム・ベイリーの姿が目に入った。そこで、別のグラスにも注ぐと、人垣を抜け、最終組勝者であるベイリーのところにそれを持っていった。「今ドンと一緒に飲んでいるところだ。きみも加わってくれ」

若者はうなずいてグラスを受けとり、一気に呷《あお》った。「あんた、よく生き残れたな。巻きこまれたとばかり思ってたのに」

「ピットに入って車輪を換えてた」オズボーンは重い声で答えた。「でもまだステアリングがおかしくて、千鳥足《ちどりあし》だ。きみの改造車並みだよ」

「ぼくのステアリング捌《さば》きは完璧さ」ベイリーは平然といった。「ただこいつがちょっとあばれ馬だってだけだ。あんた、メルボルンに帰るのか？」

「車がいうことを聞けばね」

「ドンの輸送車を借りるってのはどうかな」とベイリーがいった。「もう要らないだろうからね」

オズボーンは若者を見返した。「なるほど、それはいい手かも……」

ドン・ハリスンは、ジャガーをレース会場まで運ぶのに古いトラックを利用していたのだった。デコボコ道に愛車を走らせてチューニングが狂うのを避けたかったのだろう。トラックはパドックからそう離れていないところにぽつんと駐められていた。

「失敬するなら早いほうがいいぜ、だれかに先を越されないうちに」とベイリー。

オズボーンはウイスキーを呷り、急いでフェラーリのそばにとって返した。移送のための新《あら》手《て》をピット・クルーに告げると、すぐにみんな手を貸してくれた。フェラーリを押していき、鋼鉄製の搬送《はんそう》板の上に押しあげて、トラックの荷台に載せた。あとはロープでくくりつけた。だれか見ていはしないかとまわりを見まわすと、レース会場の係員が一人通りがかったので、その男を呼び止めた。

「ドン・ハリスンのピット・クルーはこのへんにいないのか?」

「事故現場のほうにいってるんじゃないですかね」と係員。「ハリスンさんの奥さんも現場にいましたから」

もう必要なくなったはずのハリスンのトラックを無断拝借して帰るつもりだったオズボーンだが、未亡人とピット・クルーを置き去りにしてもいいかとなると、話はちがってくる。

急ぎ足でパドックを出ると、レース・コースを歩いてヘイスタック・コーナー方面へと向かっていった。かたわらには自分のピット・クルーの一人エディー・ブルックスを伴っている。雨のなかで事故車の残骸を前にして、数人の人々が立ちつくしていた。うち一人は女性だった。オズボーンは最初クルーから話を聞くつもりでいたが、未亡人の悄然《しょうぜん》とした姿を見て気が変わった。近づいていって声をかけた。

「ハリスンさんですね？　フェラーリを運転していた者ですが……申し訳ないことになってしまって、なんといったらいいか」

夫人は小首をかしげた。「後ろからきて巻きこまれてしまった方ね？　あなたにはどうしようもなかったでしょう」

「そうかもしれませんが、でもやはりすまない気持ちで……」

「あなたは謝ることはないわよ」と夫人は気丈《きじょう》にいった。「ドンはやりたいことをやって死んでいっただけ。なにも悔《く》やんでなんかいないと思うわ。ただ、もしもお酒さえ飲んでいなければ……でもそれもどうかしらね。お酒だって飲みたいから飲んだだけでしょうから。あなたはうちの人のお仲間だったの？」

「仲間というわけじゃありませんが……レースの前にウイスキーを勧めてもらったのに、遠慮してしまいました。それで今ご馳走になってきたところで」

「今お酒を？　それはきっとドンも喜ぶわ。そういうことが好きな人だったから。まだ残ってるかしら？」

オズボーンはためらってから、「さっき見たときは残っていました。それでサム・ベイリーと一緒にもらって飲んだわけです。そのあとまただれかが飲んでいれば、もう空《から》になってるかもしれませんが」

夫人はあらためて彼を見返し、「わたしになにかお話がおありなんでしょ？　ドンの車のこと？　あれはもう使い物にならないだろうって、みんないってるけど」

ジャガーの残骸のほうをちらと見やって、「残念ながらそのようですね。でもぼくがお借りしたいのは、あのトラックのほうでして――自分の車をメルボルンまで運びたいもので。ステアリングが故障したので、なんとかなおして本戦に間に合わせたいので」

「本戦に残ったの？　それならぜひ使ってくださいな、ドンのトラック。ガラクタになったのより、ちゃんと走れる車の役に立つほうが彼もうれしいでしょう。どうぞ、持っていって」

オズボーンは内心、少し驚いていた。「いつまでにお返しすれば？」

「わたしはトラックなんて使わないから、返さなくていいわよ」

それでは代金を、といいかけたが思いなおした。そういう申し出をするタイミングはすでに逸している。「そういってもらえるとありがたいです。車を楽に運べるかどうかは大問題ですから」

「いいのよ」と未亡人。「しっかりなおして、グランプリに勝ってくださいな。もし部品にまだ使えるのがあるなら――」とジャガーをさし示し、「――それも持ってくといいわ」

「あなたは帰りはどうやって？」とオズボーン。

「わたし？　主人の遺体を救急車で運んでもらえるときを待って、一緒に乗せてってもらうわ。でも病院に運ばなきゃならない怪我人が何人もいるから、うちの番がくるのは真夜中になるかもしれないけど」

それなら、この夫人のためにしてやれることはなさそうだ。「せめてご主人のピット・クルーの一部なりとも送っていきましょうか？」

夫人はうなずき、髪の薄くなった五十絡《がら》みの太り気味の男に話しかけた。するとその男はほかの二人の若い男たちに、オズボーンに送ってもらうよう指示した。

「彼はアルフィーよ」と夫人はいった。「彼だけここに残って、あとの処理をしてもらうわ。あなたは早く帰って、グランプリにそなえてちょうだい」

オズボーンは雨のなかで立って待っているエディー・ブルックスのところにいき、小声で告げた。「タイヤはうちのフェラーリとサイズが同じはずだ。ホイールは別だが、ハブだけでもはずせたら持っていくかな……それからスライド・コーナーでマセラティがつぶれてるが、あれも見てくれ。エンジンまわりの部品でうちのに合うのがあれば……」

それからハリスン付きの二人の若いクルーを伴って移送用トラックまで歩いていき、それに乗って走りだした。途中ヘイスタック・コーナーで止めて、外におり、事故車漁《あさ》りをはじめた――残骸のなかから死体をどかし、フェラーリに使えそうな部品がないか探すという、いささか陰鬱《いんうつ》な仕事だ。それをようやく終えて、雨のなかメルボルンへの帰途《きと》についたときには、あたりはもうすっかり暗くなっていた。

第八章

八月一日、ピーター・ホームズ夫妻の庭で初めての水仙《すいせん》の花が咲いた。同じ日、ラジオのニュースは、アデレードとシドニーで放射能による症例が発生したことを報じた——できるかぎりの冷静な報じ方で。だがそんな報道にも、もうあまりショックは感じなかった。とかくニュースというものは悪いことばかりなものだから——賃上げ闘争だのストライキだの局地戦勃発《ぼっぱつ》だのといった——悟っている市民は、もうそういうことには関心すら払わない。それよりずっとだいじなのは、今日がとてもよく晴れたいい日だということだ。水仙は初めて花を咲かせたし、その向こうでは喇叭《らっぱ》水仙ももう蕾《つぼみ》をふくらませている。

「きっと絵のようにきれいになりそうね」と妻のメアリがうれしさをあふれさせていった。「ほら、蕾があんなにたくさん。水仙って、ひとつの球根からふたつ芽《め》が出ることもあるのかしら」

「そういうわけじゃないだろう」とホームズはいった。「ひとつからふたつの芽は出ないと思うな。球根そのものがふたつに分かれるってことはあるかもしれないけど」

メアリはうなずき、「秋になって掘り返してみればわかるわね——全部枯《か》れてから。そして細かく分けるのよ。そうすれば、もっとたくさん植えられるようになるわ。一、二年も経《た》てば、ものすごく増えるでしょうね」そこで少し考えてから、「増えすぎたら、一部を家のなかに移してもいいわね」

これほどのすばらしい日にも、妻にはひとつだけ気になって仕方がないことがあるようだった。赤ん坊に歯が生えはじめたせいか、熱っぽいうえにむずかりがちになっていることだ。『幼児の一年め』という本を読んだところ、それはよくあることで心配する必要はないと書いてあったというが、それでも彼女はなお気にせずにはいられないのだった。

「こういう本を書く人が、なんでもわかってるとはかぎらないでしょ」と彼女はいった。「赤ちゃんはみんな同じじゃないしね。とにかくこんなふうに泣いてばかりいるのはおかしいわよ、そう思わない？　ハロラン医師《せんせい》に診《み》てもらったほうがよくないかしら」

「それほどのことはないと思うけどね」とホームズは返した。「ごらんよ、こんなに元気そうにビスケットをしゃぶってるじゃないか」

「でも熱があるのよ、可哀相《かわいそう》に」と、メアリは幼児ベッドからジェニファーをかかえあげ、肩から背中にかけてを軽く叩くようにさすりはじめた。すると幼児は、そうしてほしかったのか、ぴたりと泣きやんだ。その瞬間はまるで静けさが耳に聞こえるようだった。

「心配しなくても大丈夫だよ」とホームズはまたいった。「かまってほしくて泣いてるだけじゃないかな」

じつのところ、彼はもういい加減うんざりしていた。赤ん坊がひと晩じゅう休みなく泣きつづけ、妻がそれをなだめるためにしょっちゅうベッドから出たり入ったりをくりかえしたあとだったから。

「悪いけど、ぼくはこれから海軍省に出かけなきゃならない。十一時四十五分に第三司令官の執務室を訪ねることになってるから」

「ハロラン先生にはどうしたらいい？」とメアリ。「やっぱり診てもらおうかしら？」

「医者に見せるほどじゃないって。むずかりだしたら何日かつづくものだと本にも書いてあっただろ。ジェニファーは泣きはじめてまだ三日しか経ってないじゃないか」だが内心、もう三日も経ってるのか――とホームズは思った。

「でもなにかがおかしいのよ。ひょっとしたら歯が原因じゃないのかもしれないわ。たとえば、癌《がん》に罹《かか》ってたりしたらどうする？　あの子はどんなに痛くても自分じゃなにもいえないのよ」

「とにかく、ぼくが帰るまで待つんだ」とホームズは釘《くぎ》を刺した。「遅くとも午後の四時から五時ごろまでには戻るから。そのときどんな加減になってるか見てからでも遅くないだろ」

「わかったわ」と妻は不承不承いった。

ホームズはガソリンを入れるための燃料缶をとってきて車に積みこむと、すぐに発進させて道路へと出た。家を抜けだせてホッと息をついた。じつをいえば今日は海軍省に出向く約束などしていないのだが、用もなく訪ねたとしても、だれに不審がられるわけでもない。だいいち、省の職員などもうほとんどいないだろう。潜水艦〈スコーピオン〉はすでに乾《かん》ドックから出されて空母〈シドニー〉と並んで停泊しているはずだが、もう出動指令が出されることはない。

それでもとにかく艦のようすでも見て、あとはついでにガソリンを失敬してくればいい。

そのよく晴れた朝、第三司令官の執務室にいたのはWRANS（オーストラリア海軍女性部隊）の事務員一人だけだった。眼鏡《めがね》をかけた、いかにも几帳面《きちようめん》で職務に誠実そうなその女性によれば、メースン第三司令官は現在どれかの艦に赴《おもむ》いているのではないかという。ホームズはまたあとで立ち寄ると告げ、車に戻った。

そしてウィリアムズタウン港にやってきた。空母〈シドニー〉のわきに車を駐《と》めると、燃料缶を手にしたままタラップをあがって艦内へと入っていった。いあわせた当直士官の敬礼に応《こた》えた。「おはよう。タワーズ艦長は出勤されているかね？」

「はい、今はおそらく〈スコーピオン〉のほうかと」

「じつはちょっとガソリンが欲しいんだがね」

「わかりました。缶を置いていっていただければ入れておきますが」

「悪いが頼む」

ホームズは、人けのない空母の内部を靴音を響かせて通り抜けたのち、潜水艦へのタラップをおりていった。彼が甲板《かんぱん》に立つとすぐ、ドワイト・タワーズが艦橋《かんきよう》甲板に姿を現わした。ホームズは堅苦しく敬礼した。「おはようございます、艦長。なにかお手伝いできることはないかと思い、立ち寄りました。それと——ガソリンを少し分けていただこうと思いまして」

「たんと持っていったらいい」と艦長はいった。「ここでは仕事はほとんどないよ。おそらくこれからもないだろう――ずっとね。きみのほうは、なにか知らせはないのか？」

ホームズはかぶりを振った。「先ほど海軍省を訪ねたのですが、女性部隊員が一人いただけで、もぬけの殻《から》も同然でした」

「じゃ、昨日わたしが訪ねたときのほうが、まだましだったようだな、士官が一人いたからね……みんなどんどんドロップ・アウトしていくようだな」

「もう居残る意味がわからなくなっていくんでしょうね」二人とも艦橋の手摺《てす》りにもたれかかった。「アデレードとシドニーの状況、お聞きになりましたか？」

艦長はうなずいた。「聞いたよ。あと何ヶ月かだった刻限が、何週かに縮まり、今はもうあと何日かにまで迫ってしまったようだな。実際はあとどれくらい残されているのかね？」

「それは自分も聞いていません。じつはちょうど今日、オズボーン科学士官に連絡をとって、そのあたりの最新情報を訊《き》きだせればと思っていたところでして」

「オズボーンなら役所に連絡しても捕まらんぞ。今は自分の車の整備に忙しいらしいからな。そういえばあの予選レースはすごかったたな」

ホームズはうなずき、「つぎのもご覧になりますか――グランプリの本戦も？　きっと最後のカー・レースになるでしょうね。さぞものすごいことになるんじゃないかと」

「さあ、どうするかな。この前のはあまりモイラのお気に召さなかったようなんでね。女はとかくものの見方がちがうからな。ボクシングやレスリングでもそうだが」といってから、「ところできみ、これからメルボルンに帰るのか？」

「そのつもりでしたが——もしなにかご用があれば？」

「用というわけじゃない、ここにはもう仕事なんてないからな。ただもし車できたのなら、わたしも乗せていってもらおうと思ってね。公用車の運転手をやってくれてるエドガー水兵が、今日はまだ顔を見せないんだ。彼もドロップ・アウト組かもしれない。悪いが十分ほど待ってくれないか、この制服を着替えてくるので」


それから四十分後、ホームズはタワーズ艦長と一緒にメルボルン市街の囲い地にしつらえられたジョン・オズボーンのガレージを訪ねていた。フェラーリは、滑車付き吊搬鎖《チエーン・ブロック》で頭を上にして天井に吊るされて、ボンネットがあけられ、ステアリングがとりはずされていた。オズボーンはツナギ作業服姿で、メカニック一人とともに修理にいそしんでいた。事前に染みひとつないほど入念に洗車したらしく、作業する手はまったくといっていいほど汚れていない。

「あのマセラティからこれらの部品を手に入れられて、ほんとにラッキーでした」とオズボーンは真剣な調子でいった。「フェラーリのサスペンションの軸のひとつがひどく曲がってしまっていたんですが、幸いマセラティのサスペンションと造りが同型だったので、スプリングの内側にドリルをかけて少し口径を広げただけで、マセラティの軸を嵌《は》めこむことができました。もし曲がった軸を熱してまっすぐにしただけでレースに出たりしたら、とんでもないことになるところでした。それじゃとても修理とはいえませんからね」

「どんなにいい車で出ようと、レースではとんでもないことになるんじゃないかね？」と艦長がいった。「で、本戦はいつなんだ？」

「その点でちょっと不満がありまして」とオズボーン。「再来週の土曜日を、つまり十七日を予定しているそうなんですが、それじゃ遅すぎですので。せめて来週の土曜日の十日にしてくれないと」

「放射性降下物がいよいよ迫ってるというのか？」

「そう思います。キャンベラでは、明らかにそうとわかる症例が出ています」

「それは聞いていなかったな。ラジオではアデレードとシドニーのことだけ報じていた」

「ラジオ報道はいつも、およそ三日ぐらいずつ実情から遅れていますので。ギリギリになるまで市民を必要以上に落胆させたりパニックを起こさせたりしないためでしょうが。しかしちょうど今日オルベリーで、放射能のせいかと疑われる症例が一件発生しました」

「オルベリーでか？　ここから北へせいぜい二百マイルほどの距離のところじゃないか」

「そうです。だから再来週の土曜日の開催では遅すぎるだろうと」

ホームズが質問を挟《はさ》んだ。「じゃ、ぼくらのところまでくるのにはあとどれくらいかかるんだ？」

オズボーンは彼のほうへ顔を向け、「もう、すぐそこまできてる。おれも、きみも、この車のドアも、このスパナも、なにもかもがいつ放射性降下物に侵《おか》されてもおかしくない。こうして呼吸している空気も、飲む水も、サラダのレタスも、ベーコン・エッグすらも、全部同様だ。そして人間の許容限度へと急速に近づいていく。許容量の個人差が劣る者は、すぐにでも症状が出てくるだろう——二週間とは経たないうちに」そこでひと息置き、「だからこそ、グランプリ・レースのような重要な催《もよお》しを二週後の土曜日にやるというのはバカげてるというんだ。ぼくらレーサーは、今日の午後グランプリ開催委員会の話し合いを持つことになってるので、そういう意見をいうつもりだ。レーサーの半分が下痢《げり》や嘔吐《おうと》に見舞われるようなことになったら、とてもまともなレースなんかできないとな。もしそうなったら、放射能への耐性の強いやつが優勝するなんてことになっちまう。カー・レースというのは、そんなものじゃないだろう！」

「たしかにそのとおりだな」と艦長はいったが、そのあとすぐにモイラと昼食の約束があるといって独《ひと》りで去っていった。

残されたホームズに、オズボーンが〈パストラル・クラブ〉での昼食を勧めた。そしてタオルで手を拭《ふ》くとツナギ服を脱ぎ、ガレージを出て鍵をかけ、ホームズの車に乗って出発した——メルボルンの街を走り抜け、めざすクラブへと。

道中でホームズは問いかけた。「きみの伯父さん、加減はどうだい？」

「相変わらずワインを浴びるように飲んでるよ、飲み仲間たちと一緒にね」とオズボーンは答えた。「当然ながら、加減はそうよくない。ランチにいけば会えるよ、近ごろは毎日クラブ通いだからね。自分の車を乗りまわせるようになったからだろうけど」

「じゃ、どこかからガソリンが手に入るようになったと？」

「たぶんね。きっと陸軍から持ちだしてるんじゃないかな」とオズボーン。「まあ近ごろじゃ、だれがどこから盗んでもおかしくない状況ではあるがね」一拍置いてから、「伯父はここで最《さい》期《ご》を迎える覚悟じゃないかと思う。ただ、たやすく迎えるとはかぎらないがね。あれほどのワイン好きだから、ぼくらよりも寿命が長いかもしれない」

「ワイン好きだから?」とホームズ。

オズボーンはうなずき、「アルコールが体内に浸透すると、放射能への耐性が強まるといわれてるからね。知らなかったか?」

「それじゃ、アルコール漬けになっていれば長生きできると?」

「といっても、せいぜい数日だろうがね。ダグラス伯父の場合は、どっちのせいで死ぬか微妙なところだな——先週のうちはアルコールの過剰摂取のほうが勝ちそうな按配《あんばい》だったが、昨日会ったら、またひどく元気そうなようすに戻っていたしね」

やがてクラブに着くと、車を駐めてなかに入っていった。ダグラス・フラウドは風が寒いので庭園には出ておらず、庭園観覧室《ガーデンルーム》でくつろいでいた。シェリー酒のグラスをテーブルに置き、二人の友人たちとの会話に興《きょう》じていた。二人が入っていったのを目にとめると、フラウド氏は難儀《なんぎ》そうに席から立とうとしたが、オズボーンが立たなくていいというとそれに従った。

「前はもっとすばやく動きまわれたんだがね」とフラウド氏。「まあ坐《すわ》れ。シェリー酒でもどうだ。アモンティリャードも、あと五十本ほどになったところだ。そのベルを押せば届けてくれる」

オズボーンがベルのボタンを押し、二人とも椅子にかけた。「近ごろ加減はどうだい、伯父さん？」

「まあまあだな。医者は大丈夫だろうといってるよ。ただし昔みたいに大酒を飲むなってな。そんなことしたら、あと何ヶ月も保《も》たんそうだ。もっとも、保たんのはだれも同じだがね——医者もそうだし、おまえだってな」とフラウド氏は笑った。「それよりジョン、おまえ例のレースに勝ったそうじゃないか」

「勝ったわけじゃない、二着さ」とオズボーン。「まだ予選だから、なんとか本戦に出られるようにはなったってことでね」

「勝ち急いで命を落とすなよ。まあ、そうなったからって、さほど事情は変わらんだろうがな。そういえば、放射能はとうとうケープタウンにまできたとだれかいってたが、本当か？」

オズボーンはうなずき、「ああ、もう何日か経つよ。まだ無線で連絡をとりあってるけどね」

「つまり、オーストラリアよりも南アフリカのほうに先にきたってことか？」

「そういうこと」

「じゃ、わたしたちのところにくるころには、アフリカ大陸は全滅してるわけだな」

オズボーンは苦笑して、「そうなるのも遠くはないだろうね。少なくとも、アフリカ全土が放射能におおわれるまで、あと一週間というところかな。終盤に近づくほど急速になってくるからね。そうなると連絡をとりあうのもむずかしくなってくる——人口が半分以上死に絶えるようなことになるとね。そうすると、状況を知るのも容易ではなくなる。しかもそのころには、あらゆるものの流通が遮断されるだろう——食料供給も含めて。そして残り半分の人口が絶えるのも時間の問題となる……でも今いったとおり状況を知る手段まで断たれるから、いつそうなったかも把握できないだろうけど」

「むしろ、そのほうがいいかもしれんな」フラウド氏は強気な調子でいった。「そのへんまでわかれば、もうたくさんだろう。あの南アフリカも、いよいよ終わりか。あの国じゃ、いい時期をすごさせてもらった——最初の戦争の前、わたしがまだ准大尉のころにな。もっとも、あのアパルトヘイトだけは好《す》かなかったが……とにかくこのオーストラリアが、人類最後の砦《とりで》になるってことだな？」

「そうともいえない」とオズボーンは答えた。「このメルボルンが世界で最後の大都市にはなるかもしれないけどね。南米のブエノスアイレスやモンテヴィデオでは、すでに多くの症例が出ているそうだし、ニュージーランドのオークランドでも一、二件見られるらしいからね。もしメルボルンまでやられたなら、あとはタスマニア島とニュージーランド南島がもう半月ばかり生き残るだろうか。でも人類最後の生存者となると、結局アルゼンチンの南端ティエラデルフエゴの先住民族になるんじゃないかな」

「南極大陸は？」とフラウド氏。

オズボーンはかぶりを振り、「あそこは今は無人のはずだよ——われわれの知るかぎりではね」といって、薄く笑った。「でもこれで地上の生命が完全に失われるというわけじゃない——そう考えるべきだと思う。ここメルボルンでも、ぼくら人間がいなくなったあとでも、生命はなおも残りつづけるはずだ」

「生命とは？」ホームズが、フラウド氏ともども驚きの目を向けながらいった。

オズボーンはにやりと満足げに微笑《ほほえ》んだ。「兎《うさぎ》さ。いちばん抵抗力のある生き物は兎族だからね」

フラウド氏は椅子に坐ったまま身を乗りだし、驚きに顔を紅潮させていった。「人間より兎のほうが長く生き残るというのか？」

「そのとおり。おそらく一年前後は死期が遅れると思う。放射能への耐性が人間の倍くらい強いから。来年はオーストラリアじゅうを兎たちが駆けまわって、残りの食料を漁《あさ》ってるかもしれない」

「兎どもが、最後は人間に意趣返しをするというのか？」とフラウド氏。「人間より長生きして、その死体を蹴りつけながら駆けまわると？」

オズボーンはうなずく。「犬も人間を凌《しの》ぐだろうね。その犬より長く生きるのが鼠《ねずみ》だ。けど、それよりさらに長いのが兎なのさ。彼らこそ、犬にも鼠にもそのほかの生き物すべてにも勝って、最後の生存者になるだろう……もちろん彼らだって、結局は全滅する運命だけどね。そして来年の終わりごろには、本当にすべての生命が消え失《う》せているだろうな」

フラウド氏は、また椅子にどっと深く沈みこんだ。「兎どもめ！　われわれ人類がこれまでやってきたことは、結局すべて、やつらとの戦いだったわけか——しかも最後はやつらに負けてしまうとはな！」そこでホームズへ顔を向け、「悪いがそのベルを押してくれ、ホームズくん。昼めしの前にブランデー・ソーダを頼まずにはいられなくなった。もちろん、昼めしのあとも三人でまた飲むぞ、いいな?」

タワーズはモイラとともにレストランの奥のテーブル席をとり、昼食を注文した。

「なにか心配ごとでもあるの、ドワイト?」とモイラが訊いた。

タワーズはフォークを手にとり、それをもてあそびながらいった。「大したことじゃない」

「いってごらんなさいよ」

タワーズは顔をあげた。「〈スコーピオン〉のほかに、もう一隻潜水艦を管轄してるんだが――モンテヴィデオに寄港してる〈ソードフィッシュ〉のことだ――いま南米のあのあたりにまで放射性降下物による汚染が進んできている。それで、つい先日〈ソードフィッシュ〉の艦長に無線連絡をとって、向こうを離れてオーストラリアに避難してくるようにいってやったんだ」

「そしたらなんて?」

「艦長は断ったよ。現地との絆《きずな》を断ち切るわけにはいかない、といういい方をしていた。つまり〈スコーピオン〉の場合と同じで、乗組員の多くが現地の女性と深い関係になってるからだ。もしなにかよほどの事情が持ちあがったなら脱出することもありえなくはないが、その場合でも乗組員の半分は置いていかざるをえないだろうという。となると、そこまでして自分たちだけ逃げる意味はないというわけだ。半分の員数では、航海もままならないからね」

「それであなたは結局、向こうに残るのを認めたの?」

タワーズは、ためらったのちに答えた。「そうだ。〈ソードフィッシュ〉については、ウルグアイの領海となる十二海里《かいり》沖の外側にまで漕《こ》ぎだして、沈めるように指示した」といって、フォークの先端をうつろに見つめた。「そうするのがいいことだったかどうかはわからない。ただ、そういうふうにすることがオーストラリア海軍省の基本的な方針になるはずだと考えた――優秀な機器を搭載した艦船を他国の領海内にとどめたままにはしておけないという考え方がね。これでアメリカ海軍はさらに縮小されてしまった――二隻から一隻に減ってしまったからね」

二人とも、しばし黙りこんだ。「〈スコーピオン〉も同じようになるしかないと思ってるんじゃない？」モイラがようやくいった。

「そうだな。あの艦だけはアメリカに持ち帰りたいと思ってたが、その考えももう現実的じゃなくなってきた。〈ソードフィッシュ〉の艦長がいうように、この土地との絆が強くなりすぎたからな」

食事が届けられ、ウェイターが去ったあとで、モイラがいった。「わたし、ひとつアイデアがあるんだけど」

「なんだい？」

「今年は鱒《ます》釣りが早めに解禁になって、土曜日からなの。それで、どうかしら、週末にわたしと一緒に山のほうに出かけない？」そういってモイラはにっこり微笑んだ。「もちろん、釣りをしにね。ほかのことなんかなにもしなくていいの。ジャミーソンのあたりならとても景色がきれいよ」

　タワーズは一瞬ためらってから、「オズボーンがいってたが、その日はグランプリの本戦がある日だな」

　モイラはうなずき、「たしかそうだと思ってたわ。あなたもそっちを見にいきたい？」

　タワーズは首を横に振り、「きみは？」

「わたしは見たくないわよ、また人が大勢死ぬところなんか。どのみち来週か再来週にはそういうのを見せつけられるんだもの」

「わたしも同じ気分だよ。ああいうレースなら見たいと思わない。下手をしたらオズボーンまで死にかねない。そんなところにいくよりは釣りを選ぶね」モイラへ顔を向け、彼女と目が合った。「だが、ひとつだけいっておく。もしあとできみが悔《く》やむことになるようだったら、その計画には乗らないよ」

「悔やんだりはしないわ」とモイラ。「あなたが思ってるような意味ではね」

　タワーズは混みあうレストランの店内をぼんやりと見ながら、「わたしは遠からず家に帰るつもりでいる。これまで長いあいだ旅に出ていたが、それももう終わりだからな。どういうことかわかるだろう？　家には愛する妻がいる。この二年の旅のあいだ、わたしは彼女を裏切るようなことはしてこなかった。そういう人の道を今になって犯すようなことはしたくない――これからのわずか何日かのあいだにもね」

「わかってるわ」とモイラ。「初めからずっとわかってた」つかのま黙ってから、またいった。

「あなたにはほんとによくしてもらったわ、ドワイト。もしあなたがいなかったらどうなってたかわからないくらいよ。飢《う》えているときは、たとえパン半斤《ぎん》でももらえれば、とてもありがたいものよ――食べるものがなにもないよりはね」

タワーズは眉間《みけん》を曇らせた。「そんなつもりだったわけじゃない」

「わかってるわよ。わたしだってあと一週間か十日で死ぬというときに、不倫遊びなんかやってあとを濁したくはないもの。あなたと同じに、それなりの人の道は心得《こころえ》てるということよ――少なくとも今はね」

タワーズは安堵の笑みを返した。「息子に贈る釣り竿を、ふたりで試してみたいね」

「きっとそうだと思ってたわ、試したいんじゃないかって。わたしは毛針《けばり》釣り用の竿があるから、それを持ってくわ。巧《うま》くはないけど」

「毛針と先糸《さきいと》はあるのかい？」

「先糸とは呼ばずにキャストといってるけどね。でもどうだったかしら、家にあるかどうか見てみないといけないわね」

「車でいけるかな？　距離はどのくらい？」

「八百キロほどもあるから、かなりのガソリンが要《い》るわね。でも心配要らないわ、父のカスタムラインを借りられるように頼むから。父がしょっちゅう乗りまわしていられるのは、納屋《なや》に積んである乾草《ほしくさ》のなかに、百ガロン近くのガソリンを隠してあるからよ」

タワーズはにやりとした。「いつもながら、すべてにゆきとどいてるな。で、宿泊はどうするんだ？」

「ホテルにしようと思うの。田舎《いなか》の安宿だけど、そういうところがいちばんじゃないかしら。コテージとかを借りる手もあるけど、山小屋って二、三年もだれも泊まってないなんてことが多そうだから、掃除やなんかに時間とられちゃうでしょ。だからどこかのホテルに電話して予約をとるつもり。もちろんふた部屋でね」

「そうだな、頼む。わたしはエドガー水兵に連絡をとって、公用車を運転手抜きで使いたいと申し入れてみるよ。自分で運転していいものかどうか不たしかなんでね」

「そんなのべつに許可とらなくてもいいんじゃない？　司令官なんだから、勝手に持ちだしちゃえばいいでしょう」

タワーズはかぶりを振る。「一応、筋は通さないとな」

「だったらいいわよ、そんなの使わなくても。うちの父の車があるんだから。ただわたしが思うのは、そもそもあなたのための車なんだから、勝手に使おうが問題はないだろうってことよ。どうせあと半月もしないうちにみんな死ぬんだもの、そしたら車なんてだれも乗り手がなくなるでしょ」

「それはわかってるが……ただ、やるべきことはちゃんとやりたいというだけのことさ。規則には必ず従う――そういう訓練を受けてきてるのが軍人だ。こういうときだからといって、それを変えたくはない。もし週末に女性同伴で遊山《ゆさん》にいくのに公用車を使ってはいけないというのが規則だとしたら、それに従うまでのことだ。たとえば〈スコーピオン〉にアルコール類が持ちこまれることは一切ない——たとえあと五分で最後というときになってもね」そういってタワーズはにっこりした。「つまりそういうことさ。どうだ、もう一杯飲むかい?」

「どうやら結局、うちのカスタムラインを使うことになりそうね。ほんとにむずかしい人……自分があなたの下で働く水兵じゃなくてよかったわ。いいえ、もうお酒はけっこうよ。午後から初めての試験を受けなきゃならないときだから」

「初めての試験?」

モイラはうなずき、「速記タイプで一分間に五十の言葉を書き取りする試験なの。五十のうち、速記で三つタイプで三つだけしかミスが許されないというルールでね。とてもむずかしいわ」

「だろうな。それができたらすごい速記タイピストになれそうだ」

モイラは、かすかに笑みを浮かべた。「一分間に五十語ぐらいではだめよ。速いといわれるには百二十語は書けないといけないの」あらためてタワーズの顔を見て、「ねえドワイト、わたしもいつかアメリカにいって、あなたを訪ねたいわ。そしてあなたの奥さんにお会いしたい——会ってくれればの話だけど」

「シャロンもきっと会いたいと思うだろうよ」とタワーズ。「きみには感謝すらしてるはずだ——今すでにね」

モイラは薄く微笑み返し、「それはどうかしらね。女って、男の人をめぐってはとかく気持ちがむずかしいものだから……ミスティックにも速記タイプを習えるところはあるかしら?

講座が終了するまで補《おぎな》ってくれるところ」

タワーズは少し考えてから、「ミスティックの町にはないが、ニューロンドンまで出れば、いいビジネススクールがいくつもある。二十四、五キロほどいけば通える町だ」

「通わなくていいのよ、アメリカには半日もいればそれでいいんだから」とモイラは真剣な調子で、「娘さんのヘレンちゃんがホッピンクで跳《は》ねまわってるところも見たいわね。でもやりたいのはそれだけで、あとはすぐまたオーストラリアに帰るつもりよ」

「そんなに早く帰ったらシャロンが残念がるよ。泊まっていけというだろうな」

「それはあなたの考えでしょ？　その点ははっきりさせといたほうがいいと思うの」

「そのころには状況が変わってしまってるかもしれないぜ」

モイラはゆっくりと相槌《あいづち》を打ち、「かもしれないわね。むしろほんとにそうなるといいんだけど。どうなるかは、もうじきわかるけどね」腕時計を見やり、「もういかなきゃ。試験に遅れちゃうわ」手袋とハンドバッグを手にとった。「とにかく、父にいうわね、カスタムラインを貸してくれるように。それから、ガソリンも三十ガロンばかり分けてもらえるように」

タワーズはためらいがちに、「こっちも公用車を使えるか確認するよ。きみのお父さんの車を長く借りるのも悪いからね。おまけにガソリンまで」

「いいのよ、父はどうせもう乗らないんだから。ずっと道ばたに駐めておくけど、乗ったのは二回ぐらいしかないと思うわ。とにかく忙しいのよ、まだやれるうちに農場の仕事をできるだけやっておきたいらしくて」

「仕事というと、今はどんな？」

「木立に柵をめぐらしたり――四十エーカーほどある林だけどね。柵の杭《くい》を打つための穴を掘ってるところよ。およそ二十組の柵をつなげるの。ということは、杭の穴が百近く要るのよ」

「ウィリアムズタウンにいても、もうあまり仕事もないから、できればわたしもお宅にいって力になりたいね――お父さんさえよければだが」

モイラはうなずき、「いっておくわ。今夜八時ぐらいに電話してもいい？」

「ああ、頼む」とタワーズはいって、彼女を店の出入口まで送っていった。「試験の幸運を祈るよ」

その日の午後は、タワーズにはもうさしたる用がなかった。モイラが去ったあとレストランの外の通りに出て、つかのまぼんやりと立ちつくした。することがなくて退屈を感じるなど、普段の彼には似つかわしくないことだった。ウィリアムズタウンの基地でも、もうまったくといっていいほど仕事がない。空母〈シドニー〉は活動を停止してひさしいし、自分の潜水艦〈スコーピオン〉さえ今はもう動かない。軍からの指令がない以上、ふたたび就航させることもありえない。実際問題としても、南米にも南アフリカにももうほとんどいけるところが残っておらず、あとはニュージーランドを残すのみという状況だ。〈スコーピオン〉の乗組員は半分に分けて、一週間ずつ交代で休暇をとらせている。しかもその半分のうち、艦に残してメンテナンスや清掃作業に携わらせるのは十人程度で、ほかは連日陸《おか》にあがらせて休ませている。

もはや軍本部と無線連絡をとりあうこともない。タワーズは週に一度ずつ、形ばかりの必要物資要望書にサインするが、実際の必要物資はそんな書類とはかかわりなく、港の倉庫から略奪してくるものでまかなわれている。認めたくはないが、〈スコーピオン〉の軍艦としての生命はとうに終わっている――タワーズ自身の軍人としての生命と同様に。しかも彼は、それに代わるほかの命を持ちあわせてはいない。

〈パストラル・クラブ〉にいってみることも考えたが、すぐにあきらめた。あそこにも居場所はもうなさそうだから。きびすを返し、街の自動車商業地区へと足を進めだした。そこにいけばジョン・オズボーンが愛車の修理にいそしんでいるだろう。なにか興味が湧いて手伝えそうな仕事があるかもしれない。八時までにはウィリアムズタウンに戻って、モイラが電話をくれるのに間に合わせなければならない。それがつぎの予定につながる。つぎの日、彼女の家まで出向いて、父親の柵造りを手伝う。そうやって仕事ができることが、そこに居場所を持てることがとても楽しみだった。

中心街への道すがらスポーツ・ショップに立ち寄り、毛針とキャストがないか尋ねてみた。「あいすみません」と店主は答えた。「毛針もキャストも、あいにく置いてありませんで。普通の釣り針なら少しございます、ご自分で毛針を作っていただくようになりますが。ほかはすべて、ここ何日かで売り切れてしまいました、まもなくシーズンがオープンする時期ですので。しかもこのさき入荷されることはもうないと存じます。これはある意味でいいことじゃないかと家内に申しました、最後の日が迫っているときに在庫を最小限にすることができたわけですので。会計士は褒《ほ》めてくれるでしょう――といっても会計士自身、もうさして関心を払っていないかもしれませんがね。なんともおかしなことになったものです」

タワーズはさらに市街を歩きつづけた。自動車商業地区に入ると、モーター・ショップのウインドーには依然として新車やモーター式芝刈《か》り機が陳列されているが、ウインドーは汚れているし、店自体どこも閉まっている。店内の商品は埃《ほこり》や砂をかぶっている。通りも汚れていて、紙や野菜屑《くず》などが散らかり放題だ。清掃業者が歩道を清掃してから何日も経っているようだ。それでも市内電車はまだ走っていたが、街全体が澱《よど》み廃《すた》れて腐臭を放ちはじめている。まるで映画に出てくる東洋の都市のような趣《おもむき》だ。空は灰色で、小雨が降りだしている。下水道がところどころで詰まってでもいるのか、路上のあちらこちらに大きな水溜《た》まりができていた。

やっとジョン・オズボーンの囲い地に着き、あけ放たれたままのガレージに入っていった。オズボーンは、二人のメカニックとともに作業していた。ピーター・ホームズもそこにいた。ホームズは軍服の上着を脱いで、名前のわからないフェラーリのパーツを灯油のなかにつっこんで洗浄していた――このときの灯油は水銀よりも高価なはずだが。ガレージ内は陽気で活動的な雰囲気に満ちていて、タワーズの気持ちを暖かくした。

「きてくださるんじゃないかと思っていました」とオズボーンがいった。「手伝っていただけますか？」

「もちろん」とタワーズ。「街を眺めていたら、つらい気持ちになってね。なにかやってまぎらわせたいな」

「それじゃ、ビル・アダムズがタイヤとホイールを組みあわせる作業をしているので、それを手伝ってください」といって、山積みされている新品のレーシング・カー用タイヤをさし示した。そのまわりにはたくさんのスポーク付きホイールが散在している。

タワーズはうれしい気分で上着を脱いだ。「これはまた、ホイールがたくさんあるね」

「十一個あるはずです。マセラティからはずしたのもあります、フェラーリのと同じだったので。全部のホイールに新品のタイヤをくっつけます。ビルはグッドイヤー社に勤めていたので、タイヤについてはなんでもよく知っていますが、彼一人ではこの作業はむずかしいものですから」

タワーズはシャツの袖をまくりあげ、ホームズへ顔を向けた。「きみも手伝いにきたのか?」

ホームズはうなずき、「あまり長居せず帰らないといけないんですが。歯が生えてきたせいか、娘がこの二日ほど泣きやまないものですから。家内には基地での仕事だといって出てきたので、五時ごろまでには帰らないと」

タワーズはにっこりして、「奥さんに子供の世話をまかせきりにしてきたのか?」

ホームズはうなずき、「土産《みやげ》に庭用熊手《くまで》とイノンド水を買ってはきましたが、それでも五時までが限度です」

それから三十分後、ホームズは自分の小型車に乗りこんでフォールマスへの帰途《きと》についていた。五時きっかりに帰宅すると、メアリは居間にいた。家のなかが奇妙に静かだった。

「ジェニファーはどうしてる？」とホームズは尋ねた。

メアリは唇に指をあて、「眠ってるところよ」と小声で答えた。「夕食のあとすぐ寝入って、それからずっと起きていないの」ホームズが寝室へ向かうと、妻もついてきた。「起こさないでね」

「起こしやしないさ」と彼も小声で返した。ベッドのなかの赤ん坊を見おろすと、たしかにすやすやと寝ていた。「やっぱり癌なんかじゃないと思うね」

夫婦は居間に戻り、ドアをそっとしめた。ホームズはそこで土産をとりだした。

「イノンド水なら、もうあるわよ」とメアリがいった。「それもたくさんね。でもあの子今は飲もうとしないの。あなたは三ヶ月は遅れてるわね。この熊手はいいと思うけど。芝庭の落ち葉や小枝を掻《か》き集めるのにちょうどよさそう。昨日、手で拾いながら歩いてみたけど、腰を曲げてたせいで背中が痛くなっちゃったからね」

二人は飲み物を口に運んでくつろいだ。

「ねえピーター、今こうしてガソリンが手に入ったわけだから、つぎはモーター式芝刈り機を買えないかしら？」

「あれはかなり高いぜ」とホームズはほとんど無意識のうちに反対していた。

「今はもう、高かろうとどうでもいいんじゃない？　それに、夏がくればますます必要になるわ。もちろんそんなに広い芝庭じゃないけど、それでも手動式のだとけっこう疲れるのよ。それに、あなたはまた海へ出なきゃならないかもしれないしね。いちばん小型のでもいいからモーター式のがあれば、わたし独りでも楽にやれると思うの。なんなら電動式のでもいいしね。ヘインズさんの奥さんのドリスは電動式を買ってもらったから、刈りはじめるときもとても簡単みたいよ」

「ドリスは電気のコードを少なくとも三回は切ってると聞いたぞ。しかもそのたびに感電しそうになってるそうじゃないか」

「そんなの注意さえしていれば大丈夫よ。電動式は、持ってるだけでもとてもすてきだと思うしね」

やはりメアリは現実から逸《そ》れた夢の世界に生きているようだ。あるいは意識的に現実を受け入れようとしないのか——どちらなのかホームズにはわからなかった。だがいずれにせよ、彼はそういう妻を愛している。電動式芝刈り機を買ってやってももう使うことはないだろうが、持っているだけで彼女が喜ぶなら、それもいいかもしれない。

「このつぎ街へ出かけたとき探してみよう」とホームズはいった。「モーター式ならかなりの数が売られてるけど、電動式のがどうかはちょっとわからないからな」そこで一瞬考えてから、「ひょっとすると、もうないんじゃないかな。ガソリンが手に入らなくなったとき、みんなこぞってそっちを買ったかもしれないから」

「小型のなら、ないこともないんじゃない?」とメアリ。「使い方はあなたに教えてもらわないといけないけど」

ホームズはうなずき、「そんなにめんどうじゃないさ」

「ほかにあるといいと思うのは、庭用ベンチね」とメアリ。「冬のあいだ外に出しっ放しにしておいても、晴れた日にはいつでもちゃんと坐れるのがいいわ。前から思ってたけど、躑躅《つつじ》の小藪《こやぶ》がある隅の木陰に置いたらとってもすてきじゃないかしら。夏にはきっとしょっちゅう坐りそうな気がするわ。もちろん、あれば年じゅういつでも便利だしね」

ホームズはうなずき、「それは悪くないかもしれないな」夏がきてもベンチに坐ることなどもうないとはわかっているが、そんなことは忘れていい。ただ問題は、ベンチを運んでくる方法だ。唯一考えられる手段は、あのモーリス・マイナーに積むことだ――といっても、車のルーフの上にくくりつけることになるだろうが。となると、よほど分厚く包装しないとルーフのエナメル塗装に疵《きず》がつきかねない。「とにかくまずモーター式芝刈り機を手に入れるのが先だな。あとは預金残高と相談してからだ」

翌日ホームズ一家は芝刈り機を買いに車でメルボルンの街へ出かけた。ジェニファーは幼児用バスケットに入れて後部座席に置いた。メアリが街に出るのはずいぶんひさしぶりのことなので、その変貌ぶりに驚いたようすだった。

「これはいったいどうしたことなの？」と彼女はいった。「街じゅうこんなに汚れて、しかも臭いがひどいわ」

「清掃業者が通りの掃除をしなくなったせいだ」とホームズはいった。

「仕事をしなくなったって、どうして？　ストライキかなにか？」

「仕事なんて、もうみんなやめているんだよ。じつのところ、ぼくだってなにもしていない」

「それとこれとはわけがちがうでしょ、あなたは軍隊にいるんだもの」それを聞いてホームズが笑うと、「わたしがいうのはね、あなたは何ヶ月も海外へ任務に出ていたあとなんだから、今は休暇をとっていても当然ということよ。街の清掃業者はそうじゃないでしょ。一年じゅう掃除しているのが仕事なんですからね。そうするのが義務でしょ」

ホームズはそれ以上妻に説明する気になれなかった。やがて車は雑貨の量販店に着いた。店内に客は数えるほどしかおらず、店員も同様だった。夫婦は子供を車内に残し、庭仕事用品売場にいった。店員がやっと見つかった。

「モーター式芝刈り機はあるかい?」ホームズは訊いた。

「隣の陳列棚に何台か置いてあります――そのアーチをくぐっていった先です。すみませんが、そちらでお求めのものがあるかどうかお探しください」

二人はそれに従い、十二インチの小型芝刈り機を見つけて、値段のタグを見た。それに決めると、さっきの店員を呼んできて、「これにしよう」と告げた。

「ありがとうございます。小型ですが、よい商品ですので――」店員は皮肉めかした笑みを浮かべ、「――一生物としてお使いになれますよ」

「四十七ポンド十シリングだね」とホームズは確認して、「小切手でもいいかな?」

「小切手でも蜜柑《みかん》の皮でも、なんなりと」と店員は答えた。「今夜もう店仕舞いしますので」

ホームズがテーブルで小切手を書いているあいだ、メアリが店員の相手をした。

「どうしてお店を閉めるの？」と彼女は訊いた。「お客さんがこなくなったから？」

店員は短く笑った。「いいえ、お客さまはおいでになるし、あれこれと買っていかれますよ。在庫が足りなくなりそうなほどにね。ただ、わたしどもとしては最後の最後まで店をつづける気にはなれないということでして。それは店員のだれもが同じ気持ちです。それで昨日、話し合いを持って、そのことを店長に伝えたわけです。結局、このさき営業をつづけたとしてもせいぜい半月程度なので、会社もついに今夜で店をたたむことに決めたんです」

ホームズは店員のところに戻り、小切手をわたした。

「ありがとうございます——といっても、銀行にももう事務員がいないかもしれず、お金には換えられないかもしれませんがね。そうなったら来年あたり、うちの店のだれかがお客さまのところに督促にいくかもしれないので、念のために受領書をお書きしましょう……」店員は受領書を書いてよこしたあと、すぐまたつぎの客へ顔を向けた。

メアリが身震いしていった。「ピーター、こんなところ早く出て、うちに帰りましょう。ぞっとするわ。臭いもひどいし」

「もう少し街にいて、ランチをしないか？」ちょっとした外出は彼女にも楽しいだろうとホームズは思っていた。

メアリはかぶりを振る。「いいえ帰りましょう。お昼は家で食べればいいわ」

車は黙りこんだままの二人を乗せて街を出、自宅のある日当たりのよい海辺の小さな町フォールマスに帰ってきた。坂の上の家に着いたときには、メアリは少し落ちつきをとり戻していた。家には当然ながら彼女が見慣れたものばかりがあるし、彼女の誇りでもある小ぎれいさがあふれている。入念に手入れされた庭、湾を見晴るかす広くきれいな眺望。それに、なによりもここには安全がある。

昼食のあと、食器洗いをあとまわしにして煙草《たばこ》でくつろいでいるとき、メアリがいった。

「ピーター、わたしもうメルボルンにはいきたくないわ」

ホームズは苦笑して、「たしかに、だんだんひどくなってきてるな」

「ひどすぎるわよ」メアリは嫌悪もあらわにいう。「お店は全部閉まってるし、街は汚いし、通りはくさいし、まるで世界の終わりがもうほんとにきちゃってるみたいだったわ」

「もうそこまできてるよ、世界の終わりがね」

メアリはまたいっとき黙りこんでから、「わかってるわ、あなたからずっといわれてるから」あらためて夫へ顔を向け、「でも、ほんとのところ、いったいいつなの？」

「おそらくあと二週間ぐらいだろう」とホームズ。「ある時間きっかりに起こるなんてものじゃないんだ。まず人々が体調を崩しはじめるが、それも同じ日に一斉《いっせい》にそうなるわけじゃない。なかには多くの人々より抵抗力の強い人もいる」

「でも結局はみんな同じ目に遭《あ》うのよ、そうでしょ？」と妻は低い声で問い返す。「最後には、ってことだけど」

ホームズはうなずく。「そう、最後はだれもが汚染されてしまう」

「そうなるまでには、どれくらいかかるのかしら？　つまり、一人残らず汚染されるまでには？」

　それには首を振った。「それこそたしかなところはわからない。だいたい三週間ぐらいでみんなやられるんじゃないかな」

「三週間って、今から三週間後？　それとも最初にやられた人が出てから三週間後ってこと？」

「初めての症例が出てから三週間程度という意味だ。だが実際にどうなるかはまったくわからない。なかには症状が軽くてすぐ快復する人もいるかもしれない。でもそういう人が十日後あるいは二十日後にふたたび発症するというケースもあるだろうからな」

「つまり、わたしとあなたが必ず同時に病気になるというわけじゃないってことよね？　だとしたらジェニファーはどう？　だれがいつそうなるかは予想のしようもないってこと？」

　これには首を縦に振る。「そうだ。いつどういうふうにそれに襲われようと、ぼくらは受け入れるしかない。その運命はいつだって同じことなんだけどね——たまたまこれまでそういうことに見舞われなかっただけで。それはぼくもきみも若いからにすぎない。三人のなかでだれが先に死ぬかとなれば、それはジェニファーだというしかないが、ぼくときみのどちらが先かといえば——ぼくが先ってことも充分ありうる。そういうのは予想できないってことだ、これまでと同じにね」

「わかったわ」とメアリ。「あとはもう、なにもかもが一日のうちに起こってくれるよう祈るしかないのね」

ホームズは妻の手をとった。「ほんとにそうなることだってありうるさ。それでもぼくらにだけは運が残ってるかもしれないし」といってキスをした。「さあ、皿洗いをすませてしまおうか」それから芝刈り機へ目をやり、「午後からは芝を刈ろう」

「でも芝が濡れてるわよ」とメアリはさも残念そうにいう。「機械が錆《さ》びちゃうかも」

「濡れたら居間の暖炉で乾かせばいいさ。錆びさせたりはしないよ」

ドワイト・タワーズはハーカウェイのデイヴィッドスン一家のもとで週末をすごしていた。連日夜明けから日没まで柵造りにいそしんだ。きびしい肉体労働が、かえってストレスからの解放になった。だがわかったのは、デイヴィッドスン家の主人もまた、なんでも強く気にするタイプの男だということだった。どうやらだれかが、兎は放射能への耐性が強いというようなことをいって聞かせたらしい。兎自体が気になるわけではなく――ハーカウェイでは野生の兎はほとんど見られなかったから――毛皮におおわれた哺乳動物に強い抵抗力があるとしたら、デイヴィッドスン家で飼っている肉牛もそうではないのかと思ったということのようだ。だが、結局その真偽はわからなかったらしい。

ある夜、デイヴィッドスン氏はタワーズにこう質問してきた。「今までは、そんなことは考えもしなかったわけです。うちで飼っているアバディーン・アンガス種の肉牛も、きっとわたしらと一緒に死ぬんだろうなという程度にしか思っていませんでした。けど今は、あいつらのほうがずっと長く生きのびるんじゃないかと思えてきました。それじゃどのぐらい長く生きるんだろうと調べましたが――結局わかりませんでしたね。そういう研究や調査は、どうもこれまでされてこなかったようで。でももちろん、うちではそういうことにかかわりなく、牛には乾草《ほしくさ》と醱酵《はっこう》飼料をずっとくれつづけてきましたがね。それも毎年九月の末まで、一頭につき一日半俵《ベール》の乾草をね。牛を巧《うま》く肥《こ》えさせるにはそうしないといけませんのでね。でもここにだれもいなくなったあとは、いったいどうなるんだろうと思うと、途方にくれます。それが悩みの種《たね》ですな」

「納屋をあけっ放しにして、牛たちに乾草を食べ放題にさせたらどうでしょう?」とタワーズは提案した。

「それも考えましたが、でも牛たちは固めてある乾草の俵《ベール》をなかなか崩せんのですよ。仮に崩せたとしても、乾草のほとんどを踏み散らかして、だいなしにしてしまうだけです。それでずっと考えてきたわけです、たとえば柵のゲートを電気仕掛けにして時限装置で開くようにするとかね……しかし仮にそうやっても、ひと月分の乾草を雨ざらしの囲い地に置き去りにすることになるわけで……結局どうやったらいいかわかりませんな」デイヴィッドスン氏は不意に席を立つと、「ウイスキーを一杯つくってきましょう」

「すみません、シングルでけっこうですので」とタワーズはいい、自分から乾草問題へ話題を戻した。「なるほどむずかしい問題ですね。もう新聞も出ていないから、投書欄でほかの人たちがどうやっているかを訊くこともできないでしょうし」

タワーズはそのままデイヴィッドスン家に火曜の朝まで滞在をつづけ、そのあとやっとウィリアムズタウン港に帰還した。基地での彼の指揮権は、すでに無意味になりはじめていた。〈スコーピオン〉の副長と先任伍長が可能なかぎり統制に努めてきたが、もはや無駄だった。休暇に出た乗組員のうち二人が艦に戻らず、その一人はジーロングの街頭で喧嘩に巻きこまれて暴行死したと伝えられたが、確証は得られていない。ほかに泥酔《でいすい》状態のまま休暇から戻ってきた乗組員が十一人もいて、それらについては軍務従事不能と裁断せざるをえなかった。とはいえ休暇を制限しても、問題の解決にはならないと予想された――たとえ、艦内ではすでに仕事がないうえに、残された時間があと二週間程度だという現実を考慮したとしても。やむなくその不埒者《ふらちもの》たちを空母〈シドニー〉の艦内に待機させて酔いを醒《さ》まさせ、そのあいだに対策を考えた。やがてその者たちを艦尾甲板に立ち並ばせ、訓告《くんこく》を行なった。

「きみたちは、以下に述べるふたつの選択肢のどちらかひとつを選ぶしかない」とタワーズはきりだした。「われわれは、もはやだれもこの先長い時間を持ってはいない――きみたちも、このわたしもだ。少なくとも今日はまだ潜水艦〈スコーピオン〉の乗組員だが、それとてアメリカ海軍で最後の実働可能な軍艦のひとつであるにすぎない。そこで残された選択肢は、それでもなお忠実な乗組員として本艦にとどまるか、あるいは不名誉な軍籍離脱の挙《きょ》に出るかの、ふたつにひとつだ」そこで間を置き、「今後は酒に酔い、もしくは休暇の期限に遅れて乗艦する者は、翌日から強制的に軍籍離脱とする。それはつまり軍への不忠を意味するがゆえに、即刻の処分とする。その場でただちに制服を脱がせ、下着だけの姿で基地のゲートの外に放りだす。あとはウィリアムズタウンの街頭で凍《こご》えて朽《く》ち果てようが、軍はもはや関知しない。以上のことをよく肝《きも》に銘《めい》じておけ。解散」

翌日この訓告に違反した者が一人だけいたので、予告どおり下着のシャツとパンツだけの格好にさせて基地ゲートの外へ放りだした。ほかに同じ過《あやま》ちを犯す者は現われなかった。

金曜日の早朝、タワーズは専属水兵にシボレーを運転させて基地をあとにし、メルボルン市街のエリザベス通りの囲い地にあるジョン・オズボーンのガレージを訪れた。予想していたとおり、オズボーンはフェラーリの点検にいそしんでいた。すでに愛車はピカピカに磨かれ、いつ道路に出てもいいように見える。見た目はもうレースに出ることも可能というふうだ。

「やあジョン、今日は先にお詫《わ》びをいっておきたくて寄ったよ」とタワーズは声をかけた。「きみが明日グランプリに優勝するところを見にいけなくなったんでね。ほかの約束ができたんだ――山のほうへ釣りにいくのさ」

オズボーンはうなずき、「モイラから聞きましたよ。せいぜいたくさん釣ってきてください。人はそう大勢いっていないと思いますから――よほどの釣り好きか医者以外はね」

「わたしもそう思うよ、みんなグランプリを見にいくだろうからな」

「でも明日は健康体でいられる最後の週末ですからね、だれにとっても。ほかにやりたいことがあれば、そっちを優先するんじゃないですか」

「少なくともピーター・ホームズは見にいくだろう?」

オズボーンはかぶりを振った。「彼は畑仕事が忙しいようです」そしてためらいがちに、「わたし自身、レースに出たものかどうか迷ってますよ」

「きみは畑なんか持ってないだろう」とタワーズは茶化した。

オズボーンは苦笑し、「それはそうですが、うちには年老いた母がいましてね。母はペキニーズを飼ってるんですが、最近になって、ミンという名前のその犬のほうが自分よりも何ヶ月か長く生きるんじゃないかと思いはじめ、そうなったら犬はどうなってしまうんだろうと心配しているんです」またためらうように、「今がいちばん恐ろしい時期ですね。すべてが早く終わってくれるほうが、どれだけいいか」

「前線の襲来は月の終わりごろか？」とタワーズ。

「ほとんどの人間は、もう少し早くやられると思います」とオズボーンは低い声でいってから、「これはまだここだけの話ですが――ひょっとすると、明日の午後あたりがもう危ないんじゃないかと」

「それが本当じゃないことを願うよ」とタワーズは返した。「きみがグランプリの優勝カップを手にするところを見たいからね」

オズボーンは愛車のほうへいとしげなまなざしを向けた。「こいつのスピードなら充分優勝できます――腕のたしかなレーサーさえ乗ればね。しかしわたし自身が乗れるかどうかは、なんともいえません」

「きっと乗れるさ、そう祈ってる」

「うれしいですね。お土産の魚、待ってますよ」

タワーズはガレージを出て、自分の車に戻った――オズボーンの顔をふたたび見ることができるだろうかと案じながら。運転手に告げた。「デイヴィッドスン一家の農場へやってくれ。バーウィックの近くのハーカウェイだ――前にも一緒にいったからわかると思うが」

後部座席で小ぶりな釣り竿をもてあそんでいるうちに、車は郊外へと出ていった。灰色の冬の日明かりのなかをすぎゆく町々や家々を眺める。まもなく――おそらくひと月と経たないうちに――このあたりにも人はだれもいなくなる。人よりもわずかに猶予期間が長いと目《もく》される犬や猫だけが生き残る。だがそんな動物たちも、ほどなく死滅する。そしていくつもの夏と冬がすぎゆくとともに、町々や家々もその経過を知る。歳月を経るとともに、やがては放射能も霧散する。コバルトの半減期が約五年であることからして、町々や家々は、遅くとも二十年後までに、ふたたび生命が生きられる場所になる――場合によっては二十年よりずっと早いかもしれない。つまり人類が絶滅して世界が空無《くうむ》に還《かえ》ったあと、より適応力のある新たな生命が住みはじめるのだ。そう考えれば、ある意味で納得がいく。

ハーカウェイには午前のなかごろに着いた。デイヴィッドスン家では自家用車のフォードが庭地に駐められ、トランクにガソリン缶がたくさん積みこまれていた。モイラはフォードの後部座席に小さなスーツケースひとつと充分な分量の釣り道具を用意し、準備万端でタワーズを待ち受けていた。「お昼前に出発して、道中でサンドイッチでもとればいいんじゃないかしら」

と彼女はいった。

「それはいいね」とタワーズは応えた。「サンドイッチを作ってきたのかい？」

モイラはうなずき、「ビールも持ってきたわ」

「いたれりつくせりだな」とタワーズはいってから、彼女の父親デイヴィッドスン氏のほうへ向いた。「お宅のフォードをこんなふうに使わせてもらうのは申し訳ない気もしますね。うちのシボレーを出してもいいんですがね、もしなんでしたら」

デイヴィッドスン氏はかぶりを振った。「昨日この車でメルボルンの街に出かけてきたんですが、もう二度といく気にはなれませんのでね。あれを見ては憂鬱《ゆううつ》になってしまいます」

タワーズはうなずく。「あまりに汚れてしまっていますね」

「そうです。だからこの車を使ってもらってけっこうなんです。残っているガソリンも全部さしあげます。うちではもう必要ありませんから。することがいろいろとありすぎて、出かける暇もありませんのでね」

タワーズは自分が持ってきた釣り道具をフォードに移し、シボレーの運転手にはすぐウィリアムズタウンの基地へ帰るよう指示した。そして去っていく公用車を見送りながら、「彼がいわれたとおり基地に帰るとは思えないな」とつぶやいた。「もっとも、人はこんなときでもつい平素《へいそ》と同じようにしてしまうものかもしれないが」

モイラはフォードに乗りこもうとしながら、「あなたが運転して」といった。

「いや、運転はきみがやってくれ」とタワーズ。「わたしは道を知らないし、それにへんな走り方をしてなにかにぶつかるかもしれない」

「わたしだって二年も運転してないのよ」とモイラ。「でも仕方ないわね」

二人とも乗りこみ、モイラはギヤの最初の入れどころをいっとき探してやっと見つけ、ようやく車道《くるまみち》を移動していった。

モイラはいざ運転しはじめると、とても楽しそうだった。スピードを出すにつれ解放感が高まるのだろう、退屈な日常からの逸脱感が。車は別荘やゲストハウスが点在するダンデノン丘陵地帯の細道を通り抜け、リリーデイルからほど遠からぬところの、とある渓流《けいりゅう》の近くで、昼食のために停《と》まった。空は晴れわたり日差しもよく、明るい青空に白い雲が映《は》えている。

二人はサンドイッチを食しながらも、渓流のようすを冷静に観察していた。

「水が泥っぽいようだな」とタワーズはいった。「冬がすぎてまだ間もないからだろう」

「そうでしょうね」とモイラ。「父さんがいってたわ、釣りをするにはちょっと水が濁りすぎてるんじゃないかって。回転式疑似餌《スピナー》でもなんとか釣れるかもしれないけど、あなたがそれを試してるあいだ、わたしは岸辺の土をついてミミズを見つけておいたほうがいいんじゃないかと助言してたの」

タワーズは笑った。「一理あるかもしれないな、本気で魚を釣るのが目的だったらね。でもわたしは、しばらくはスピナーにこだわってみたいね、この竿をうまく操《あやつ》れるかどうか試したいからな」

「わたしは本気で釣りたいわ、せめて一匹は」とモイラは少し物欲しげにいう。「リリースしたほうがよさそうなちっぽけなのでもいいから。ジャミーソンあたりまで遡《さかのぼ》ってもまだ水が澄まないようなら、ミミズを使うのも手じゃないかしら」

「山間《やまあい》の高いほうまでいけば澄んでくるとは思うがね、融けかけの雪がまだかなりあるだろうから」

モイラがあらためて顔を向けた。「魚も人間より長く生きるのかしら、犬みたいに？」

タワーズは首を振る。「どうかな、わたしにはわからん」

ふたたび車を駆ってウォーバートンまでいき、そこから森のなかの細く長い道を高みへとうねり登っていった。二、三時間も進んで、ようやくマトロックの高地の展《ひら》けた場所に出た。ここでは道にまで雪が積もり、まわりは木々におおわれた山々に囲まれている。寒々《さむざむ》とした、きびしい世界だ。

ある谷へとおりて、ウッドポイントという小さな町に入り、またつぎの分水界《ぶんすいかい》へとあがっていった。そこからグールバーン谷の三十キロもつづく波のようにうねる道中をすぎて、夕暮れ前にジャミーソン・ホテルにやっとたどりついた。

ホテルといっても何棟《とう》もの古びた平屋《ひらや》建ての木造家屋の集まりで、それらの一部はこの州で最も早い時期に人が住んだ建物だった。釣り人で混んでいたので、予約しておいたのはやはり正解だった。平和時で一番の繁忙期より多いのではないかと思われる数の車が駐まっていた。外の駐車場には、バーはうるさいほど混んでいた。ホテルの女主人はあまりの忙しさからか、顔を赤くして動きまわっていた。タワーズとモイラを部屋に案内し、狭いし家具も少ないし不便で申し訳ないがと謝罪した。

「すごいでしょ、このへんの釣り客が、みんなうちのホテルに泊まってるのよ」と女主人はいった。「去年やおとといなんて、ほとんど客がこなかったのに、今になってこのありさまだなんて信じられる？　もっとも昔はいつもこんなふうに賑《にぎ》わっていたんだけどね。タオルはご自分のをお持ち？　ああそう、なければお貸しするわ。でも忙しいからちょっと待っててね」そういうと、踊るように走り去っていった。

タワーズはそれを見送りながら、「あの人はけっこう気分よくすごしているらしいね。モイラおいで。一杯飲《や》りにいこう」

二人は混みあうバーに入った。板を打ちつけただけの天井はたわみ、暖炉では薪《まき》が大きな炎をあげている。クロムメッキの椅子とテーブルが並び、人々がざわつきながら群れつどっている。

「きみはなにを飲む？」

「ブランデーをお願い」ざわめきのなかでモイラは大声で答えた。「今夜ここですることといったら、ひとつしかないわね、ドワイト」

タワーズはにやりと笑みを返したあと、人混みを縫《ぬ》ってバー・カウンターへと向かった。数分後にブランデーとウイスキーを注《つ》いだグラスを持ち、どうにかモイラのそばに戻った。空《あ》いている席を探し、二人づれの客が真剣そうに釣り道具を準備しているテーブルに目をとめた。客はタワーズたちが目に入ると、うなずいて相席《あいせき》を認めてくれた。

「おれたち、朝めし用の魚を釣りにいくところでね」と客の一人がいった。

「明日は早起きしないといけませんね」とタワーズが返した。

もう一人が顔を向け、「いや、寝る前にいくのさ。午前零時から解禁なんでね」

タワーズは興味を惹《ひ》かれた。「じゃ、解禁と同時に？」

「釣りには最適なころだ――もし雪が大して降っていなければね」と、客は小さな釣り針の先につけた白い毛針を見せてくれた。「これを使うのさ。よく食いつくぜ。ひと振りかふた振りして川面に投げ、針が水に沈んだら遠くまで流す。しくじったためしがないね」

「おれの場合は毛針が巧《うま》くいかなくてね」と、つれの男が口を出した。「だから、代わりに小さめの蛙《かえる》を使うんだ。夜中の二時ごろに、池のはたで釣り針に蛙をつけて――背中の薄皮の隙《すき》間《ま》に針をそっと刺すんだが――遠めに投げ、水面を泳がせる……それがおれのやり方さ。で、あんたたちも今夜釣りに出るのかい？」

タワーズはモイラをちらと見やって、笑顔で答えた。「今夜はやめておきます。明るいときにちょっと釣ればもういいかなと思ってるので。あなた方とはレベルがちがうから、どうせそう多くは釣れませんから」

客の男はうなずいた。「おれも昔はそんなふうに思ったものさ。野鳥と渓流とその上に輝く日差しが眺められれば、魚釣りなんてそんなに気にしなくてもいいとね。今でもそういうことがないわけじゃないが、しかしこのナイト・フィッシングってやつをはじめてからは、その醍《だい》醐《ご》味《み》に魅《み》入《い》られてるね」そういってタワーズを見返した。「この近くのカーブをくだったところにある池に、赤みがかったどでかいバケモノ見たいな魚《やつ》がいて、この二年なんとか釣ってやろうと躍起《やっき》になっているんだがね。一昨年に一度蛙の餌《えさ》に食いついたことがあるが、釣り糸を食いちぎって逃げちまった。そのあと去年もう一度ひっかかったが――そのときは夕暮れどきで、アリジゴクの一種を餌にした――またも逃げられた。こんどは新品の0Xナイロンを切られてね。大物だとしたら、五、六キロはあるやつだろうな。こんどこそそいつを釣ろうと思ってね、毎晩ここに泊まるつもりさ――終わりのときがくるまで」

タワーズは椅子の背に深くもたれかかり、モイラに耳打ちした。「わたしたちも夜中に出かけるってのはどうだ――二時ぐらいに？」

モイラは苦笑した。「わたしは早く寝たいわ。どうしてもいきたいなら、独りでいってらっしゃいよ」

それにはかぶりを振った。「それほどの釣り好きじゃないさ」

「ただお酒が飲めればいいんでしょ？　早くつぎの一杯を注文しに、人混みを掻き分けていきたいんじゃない？」

「きみのも持ってくるよ」

モイラもかぶりを振り、「あなたは動かないで、もっと釣りについて習うといいわ。お酒はわたしが持ってきてあげるから」

そういうと彼女は客のあいだを擦《す》り抜けてカウンターにいき、すぐまた炉辺《ろべ》に近いタワーズのテーブルに戻ってきた。彼はそれを迎えようと立ちあがった――と、着ているスポーツ・ジャケットの前が、ぱらりと開いた。

モイラがグラスを手わたしたあと、責めるようにいった。「あなた、その上着もボタンがとれてるじゃないのよ！」

タワーズは胸もとを見おろし、「わかってるさ。ここにくる途中でとれたんだ」

「そのボタン、拾ってある？」

うなずき返し、「車の座席の下に落ちてたよ」

「今夜その上着と一緒にわたしに貸して。縫いつけてあげるから」

「いいよ、ボタンなんかなくたって」

「いいわけないいじゃない」とモイラは軽く笑って、「そんな格好で奥さんのところに帰ったら恥ずかしいでしょ」

「家内《あいつ》はそんなこと気に――」

「だめよ、今夜のあいだにわたしによこして。朝には返すから」


その夜十一時ごろ、タワーズはモイラの寝室の前で上着とボタンを彼女に預けた。二人はそれまでの時間のほとんどを、バーの人混みのなかでの酒と煙草に費やしていた。つぎの日の釣りを大いに楽しみにしながら。湖《みずうみ》で釣るのがいいか、それとも渓流のほうがいいのか、などと話しあいながら。結局ボートを持っていないのでジャミースン川で釣ることにした。

ジャケットを受けとりながらモイラがいった。「うれしかったわよ、ドワイト、ここまでつれてきてもらえて。ほんとにすてきな夜だったわ。明日もきっと楽しい一日になるでしょうね」

タワーズは、ためらいがちに立ちつくしていた。「ほんとにそう思ってるのかい？　こんなことだけで満足？」

モイラは笑った。「充分満足よ。あなたが結婚してるってことは百も承知だもの。早く寝なさい。この上着は、朝までにちゃんとなおしておくから」

「わかった」と背を向けると、バーからは、いまだ音楽やざわめきが聞こえていた。「みんなそれぞれの時間を満喫しているね。この週末がすぎれば、こんな賑わいが永遠になくなってしまうというのが、まだ信じられないな」

「なくならないかもしれないわよ」とモイラ。「どこか別の世界では相変わらず釣り客で賑わうかも。とにかく明日は大いに楽しみましょ。きっといい天気になるとあの人たちもいってたしね」

タワーズはにやりとして、「じゃ、その別世界とやらではきっと雨降りだな」

「どうして？　これからすぐわかることよ」

考えるようなそぶりを見せながら、「だって川には水が要るだろ。そうでなきゃ釣りをしたくてもできないから……」そしてまたきびすを返し、「おやすみ、モイラ。明日はほんとに大いに楽しもう」

モイラは自分の部屋に入ってドアをしめたあと、タワーズのジャケットを掻き抱くようにしながら、いっときじっと考えこんだ。結局のところ彼は既婚者で、心はコネチカットに残してきた妻と子供とともにある。モイラとともにあることは、ついにない。もっとたくさん一緒の時間をすごせていたら、事情はちがっていたかもしれないが、それは何年もの歳月でなければならない。少なくとも五年は必要だろう。つまり妻シャロンや息子ドワイト・ジュニアや娘ヘレンの記憶が薄らぎはじめるだけの歳月だ。それがあって初めてタワーズはモイラのほうへ振り向く。そのときこそ新たな家庭を彼に与えてやれるようになる。そしてふたたび幸せにしてやれる。だが五年もの時間をかけることは、モイラには許されていない。せいぜい五日ぐらいだ。鼻のわきに涙がひと筋つたうのを、彼女はいらだたしくぬぐった。自分を哀れむなどバカげたことだ。それともこの涙はブランデーのせい？ 狭い部屋の高い天井からさがる十五ワットの裸電球は、ボタンを縫いつける仕事には少し薄暗すぎた。やっとそれを終えると服を脱いでパジャマに着替え、ベッドに入った。タワーズのジャケットを枕もとに置いて、モイラはようやく眠りに落ちた。

翌朝二人は、朝食のあとついに釣りに出発した——ホテルからほど遠からぬジャミースン川へと。川は高みを流れ、水は濁っていた。モイラはいかにも素人《しろうと》らしい手つきで毛針を川の水に入れようとするが、流れが急で巧くいかない。一方のタワーズはスピナーを使い、午前の半ばごろまでに二ポンドほどの鱒を二尾釣りあげた。モイラが網を持って、獲物を陸《おか》にあげるのを手伝ってくれた。彼女はそのままつづけてもっと釣ってとせがんだが、しかし竿をはじめとする釣り具の性能がたしかめられた今、タワーズの関心は、彼女になにかを早く釣らせてやる力になることに移っていた。昼ごろになると、昨夜バーで知りあった釣り人の一人が川岸にやってきた。急流をじっと見ているだけで釣りをはじめようとしなかったが、まもなく二人のそばにきて話しかけた。

「いい鱒だね」と獲物を見やりながら、「毛針で釣ったのかい？」

タワーズはかぶりを振った。「スピナーです。毛針はいま試してるところでね。そちらは昨夜は大漁でしたか？」

「五匹だ」と男は答えた。「いちばんでかいので六ポンドだったよ。三時ごろになるとさすがに眠くなったのできりあげた。だから今は起きてすぐ出てきたのさ。毛針はあまり巧くはいかないと思うね、この急流じゃ」そういってプラスチック製の小箱をとりだし、そのなかにあるものを人差し指でつついた。「これを使ってごらん」

男がさしだしたのは小さなフライ・スプーンだった。それは六ペンス硬貨程度のサイズのメッキをほどこした小さな金属片が釣り針につけられているものだ。

「流れの激しい早瀬で試してみるといい。こんな日なら、きっとかかってくるはずだ」

二人は男に礼をいった。タワーズはそれをモイラの釣り糸の先につけてやった。彼女は最初それを投げることすらままならなかった。釣り竿の先に重たい鉛《なまり》の塊《かたまり》がついているようで、投げても足もと近くの水に落ちるだけだった。だがやがてはこつをつかみ、流れの早い溜まりの遠めにまで投げられるようになった。五、六度巧いぐあいに投げるうちに、不意に糸を引くものがあった。竿がしなり、リールが音を立てて糸を繰りだした。「食いついたみたいよ、ドワイト！」

「ああ、まちがいない！」とタワーズも返した。「竿をしっかり持ちあげてるんだ。もう少しこっちに寄れ」魚が水面に跳ねあがった。「いい獲物だ。糸をピンと張れ。ただし、本気で逃げたがっているようなら少しだけ泳がせろ。落ちついてやれば必ず釣りあげられる」

五分後、疲れきった獲物をモイラは岸近くまで引き寄せることに成功した。タワーズがそれを網で掬《すく》いあげ、石を打ちつけて即死させた。二人で魚の大きさに目を瞠《みは》った。

「七百グラムはあるな――あるいはもっとかもしれない」といいつつ、タワーズは魚の口からフライ・スプーンを引き抜いた。「よし、またつぎを狙うんだ」

「あなたのほど大きくはないわ」とモイラはいいながらも、うれしさでいっぱいのようだ。

「つぎはきっとでかいさ。さあ、すぐかかれ」

だが早くも昼が近づいていたので、結局あとは昼食後ということになった。二人は収穫をさげて意気揚々《ようよう》とホテルに戻り、ランチの前にまずビールで乾杯して、ほかの釣り客たちに成果を語り聞かせた。

午後も半ばにさしかかるころ、ふたたび同じ川岸に出かけた。モイラはまたも一尾、こんどは一キロはありそうなものを釣りあげた。一方タワーズには小ぶりなのが二尾かかり、うち一尾はリリースした。夕刻が近づくと、二人はホテルに戻る前に岸辺で休憩した。収穫をわきの地面に置いて、一日の成果に満足感と心地よい疲労感とを覚えつつ、石に腰をおろしてくつろいだ。山陰に沈みゆく夕日の光を眺めながら煙草を楽しんだ。あたりは寒くなってくるが、二人とも川のせせらぎのそばをなかなか離れがたかった。

モイラが不意になにか思いついたように、「ねえドワイト、ちょうどグランプリ・レースが終わったころじゃない?」

タワーズは彼女を見返し、「なんてことだ、ラジオ中継を聴《き》くつもりだったのに! すっかり忘れていたよ」

「わたしもよ」とモイラはいい、間を置いてからつけ加えた。「ほんとに聴きたかったわ。でも自分のことで頭がいっぱいになってた」

「二人ともほかのことなんて考えもしなかったからな」

「それはそうだけど、でも聴くべきだったわね。ジョンはきっと大丈夫だとは思うけど」

「七時になるとニュースがある。それを聴けばいいさ」

「早く結果を知りたいわ」モイラはあたりを見まわした——静かにさざめく水面や、長い影や、金色にきらめく黄昏《たそがれ》の光を。「こんなにきれいな景色なのに、信じられる?——この景色をもう二度と見られなくなるなんて」

「わたしは必ず母国に帰る」タワーズは静かにいった。「この国はすばらしい国で、とても気に入っているが、しかし自分の祖国じゃない。だから、これからまもなく自分の場所へ、家族のいるところへ帰るつもりだ。オーストラリアでの暮らしも楽しいが、しかし結局は故郷へ、コネチカットのわが家へ帰りたいと望んでいるんだ」そういってモイラへ見向いた。「たしかにこの景色はもう見られなくなる――ここを離れて故国《くに》へ帰るのだから」

「わたしのこと、奥さんに話す？」モイラが問い質《ただ》した。

「もちろんさ。もう知ってるかもしれない」

モイラは足もとの小石に視線を落とした。「奥さんに、どんなことを話すの？」

「たくさんのことを話すよ」と物静かに答える。「わたしがつらいときでも、きみのおかげで楽しいときに変わったことを話そう。しかもきみは、自分にとってなんの得にもならないと最初からわかっていたのにそうしてくれたんだとね。わたしが絶望して飲んだくれたりしないで、いつもと同じように家に帰れたのもきみのおかげだと。妻を裏切らずにいられたのもきみがそう導いてくれたからだと――そしてそれがきみに犠牲を強《し》いたこともうちあけよう」

モイラは石から立ちあがった。「そろそろホテルに戻りましょう」といってから、「奥さんがその話の四分の一でも信じてくれたら、あなたはラッキーといえるかもよ」

タワーズも一緒に立ちあがった。「そんなことはないさ。シャロンはすべて信じてくれるよ。だって、すべて真実なんだからね」

二人は釣った魚を持ち、歩いてホテルに帰った。着替えや風呂をすませたあとホテル内のバーで落ちあい、お茶の前にまずアルコールを一杯ずつ飲んだ。夕食はすばやくすませて、ニュースがはじまる前にラジオの前に陣どった。まもなく放送がはじまると、関心を向けるのはもっぱらスポーツ・ニュースだった。二人ともじっと座して、アナウンサーの声に耳を傾けた。

「今日トゥーラディンでオーストラリア・グランプリの決勝レースが開催され、フェラーリで勝ち進んできたジョン・オズボーンさんが優勝しました。二着は……」

モイラが叫んだ。「ああドワイト、ジョンがやったわ！」そして二人はさらに身を乗りだして聴き入った。

「レースでは多数の事故が発生し、負傷者犠牲者が続出しました。十八台による出走で八十周をまわり、無事にゴールしたのは三台のみで、事故によって六人のドライバーが死亡、それ以上の多数が重軽傷を負って病院に搬送《はんそう》されました。優勝したオズボーンさんはレース前半を注意深く走り、四十周めのときにはサム・ベイリーさんの乗る先頭車からまだ三周遅れていました。しかしそのすぐあと、先頭車がスライド・コーナーで衝突事故を起こし、以後オズボーンさんのフェラーリは急速にスピードをあげていき、六十周でトップに立ちました。そのときには残っている車は五台にまで減少しており、もはや先頭を脅《おびや》かすライバルは現われませんでした。フェラーリは六十五周めでコース・レコードを記録しました。時速百五十七・四キロのラップは、トゥーラディン・サーキットでは驚くべき数字です。その後フェラーリはピットからの指示に従って減速し、平均時速百四十四・二キロの記録でレースを終了しました。なおオズボーンさんはCSIROに勤務する公務員で、自動車産業ともカー・レース界ともなんのかかわりも持たないアマチュア・レーサーであるとのことです」

後刻タワーズとモイラはホテルのベランダに立ち、就寝前のひとときを黒々とした山並と星空を眺めてすごした。

「ジョンが望みどおりのものを勝ちとれて、ほんとによかったわ」とモイラがいった。「グランプリの優勝にほんとに憧《あこが》れていたんだもの。彼にとっては、ほかのことを全部忘れてでも果たしたかった夢なんじゃないかしら」

すぐそばでタワーズはうなずく。「今はだれにとっても、すべてを忘れてしまいそうなときではあるがね」

「わかってる。あまりにも時間がなさすぎるんだものね。ドワイト、わたし明日は自分の家に帰ろうと思うの。ここでは楽しいときをすごせて、魚も釣れてほんとによかったけど、でも家にはやらなきゃならないことがたくさん残ってるし、そのための時間もどんどん少なくなってきてるから」

「ああ、そうするといい。わたしもそのほうがいいんじゃないかなと思ってたよ。でも、ここにきたことは、よかったんだよな?」

モイラはうなずく。「ほんとに楽しかったわ、今日一日。どうしてこんなに楽しいのかわからないぐらいに——ただ魚が釣れたからというだけじゃないみたい。ジョンもこんなふうに感じたんじゃないかというような——まるでなにかに勝利したような気分よ。でも、それがなんなのかはわからないの」

タワーズは苦笑し、「そんなこと分析しなくていいさ。ただうれしいってだけでいいじゃないか。わたしも楽しかったよ。でも今の意見はきみと同じだ、二人とも明日はそれぞれの家に帰るべきだ。山をおりると、なにかが起こってるかもしれない」

「よくないことが？」

タワーズは暗いなかで寄り添ったままうなずく。「せっかくの旅をだいなしにするつもりはないが――じつは昨日の出発前にオズボーンがいっていたんだ、木曜の夜にメルボルン市内で放射能による症例が何件か確認されたとね。今ごろはもっと大勢の人々の症状が出ているんじゃないかと思う」

第九章

火曜日の朝、ピーター・ホームズは自家用の小型車でメルボルンの街へと出かけた。タワーズ艦長が十時四十五分に海軍省の第一司令官執務室の控室《ひかえしつ》で会いたいと連絡してきたのだ。その日の朝のラジオ・ニュースで、放射能による発症がメルボルンで初めて報告されたことが報じられたため、メアリは夫が街へ出ることをひどく心配した。「放射能には充分用心してね」と、そのとき彼女はいった。「でも、ほんとにどうしても出かけなくちゃだめなの？」

放射能は自分たちのすぐ近くにもきているんだと前にいってあるのだが、ホームズはそれを妻にくりかえし諭《さと》す気にはなれなかった——自分たちの住むこの小さな家のなかにまで忍び入ってきているのだとは。

「とにかくいかなきゃならないんだ」とだけ、彼はそのときいった。「必要以上に長居はしないよ」

「お昼までには必ず帰ってね」とメアリはいった。「家にいたほうが絶対、体のためにはいいから」

「まっすぐ帰ってくるよ」

「そうだわ」と妻が不意にいいだした。「わたしが咳が出たときに買った咳止めホルマリンを持っていくといいわ。そしてときどき吸えばいいのよ。あれはいろんな感染症にほんとによく効《き》くわ。とても殺菌性が強いの」

それで彼女が安堵するなら従うまでだ。「そいつはいいね、そうしよう」

メルボルンまでの道中、ホームズは物思いに耽《ふけ》りながら運転していた。今や残された時間は、あと数日しかない。ほどなく、あと数時間というときがくるだろう。これから予定されている海軍第一司令官とのミーティングがなんのためのものかはわからないが、ホームズ自身の軍歴のなかで最後の任務のひとつになることはまちがいない。午後に帰宅したときには、彼の軍人生命はそれで終わりということになっているかもしれない——そして肉体の生命もまもなく終わりになるのだ。

車を駐《と》めると、海軍省の建物に入っていった。内部にはほとんど人が残っていない。司令官執務室の控室に入ると、制服姿の〈スコーピオン〉艦長ドワイト・タワーズ大佐が独《ひと》りで待ち受けていた。艦長は明るい声をあげた。「やあ、よくきてくれたな」

「おはようございます」とホームズは挨拶し、室内を見まわした。司令官秘書は不在で、机の抽斗《ひきだし》も施錠《せじょう》されていた。「トレンス少佐は出勤していないようですね」

「どうなのかな。休暇をとってるのかもしれん」

司令官執務室のドアは鍵がかかっていなかった。なかを覗くと、第一司令官デイヴィッド・ハートマン大将が立っていた。笑みをたたえてはいるものの、その赤ら顔はホームズがよく知るいつもの顔よりも、緊張と真剣さで引きつっているようだった。

「二人とも入りたまえ。今日は秘書はいないのだよ」

ホームズもタワーズ艦長もなかに入り、司令官の机の前に置かれた椅子に腰をおろした。

「これからわたしが申しあげることは――」と艦長がいきなりきりだした。「――ここにいるホームズ少佐には直接の関係がないことといえるかもしれません。ウィリアムズタウン基地とのいくつかの連絡事項に関することだけですので。彼には外で待っていてもらいましょうか？」

「いや、それにはおよばんだろう」と司令官はいった。「仕事を早く進めるためには、むしろいてもらったほうがいい。それで大佐、きみの話というのはなんだね？」

タワーズ艦長は一瞬ためらいを見せてから、言葉を選ぶように語りだした。「事情により、現在はわたしがアメリカ海軍の総司令官となっています。ここまで高い地位につけるとは自分自身思っていませんでしたが、しかしとにかくそうならざるをえない事態ですので。そこで――正式な要請文書にしてはいないことをお許し願いたいのですが――じつは、潜水艦〈スコーピオン〉を司令官閣下の指揮下より離脱させ、わたしに全権を持たせてくださるようお願いしたいのです」

司令官はゆっくりとうなずいた。「いいだろう、認めよう。それできみはオーストラリアの領海の外へ出るつもりかね？　それとも依然わが国の客員軍人としてとどまってくれるのか？」

「〈スコーピオン〉には、領海外の海域を航海させるつもりです」と艦長は答えた。「いつ出航するかはまだ確言できませんが、おそらく今週末より前になるかとは思います」

司令官はまたうなずき、ホームズのほうへ顔を向けた。「少佐、ウィリアムズタウン基地からの食料供給と船舶曳航《えいこう》に関して、必要な指示を行なってくれたまえ。タワーズ大佐にはあらゆる便宜《べんぎ》を図《はか》ってやりたいのでね」

「承知しました、閣下」とホームズは答えた。

すると艦長がすぐにいった。「じつのところ、ご配慮に対して、どのようにして代価をお支払いしたらよいかわからないというのが正直な気持ちです。お許しいただきたいのですが、そうした方面に関してはまったく慣れておりませんので」

司令官は薄く笑みを洩らした。「代価など払ってもらっても、わたしたちにはもうさしたる恩恵がないがね。しかしそれは通常の事務手続きで処理していいんじゃないかな。アメリカ海軍関係の必要物資などでかかる経費はすべて、キャンベラのアメリカ大使館の海軍事務方《かた》に請求しているのでね。そちらを通せば最終的にはワシントンで決済されるはずだ。だから、その方面できみが心配することはないと思うよ」

「では、わたしはもう出航すればそれでよろしいと？」とタワーズ艦長。

「そういうことだ。出国後、いずれまたオーストラリア領海内に戻ってくるつもりかね？」

艦長はかぶりを振った。「いいえ、じつは〈スコーピオン〉はバース海峡まで出して、そこで沈没させるつもりでして」

それはホームズが予想していたことだった。しかしその切迫性と、現実にそのことがここで話しあわれるのを目にしては、彼もショックを禁じえなかった。そんなことは本当には起こらないだろうと、心のどこかで思っていたからかもしれない。タグボートを同行させて、乗組員だけでもオーストラリアに帰還させるつもりはないか訊《き》こうと一瞬思ったが、すぐ思いとどまった。アメリカ軍所属の乗組員たちがあとわずか一日か二日の長生きを望むだろうかと思うと、それはとてもありそうにないという気がしたからだ。帰るわが家もない異国の地で下痢《げり》と嘔吐《おうと》に苦しみながら死んでいくよりは、当然海に沈んでの死を望むはずだから。

司令官がいった。「わたしもきみの立場なら、同じことをしただろうな……あとはもう、これまで協力してくれたことにお礼をいうしかないよ、大佐。そしてきみの武運を祈るだけだ。出発に際して、もしなにか必要なものがあれば、ためらわずに要請したまえ――あるいは、黙って持っていってもかまわん」不意に苦痛の表情を顔に刻んだと思うと、机上《きじょう》の鉛筆をぐいと強くつかんだ。そしてかすかにやわらいだ顔に戻ると、さっと席を立った。「悪いが一、二分待っていてくれ」

司令官は急いで部屋から出ていき、ドアをしめた。上官のその突然の行動に、ホームズとタワーズ艦長は立ちあがって見送った。そのまま立ちつくしながら、二人は顔を見あわせた。

「あの症状だ」と艦長がいった。

ホームズは低い声で訊き返した。「じゃ、司令官の秘書も同じ症状で？」

「おそらくな」

二人とも一、二分も黙って立ったまま、窓の外を見やっていた。

「艦長」とホームズがようやくいった。「たしか〈スコーピオン〉には食料備蓄がほとんどありませんでしたね。ファレル副長に連絡して、必要物資をリストアップして要請書を出してもらうようにしましょうか？」

艦長はかぶりを振った。「食料も物資もなにも要《い》らん。〈スコーピオン〉はただひたすら領海の彼方《かなた》をめざして進むのみだ」

そこでホームズは、かねてから胸に秘めていた申し出を口にした。「では、タグボートはどうなさいます？　自分が曳航していって、乗組員を帰還させましょうか？」

艦長は即答した。「無用だ」

二人はさらに十分あまりも黙して立ちつづけていた。するとようやく司令官が青褪《あおざ》めた顔で戻ってきた。「待たせて悪かったな。どうも体調が思わしくなくてね……」ふたたび席につこうとはせず、机のわきに立ったままでいる。「きみたちとの長かった協力関係も終わりを迎えようとしているね、タワーズ大佐。われわれイギリス人は、アメリカの人々と仕事することをいつも楽しみにしてきた――とくに海の上でともに働くことをね。きみたちに感謝すべきことは多々あり、われわれは経験から学んだことを教授することによって返礼としてきた。だがそれも、もはや終わりだ」立ったまま、つかのま考えていたが、まもなく笑顔になって握手の手をさしだした。「今わたしにできるのは、〈さらば〉と告げることだけだ」

タワーズはその手を握りしめた。「閣下の指揮下で働けたことを、このうえない喜びとしています。〈スコーピオン〉の乗組員にもそう話すつもりですが、それは自分自身にいい聞かせることでもあります」

ホームズとタワーズ艦長は司令官執務室を辞去《じきょ》し、人のいないがらんとした海軍省の建物のなかを歩いて中庭へと出た。そこでホームズが口を開いた。「艦長、これからいかがいたしましょう？　自分はウィリアムズタウンに戻りましょうか？」

艦長はかぶりを振った。「きみはもう軍務から解放されたと考えていい。基地はもうきみを必要としてはいない」

「それでも、できればなにかお力になりたいのですが」

「いや、今はいい。もしなにか頼みたいことが持ちあがったら、お宅に電話しよう。とはいえきみにとっては、自分のその家こそが守るべきところなのだがね」

つまりは、これが指揮官と部下たる士官の絆《きずな》の終わりなのだ。「では、出航はいつのご予定です？」とホームズは問いを変えた。

「いつになるか、たしかなところはわからないが」艦長は答えた。「今朝までに乗組員のなかに七人の発症者が出ている。したがって、猶予はせいぜいあと一日か二日しかないだろう。そう考えると、土曜日あたりの出航が妥当かもしれない」

「同行する乗組員は多数いるのですか？」

「十人いる。わたしを入れて総勢十一人だな」

ホームズは相手の顔色を見ながら、「ご自身のご体調は大丈夫ですか?」

艦長はにっこりして、「そのつもりだがね。だが、たしかかどうかは、今はわからん。今日は昼食をとらないつもりだ。きみはどうかね?」

「自分は元気です。妻のメアリも——おそらく」

艦長は二人のそれぞれの車のほうへ目を向けて、「早く奥さんのところに帰ってやるといい、今すぐに。これ以上ここにいても、できることはもうなにもない」

「艦長、またお会いできますでしょうか?」

「残念ながらそれはない。わたしは故郷へ——コネチカットのミスティックへ帰るつもりだ。そうできることを、うれしく思っているよ」

二人ともそれ以上いうこともすることもなかった。握手を交わしたあと、それぞれの車に乗りこみ、別々の方向へと走り去っていった。

マルヴァーンにある古風な二階建ての煉瓦《れんが》造りの家のなかで、ジョン・オズボーンは母親の横たわるベッドのわきに立っていた。オズボーン自身、体調がよくなかったが、老いた母はすでに日曜の朝から寝こんでいた——つまり彼がグランプリに勝った翌日からだ。月曜にはなんとか医者を呼んで診《み》てもらったが、治療のすべはなにもなく、ふたたびきてくれることもなかった。毎日頼んでいた通いの家政婦もこなくなり、今は病《や》んだ母の世話も、彼が自分ですべてやるしかなかった。

十五分ほど目を閉じたままだった母が、やっと目をあけた。「ジョン」と母は声を出した。「みんながそうなるぞといってたことって、これだったのね?」

「そうだと思う」とオズボーンはやさしくいった。「おれもじきに同じになるよ」

「ハミルトン医師《せんせい》は、なんていってたかしら?　憶えてないわ」

「先生も、そうじゃないかといってた。あの人はもうこないよ。自分も罹《かか》ったらしいといってたからね」

長い沈黙ののち、母がいった。「わたしが死ぬまでに、あとどれくらいかかるのかしら?」

「なんともいえない。一週間ぐらいはかかるかもしれない」

「ひどいわ」と老いた母はいった。「長すぎる」

母が目を閉じると、オズボーンは洗面器を浴室に持っていき、中味を捨てて濯《すす》いでから、また寝室に持ち帰った。母がまた目をあけた。「ミンはどこ?」

「庭に出してやったよ。出たがってたみたいだったんでね」

「ミンがほんとに可哀相《かわいそう》だわ。わたしもあなたもいなくなったあと、ほんとに独りぼっちになるんだもの」

「あいつなら大丈夫だよ」と根拠もなく慰めた。「犬はきっとほかにもいるから、遊び仲間になるさ」

母は愛犬の話はそれ以上せず、別のことをいった。「ジョン、あなたは自分のいかなきゃならないところへいって、やらなきゃならないことをやりなさい。わたしはもう独りでもなんとかなるから」

オズボーンはためらった。「最後に役所がどうなってるか見てきたいと思う。昼までには戻るよ。お昼はなにが食べたい？」

母はまた目を閉じた。「ミルクはあるかしら？」

「冷蔵庫に一パイント残ってる。でももっと手に入るかどうか探してみるよ。なかなかないとは思うけどね。昨日も探したけど見つからなかった」

「ミンに少しはミルクをやりたいの。犬にとっても体にいいからね。貯蔵庫に兎《うさぎ》肉の缶詰が三つあるはずだから、ひとつをあけてミンに食べさせてちょうだい。ほかのふたつは冷蔵庫に入れてね。あの子は兎がほんとに好きだからね。わたしのお昼なんて心配しなくていいわ、あなたが戻ってからでいいから。なにか食べたくなったらコーン・フラワーでもスープにして飲むわ」

「ほんとにおれが出かけても大丈夫？」オズボーンは念を押した。

「ほんとよ」母はそう答えて両腕をさしだした。「いく前にキスしていって」

痩《や》せ衰えた頬にキスしてやると、母はベッドに深く横たわり、笑みを返した。

オズボーンは家を離れ、CSIROの局舎にやってきた。建物のなかに入ると、人はだれもいない。にもかかわらず、彼の席の机には放射能による疾病発症例のその日の報告書が置かれ、秘書嬢からのメモが付されていた。それによると、秘書嬢は体調がすぐれないので早退し、出勤することはおそらくもうないとのことだった。報告書にはタスマニア島ホバートで七症例およびニュージーランドのクライストチャーチで三症例が新たに発生したことが記されていた。目にするのはおそらくこれが最後になるだろうその報告書は、いつもより格段に短くまとめられていた。

人けのないオフィス内を歩きまわり、あちらこちらで書類を手にとっては目を走らせた。この役所でのオズボーンの生活もこれで終わりだ、ほかのすべての局員たちと同様に。だがここにも長くはとどまれない、母への心配が重く心にのしかかっているから。すぐ外に出ると、市内電車に乗って家へと急いだ——電車はいまだときおり走っていて、いつも混みあっていた。運転手はいるが車掌はいない。乗車賃はとうにとらなくなっていた。オズボーンが問いかけると、運転手は答えた。「放射能にやられるまで走らせつづけるよ。やられたとわかったら、そのときは電車を車庫に仕舞って家に帰るさ。結局は家が本当の生活の場だからね。三十七年間、雨の日も晴れの日も走らせてきたんだ、こんなことじゃまだやめられないね」

オズボーンはマルヴァーンの駅で市内電車をおりると、牛乳を探しまわった。だがやはり手に入りそうにはなかった。乳製品工場に保存されているものは乳幼児用のもので、分けてはもらえなかった。またも手ぶらで母のもとに帰るしかなかった。

自宅に戻ると、ミンと名づけられたペキニーズを庭から家のなかに戻した。母に会わせてやりたかったからだ。二階の母の寝室へとあがる道すがら、犬は階段を跳《は》ね踊るように駆けあがっていった。

寝室に入ると、母は仰向けに横たわって目を閉じていた。ベッドのようすが妙にきちんと整っているように見えた。オズボーンは近寄り、手に触れてみた。母は死んでいた。わきのテーブルには水を注いだコップと、鉛筆で走り書きしたメモ、さらには蓋《ふた》があいたままの赤い小箱と、そのすぐそばに空《から》の小瓶《こびん》が置かれていた。母がそんなものを持っていたことを彼は知らなかった。

メモを手にとると、それにはこう書かれていた。

愛する息子へ
わたしのそばにつきっきりにさせてあなたの最後の数日を無駄にするのは忍びがたいことよ。今はそれだけが心残りなの。だからわたしの葬式なんてしなくていいわ。ただこの部屋のこのベッドに寝かせたままで、身のまわりのものもそのままにして、ドアをしめておくだけでいいの。それでもわたしはなんとも思わないから。

可愛《かわい》いミンには、あなたがいいと思うことをなんでもしてやってちょうだい。わたしがなにもできなくて、あの子にはとても気の毒だったから。

それから、あなたが自動車レースに優勝したこと、本当にうれしく思います。

心からの愛をこめて、母より

涙がほんの少しオズボーンの頬をつたった――ほんの少しだけ。彼の知るかぎり、母はいつも正しかった。今もまた母の行為は正しい。彼は部屋を出ると階下の客間にこもり、そこで沈思《ちんし》に耽った。彼自身はまだ病んでいないが、しかしそれも時間の問題だ。犬があとについてきた。しゃがみこんで犬を膝に載せ、なめらかな毛並の耳を撫《な》でてやった。

だがすぐ立ちあがって、犬をふたたび庭に出した。そして外の通りに出ると、角《かど》の薬局に入った。驚いたことに、店のカウンターにはまだ女性店員が一人いた。その店員から、赤い小箱の薬をひとつ受けとった。

「今はもうみんながこれめあてでくるの」と店員はいって、弱く笑った。「おかげで店は繁盛よ」

オズボーンも笑みを返した。「チョコレート・コーティングだと、もっといいんだがね」

「それはいいわね。でも残念だけど、そんなんじゃないわ。わたしはアイスクリーム・ソーダと一緒に服《の》むつもりよ」

それにもまた笑みを投げ返すと、店員を薬局のカウンターに残して、すぐに帰宅した。庭の犬を家のなかに戻してやり、台所に入ってペット用の夕食を支度した。兎肉の缶詰をひとつあけてオーブンで少し温め、それに催眠剤ネンブタールのカプセルを四錠混ぜこんで、犬の前に置いた。犬がガツガツと食いつくのを見送りながら、就寝用のペット籠《かご》をストーブの前においてぬくめ、心地よくしてやった。

三十分ほど経《た》ってから台所に戻ってみると、犬は籠のなかでよく寝入っていた。オズボーンは赤い箱に上書きされた説明を入念に読んでから、中味の薬を犬に注射した。チクリという痛みすら、ほとんど感じなかったはずだ。犬が死にいたったことを見とどけると、それを籠ごとかかえて二階へあがり、母の死《ねむ》るベッドのそばに置いた。

そしてわが家をあとにした。

メアリ・ホームズにとって火曜の夜はたいへんな一夜となっていた。夜中の二時ごろに娘のジェニファーが泣き声をあげはじめ、夜明けまでほとんど絶え間なく泣きつづけた。娘の年若い父母もほとんど眠ることができずにいるうちに、幼児は朝の七時ごろに嘔吐をはじめた。外は冷たい雨が降っていた。メアリは灰色の朝の薄光《はっこう》のなかで夫と顔を見あわせた。二人とも疲労と体調悪化が明白だった。「ピーター、これがそうなのよね?」と彼女はいった。「たしかなところはわからないが」と夫は答えた。「そうだと思ったほうがいいだろう。もうだれもが罹ってるころだ」

メアリは疲れから、思わず額《ひたい》を手で押さえた。「わたしたちだけは大丈夫だと思ってたのに――このオーストラリアにいるかぎり」

夫は慰めの言葉を探しあぐねるかのように、こう口にした。「お湯を沸かしてくるよ。お茶でも飲もう」

メアリが幼児ベッドのところに戻って覗きこんでみると、ジェニファーはようやくおとなしくなっていた。「お茶、飲むだろ？」と夫がまたも声をかけた。ほとんどまんじりともせずにいた彼を思いやって、メアリは弱い笑みを見せた。「ええ、いただくわ」

夫が台所に湯を沸かしにいくのを見送りながら、メアリはひどい胸の悪さを覚え、嘔吐感を催《もよお》していた。もちろん徹夜してしまったことと、子供を心配しすぎているせいもあるだろう。夫が台所にいっている今なら、気づかれることなくそっと浴室に入れる。彼女がときどき嘔吐していることは夫も知っているはずだが、今だと別の目的で浴室にいったと思われかねない。そうすれば懸念《けねん》を誘うことになる。

一方ピーター・ホームズは台所でひどい異臭に囲まれていた――あるいはそんな気がするだけなのかもしれないが。電気湯沸かし器に蛇口《じゃぐち》から水を注いだあと、コンセントを挿《さ》しこんだ。スイッチを入れ、電機が加熱しはじめたことを示す小さなライトが点《とも》るのを見とどけると、安堵を覚えた。ごく近い将来電気すらこなくなるだろう。そうなったら文字どおり万事休《きゅう》すだ。台所が耐えがたいほどに狭苦しく感じられた。ホームズは窓をあけ放った。体が熱っぽくなったかと思うと、すぐあとには寒けを覚えた。そして吐き気が襲ってくるのを感じとった。そっと浴室へ向かった――が、そこのドアはロックされていた。メアリが入っているのにちがいない。今彼女を余計に不安にさせるのは得策《とくさく》ではない。そう思いさだめると、裏口から雨の降る屋外に出て、車庫の裏の奥まった角《かど》のところで嘔吐した。

しばらくその場でじっとしていた。家のなかに戻ってからも顔は青褪め体は震えていたが、気分はいくらか落ちついていた。湯が沸き立っていたのでお茶を淹《い》れ、カップふたつと一緒にトレーに載せて、寝室に持っていった。メアリはそこにいて、幼児ベッドのなかを覗きこんでいた。「お茶が入ったよ」と声をかけた。

だが妻は振り向かない、顔色を読まれまいとするかのように。「ありがとう。わたしのもついでおいて。すぐいくから」その言葉もお義理としか聞こえない。

ホームズはふたつのカップにお茶を注いでから、ベッドの端に腰をおろした。自分のお茶をひと口啜《すす》ると、熱い湯が胃を静めてくれるような気がした。

「こっちへきて飲んでごらん」とまた声をかけた。「冷めちまうよ」

メアリは幾分しぶしぶという感じで足を運んできた。ホームズの部屋着が雨に濡れているのを見てとったようすで、「ピーター、ずぶ濡れじゃない！　外に出てたの？」

ホームズは自分の袖を見おろした。濡れていることなど忘れてしまっていた。「仕方なくてね」

「仕方ないって？」

隠しつづけるのは無理だと察し、「吐き気に見舞われたんだ――大したことはなかったが」

「まあ、あなたもなの？　じつはわたしもよ！」

いっとき黙って顔を見あっていたが、すぐにメアリが低い声でいった。「昨日、夕食に食べたミート・パイがよくなかったのかも。ちょっと日が経ちすぎてなかった？」

ホームズはかぶりを振った。「味はなんともなかった。それに、ジェニファーはミート・パイなんか口にしてないのに吐いてる」

「それじゃ、やっぱり放射能のせいだというの？」

ホームズは妻の手をとった。「今はみんなが罹《かか》りはじめてるときだ。ぼくらだけ免疫があるなんてはずはない」

「そうよね」と妻は考えながらいった。「わたしたちだけ例外のわけはないわ。ということは、いよいよ終わりが近づいたのね？　体はこのまま悪くなっていく一方で、最後には死ぬしかないってことね？」

「そういうことになるだろうな」とホームズはいって、笑みを見せた。「自分で実際にそうなったことはないけど、人がいうにはそういうことらしいね」

妻は不意に寝室を出て、居間へ入っていった。ホームズはためらったのち、あとについていった。居間に入ると妻はフランス窓の前に立ち、外を見ていた。彼女があれほど愛した庭も今は灰色に冬枯《が》れし、風に吹きさらされている。

「結局、庭にベンチを置けなかったのが残念だわ」とメアリはいった。「あの壁のわきあたりに置いたら、さぞすてきだったでしょうに」

「その気にさえなれば、今日にでも手に入れられないことはないと思うけどね」とホームズはいった。

妻は彼へ振り向き、「だめよ、あなただって症状が出てるんだから」

「自分がどんな症状かは、あとでわかればいいさ。それより、ちょっとでもなにかすることがだいじだ――ただじっとしていて、自分がどれだけみじめかなんて考えているよりはね」

メアリも笑みを返した。「わたし、ちょっとは楽になったみたい。あなたは朝食になにか食べられそう？」

「どうかな。食べられるほどかどうか、まだなんといえない感じだ。朝食というと、なにがある？」

「牛乳なら三パイントばかりあるわ。ほかになにか手に入れられる？」

「やってみようか。車で出ればなんとかなるだろう」

「できたらコーン・フレークをお願い。グルコースがたくさん入ってるといわれてるから。こういう症状のときにはいいんじゃないかしら」

ホームズはうなずく。「ぼくはシャワーを浴びてくるよ。そしたら少しは気分がよくなるだろうから」

そういったとおりシャワーを浴び、ふたたび寝室に戻ってくると、メアリは台所で朝食の準備に励《はげ》んでいるところだった。驚いたことに、なにか鼻歌を唄《うた》っている。太陽をピカピカに磨いている人を探し歩くというような、陽気でたわいもない歌だ。ホームズも台所に入った。

「楽しそうだね」

メアリはそばに寄ってきた。「唄うと少しは気が楽になるのよ」そういった妻の顔を見て、唄いながら泣いていたことが初めてわかった。ホームズはとまどいを覚えながらも涙を拭《ふ》いてやり、その体を腕に抱いた。

「わたし、とても怖かったの」と泣き声をあげる。「でももう大丈夫だから」

大丈夫なことなどなにもないのだが、そうはいわず、「なにがそんなに怖かったんだ？」とやさしく訊いた。

「いつ放射能に襲われるかは、人によってみんなちがうのよね。そういうふうにいわれてるでしょ？　人によっては一週間も二週間も遅れて襲われるかもしれないし。だから、わが家でも、まずわたしだけがやられて、あなたとジェニファーを残して逝《い》っていたかもしれない。そうでなければ、ジェニファーかあるいはあなたのどちらかが先に逝って、ほかの二人が残されていたかもしれない。どちらにしても、悪夢としか思えなくて……」

メアリはやっと目をあげて、ホームズと目を合わせた。涙の奥に笑みが見えた。

「でも今、わたしたちは三人一緒に、同じ日に放射能に侵《おか》されたのよ。ラッキーなことじゃない？」


金曜日、ホームズは愛車を駆ってメルボルンまで出向いた――メアリには庭に置くベンチを探してくると言い訳して。道中は早くすまさねばならない、家をそう長く離れてはいられないから。本当の目的はジョン・オズボーンに会うことだ、それもできるだけ早く。まず例の囲い地のガレージをあたったが、そこは閉めきられ、鍵がかけられていた。つぎはCSIROの局舎に向かったが、結局見つかったのは〈パストラル・クラブ〉においてだった。そこの寝室にいたオズボーンは、顔色が悪く弱っているように見えた。

ホームズは声をかけた。「ジョン、休んでいるところを悪いね。どんなぐあいだ？」

「やられたよ」とオズボーンは答えた。「もう二日になる。そっちはどうだ？」

「きみに会いにきたのは、その話をするためだ。うちのかかりつけの医者はもう死んだ——いや、死んだかどうかはたしかじゃないが、少なくとももう役に立たない。そこで訊きたいんだが——じつは火曜日に、ぼくも家内も下痢と嘔吐がはじまった。家内のぐあいはかなりよくない。だがぼくは、木曜日つまり昨日になって、急に症状が治まってきた。家内には話してないが、今では相当に元気が戻って、おまけに食欲が湧いて仕方がない。ここにくる道中でカフェに寄って朝食をとったが——ベーコンと目玉焼きと付け合わせを残さず全部食べたが——それでもまだ腹がすいてる。これは急激に快復してるってことじゃないかという気がするんだが、そんなことがありうるだろうか？」

オズボーン科学士官は、かぶりを振った。「永続的な快復をすることはない。多少はよくなることがあっても、また必ずぶり返す」

「多少とはどのくらいの期間だ？」

「運がよければ十日前後は保《も》つかもしれない。だがそのあとまたやられる。そして二度めのときは、もう快復はないだろう。奥さんの状態、かなり悪いといったな？」

「ああ、いいとはとてもいえない。だからできるだけ早く戻ってやらなくちゃならない」

「寝こんでるのか？」とオズボーンが訊く。

ホームズは首を振った。「今朝は二人で、フォールマスまでモスボールを買いに出かけてきた」

「なにを買いに出かけたって？」

「モスボールさ――防虫剤だよ」とホームズはためらいつつ、「家内が欲しいといってたんでね。今ごろは衣類に虫がつかないように仕舞いこむのに余念がないはずだ。症状が出る合間にそれぐらいのことはできるし、彼女自身とてもやりたがってたことだからね」話題をまた所期の目的へ戻した。「とにかく、症状が一週間とか十日ぐらいなら薄らぐことがあったとしても、それがずっとつづくわけじゃないってことだな？」

「そうだ」とオズボーン。「だれもこの災厄《さいやく》を生きのびることはできない。全滅あるのみだ」

「そうとわかれば、むしろ好都合だ」とホームズ。「へたに希望にすがることもなくなるからな。ジョン、ぼくがきみになにかしてやれることはないか？　なるべく早く帰らなきゃならないが、それまでにできることがあれば」

オズボーンは、またかぶりを振る。「おれはもう終わりに近づいてる。今日じゅうにやり終えたいことがひとつふたつあるが、それは独りでできるつもりだ」

ホームズは察した、オズボーン自身の家でのことをいっているのだと。「お母さんはどうしてる？」

「死んだよ」と短い答えが返った。「おれ独りになったから、ここで寝泊りしてる」

ホームズはうなずいたが、頭のなかはメアリのことでいっぱいだった。「もういかなきゃならん。ジョン、幸運をな」

オズボーンは弱く微笑《ほほえ》んだ。「どこかでまた会おう」


ホームズ連絡士官が去ったあと、オズボーンはベッドから起き、クラブ内の廊下を歩いていって洗面所に入った。三十分ほどして部屋に戻ってきたときには、彼の体はいちだんと弱り、その汚濁《おだく》への嫌悪から唇《くちびる》はゆがんでいた。やらなければならないことがあるとしたら、今日のうちにやるしかない。明日はもうなにもできなくなっているだろう。

オズボーンは入念に着替えをしてから階下におりた。庭園観覧室《ガーデンルーム》を覗くと、そこでは暖炉に火が燃やされ、伯父が独りで椅子にかけていた。シェリー酒のグラスをわきに置いている。伯父は顔を向けて、口を開いた。「おはようジョン。よく眠れたか?」

オズボーンは短く答えた。「いや、気分がひどく悪くて」

老人は赤ら顔に心配そうな表情を浮かべた。「そうか、とうとうおまえまでか。今はもうみんなが病気に罹《かか》ってる。朝食をとろうにも、自分で厨房《ちゅうぼう》に入って用意をしなきゃならなかったよ。信じられるか、こんなクラブで!」

伯父はこのクラブに住みはじめて三日めになるのだった。メイスドンにある家で家事をしてくれていた伯父の妹が死んだためだ。

「ところがその後、このクラブでボーイをしているコリンズが出勤してきたので、ランチは彼に作ってもらった。今日はおまえもここで食っていけばいいさ」

オズボーンはもうどこでもなにも口に入れないことに決めていた。「悪いが今日はやめとくよ。出かけなきゃならないんだ」

「そりゃ残念だな。みんながワインをあけるのをおまえにも手伝ってもらえればと思ってたんだが。いま最後の貯蔵庫のを飲みほしにかかってるところでね。在庫はたぶんあと五十ボトルぐらいだ。それだけあれば、お迎えがくるまでみんなで飲みつづけられるだろうよ」

「それより、気分はどうなんだい、伯父さん?」

「よくはないさ。もちろんよくはないが、しかし昨日の夕食のあとむかむかしたのは、あれはブルゴーニュ・ワインのせいだと思うね。ブルゴーニュはほかのと巧《うま》く混ざらないからな。フランスじゃ昔はブルゴーニュを一パイントも飲めば——あるいはフランス流の同じぐらいの分量を飲めば——ほかのワインはひと晩のあいだなにも口にできんといわれたらしいな。なのに昨夜は、夕食のあとまたここにきてすぐブランデーのソーダ割りに氷を浮かべて飲んだりしたものだからな。それでも二階にあがったときには、もうすっかり酔いが醒《さ》めていた。いや、夜は夜でよく眠れはしたがね」

放射能被曝《ひばく》症に対する、アルコール摂取による症状抑制がどのぐらいの時間つづくものだろうかと、オズボーンはいぶかった。その問題については、彼の知るかぎりいかなる調査研究もなされていない。今がその機会ともいえるが、しかしそれをやれる研究者がすでにどこにもいない。

「今は昼までここにいるというわけにはいかないんだ」とだけ彼はいった。「でも今夜にはま

が悪くなってなければいいんだが」

「そうか、わたしはずっとここにいるからな。そういえば昨夜、トム・フォザリントンが夕食のときここにきて、今朝またくるようなことをいってたが、結局姿を見せなかったな。ぐあいた会えると思う」

オズボーンは〈パストラル・クラブ〉をあとにして、並木に挟まれた通りを夢遊病者のように歩いた。愛車フェラーリがようすを見てほしがっているはずだから、ガレージには是非いかねばならない。それをすませれば少しは落ちつけるだろう。入口があいている薬局の前を通りがかって、一瞬迷ったのち思いきってなかに入った。だが店員はおらず、営業しているわけではなかった。フロアの真ん中に口のあいた段ボール箱がひとつあって、なかには例の赤い小箱の薬がたくさん入っていた。その一部がとりだされて、咳止め薬と口紅のあいだの棚に山積みされていた。それをひとつとってポケットにつっこみ、また外の通りに出た。

囲い地にあるガレージのシャッターをあけると、フェラーリは中央に居座って待ちかまえていた――ここに置いていったときのままの姿で。乗ればすぐにでも発進できる状態で。あのグランプリ決勝も疵《きず》ひとつ負わずに走りおおせ、さながら新車同然の状態だ。今でもこの車を持っていることは大きな誇りであり、あの勝利でその価値はいちだんと増した。だがオズボーン自身は今は体を病み、運転はできそうにない――おそらく二度と走らせられない。だが手を触れることも機械をいじることもできないというわけではない。そこで上着を脱いで側《そば》の釘《くぎ》にかけると、さっそく作業をはじめた。

まずジャッキで車輪を持ちあげ、車軸の下にブロックを挟《はさ》んでタイヤが床から浮いた状態にしなければならない。重いジャッキを操《あやつ》ったりブロックを運んだりする仕事をしたせいで、また少し気分が悪くなってきた。ガレージにトイレはなく、裏手に荒れ放題の空き地があるだけだ。そこには黒ずんで油まみれになった古い自動車が置き捨てられたままになっていたりする。オズボーンはそこで用をすませ、また作業に戻った。これまでにないほどに体が弱っていたが、この仕事を今日じゅうに終わらせねばという決意はより強くなっていた。

ジャッキでやっと車輪をあげ終えたところで、またも下痢症状が襲った。エンジン冷却管の蓋をあけて水を外へ流したあと、すぐまた裏の空き地へ駆けだした。だが心配ない、あとの作業はすぐ終わる。バッテリーから配線をとりはずし、その接続部に油をくれた。それから六個のスパーク・プラグを全部とりはずしてシリンダーにオイルを入れ、またプラグをしっかりと嵌《は》め戻した。

ようやく車に背をもたせ、息をついた。これでコンディションは万全だ。またも体を震えが襲い、空き地へと急いだ。ガレージ内に戻ったときにはすでに夕暮れが迫り、あたりは薄暗くなっていた。いつくしんできた愛車を少しでも保持しつづけるための作業は、もうすべてすんだ。だが、なかなかそばを離れがたかった。それに、〈パストラル・クラブ〉に戻るまでのあいだにまた下痢に襲われはしないかという恐怖がある。

最後にもう一度だけフェラーリの運転席に坐《すわ》り、ステアリングを手につかみたい。座席にはヘルメットとゴーグルが置かれている。ヘルメットを頭にかぶり、ゴーグルを首まわりにさげてみた。そしてついには座席に乗りこみ、ステアリングを目の前にした。

そこはじつに居心地がいい。あのクラブにいるよりはずっと。ステアリングは手を触れているだけで心を落ちつかせ、広いダッシュボードに並ぶ小さな三つの計器は慣れ親しんだ友のようだ。自分の人生のクライマックスとなるレースで勝利してくれた車と、こうしてともにいるのだ。今こそ先へ進む勇気を持たないでどうする？

オズボーンはポケットから赤い小箱をとりだし、なかに入っている小瓶から錠剤を出すと、箱をわきの地面へ投げ捨てた。これ以上長らえても意味はない。ここでけりをつけるのが自分の好む流儀だ。

錠剤を口に入れ、いささかの努力によってそれを嚥《の》みこんだ。

車でクラブを離れたピーター・ホームズはエリザベス通りに入り、あの電動式芝刈《か》り機を買った量販店に乗りつけた。店内にはもう人はおらず、施錠されていただろう入口は何者かによって打ち破られていた。そこから人が自由に出入りして欲しいものを略奪していったらしく、商品は半ば根こそぎになっていた。主電源が切られているため内部は薄暗い。二階にある庭仕事用品コーナーにあがってみると、探していた例の庭用ベンチがあるのが目に入った。着脱式クッション付きの明るい色の、しかも軽めのベンチを選んだ。クッションというのがメアリの気に入りそうだし、それに車のルーフに載せたとき表面を傷つけないようにするのに役立つだろう。ベンチを担《かつ》ぐと、踊り場を挟んだ階段ふた組をくだって、店の外の舗道まで苦労して運びだした。付属のクッションと搬送用のロープをとってくるために、また二階へ戻った。ロープは売場で見つけた干し物用のもので代用した。また外に出ると、ベンチをモーリス・マイナーのルーフにあげ、ロープを車のあらゆる部分に絡《から》めて、たくさんの箇所で結んで固定した。そして自宅へと急いだ。

道中でも依然として空腹にさいなまれていた。だが体調自体はとてもよくなっている。自分のこの快復ぶりについてはメアリにはなにもいっていないし、いうつもりもない。彼女を困惑させるだけだからだ。家族全員が一緒に罹患《りかん》していると信じているままでいい。家を出たあと朝食をとったあの同じカフェに、今また立ち寄った。驚くほどの健康さを楽しんでいるらしい、いつもビールの臭いを振り撒《ま》いている夫婦が切り盛りする店だ。ランチのメニューは熱く焼いたロースト・ビーフだった。ホームズはそれをふた皿注文し、すぐあとにかなり大きめの温かなジャム・プディングを頼んだ。さらにあとで思いついて、相当な量のビーフ・サンドイッチの包みを作ってもらった。それはメアリに気づかれないように車のトランクに隠しておいて、夕方また出かけたときにこっそり食べるつもりだ。

午後の早いうちに自宅に着いた。庭用ベンチは車のルーフに載せたままにして、とりあえず家のなかに入った。メアリはベッドに横たわっていた。身につけているものはいつもの半分程度で、ウール地の部屋着を体にかけていた。家のなかは寒く湿気が強い感じだ。妻のベッドわきの椅子に腰をおろした。「メアリ、加減はどうだ？」

「よくないわ、とても。でもそれよりピーター、ジェニファーがとても可哀相なの。あの子ずっとひどい症状がつづいてるのに、わたしもう世話もしてやれなくて」そのあともう少し詳しい話をつけ加えた。

ホームズは部屋の奥へいって幼児ベッドを覗いた。娘は弱りきって、痩せ衰えていた――母親と同様に。親子揃って、かなり悪化しているようだ。

メアリが声をあげた。「ピーター、あなたはどんなぐあい？」

「よくない」と彼は答えた。「いく道中で二度、帰りに一度、下痢で車を止めなきゃならなかった。街に着いたあとはずっと走りまわってた」

妻は彼の腕に手を触れた。「そんなならば無理していかなきゃよかったのに……」

ホームズは見おろしながら笑みを返した。「とにかく、庭用ベンチは手に入ったよ」

メアリの顔がかすかに明るんだ。「ほんとに？　どこにあるの？」

「車の屋根に積んである。きみはこのまま横になって温かくしてたらいい。ぼくはこれから暖炉に火を焚《た》いたりして、家のなかをもう少し居心地よくするから。ベンチはそのあとで車からおろして、見せてあげるよ」

「横になってばかりいられないわ」と妻が弱った声を返す。「ジェニファーのおむつを換《か》えなくちゃ」

「そんなのは、ぼくがやっておくよ」とホームズはいって、やさしく寝かせつけた。「温かくして寝ていればいいから」

一時間後、彼は居間の暖炉の炎を前にしていた。ベンチは車からおろして、メアリが見やすいように庭の外壁ぎわに置いた。彼女はフランス窓からそれを眺めた。明るい色合いのクッションが気に入ったようすで、「ほんとにすてきね。あそこに置いたらきっといいと思ってたけど、そのとおりだったわね。夏の夕方なんかに腰をおろしたら、どれほど気持ちがいいかしら……」外は冬の午後が徐々に暮れゆき、細かい雨が降りしきっている。「ねえピーター、ベンチはもう見させてもらったから、あのクッションだけベランダに入れない？　でなければ、この部屋に持ってきて乾かしてもいいし。夏にそなえて、ちゃんととっておいたほうがいいでしょ」

ホームズは、いわれたとおりにした。それから幼児ベッドを、より暖かな居間に二人で移したあと、メアリがまたいった。「そうだわ、あなた、なにかおなかに入れなくて大丈夫？　ミルクならたくさんあるから——もしそれだけでよければだけど」

ホームズはかぶりを振り、「腹になにか入れたい気分じゃないな。きみはどう？」

彼女もかぶりを振った。

「ホット・ブランデーを作って、レモンでも滴《た》らしてやろうか？」と勧めてみた。

メアリは一瞬考えてから、「そうね、飲んでみるわ」といって部屋着を体に巻きつけた。

「とても寒くて……」

暖炉では火が勢いよく燃えている。「外にいって、もっと薪《まき》を持ってくるよ」とホームズはいった。「それからホット・ブランデーを作ってやろう」

外に出て、薄暗いなかを薪置き場へ向かった。ふと車のところで足を止め、トランクをあけてビーフ・サンドイッチ三切れを頬張った。籠に薪を入れて急いで居間に戻ると、メアリが幼児ベッドのそばに立っていた。「ずいぶん手間がかかったわね。なにしてたの?」

「ちょっといろいろあってね」と言い訳した。「ミート・パイがまたぶり返したのかな」

妻の表情がほぐれた。「そうだったの。ほんとに、三人一緒になるなんてね……」ベッドを覗きこみ、赤ん坊の額をそっと撫でる――今は身動きもせず横たわっているだけだ。弱りすぎて泣くのすらやんでしまったのか。「ピーター、この子もうだめなんじゃないかしら……」

ホームズは妻の肩に腕をまわした。「だめなのは、ぼくも同じだ」とささやく。「そしてきみもだ。三人とももう長くはない。待ってて、いま湯沸かしを持ってくるから。そしたら熱い飲み物を飲もう」

メアリを幼児ベッドのそばから引き離し、燃え盛る暖炉の前の暖かいところへ導いてやった。彼女はそこの床に坐りこんだ。お湯で割ったブランデーにレモンを絞ったグラスを手わたしてやると、炎を眺めながらそれを啜りはじめた。それでいくらかは気分がやわらいできているように見えた。ホームズは自分の飲む分も作り、二人しばらくのあいだ黙りこんでくつろいだ。

やがてメアリがいった。「ねえピーター、そもそもどうしてこんなことになってしまったのかしら? ソ連と中国が戦争をはじめたのが、すべての原因なの?」

ホームズはうなずいた。「もともとはそれがはじまりだった。だがそこから大きくふくらんでいった。米英とソ連の両勢力が、たがいに先制攻撃をもくろんで爆撃しあった。発端はアルバニアをめぐる争いからだ」

「でもわたしたちのオーストラリアは、その争いとなんのかかわりもないでしょ、そうじゃないの？」

「わが国はイギリスに人道的支援をしていた。だがそれ以上の加勢をする猶予もないまま、すべてはひと月も経たないうちに終わってしまった」

「だれもこの戦争を止められなかったの？」

「どうかな……人間の愚かな行為は、だれにも止められないときがあるものだろうな。つまり、一億二億といったたいへんな大勢の人々がこぞって祖国の名誉のためにコバルト爆弾を敵国に撃ちこむことを決断したとしたら、もうだれにもどうすることもできないってことだ。唯一可能性のある希望があるとしたら、そういう愚かさから人々を抜けださせるような教育をすることだけだろうね」

「でもどうやったらそんなことができるというの？　教育といったって、みんな学校を出たいい大人なのよ」

「新聞だ」とホームズは答えた。「新聞によって人々に真実を知らせることは可能だったはずだ。だが、どの国もそれをやらなかった。わがオーストラリアでさえだ。それこそわれわれのだれもが愚かすぎたからだ。われわれ国民は水着美女の写真や暴力事件の見出しなんかにばかり目を惹《ひ》かれてしまっているし、政府は政府で、そんな国民を正しく導けるほど賢くなかった」

メアリはまだよく理解できないという表情をしながらも、「じゃ、このごろはもう新聞がなくなっていて幸いだったってことね。たしかに、あんなもののないほうが毎日が楽しかったわ」

急にメアリの体を痙攣《けいれん》が襲ったので、ホームズは彼女が浴室へいくのに手を貸してやった。彼女がそこに入っているあいだ、ホームズは居間に戻ってジェニファーを見つめながら立ちつくしていた。娘の病状は相当悪化していたが、彼にできることはなにもなかった。もう今夜が峠《とうげ》だと思えた。メアリのようすもかなり悪いが、しかしやはりいちばんひどいのはジェニファーのほうだ。家族のなかで今ホームズ自身だけが健康なままでいる。それだけは絶対に隠し通さねばならない。

メアリが死んだあとなお自分が生きつづけることを想像するのは、ホームズには耐えがたかった。少なくとも、この家にはもうとどまれない。といって、自分に残されたあと数日のあいだにいける場所はなく、なにができるわけでもない。ただ一瞬頭をかすめたのは、ウィリアムズタウン港にもしまだ〈スコーピオン〉が停泊しているならば、タワーズ艦長に同行して海へ漕《こ》ぎだす、という道だった——自分の生涯の務めの場である海へと。だが、なぜそこまでしなければならない？　こんな余計な生存の時間など、自分の体の気まぐれな代謝によって意味もなく与えられたものにすぎないじゃないか。そんなもののために生きるより、今は家族のもとにとどまるべきだ。

浴室からメアリの呼ぶ声が聞こえた。ホームズはすぐ飛んでいって、手を貸した。ただちに暖炉の炎の前へつれ戻したが、彼女の体は依然冷たく、震えも止まらない。ホット・ブランデーをもう一杯つくってやって、ウールの部屋着で肩をおおうように巻きつけてやった。彼女は床に坐りこんで両手でグラスを押さえつけ、なお体を襲う震えにあらがおうとしている。

やがてメアリはいった。「ジェニファーはどんな?」

ホームズは立って幼児ベッドに近寄り、すぐまた妻のそばに戻った。「今は静かだ。おそらく状態は変わらないんだろうが」

「あなたはどう?」とメアリ。

「よくない」といって彼女の顔を覗きこみ、その手をとった。「でもきみのほうがもっと悪いようだ」と告げた。せめてそれだけはいうべきだと思ったから。「ひょっとすると、きみより一日ぐらい遅れて逝くのかもしれない――それ以上にはならないだろうが。ぼくのほうが少しだけ体が丈夫だからかも」

メアリはゆっくりとうなずき、それからいった。「もう望みはないの?――わたしたちのだれにも?」

ホームズはかぶりを振った。「この世のだれも生きのびられない」

「わたし、明日も自分が浴室までいけるとはとても思えないわ。ピーター、今夜のうちにあの薬を服《の》んでもいいかしら? できればジェニファーも一緒に。それってひどいことだと思う?」

妻にキスした。「仕方ないことだと思うよ――ぼくも一緒に逝く」

彼女は弱く返す。「あなたはまだ丈夫よ、わたしとこの子よりは」

「明日には逝く」とホームズ。「これ以上生きても意味はない」

メアリは彼の手をつかんだ。「じゃ、お願いよピーター」

いっとき考えてから、「湯たんぽにお湯を入れてベッドに入れておくから、きみはきれいなネグリジェに着替えて、ベッドに入って温かくしていればいい。そしたらすぐジェニファーをつれていく。それから家の戸締まりをして、きみにホット・ブランデーを作ってやる。そしてベッドで一緒にあの薬を服もう」

「主電源を切るのを忘れないでね」とメアリ。「鼠《ねずみ》がケーブルを噛《か》み切ったりして、火事にでもなったらいやだもの」

「わかった、そうする」

メアリは涙のにじんだ目で夫を見あげた。「ジェニファーにも、やるべきことをやってくれるわね？」

ホームズは妻の髪を撫で、やさしく答えた。「心配要らないよ。ちゃんとするから」

まず湯たんぽに湯を満たし、それをベッドに入れた。ついでにベッドもメーキングしなおしてきちんとした。それからメアリに手を貸して寝室につれていった。自分は台所にいって湯沸かしで最後の湯を火にかけ、それが煮立つあいだに、三つの赤い小箱に記されている処方を、もう一度念を入れて読み返した。

沸いた湯を保温瓶に注ぎ、それをグラスふたつとともにトレーに載せた。ブランデーとレモン半切れも一緒に載せ、寝室に持っていった。寝室では幼児ベッドを押して、メアリのベッドのわきに寄せた。メアリはきれいな寝巻きに着替えてベッドにいた。弱々しくベッドに坐り、夫が娘のベッドを押してくるのを見ていた。

「ジェニファーを抱き起こそうか？」とホームズは訊いた。彼女が少しのあいだでもわが子を抱きたいのではないかと思ったからだ。

だがメアリは首を横に振った。「この子は弱りすぎてるわ」そういって子供をつかのま見おろし、疲れたようにベッドに横たわった。ホームズは赤ん坊の腕にすばやく注射器を刺しこんだ。そのあとすぐ服を脱いで、自分もきれいなパジャマに着替えた。ベッドわきの明かりだけを残して家じゅうの照明を消し、居間に加熱除《よ》け用の衝立《ついたて》を立てた。そして停電のときにそなえてとっておいた蠟燭《ろうそく》に火を点し、そばのテーブルに置いた。そのあと主電源を切った。

彼もメアリとともにベッドに入り、ホット・ブランデーを作った。そして赤い小箱から錠剤をとりだした。

「あなたのおかげで楽しい年月《としつき》をすごせたわ、結婚してからずっと」メアリが静かにいった。

「ほんとにありがとう、ピーター」

ホームズは妻を抱きしめてキスした。「ぼくもすばらしい時間をすごしたよ——そのまますべてを終わらせよう」

夫婦一緒に薬を口に含み、ブランデーを飲んだ。

同じ夜、ドワイト・タワーズはハーカウェイのモイラ・デイヴィッドスンに電話しようとしていた。ダイヤルをまわしながらも、回線が通じるだろうか、通じたとしても先方に受話器をとる相手がいるだろうかとあやぶんだ。だが直通電話回線は依然機能が維持されていたし、モイラもほとんど即座に電話口に出てくれた。

「やあ、出てもらえないんじゃないかと心配したよ。そっちの状態はどうだい？」

「最悪よ」とモイラは答えた。「父さんも母さんも、もうだめかも」

「きみはどうだ？」

「わたしもほとんど同じよ。ドワイト、あなたは？」

「似たようなものだ」とタワーズ。「電話したのは、せめてきみにはさよならをいいたくてね。わたしたちは明日の朝〈スコーピオン〉を海に沈めにいくつもりなんだ」

「それで、また戻ってくるの？」

「いや、もう戻らない。これが最後の任務になる。それがすんだら、われわれも終わりだ」そこで間を置き、「きみにはお礼をいうよ、この半年のあいだほんとにありがとう。そばにいてくれてとても助けられた」

「わたしも同じよ」とモイラ。「ドワイト、もし間に合ったら見送りにいくわ」

タワーズは一瞬ためらった。「ありがとう。でも遅れても待てないよ。乗組員はみんなひどく弱っていて、明日の朝にはもっと弱ってるだろうから」

「何時に出発するの？」

「八時出港の予定だ。ちょうど朝日がいちばん明るくなるころだ」

「きっといくわ」とモイラはいった。

タワーズは彼女の両親への別れの挨拶の言《こと》づてをいったあと、電話を切った。


モイラは両親の寝室に戻った。そこでは父母がツインのベッドに並んで横たわっている。二人ともモイラより病状が重い。彼女はタワーズからの言づてを伝えたあと、彼を見送りにいきたいとうちあけた。「夕食のころまでには戻るわ」

母がいった。「いいわ、あの人にさよならをいってらっしゃい。ほんとにいいお友だちだったんだもの。でも、あなたが帰ってきたとき、もしわたしたちがここにいなかったら、なにがあったか察してね」

モイラは母のベッドに腰をおろした。「そんなにひどい感じなの、母さん?」

「じつはそうなの。それに、今日の父さんは、わたしよりもっとひどくなってるのよ。でもわたしたち、いざというときのためのものは用意してあるの——もうこれ以上はだめというときの用意をね」

父が一方のベッドから、弱い声を発した。「雨は降ってるのか?」

「いいえ父さん、今は降ってないわ」

「悪いがモイラ、放牧場のゲートをあけて、牛が入れるようにしてきてくれないか。外へ出るゲートは全部あけてあるが、乾草《ほしくさ》を自由に食えるようにしておいてやらんといかんからな」

「わかった、すぐやりにいく。ほかになにかできることはない？」

父は目を閉じた。「タワーズさんに、よろしくといってくれ。ほんとはおまえと結婚してほしかったんだがな」

「わたしも同じ気持ちよ」とモイラ。「でも結局、彼はそんなにたやすく頭を切り替えられるような人じゃなかったわね」

彼女は夜の農場へ出ていき、放牧場のゲートをあけた。牛が外へ出るためのゲートが全部あいていることも一応確認した。だが牛の姿はどこにも見えなかった。家に戻って、いわれたとおりにしてきたと告げると、父は安堵したようだった。父母からはほかに要望はなにも出なかった。モイラは二人にキスしておやすみをいい、自分のベッドに戻った。ぐっすり寝入ってしまった場合にそなえ、目覚まし時計を午前五時に合わせた。

だが実際には、ほとんど眠れなかった。ひと晩を通じて四度、浴室に入らねばならなかった。ブランデーをボトル半分飲みほした、それが症状を少しでもやわらげられる唯一の方法だったから。目覚ましが鳴ると跳ね起き、熱いシャワーを浴びてリフレッシュした。何ヶ月も前にタワーズと初めて会ったとき着ていた赤いシャツとスラックスを身につけた。顔を少し入念に化粧したあと、オーバーコートを着た。両親の寝室のドアをそっとあけてなかを覗き、懐中電灯の光を手でさえぎりながらようすをうかがった。父は寝入っているようだったが、母はベッドに横たわったままモイラへ笑顔を向けた。両親も夜通し寝たり起きたりをくりかえしていたようだ。忍び足で部屋に入ると、母にキスし、すぐまた外に出て静かにドアを閉じた。

貯蔵庫から口を切っていないブランデーのボトルを一本とりだし、それを持って車に乗りこんだ。発進させ、メルボルンをめざした。灰色の最初の曙光《しょこう》が射すころ、オークリー近くの往来のない路上で車を止め、ボトルをあけてブランデーをひと口飲み、すぐ再出発した。

人けのないメルボルン市街を走り抜け、暗褐色の工業地帯の道路をウィリアムズタウンへと向かった。七時十五分ごろに基地に着いたが、警備員はおらずゲートも開いたままだったので、敷地内に乗り入れ、空母〈シドニー〉が横付けされている埠頭《ふとう》までやってきた。空母でもタラップに哨兵《しょうへい》がいるわけではなく、当直士官が不審者を誰何《すいか》してくるわけでもなかった。モイラは空母へと乗りこみながら、タワーズに初めてここにつれてこられたとき、どういう経路で潜水艦に移ったかを思いだそうと努めた。途中で偶然アメリカ人水兵の一人と出くわし、その男が空母の舷側《げんそく》についている鋼鉄製のハッチまで案内してくれた。そこをあけると、潜水艦〈スコーピオン〉へと通じるタラップが架けられているのだった。

ちょうどそこを通って潜水艦に移ろうとしている別の水兵がいたので、モイラはまた尋ねかけた。「すみません、もしタワーズ艦長に会われたら、ここまできてちょっとだけわたしとお話ししてくださるように頼んでいただけませんか?」

「いいですよ。伝えるので、待っていてください」と返事して水兵は去っていった。

ほどなくタワーズが姿を見せたと思うと、タラップをわたってモイラの前までやってきた。ほかの乗組員と同様に、タワーズもかなり体調が悪そうに見えた。彼は部下たちに見られるのもかまわずモイラの手をとった。「わざわざ見送りにきてくれて、ほんとにうれしいよ。お宅のほうはどんなようすだ？」

「とてもよくないわ」とモイラは答えた。「父と母はもうすぐ逝くでしょうね——もちろんわたしもだけど。今日がわが家の終わりじゃないかしら」ためらってから、こう告げた。「ドワイト、頼みたいことがあるの」

「なんだい？」

「わたしもこの潜水艦に乗せて、一緒につれてってくれない？」またひとつ息をついてから、「家に帰っても、できることはもうなにもないの。父は車なんて通りに置き去りにしていけばいいといってたし——もう乗ることもないからって。だからわたし、あなたと一緒にいきたいの」

タワーズは長いこと黙って立っていた、答えてくれないのではと思えるほどに。「きみと同じことを、今朝のあいだに四人の人たちに頼まれたよ。だが、みんな断った。なぜなら、アンクル・サムがそういうことを好まないからだ。わたしはこれまで自分の艦を軍務のためにのみ航海させてきたし、最後までそうするつもりでいる。悪いがきみを乗せるわけにはいかない。わたしもきみも、この運命をたがいに自分のものとして受け入れるしかない」

「そう、わかった」とモイラはけだるく応《こた》えた。タワーズの顔を見あげ、「家族へのプレゼントはちゃんと持った？」

「もちろん。きみのおかげだ、ありがとう」

「奥さんにわたしのことを話してね。隠し立てするようなことはなにもないんだから」

タワーズが腕に手を触れた。「初めて会ったときと同じのを着てきたんだな」

モイラはかすかに微笑んだ。ずっと話しつづけなければ――考える時間を少しでもやったら、彼は今にも泣きだしそうだから。「わたしの役割もなかなかのものだったでしょ？」

「ああ、大したものだ」とタワーズはいって彼女を抱きしめ、キスした。彼女もいっときその体にしがみついていた。だがすぐに離れ、「つらい別れが長すぎるのはよくないわ。もうおたがいに、いいたいことを全部いったわよね。出発の時間は？」

「まもなくだ。あと五分ほどで出港する」

「この船を沈めるのはいつ？」

タワーズは一瞬考える顔をしたのち、「五十キロの湾をすぎて、外海へ二十キロほど出たところだ。海里にすると四十二海里ほどのところだ。無駄な時間はまったくかけずにいくつもりだから、出港後二時間十分程度という見積もりになる」

彼はまたモイラを掻《か》き抱いてキスした。だが彼女は拒《こば》んだ。「だめよ、もういって」そのあとのせりふを胸に呑みこんだ――〈でないとわたしのほうが泣いちゃうわ〉

タワーズはゆっくりうなずいて、つぶやいた。「本当にありがとう」そして背を向け、タラップを潜水艦へと戻っていった。

気がつくと、モイラのほかに二、三人の女性たちがタラップの前に立っていた。空母にはもう兵がだれもおらず、タラップが引き戻されることもなさそうだ。まもなくタワーズが潜水艦の内部から艦橋《かんきょう》の上に姿を現わすのが見えた。彼が指示を放つと、タラップの鎖が解かれて、潜水艦にさしわたされていた下端がはずれた。艦尾の鎖も解かれ、緩衝用スプリングが離された。伝声管を使ってのタワーズの指示により、艦尾海面下のスクリューがゆっくりとまわりだして、水を泡立たせた。前進開始とともに、艦尾が埠頭を離れる。灰色の空から小雨が降りだした。艦首の鎖とスプリングも離され、水兵がそれらを巻きとっていく。艦橋のハッチが閉じられると、潜水艦は後方からゆっくりと弧を描いて空母から離れていった。たちまちのうちに主甲板の全域が潜水し、艦橋にはタワーズとほか一名の水兵のみが残っていた。彼がモイラへ向けて別れの手をあげるのが見えると、彼女も手をあげた。涙で曇る目で見守るうちに、わずかに頭を出しているだけの〈スコーピオン〉はゲリブランド岬《みさき》をまわりこんでいき、ほどなく暗い海の彼方へと消えていった。

モイラはほかの女性たちともども、空母内のハッチから離れた。「もうこれ以上生きていても仕方なくなったわ」と彼女がつぶやくと、

「なら早くけりをつけましょうか」と女性の一人がいった。

モイラはかすかに苦笑してみせてから、腕時計を見やった。午前八時三分だ。タワーズは十時十分ごろに故郷に着く計算だ——終生愛したコネチカットの村に。モイラ自身の家には、もうなにもない。ハーカウェイに帰っても、牛たちと悲しい思い出とが残っているだけだ。軍律によりタワーズと一緒にいくこともかなわなかったが、それも仕方ないことだ。それでも彼が故郷の家に帰るときには、きっとそばに寄り添えるだろう——外海のわずか二十キロ先にあるという故郷の家に向かうときには。そのとき笑顔で寄り添っていれば、彼は一緒に家につれて

いってくれるだろう。そうすれば娘のヘレンがホッピングで跳ねまわって遊ぶ姿も目にすることができる。

　人けのないがらんとした薄暗い洞窟のような空母の内部をモイラは急いで通り抜け、埠頭へのタラップにたどりついた。ようやく陸にあがって、自分の車に戻ってきた。燃料タンクにはガソリンがまだたっぷりある。このまえ乾草の奥に隠した缶から、充分に補給してきたのだ。運転席に乗りこむと、ハンドバッグの口をあけた。赤い小箱は依然としてそこにあった。ブランデーのコルクを抜き、効《き》きのいいアルコールをたっぷりと呷《あお》った。こんなときでも自由に飲める酒はとても美味《うま》い——家を出て以降はもう生きのびる望みなど捨てているのだから。ようやくエンジンをかけ、埠頭の上で車をターンさせた。基地を抜けだして郊外の細道を通り、やがてジーロングへと向かう幹線道路に出た。

　幹線道路ではアクセルを踏みこみ、時速百十キロの高速で、じゃまするもののない路面をジーロングへと飛ばした。帽子もかぶらず真っ赤な服を着た女が、少しだけ酔っ払って青白い顔をして、どでかい車を猛スピードで走らせている。広い空港のあるラヴァトーンをすぎ、実験農場のあるウェリビーをすぎて、往来のない道路を南へと疾駆《しっく》していく。コリオをすぎる前のどこかで、不意に身震いが襲った。やむなく車を止め、近くの茂みのなかへ駆けこんだ。十五分ほどして出てきたときには、顔はさらに青褪めていた。またもブランデーを長く呷った。

　それからふたたび猛スピードで飛ばした。左側にグラマー・スクールを見送ると、荒涼とした工業都市コリオに入り、そこをすぎると巨大寺院の町ジーロングにたどりついた。寺院の高い塔では、なにかの祭事か鐘《かね》が鳴らされていた。速度を少し落として市内を通り抜けていくが、道路わきに乗り捨てられている無人の車の群れのほかはこれといったものもない。人の姿を三人見かけた。いずれも男だった。

ジーロングを出て二十二、三キロ進むと、海に面したバーウォンヘッズへといたる。いつも波に洗われている荒れ地をすぎたころ、体から急速に力が抜けていくのを感じた。だがもうそれほど先までいくにはおよばない。十五分ほど進んで右へ折れ、夾竹桃《きょうちくとう》の並ぶ広い並木道に入った。小さな町バーウォンヘッズの目抜き通りだ。その道の奥にあるゴルフ場の手前で左へ折れた。そこにある小さな家を避けたかったからだ——子供のころ、たくさんの楽しい日々をすごした家だ。もう二度と見ることもない。橋をわたって右へ折れたところで、十時まであと二十分というころになっていた。岬の上に広がる更地《さらち》のトレーラーハウス・エリアを通り抜けると、目の前に海が展《ひら》けた。眼下の荒磯《あらいそ》に南からの灰色の荒波が打ちつけているのが見える。

雲におおわれた空の下で、灰色の大洋はただ茫漠《ぼうばく》と広がる。だが東の彼方に雲の裂け目があり、そこから光の筋が海へと射しこんでいる。モイラは海の全景を見わたせる路上で車を停《と》め、外におりた。ブランデーのボトルをまたひと口呷り、水平線に潜水艦の姿を探した。灯台のあるロンズデール岬からポート・フィリップ湾の入口にかけてへ目を移すと、小さな灰色の影が海面に突出するのが目に入った。わずか五マイルばかり離れたところで、それは岬から南のほうへと動いていく。

細かいところまではよく見えないが、あれはタワーズが立つ〈スコーピオン〉の艦橋にちがいない。最後の航海で、ついに自艦を外洋へと出すのだ。タワーズにはモイラの姿など見えるはずもないし、まして見られていることなど知るよしもないだろう。だがとにかく彼女はそちらへ向けて手を振った。それからすぐまた車に入った——南の極地からの冷たく荒い風が吹いているからだ。それに、とても気分が悪くなっていた。温かな車のなかに坐っていても、タワーズを眺めることはできるだろう。

痺れたように目を凝らすうちに、灰色の小さな影は水平線に煙る霧のほうへと向かっていく。酒のボトルを膝の上に握りしめて、今こそがすべての終わりであることを悟った。

もう潜水艦はかけらも見えない。霧の彼方へ消えてしまった。腕時計を見おろすと、それは十時一分すぎをさし示していた。この最後のときに際し、子供のころの信仰がよみがえってくる。こういうとき、人は信仰にもとづくなにかをしなければならない。酔いにまぎれる頭のなかで、神への祈りをつぶやいた。

そのあとハンドバッグから赤い小箱をとりだし、薬瓶の蓋をあけて錠剤を掌《てのひら》に握りしめた。またも震えが襲うが、モイラはかすかな笑みさえ浮かべた。「こんどばかりは巧く欺《あざむ》いてやったわ」とつぶやいた。

ブランデーのコルクを抜いた。十時十分だ。心からの言葉を口にした。

「ドワイト、もし先にいっていたら、わたしを待っていて」

そして薬を口に入れ、ブランデーとともに嚥《の》みくだした——愛車のハンドルを前に身をくつろげた姿で。

訳者あとがき

本書はネヴィル・シュート *On the Beach*（一九五七年初刊）の全訳であり、東京創元社の文庫創刊五〇周年を記念し新訳にて訳出したものです。翻訳のテキストには House of Stratus版（二〇〇二年刊）*On the Beach* をもちいました。

この小説は核兵器による第三次世界大戦が終息したあとの世界を背景とし、〈死の灰〉の最終到達地となるオーストラリア大陸を舞台として、そこで生きるさまざまな人々に避けがたい死が忍び寄っていくさまを淡々とした筆致で、しかし同時に精細な描写によって物語った近未来小説であり、終末テーマの一大傑作として世界的に読み継がれています。

作者ネヴィル・シュート（本名Nevil Shute Norway）は一八九九年ロンドンのイーリング（当時はミドルセックス郡所属の町）生まれのイギリス人で、本来は航空機設計の技術者でありまた同方面の事業家でもあり、英国の飛行機界に大きな足跡を残した人物ですが、同時にそうした人生経験や第一次世界大戦での従軍体験などをもとに冒険小説作家となり、母国イギリスでは「アガサ・クリスティ、ハモンド・イネスと並んで広汎な支持を得ている」（シュート作の長編小説『パイド・パイパー　自由への越境』の訳者池央耿氏による同書「あとがき」より）とさえいわれるほど大成しました。第二次大戦後オーストラリアに移住し、最大の代表作であり歴史的名作ともなったこの『渚にて』を発表したのち、一九六〇年に六十歳で世を去りました。

わが国では本作品のみが突出して有名ですが、幸い前述の『パイド・パイパー』も創元推理文庫版にて現在も読まれています。第二次大戦を背景としたヒューマニズムと冒険心あふれるロード・ノベルの傑作ですので、本書によりこの作家に関心を持たれた読者は是非そちらも手にとってみていただきたいと思います。

なお本書旧版の『渚にて　人類最後の日』は、当初〈文藝春秋〉一九五七年十二月号に木下秀夫訳「人類の歴史を閉じる日」と題して要約が掲載され、翌一九五八年に文藝春秋新社より木下秀夫訳『渚にて　人間の歴史を閉じる日』として若干の省略が施された翻訳書が単行本として刊行されたのち、その翻訳の実質的担当者だった井上勇氏による初めての全訳が一九六五年に創元推理文庫（現・創元SF文庫）版として刊行されたという経緯をたどっています。他版としては、篠崎書林版『渚にて』（山路勝之訳・一九七六年刊）があります。

またこの小説を原作とする映画では、本書「解説」において鏡明氏が採《と》りあげているアメリカ映画『渚にて』（ON THE BEACH　スタンリー・クレイマー監督、グレゴリー・ペック／エヴァ・ガードナー主演、一九五九年）、およびオーストラリア制作（正式には米豪合作）のテレビ映画『エンド・オブ・ザ・ワールド』（ON THE BEACH ラッセル・マルケイ監督、アーマンド・アサンテ／レイチェル・ウォード主演、二〇〇〇年）の二作品が知られています。ちなみに後者のソフトウェア化商品には「完全版」と「短縮版」の二種があります。

以下にネヴィル・シュート作の全長編小説を執筆年順に列記しておきます。

Stephen Morris（1923） 刊行は1961
Pilotage（1924） 刊行は1961
Marazan（1926） 小説家としてのデビュー作
So Disdained（1928） 米国版題名 The Mysterious Aviator
Lonely Road（1932）
Ruined City（1938） 米国版題名 Kindling
What Happened to the Corbetts（1939） 米国版題名 Ordeal
An Old Captivity（1940）『操縦士』福島昌夫訳 高山書院 一九四一年
Landfall: A Channel Story（1940）
Pied Piper（1942）『さすらいの旅路』池央耿訳 角川文庫 一九七一年（のちに改訳し
　『パイド・パイパー 自由への越境』として創元推理文庫より二〇〇二年再刊）
Most Secret（1942） 刊行は1945

Pastoral (1944)
Vinland the Good (1946)
The Chequer Board (1947)
The Seafarers (1947) 刊行は 2002
No Highway (1948)
A Town Like Alice (1950) 米国版題名 The Legacy 『アリスのような町』小積光男訳 日本図書刊行会 二〇〇〇年
Round the Bend (1951)
The Far Country (1952) 『遙かな国』末永時恵訳 新潮社 一九五六年
In the Wet (1953)
Requiem for a Wren (1955) 米国版題名 The Breaking Wave
Beyond the Black Stump (1956)
On the Beach (1957) **本書**
The Rainbow and the Rose (1958) 『失なわれた虹とバラと』大門一男訳 講談社 一九六八年
Trustee from the Toolroom (1960)

最後に、本書訳出に際しまして、旧版『渚にて　人類最後の日』を参照し、訳文を参考にさせていただくとともに、ストーリーおよび文章を理解するうえでもたいへん助けられました。ここに記して、同書の訳者である故井上勇先生の英霊と訳業への表敬並びに謝辞とさせていただきます。なお本書巻頭に引用されているT・S・エリオットの詩は、本書の訳者佐藤が独自解釈により新たに訳したものであることを添記します（本書のタイトルはこの詩を由来の一端とすると同時に、「陸上勤務となって」「零落して」等を意味する慣用句 on the beach をも含意すると考えられます）。

また、SF界の大先達鏡明さんにはご多忙のなかすばらしい解説をお寄せいただき、このうえなく感激しております。厚く御礼申しあげます。

並びに、新訳担当の機会を与えてくださった東京創元社の小浜徹也さんには編集面でたいへんお世話になりました。ありがとうございました。

なんて素敵な世界だったんだろう

鏡明

『渚にて』の新訳、完全版である。

一九五七年の作品を、今、なぜ？　多分それが自然な反応というものだろう。

私自身そう思った。それだけではない、初めてこの作品を読んだのは六〇年代。ものすごく暗い気分になったのを覚えている。もう一度、あの気分を味わうのかと思うと、気が進まない。

が、読み始めて驚いた。暗い気分にならないのだ。そして、あっという間に最後のページに到達してしまった。

しかも、何かほのぼのとした気分になった。

どうしてなんだろう。いくら新訳とはいえ、『渚にて』は『渚にて』である。

何が変わったんだろう。

その話をする前にもう少し、背景のことを幾つか。

この『渚にて』は破滅テーマの傑作、代表的な作品とされていた。そして一九五九年に映画化され、この国でもヒットしたこともあり、小説のほうもけっこう読まれていたと思う。『渚にて』の初訳は一九五八年というが、私の印象では映画公開後に読まれたような気がしている。

私自身、映画も見たが、内容よりもテーマソングの「ワルツィング・マチルダ」の大ヒットのほうが印象に残っている。この曲がオーストラリア人の愛唱歌であり、国歌にしようという話もあったということは、その当時から知られていた。そして、『渚にて』という悲劇の中でこの明るい曲が効果的に使われているというようなコメントがあったことも覚えている。が、実際にはこの曲は一人の放浪者が最後は死んでしまうという、ある種の悲劇を歌っているということを知ったのは、ずいぶん後になってからだ。そうしてみると、この歌が映画のテーマソングとして選ばれたのは、ただ単にオーストラリアを象徴する曲というだけではなく、『渚にて』の内容そのものにも大きく関わっているわけだ。

私自身ラジオで何度も聞いていたので、この歌詞はけっこう耳に残っていて、最初のほうに出てくる「ビラボン」て何なんだろう？　とずっと疑問に思っていた。それが実はBillabongというスペルで、ある種の池、大きな水溜《たま》りのことなのだということを知ったのは、同じ名前のサーフ・ブランドに出会ってからのことだ。

作者のネヴィル・シュートは一八九九年生まれのイギリスの作家だが、晩年オーストラリアに移住、一九六〇年に亡くなるまでオーストラリアで過ごしている。全部で二十四冊の小説と一冊の自伝を残しているが、日本ではその四分の一の六作が訳されているだけで、著名な作家というわけではないが、イギリスやオーストラリアでは大作家という評価を得ている。

ネヴィル・シュートの作品は、基本的には彼のキャリア、経験に基づいて書かれている。だからといって狭い分野というわけではなく、航空業界からヨット、そして彼の得意な分野とされている戦争ものまで、幅広い。その中で第三次世界大戦後の世界という近未来を扱った『渚にて』は、ネヴィル・シュートとしては特異な作品ということになる。

では、体験を基にして書くタイプの作家であるネヴィル・シュートは、なぜこの作品を書いたのか。

そのあたりから、考えてみようか。

第三次世界大戦をテーマにするというのは、大きな意味では戦争ということだから、ネヴィル・シュートの守備範囲にぎりぎり入っていると言って言えなくない。あるいは、人と人が直接殺しあうという形にはならない新たな戦争にこの作家が関心を持つというのも不思議ではない。

この作品の中で、いかにこの核戦争が起きたのかという説明がなされているが、そのシミュレーションはその当時ではある程度の説得力を持っていた。米国とソ連という二つの大国だけが核を保有しているという構図が崩れ始め、中国、いやそれ以外の小国までもが核を持ち始めたのだ。

それが有名な一九六二年のキューバ危機に代表されるような現実の危機になるのは六〇年代になってからだが、それでも、その時代の空気としては説得力を持っていたと言っていい。

核戦争が大国の意思だけではなく、少数の狂気の人間によってでも起こりうるというのが、新たな認識になったわけだ。『渚にて』は、そうした空気の中で読まれていた。私がこの小説を読んだのは六〇年代に入ってからで、キューバ危機の後だったと思うのだが、SFというよりも、現実にきわめて近いことが描かれていると感じた。「私たちは何もしていないのに、なぜ、こんなふうに死ななければならないのか?」というようなことを登場人物の一人が悲鳴のように語る部分があるが、核戦争にあっては傍観者は存在しないというのが、この作品のメッセージだった。

今では、このメッセージは風化してしまっているように思う。現実には何も変わっていないのだが、このメッセージがリアリティを持たなくなっているように思うのだ。それは、これと同種のメッセージを持っているはずの映画や小説が、たとえばパニックものと呼ばれるようになっていることからもわかる。そこでは恐怖の本質が語られるのではなく、恐怖は表面的な絶叫や逃走、そして破壊された死体として描かれているのだ。それは具体的に描かれることによって、結果として、非現実的なものになっていく。端的に言えば、それは彼らに起こったことで、私は傍観者として無関係でいられるということになる。あるいは、傍観者でありたいということかもしれないが。

地球温暖化や、水、食料問題、といったことに対しても、本当に自分の問題として認識できているのか、ということが問われているように思う。

この『渚にて』が、今読まれるべきだとすると、我々の直面している未来の危機は、より複雑化し、より我々自身に関わってきているのだが、その本質は同じだと思うからだ。この世界は簡単に破滅するのだ。

逆説的に言えば、核戦争だけが世界の破滅を象徴していた五〇年代六〇年代は、幸福だったのかもしれない。

私がこの物語を、どこかほのぼのとした気分で読んでしまえたのは、このシンプルさにあったのかもしれない。我々を取り巻く環境は、明らかに悪化している。

もう一つ、この物語を今読み直して発見したことがある。

それは、この物語の破滅テーマ以外の側面である。

人はいかに死を迎えるか、逆に言えば、それはいかに生きるか、ということでもある。破滅に直面したとき、私たちはどのように行動するか。最近のパニックものなら、もうわかるよね。乱暴狼藉《ろうぜき》、やりたい放題、無秩序状態を描くことになるだろう。

『渚にて』では、そのような光景はまったく描かれない。いや、皆無というわけではない。が、きわめてささやかな乱れでしかない。たとえば、主人公的に扱われているアメリカ人の潜水艦長とオーストラリア人の女性の関係を見てよう。この二人は最後まで性的な関係を持たない。

それは、お互いの人としての尊厳を認めあう結果なのだ。

ネヴィル・シュートという作家が語りたかったのは、破滅に直面してなお人には守るべきものがあるということだったと思う。人は気高い存在であるべきなのだ。

それは、絵空事のように思うかもしれない。本当はちがう、と思うかもしれない。が、私はこの物語を読みながら一人の人のことを思い出した。

Sさんという人がいた。カンヌ国際広告祭でグランプリを取ったこともある、日本で最も優れたコマーシャルのディレクターだった人だが、何年か前にガンで亡くなった。旅先で突然倒れ、あと一月という告知を受けた。実際には何ヶ月かがんばってくれたのだが、病室を訪ねたとき、素晴らしい笑顔で私たちを迎えてくれた。ベッドの周りには、彼の描いた絵が何枚も飾ってあった。美大を出た彼は、好きなだけ絵を描きたかったのだという。赤を基調にしたその絵は、エネルギーに満ちていたように記憶している。その絵を見、彼の笑顔を見ていると、この人が死を目前にしている人とは思えなかった。もともとは気性《きしょう》の激しい人であったと思うのだが、そこにいるのは穏やかな、落ち着いた人であった。あきらめているのではない。前向きに生きている人がいたのだ。

病院から帰る道で私は、自分がいざとなったらSさんのように振る舞うことができるだろうか、いや、あのようにしなければならない、そんなことをずっと考えていた。

そうだ、人はそのように生きることもできる。

冒頭で、この作品を読んで、ほのぼのとした気分になったと言った。

『渚にて』が変わったのではない。世界が変わり、私も変わったのだろう。

いつも同じものを与えてくれる小説がある。読むたびに何か新たなものを与えてくれる小説もある。どちらかが優れているということではない。どちらも読む価値があるということだ。

『渚にて』が新訳され、再刊されて、再読できたことを素直に歓迎したいと思う。

検印
廃止

訳者紹介　1954年生まれ。幻想文学翻訳家。訳書に、ディック「あなたをつくります」「ドクター・ブラッドマネー」「最後から二番目の真実」、ワイリー＆バーマー「地球最後の日」など多数。

渚にて
人類最後の日

2009年4月30日　初版
2024年2月22日　13版

著　者　ネヴィル・シュート

訳　者　佐《さ》藤《とう》龍《たつ》雄《お》

発行所　(株)東京創元社
代表者　渋谷健太郎

162-0814/東京都新宿区新小川町1-5
電　話　03・3268・8231-営業部
03・3268・8204-編集部
URL　http://www.tsogen.co.jp
暁印刷・本間製本

ISBN978-4-488-61603-8　C0197

ブラッドベリ世界のショーケース

THE VINTAGE BRADBURY ◆ Ray Bradbury

万華鏡

ブラッドベリ自選傑作集

レイ・ブラッドベリ

中村 融 訳　カバーイラスト＝カフィエ

創元SF文庫

◆

隕石との衝突事故で宇宙船が破壊され、
宇宙空間へ放り出された飛行士たち。
時間がたつにつれ仲間たちとの無線交信は
ひとつまたひとつと途切れゆく——
永遠の名作「万華鏡」をはじめ、
子供部屋がリアルなアフリカと化す「草原」、
年に一度岬の灯台へ深海から訪れる巨大生物と
青年との出会いを描いた「霧笛」など、
“SFの叙情派詩人”ブラッドベリが
自ら選んだ傑作26編を収録。

破滅SFの金字塔、完全新訳

THE DAY OF THE TRIFFIDS◆John Wyndham

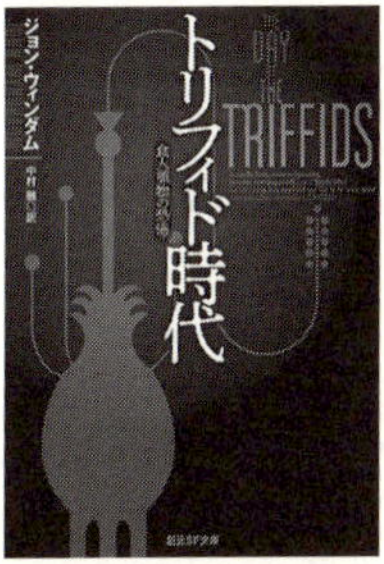

トリフィド時代
食人植物の恐怖

ジョン・ウィンダム
中村 融 訳　トリフィド図案原案＝日下 弘
創元SF文庫

◆

その夜、地球が緑色の大流星群のなかを通過し、
だれもが世紀の景観を見上げた。
ところが翌朝、
流星を見た者は全員が視力を失ってしまう。
世界を狂乱と混沌が襲い、
いまや流星を見なかったわずかな人々だけが
文明の担い手だった。
だが折も折、植物油採取のために栽培されていた
トリフィドという三本足の動く植物が野放しとなり、
人間を襲いはじめた！
人類の生き延びる道は？